Rolf Dieckmann arbeitete als Redakteur bei
verschiedenen Tageszeitungen und Magazinen für die
Themenbereiche Medien, Politik, Kultur und Unterhaltung.
Seit 1996 ist er als freier Autor tätig.
Er lebt in Hamburg und im Wendland.

Rolf Dieckmann

DAS GEHEIMNIS DER TOTENSTADT

Thriller

BASTEI LÜBBE TASCHENBUCH
Band 16 623

1. Auflage: April 2012

Dieser Titel ist auch als E-Book erschienen

Bastei Lübbe Taschenbuch in der Bastei Lübbe GmbH & Co. KG

Originalausgabe

Copyright © 2012 by Bastei Lübbe GmbH & Co. KG, Köln
Lektorat: Valesca Schober, Frankfurt am Main
Titelillustration: © CORBIS/David Lees; © shutterstock/ andreiuc88
Umschlaggestaltung: Kirstin Osenau
Autorenfoto: © privat
Satz: Urban SatzKonzept, Düsseldorf
Gesetzt aus der Garamond
Druck und Verarbeitung: GGP Media GmbH, Pößneck
Printed in Germany
ISBN 978-3-404-16623-7

Sie finden uns im Internet unter
www.luebbe.de
Bitte beachten Sie auch:
www.lesejury.de

Der Preis dieses Bandes versteht sich einschließlich
der gesetzlichen Mehrwertsteuer.

ERSTER TEIL

1. KAPITEL

Der Mann, der die Uniform eines US-Drei-Sterne-Generals trägt, steht auf und geht zum Fenster. Für einen Augenblick starrt er hinaus.

»Und Sie glauben wirklich, dass es so etwas gibt?«

John McMulligan klappt den Aktendeckel zu, nimmt die randlose Brille ab, lockert seine Krawatte und lehnt sich in seinem Schreibtischsessel zurück.

»Der Bericht ist sauber recherchiert. Ich weiß, es klingt fantastisch, aber Parker ist ein knallharter Realist. Er würde niemals einen solchen Bericht schreiben, wenn er keine konkreten Anhaltspunkte hätte.«

Für einen Augenblick herrscht Stille im Raum. Kein Laut dringt von außen durch die Panzerglasscheiben in den karg möblierten Raum.

Der Uniformierte dreht sich um.

»Und sein Informant ist einen Tag später tot aufgefunden worden, sagen Sie?«

McMulligan nickt.

»Am nördlichen Stadtrand von Kairo. Er wurde erschossen. In den Hinterkopf. Hinweise auf den oder die Täter gibt es bisher nicht. Allerdings mauern die Ägypter.«

Der General dreht sich wieder zum Fenster um.

»Wir wissen nicht, ob es das überhaupt gibt und – wenn ja – wo wir es suchen sollten. Aber nehmen wir mal an, dass es so etwas gibt, das wäre rein militärisch gesehen die größte Sensation aller Zeiten.«

McMulligan beugt sich wieder nach vorn.
»Wir werden es finden!«
Der General sieht ihn mit seinen wasserblauen Augen an.
»Wir müssen!«

*

Die Twin Turbopropmaschine der Aerospatiale/Alenia, Flugnummer LH 4078, war pünktlich um neunzehn Uhr fünfzehn auf dem Florentiner Flughafen »Amerigo Vespucci« gelandet. Robert Darling lächelte zufrieden. Der Ausflug hatte sich gelohnt. Da er nur einen kleinen Handkoffer bei sich trug, brauchte er nicht an der Gepäckausgabe zu warten und hatte so den Parkplatz in wenigen Minuten erreicht. Mit schnellen Schritten ging der Siebenunddreißigjährige mit den schwarzen, welligen Haaren auf den dunkelblauen Range Rover Sport zu, der erst vor zwei Wochen geliefert worden war. *Ein schönes Auto hast du dir da gekauft, Roberto*, dachte er, als er die elektronische Entriegelung betätigte und der Wagen ihm freundlich entgegenblinkte.

Er legte den Koffer auf den Rücksitz, zog das Jackett des naturfarbenen Leinenanzugs aus und warf es ebenfalls dorthin.

»Roberto, kennst du mich nicht mehr?«
Der Angesprochene fuhr herum. Hinter ihm stand ein kleinerer Mann mit ebenso schwarzen Haaren, der sich offensichtlich darüber freute, Robert überrascht zu haben.
»Ach, Fabio! Ich war völlig in Gedanken. Wie geht es dir?«
Fabio Cavora lachte und zeigte seine makellos weißen Zähne. Dieses Lachen gehörte zu seinem Handwerk, denn als

Wirt des renommierten Florentiner Restaurants »Da Giulio« in der Via della Vigna Vecchia hatte er nicht nur für erstklassige Speisen und Weine zu sorgen, sondern auch für die gute Laune seiner Gäste. Er beherrschte sowohl das eine als auch das andere in Perfektion.

»Danke, alles bestens! Ich habe Gäste aus München, die will ich abholen. Warst du auch in der Maschine?«

»Ja«, antwortete Robert, »aber ich war in Berlin und musste via München fliegen. Ziemlich zeitaufwändig für eine so kurze Strecke ... Aber es hat sich gelohnt – ich habe meinen deutschen Verleger getroffen.«

»Und?« Fabio spitzte den Mund und riss die Augen auf. »Warst du erfolgreich?«

Robert nickte.

»Er kauft zwei Lizenzen und ein Originalspiel.«

»Fantastisch«, lachte Fabio. »Das müssen wir feiern. Komm doch mal wieder vorbei! Du warst schon so lange nicht mehr bei mir. Aber jetzt entschuldige mich, da hinten warten meine Gäste. Ciao, Roberto.«

Robert hob die rechte Hand.

»Ciao, Fabio!«

Stimmt, dachte er, als er den Wagen in die Via del Termine lenkte, *der Mann hat Recht. Es ist lange her, dass du dort warst.*

Seitdem Francesca in Kalifornien lebte, mied er das »Da Giulio«. Obwohl er sich jedes Mal fest vornahm, nicht an sie zu denken, konnte er nicht anders, wenn er das Restaurant betrat. Ihre Stimme, ihre Augen, ihr sinnlicher Mund, die Art, wie sie sich ihr kastanienbraunes Haar aus dem Gesicht strich, all das ging ihm an diesem Ort, an dem sie viele wunderbare Abende verbracht hatten, nicht mehr aus dem Kopf.

Zweimal hatte sie ihm seither geschrieben, aber dieses Jahr war noch keine Nachricht von ihr gekommen.

Schau nach vorn, Roberto, sagte er zu sich und musste diesen Satz gleich wörtlich nehmen, als ein schwarz-weiß gefleckter Hund so plötzlich über die Fahrbahn lief, dass er eine Vollbremsung machen musste, um das 390-PS-Gefährt zum Stehen zu bringen.

Kopfschüttelnd fuhr er weiter. Eigentlich hatte er seiner Mutter, Donatella Medici, versprochen, vorbeizuschauen. Aber er verschob es auf morgen, denn seine Mutter konnte ziemlich anstrengend sein. Er liebte sie, aber manchmal musste er ihr auch gezielt aus dem Weg gehen. Nachdem sie seinen amerikanischen Vater kurz vor dessen Tod in Baltimore verlassen hatte und ins heimatliche Florenz zurückgekehrt war, waren ihre Betreuungsversuche noch intensiver geworden, ganz besonders in den Bemühungen, ihn endlich unter die Haube zu bringen.

Robert musste grinsen.

Ach, Mamma!

So wenig Verständnis sie dafür hatte, dass ein gut aussehender und nicht gerade armer siebenunddreißig Jahre alter Mann immer noch nicht verheiratet war, so wenig hatte sie gleichzeitig dafür übrig, dass ein solcher Mann sein Geld damit verdiente, Spiele für Erwachsene und Kinder zu erfinden. Ein Mann, der ein Mathematikgenie war und der einen Job als Dechiffrierer bei der NSA in Maryland gehabt hatte. Und jetzt Spieleerfinder – Madonna! Aber er verdiente eine Menge Geld damit, deswegen hielt sie sich mit vorwurfsvollen Anmerkungen zurück.

Obwohl es bereits dämmerte, bemerkte Robert den schwarzen alten Mercedes schon von weitem. Er stand schräg zur Fahrbahn der Via Senese, und es sah nicht so aus, als hätte sein Fahrer freiwillig hier geparkt. Dieser stand ratlos neben seinem Wagen und bot einen eigenartigen Anblick. Der Mann mochte etwa siebzig sein und hatte schlohweißes Haar, das ihm fast bis auf die Schultern fiel. Eine Art Barett saß schief auf seinem Kopf, und auf der Nase lag eine große schwarze Hornbrille. Er trug einen schwarzen Gehrock, darunter ein weißes Hemd mit einer blauen Schleife. Trotz dieser seltsamen Aufmachung strahlte er auch etwas Würdevolles aus.

Robert hielt und ließ die Scheibe auf der Beifahrerseite hinunter.

»Kann ich Ihnen helfen?«

Der Alte schüttelte den Kopf.

»Ich fürchte nicht«, sagte er mit einer wohl tönenden Baritonstimme, »ich weiß selbst nicht, was er hat. Er ist plötzlich stehen geblieben.«

Robert stieg aus seinem Wagen.

»Vielleicht haben Sie kein Benzin mehr?«

»Nein, nein, das kann's nicht sein. Ich habe heute Morgen erst getankt.«

Robert strich sich über den Nasenrücken.

»Vielleicht die Benzinpumpe, die Kerzen – aber so genau kenne ich mich damit leider nicht aus.«

Der Alte lachte auf.

»Wissen Sie, was *ich* von Autos verstehe? Nichts, überhaupt nichts. Ich weiß nur, dass sie fahren und was man machen muss, damit sie auf der Straße bleiben.«

Robert überlegte kurz.

»Kann ich Sie denn irgendwo absetzen? Dann können Sie morgen mit einem Monteur wiederkommen. Stehlen kann ihn ja keiner, wenn er nicht mehr fährt.«

Der Alte lächelte Robert dankbar an.

»Das ist sehr nett von Ihnen. Ich wohne am Rande von Bagnolo, das ist Richtung Impruneta.«

»Na also«, sagte Robert, »das ist auch meine Richtung.«

Der andere schüttelte den Kopf.

»Ich will Ihnen auf keinen Fall Umstände ...«

Robert öffnete die Beifahrertür des Range Rovers und machte eine einladende Handbewegung.

»Keine Widerrede, ich fahre Sie nach Hause.«

Nachdem der Weißhaarige seine Aktentasche aus dem Mercedes geholt und ihn sorgsam verschlossen hatte, stieg er ein. Er machte einen erleichterten Eindruck.

Bevor Robert den Motor starten konnte, streckte er ihm die Hand entgegen.

»Erlauben Sie, dass ich mich vorstelle? Ich bin Paolo Mazzetti, Professore Paolo Mazzetti.«

»Darling«, erwiderte Robert, während er ihm die Hand schüttelte, »Robert Darling.«

Der Alte schaute ihn erstaunt an.

»Sie sind kein Italiener? Dafür ist Ihr Italienisch aber erstaunlich gut!«

Robert lächelte und startete den Motor.

»Ich bin es zur Hälfte. Meine Mutter ist Italienerin, mein Vater war Amerikaner. Ich bin in der Schweiz aufgewachsen. Deswegen spreche ich auch noch Deutsch und Französisch. Aber Italienisch ist meine Muttersprache, Englisch meine Vatersprache.«

Mazzetti nickte mehrfach.

»Interessant. Darf ich fragen, was Sie beruflich machen?«

Robert schaute kurz zur Seite.

»Ich bin Spiele-Autor.«

Einen kurzen Moment war er über sich selbst erstaunt. Für gewöhnlich beantwortete er diese Frage mit »Mathematiker«, weil die meisten sowieso nicht verstanden, dass Spiele-Autor ein richtiger Beruf war und dass man etwas draufhaben musste, wenn man auf dem Gebiet erfolgreich sein wollte. Wenn er

»Mathematiker«, sagte, setzte das dagegen immer von selbst einen Schlusspunkt, weil sich niemand mit einer weiteren Frage blamieren wollte.

Der Weißhaarige schaute ihn interessiert an.

»Spiele-Autor? Da brauchen Sie sicher eine gute Kombinationsgabe. Ich gehe davon aus, dass Spiele-Autoren intelligente Spiele konzipieren und keine simplen Würfelspiele?«

Robert lächelte.

»Im Grunde haben Sie Recht. Aber es gibt auch Würfelspiele, die etwas komplizierter sind. Am liebsten sind mir allerdings Spiele, bei denen die Spieler zuerst gar nicht wissen, worum es geht und was das Ziel ist.«

Mazzetti lehnte sich im Sitz zurück und machte ein Gesicht, als hätte ihn die Antwort nicht wirklich überrascht.

»Sie meinen also wie das Spiel des Lebens? Da weiß man auch zuerst nicht, worum es geht und was das Ziel ist. Das muss man Stück für Stück herausfinden, und erst am Ende ist man schlauer.«

Er drehte den Kopf nach links, holte tief Atem und ließ sich dann in den Sitz zurückfallen.

»Berechnung. Konzeption. Wenn nicht sogar Vorbestimmung. Ja, das alles mag es geben.«

Er machte eine weitere Kunstpause.

»Signore Darling, glauben Sie an den Zufall?«

Robert schüttelte den Kopf.

»Nein, ich glaube, dass alles mehr oder weniger nach einem Plan verläuft.«

Roberto, wieso bist du so ehrlich gegenüber diesem Mann, den du erst seit ein paar Minuten kennst? Francesca hat dich ausgelacht, als du ihr zum ersten Mal sagtest, dass du nicht an den Zufall glaubst. Und dann war sie doch verblüfft, als du ihr das an gemeinsamen Erlebnissen bewiesen hast. Aber dieser

Mann hier neben dir hat irgendwie etwas sehr Vertrautes. Als ob du ihn schon lange kennen würdest.

Mazzetti schaute auf die Straße, die jetzt von den Autoscheinwerfern beleuchtet wurde.

»Sehen Sie, das dachte ich mir. So ist es auch wahrscheinlich kein Zufall, dass wir uns begegnet sind.«

Bevor Robert fragen konnte, was der Alte damit meinte, streckte der den Arm aus.

»Wenn Sie bitte hier rechts abbiegen könnten? Da vorne ist schon mein Haus.«

Der Anfang der Straße war asphaltiert, aber schon nach zweihundert Metern boten Schlaglöcher auf dem unbefestigten Weg dem Rover Gelegenheit, zu beweisen, dass er eine solche Piste mühelos überwand.

»Seit Jahrzehnten will die Gemeinde den Rest der Straße asphaltieren, aber Sie wissen ja, wie das ist ... Wenn Sie hier bitte halten würden. Das da ist mein Haus.«

Im fahlen Abendlicht konnte Robert ein großes weißes Haus mit einer rechteckigen Fassade und mit den für diese Gegend typischen Dachpfannen erkennen. Die Rahmen der vielen Fenster waren relativ neu und aus Naturholz, die Fensterläden dunkelbraun gestrichen. Robert konnte es nicht genau sehen, aber er ahnte, dass das Grundstück riesig sein musste. Platanen, Zypressen und Nussbäume, die um das Haus herumstanden, zeichneten ihre Silhouetten gegen den Abendhimmel ab.

»Ein schönes Haus«, sagte er anerkennend.

Mazzetti nickte.

»Eine *Casa Colonica* aus dem 16. Jahrhundert. Um 1900 ist es zu einer Villa neueren Stils umgebaut worden. Es gehörte der Familie meiner Frau. Sie war die Letzte ihres Clans, als sie vor sechs Jahren gestorben ist. Jetzt lebe ich hier allein, obwohl es viel zu groß für mich ist. Einige Zimmer habe ich seit Jahren nicht mehr betreten. Aber immerhin kann ich hier in Ruhe meine Studien fortsetzen.«

»Was sind das für Studien?«, fragte Robert.

Mazzetti räusperte sich, und das Lächeln wich für kurze Zeit aus seinem Gesicht.

»Ich bin Privatgelehrter. Wie man die Leute eben so nennt, die man an keiner Hochschule mehr lehren lässt.«

Sein Lächeln kehrte zurück.

»Aber ... ach, ich habe Sie schon lange genug aufgehalten. Kommen Sie doch in den nächsten Tagen vorbei. Rufen Sie vorher an. – Ich hole uns eine gute Flasche Wein aus dem Keller.«

Er griff in die obere Tasche seines Gehrocks und zog eine geknickte Visitenkarte hervor.

»Danke«, sagte Robert und steckte die Karte in die Tasche, »das tue ich gern. Ich wünsche Ihnen eine gute Nacht.«

Eigentlich war er sehr froh, dass der Professor das Gespräch beendet hatte. Er sehnte sich nach einer heißen Dusche und einem erfrischenden Getränk. Und das möglichst in den eigenen vier Wänden.

Während er den Rückwärtsgang einlegte, hob er noch einmal grüßend die Hand, aber der Mann mit dem weißen Haar hatte genug damit zu tun, den Schlüssel in den Taschen seines Gehrocks zu suchen.

*

Ein Gefühl des Glücks und der Ruhe durchströmte ihn jedes Mal, wenn Robert in sein toskanisches Wahlheimatdorf Mezzomonte zurückkehrte, die Pforte zu seinem Grundstück öffnete, langsam den Kiesweg zu den Parkplätzen hinunterfuhr und dann die wenigen Meter zu seinem dreihundert Jahre alten Haus zurücklegte. Die Silhouette der *piccionaia*, des Taubenturms, zeichnete sich gegen den abendlichen Himmel ab.

Vier Jahre war es jetzt her, als er nach langer Suche dieses Juwel entdeckt und sich sofort verliebt hatte. Eine besondere Faszination ging von dem Anwesen aus. Die schönen alten Gebäude waren in einem makellosen Zustand, und der Ausblick von dem Hügel, auf dem sie standen, weit über Weinberge, Olivenhaine, Zypressen und Eichenwälder, war atemberaubend. Vom höchsten Punkt zog sich das Grundstück terrassenförmig nach unten. Und von jeder Terrasse hatte man einen anderen Ausblick auf das wunderschöne Land.

Catarina, seine Haushälterin, die jeden Morgen um elf Uhr aus dem Nachbardorf angeradelt kam, war bereits gegangen. Aber sie hatte mit Sicherheit vorgesorgt. Im Kühlschrank würde er eine Schüssel mit einem köstlichen Salat finden und im Backofen überbackene Pasta, die er so gern aß. Um den passenden Wein kümmerte er sich selbst.

Moment, dachte Robert, als er die Halle mit den alten Terrakottafliesen in Richtung Küche durchqueren wollte, *jetzt hast du den Koffer im Auto liegen lassen.*

Er hätte ihn auch am nächsten Morgen holen können, aber er wollte noch einmal das Manuskript des Vortrags lesen, den er in gut vier Wochen beim Internationalen Kongress der Spiele-Autoren in San Francisco halten wollte. Während des Flugs waren ihm einige Dinge eingefallen, die er unbedingt noch einarbeiten wollte.

Er schaltete die Außenbeleuchtung für den Weg zu den Parkplätzen wieder ein und ging über den knirschenden Kies zurück zum Auto. Er öffnete die hintere Tür und griff nach dem Koffer, als sein Blick auf das Leinenjackett fiel. Es war beim Bremsen zwischen Vorder- und Rücksitze gerutscht. Er bückte sich und zog es heraus.

Moment, was ist das?

Zwischen den Vordersitzen klemmte eine schwarze Brieftasche. Er griff nach ihr, klappte sie auf und ging damit in den Lichtschein der Wegbeleuchtung. Eine Visitenkarte steckte im ersten Sichtfach.

»Dr. Paolo Mazzetti«, las er laut. *Die muss dem alten Herrn beim Ein- oder Aussteigen aus der Tasche gerutscht sein,* dachte Robert. *Du rufst ihn besser gleich an.* Er schaute auf seine Armbanduhr. *Gleich halb zehn. Vielleicht ist der Signore schon zu Bett gegangen. Du kannst sie ihm morgen zurückbringen,* beschloss er, sperrte den Wagen ab und ging zurück ins Haus.

*

»Er ist sehr vorsichtig geworden. Ich weiß nicht, ob er mir noch glaubt.«

Der Mann mit der auffälligen Hakennase nahm seine überdimensionale Hornbrille ab und strich mit der rechten Hand die grauen Haare hinter das rechte Ohr.

Sein Gesprächspartner, der ihm den breiten Rücken zugewandt hatte, drehte sich um, zog die Hände aus den Taschen seines hellbraunen Wildlederblousons und stützte sich auf den Schreibtisch. Er sprach mit sizilianischem Akzent. Seine Stimme war rau.

»Wie Sie es anstellen, ist mir egal. Wir wollen nur wissen, was er weiß. Meine Auftraggeber sind nicht kleinlich. Sie bekommen jede Unterstützung.«

Der Mann sprach langsam, fast höflich. Trotzdem hatte er etwas Bedrohliches.

Der andere setzte seine Brille wieder auf. Seine Augen wirkten durch die dicken Gläser besonders groß und aufgerissen.

»Gut, ich werde es versuchen.«

*

Nach einem ausgiebigen Frühstück rief Robert bei Professor Mazzetti an. Das heißt, er versuchte ihn ans Telefon zu bekommen. Erst beim dritten Versuch klappte es.

»Entschuldigen Sie«, sagte der und lachte, »das Haus ist so groß, und hören konnte ich früher auch besser.«

Die Mitteilung, dass Robert seine Brieftasche gefunden hatte, versetzte den alten Herrn fast in Euphorie.

»Gelobt sei Madonna, ich dachte schon, ich hätte sie unterwegs verloren. Ich weiß nicht, wie ich Ihnen danken soll! Sehen Sie, alles hat eben seinen Sinn.«

Robert lächelte.

»Keine Ursache. Ich habe heute Vormittag keine Termine. Ich setze mich gleich in den Wagen und bringe sie Ihnen.«

»Machen Sie sich keine Umstände«, sagte der Professor.

»Oh doch, unbedingt«, lachte Robert, »Sie hatten mir eine interessante Geschichte und einen guten Wein versprochen.«

Inzwischen war Catarina eingetroffen, sichtlich erfreut, dass ihr Signore Darling wieder zu Hause war. Es gab einiges zu besprechen. Einkaufslisten mussten abgestimmt und Handwerker bestellt werden, denn in einem der Gästebäder tropfte der Wasserhahn, und beim letzten Gewitter waren zwei Ziegel aus dem Dach des Stallgebäudes herausgefallen.

So verging dann mehr als eine Stunde, bevor Robert sich auf

den Weg nach Bagnolo machen konnte. Die Luft war schwül. Ein weiteres Gewitter lag in der Luft.

Obwohl sich dunkle Wolken zusammenschoben, konnte er ungehindert sehen, um was für ein prächtiges Anwesen es sich handelte. Für eine einzelne Person war es tatsächlich deutlich zu groß. Es musste ein Vermögen kosten, alles instand zu halten. *Ein seltsamer Typ*, dachte Robert, als er auf das Haus zuging. *Aber auch ein sehr interessanter.*

Der Klingelknopf aus Messing hatte die Form eines Stierkopfes – man musste auf die Nase drücken. Der schrille Ton war auch von außen durch die schwere Eichentür zu hören.

Nichts rührte sich. Robert versuchte es noch einmal. *Komisch*, dachte er und klingelte noch ein drittes Mal. Aber die Tür blieb verschlossen.

War er vielleicht im Garten?

Er ging um das Hauptgebäude herum. Der ferne Donner des herannahenden Gewitters grummelte in der Luft. Die Anlagen rund um das Haus machten einen gepflegten Eindruck, Mazzetti musste eine ganze Kompanie von Gärtnern beschäftigen.

Hinter dem Haus gab es eine riesige Terrasse, zu der vier Stufen emporführten. Obwohl man sich bemüht hatte, dieselben alten Baumaterialien zu verwenden, sah man, dass sie erst später hinzugefügt worden war. Zwei große, verglaste Flügeltüren führten ins Haus.

Robert stellte sich auf die Terrasse und spähte in den Garten.

»Professore, sind Sie da?«

Keine Antwort. Er stieß eine der Flügeltüren an – sie war fest verschlossen.

Durch das grelle Sonnenlicht wirkten die Türen wie ein Spiegel. In den dahinterliegenden Raum hineinsehen konnte man von hier aus nicht.

Robert schirmte seine Augen ab und drückte die Nase gegen eine der Scheiben. Langsam gewöhnten sich seine Augen an die Lichtverhältnisse.

»Dio mio!«, stieß er hervor.

Die Wände des großen Raumes waren lückenlos mit Bücherregalen zugestellt. Auf der gegenüberliegenden Seite gähnte die Öffnung eines mannshohen Kamins. Zur Linken befanden sich ein großer, schwerer Schreibtisch aus Eichenholz und zwei Sessel mit Rahmen aus demselben Material. Es herrschte völliges Chaos: Berge von Papieren lagen auf dem Fußboden, die Schubladen des Schreibtisches waren herausgezogen, ihr Inhalt verstreut, Bücher aus den Regalen herausgerissen und auf den Boden geworfen. Ein Sessel war umgekippt.

Auf einem Teppich in der Mitte des Raumes lag, reglos und mit dem Rücken zu Robert, Professor Mazzetti. Robert hämmerte mit der Faust gegen das Doppelglas.

»Professore! Ich bin es, Robert Darling. Professore! Hören Sie mich? Sind Sie verletzt?«

Er hielt das rechte Ohr an das Glas und vermeinte, ein schwaches Stöhnen zu hören.

Sein Blick glitt über die Terrasse. Am Rande der Terrasse entdeckte er einen großen Ziegelstein. Mit zwei Sätzen war er dort, griff nach dem Stein und schlug ihn wie einen Hammer mit voller Wucht gegen die Isolierverglasung. Der erste Schlag war wirkungslos, beim zweiten zerplatzte die Scheibe mit einem lauten Knall. Er griff durch das Loch, tastete nach dem Schlüssel und öffnete nach wenigen Sekunden die Tür.

Der Professor gab nur schwache Lebenszeichen von sich. Blut trat aus einem Spalt zwischen den weißen Haaren hervor und breitete sich auf seiner Stirn und an den Schläfen aus. Jemand musste ihm von vorn einen harten Schlag auf den Kopf gegeben haben. Robert kniete sich hin und versuchte, ihn auf den Rücken zu drehen. Erst jetzt bemerkte er, dass er immer noch den Ziegelstein in der Hand hielt. Er legte ihn auf den Teppich. Mazzetti atmete noch schwach und flüsterte etwas.

Robert beugte sich zu ihm hinunter.

»Professore, wer war das? Haben Sie ihn erkannt?«

Mazzetti röchelte.

»Sie müssen es zu Ende führen. Sie müssen ...«

Robert beugte sich noch tiefer.

»Was muss ich zu Ende führen? Professore, was«?

Für Sekunden dachte Robert, dass er tot sei, aber dann öffnete der Alte noch einmal den Mund zu einem schmalen Spalt.

»In der Brieftasche ... der Zettel ... Sie müssen ... bitte ...«

Ein Zittern ging durch seinen Körper, und das letzte bisschen Leben verließ die sterbliche Hülle des Professore Paolo Mazzetti.

Robert starrte ihn an. Ungläubig, dass der Mann, auf dessen Geschichten er sich noch vor wenigen Minuten gefreut hatte, plötzlich tot vor ihm lag.

Dann hörte er in der Ferne eine Polizeisirene. Das Grollen des Gewitterdonners war lauter geworden. Erst jetzt wurde ihm bewusst, in welcher Situation er sich befand. *Du hast die Scheibe eingeschlagen, an deinem Anzug ist Blut, überall Fingerabdrücke und Blut auf dem Stein. Und die Brieftasche steckte noch in der Seitentasche seiner Jacke.* Wahrscheinlich hatte einer der Nachbarn den Knall der zerberstenden Scheibe gehört und die Polizei gerufen. Wie sollte er die Situation erklären? Wenn dies das Werk eines Profis war, hatte der Handschuhe getragen. Und dann waren nur noch seine und die Fingerabdrücke des Professors zu identifizieren.

Er war schon einmal unschuldig in die Polizeimaschinerie geraten, als er der Amerikanerin Susan, deren Mann hier in der Gegend ermordet worden war, helfen wollte. Das wollte er nicht noch einmal erleben. *Man wird dich festhalten, du darfst das Land nicht verlassen. Madonna!*

Der Heulton der Sirene kam immer näher. Robert überlegte kurz, zog die Jacke mit den Blutflecken aus, rollte sie zusammen und eilte durch den Garten auf die Straße, wo der Range Rover parkte. Zurückfahren konnte er nicht, die Polizeisirene war jetzt schon ganz nah. Mit aufheulendem Motor fuhr er geradeaus weiter über den unbefestigten Weg, der in eine Art Trampelpfad mündete.

Verdammt, sie werden die Spuren verfolgen!

Aber er hatte Glück. Nur wenige Minuten nach seiner Flucht entlud sich das Gewitter und gipfelte in einem gewaltigen Wolkenbruch, der die unbefestigte Straße und den Trampelpfad in einen reißenden Bach verwandelte und alle Spuren verwischte. Und schließlich gelangte er mit dem Wagen über offenes Gelände wieder unbemerkt auf die Hauptstraße.

*

2. KAPITEL

Durch die weite, nach vorn gezogene Kapuze lagen die Gesichter tief im Dunkeln. Der Leuchter hinter den Gestalten warf nur spärliches Licht in den Raum. Der Mann saß mit hochgezogenen Schultern in einem Sessel mit einer hohen Lehne aus Eichenholz und beugte sich langsam nach vorn. Die schmale, knochige Hand, die aussah wie eine Vogelkralle, schob sich langsam aus dem weiten Ärmel der schwarzen Kutte und griff nach einem der Papiere, die auf dem Tisch vor ihm lagen. Feuchte Kälte stand im Raum. Die beiden Gestalten, die im Abstand von einem halben Meter vor dem Tisch standen, bewegten sich nicht. Beide trugen die gleichen schwarzen Kutten, die mit einer Kordel um die Taille zugeschnürt waren. Sie hatten die Hände gefaltet, die Köpfe gesenkt, bereit zu hören, was der Alte ihnen zu sagen hatte.

»Es ist wieder so weit«, ließ er seine knarrende Stimme hören, »er wird kommen.«

Einer der Stehenden räusperte sich. »Aber die anderen haben wir doch auch immer aufhalten können!«

Der Alte schnitt ihm das Wort ab. »Dieser ist anders.«

»Das können wir verhindern«, sagte der andere Kuttenträger.

»Wie willst du das machen?«

»Indem wir ihn beseitigen!«

»Fällt euch außer Beseitigen nichts ein?«, bellte der Alte los.

»Ich bitte um Vergebung«, erwiderte der erste leicht trotzig.

Der Alte war in seinem Sessel zusammengesunken. Mit seiner knochigen Hand machte er eine abweisende Bewegung.

»Geht jetzt und haltet den Lauf der Dinge auf. Wir wollen die Welt nicht verändern. Wir wollen sie bewahren. Die Welt ist noch nicht so weit.«

Er richtete sich wieder kerzengerade auf.

»Und zwar sofort!«

Die Besucher verneigten sich, drehten sich um und verließen mit schnellen Schritten den Raum.

*

Robert saß an seinem Schreibtisch und merkte, wie sehr er immer noch unter Spannung stand. Für einen Augenblick hatte er erwogen, nicht nach Hause zurückzukehren, sondern irgendwo in einem Hotel zu übernachten. Aber er hatte das wieder verworfen, der Verdacht gegen ihn wäre im Zweifelsfall noch verstärkt worden. Er überlegte.

Hat dich jemand beobachtet? Das kann eigentlich nicht sein. Die dichte Bepflanzung des Grundstücks macht das unmöglich. Und wenn dich jemand gesehen hat, wäre die Polizei dann nicht längst hier?

Seit er die Villa verlassen hatte, waren mehr als fünf Stunden vergangen.

Es blieb alles ruhig, und langsam entspannte er sich.

Er ging in die Küche, nahm eines der bauchigen Gläser aus dem Schrank und goss sich ein Glas »Rosso di Toscana« ein. Mit dem Rotweinglas ging er zurück an seinen Arbeitsplatz.

Was hatte der Professore gesagt? Der Zettel in der Brieftasche?

Er nahm das schwarze Leder-Portemonnaie, klappte es auf und inspizierte die Fächer. In dem größten steckten rund einhundertzwanzig Euro in unterschiedlichen Scheinen. Daneben der Führerschein Mazzettis und das Foto einer gepflegten älteren Dame. Er betrachtete es aufmerksam. Die verstorbene Ehefrau? Wahrscheinlich. Wer war sie gewesen? Eine reiche Frau, die einen Mann mit verrückten Gedanken geliebt hatte? Welches Wissen hatten beide mit ins Grab genommen?

Roberto, du hast keine Zeit für solche Betrachtungen. Schau weiter! Tankquittungen, eine Fahrkarte. Der Leihzettel einer öffentlichen Bibliothek, die Rechnung eines Restaurants. *Madonna, wie viel Banales bleibt von einem Menschen übrig.*

Das Durchsuchen der Brieftasche verletzte eine Intimitätsgrenze, die ihm unangenehm war.

Bevor du einmal stirbst – und das passiert hoffentlich von einem Augenblick auf den anderen –, musst du alle Dinge in Ordnung bringen. Besonders die banalen.

Sein Blick verlor sich.

Aber weiß ich, wann ich sterbe?

Nach einigen Sekunden kam sein Bewusstsein zurück in die Realität. Er konzentrierte sich wieder auf die Brieftasche und strich fast zärtlich über das glatte Leder. In der Beuge war ein kleiner Reißverschluss eingearbeitet. Mit dem Mittelfinger fuhr er hinein. Papier knisterte.

Er zog es heraus. Ein kleiner Zettel von ungefähr zehn mal zehn Zentimetern. Beschriftet mit einem Füllfederhalter und der klaren Schrift eines Menschen, der es gewohnt war, ihn zu benutzen. Robert lehnte sich zurück und las:

»*Die Wahl fällt auf die Göttin der Blumen. Und der, der sie schuf, fand den Tod. Dort, wo seine Macht einmal war. Die der Frau, die er einst liebte, versank im Meer. Nur der, der im Übrigen der Meinung war, behielt Recht. Und das will man hören.*«

Robert strich sich übers Haar. Was konnte das bedeuten? War das mit der Methode verfasst, geheime Botschaften in sinnlosen Texten unterzubringen?

»Schauen wir uns das einmal an«, murmelte er und zog einen weißen Bogen Papier aus der Schublade seines Schreibtisches.

Gehen wir davon aus, dass die zu enträtselnden Personen der Code sind. Die Göttin der Blumen kann nur Flora sein. Eine römische Göttin. Und der, der sie schuf...?

Wer hat Flora geschaffen? Jupiter, der Chef aller Götter? Aber er fand den Tod? Das kann für den Götterchef nicht zutreffen.

Flora, auch Florentia genannt... Moment! Wahrscheinlich ist keine Göttin gemeint, keine Göttin, kein Mensch – eine Stadt. Das Naheliegendste... natürlich, Florenz!

Sein Gehirn begann, schneller zu arbeiten.

Und wer hat Florenz erschaffen? Soweit man der Geschichte glauben darf, war das der Verdienst eines gewissen Gaius Julius Caesar, der hier sein erstes Feldlager errichtet und es Florentia genannt hatte.

Und er fand den Tod, wo seine Macht...?

Robert tippte sich an die Stirn.

Natürlich. Der Tyrann ist im Senat erstochen worden.

Die Macht der Frau... versank im Meer? Und er hat sie geliebt?

Robert nahm den Bleistift zwischen die Zähne.

Caesar hat so einige geliebt. Wer kann das sein? Vielleicht... Cleopatra? Aber die versank nicht im Meer.

Nein, du Idiot, sie nicht, aber der größte Teil ihrer Flotte während der Schlacht bei... wie hieß das doch gleich! Ag...

Ak..., richtig – Actium. Da war der Tyrann allerdings tot und Marcus Antonius an seine Stelle getreten. Spielt in diesem Fall aber keine Rolle.

Roberto, konzentriere dich!

Jetzt das Letzte. Der, der im Übrigen der Meinung war ...

Der Professore hat etwas mit Figuren aus der Geschichte verschlüsselt. Und das hier weist mit Sicherheit auf den römischen Senator Cato hin. Aber das liegt zeitlich vor Caesar und Cleopatra.

Trotzdem, bleiben wir bei Cato, dem Älteren. Der hat jede Rede vor dem römischen Senat mit dem Satz geschlossen: »Ceterum censeo carthaginem esse delendam«, was so viel hieß wie »Im Übrigen bin ich der Meinung, dass Karthago zerstört werden muss«. Im Übrigen – das war es doch. Aber behielt er Recht? Stimmt! Der römische Feldherr Scipio hatte später dafür gesorgt, dass die Stadt dem Erdboden gleichgemacht wurde.

Robert nahm ein neues Blatt und legte es vor sich hin.

Er schrieb die Namen untereinander:

Florentia

Caesar

Kleopatra

Cato oder vielleicht Scipio?

Lange starrte er auf die Namen. Das »A« sechsmal, das »O« dreimal, das »E« ebenfalls nur dreimal. Ungewöhnlich. Kein bekanntes Schema passte. Die Grundlagen der meisten Verschlüsselungen waren ihm wohl bekannt. Das hier machte allerdings keinen Sinn.

Ein Zusammenhang war nicht erkennbar.

Er las noch einmal den Zettel.

Die Wahl fällt auf ... Die Wahl? Was wird hier ausgewählt?

Robert schüttelte den Kopf und schaute auf dem Schreibtisch hin und her. In seinem Kopf arbeitete es. Welche schwierigen Codes hatte er schon im Kopf geknackt, ohne den von ihm nicht besonders geliebten Computer benutzen zu müssen!

Mein Gott, Roberto, du bist aus der Übung!

Er legte den Kopf in den Nacken.

Also, noch einmal. Die Wahl fällt auf...

Sein Blick wanderte über den Schreibtisch. Der Locher, das Adressbuch, der Terminkalender, das Diktaphon, das Telefon. Das Telefon?

Telefon – Wählen – Moment mal! Mein Gott, Roberto, hier geht es nicht um Namen und Buchstaben. Hier geht es um Zahlen!

Wählen! Warum bist du nicht gleich darauf gekommen?

Robert war hellwach. Caesar wurde 44 v. Chr. ermordet, die Schlacht bei Actium war... 30 oder 31?

Das hast du doch einmal alles auswendig gewusst, Roberto, ärgerte er sich und griff zum ersten Band des Lexikons, das im Regal über dem Schreibtisch stand.

Also doch – 31 v. Chr.

Bei Karthago musste er nicht lange nachdenken. Die Stadt ging 146 v. Chr. unter.

Er atmete aus. *Da haben wir es.* Jetzt war er sich sicher. Das Rätsel war eine Telefonnummer. Das musste es sein. Eine Nummer aus Florenz, die da lautete: 443 11 46.

Und das will man hören, hatte der Professor als letzten Satz geschrieben. Robert lächelte.

»Ich verstehe, was Sie meinen, Professore«, sagte er leise zu sich selbst und griff zum Telefonhörer.

Am anderen Ende meldete sich eine Frauenstimme.

Robert räusperte sich.

»Guten Tag, mein Name ist Robert Darling. Ich soll Ihnen sagen ›Ceterum censeo Carthaginem esse delendam.‹«
Es blieb still in der Leitung.
»Hören Sie mich?«, fragte Robert.
Die Stimme klang leicht erregt.
»Ist ihm etwas passiert?«
Robert dachte nach. Eigentlich durfte er nicht wissen, was Mazzetti passiert war.
»Nicht am Telefon«, sagte er.
Die Frau sprach schnell.
»Kommen Sie in die Via Magliabechi 37. Klingeln Sie bei Furini.«
»Wann?«
»Am besten gleich. Wann können Sie hier sein?«
»Wenn ich mich beeile – in gut einer halben Stunde.«
»Gut.«

*

Der kühle Wind, der von der nahen Küste durch die Straßen Alexandrias wehte, machte sogar die Luftfeuchtigkeit von fast siebzig Prozent erträglich. Es wird nie heißer als dreißig Grad in der zweitgrößten Stadt Ägyptens, die auf eine über zweitausend Jahre alte Geschichte zurückblicken kann.

Georgios Karakos trat aus seinem Haus an der Sharia el Aqaba. Er war dreiundsechzig Jahre alt, Nachfahre von griechischen Einwanderern aus dem neunzehnten Jahrhundert. Sein Gesicht war sonnengebräunt, sein grauer Schnauzbart sorgsam geschnitten. Auf dem Kopf trug er einen geflochtenen Hut im Borsalino-Stil. Der weiße Anzug und die aufrechte Körperhaltung gaben ihm etwas Aristokratisches.

Karakos dachte nach. Seit drei Tagen war er Pensionär, obwohl er noch zwei Jahre hätte arbeiten können. Und er hätte das gern getan, denn er war stolz auf »seine« Bibliothek, ein architektonisches und technisches Meisterwerk, das 2002 eröffnet worden war und die über zweitausend Jahre alte Tradition der größten Bibliothek der Antike fortsetzte.

Ohne Begründung hatte man ihn nach Hause geschickt, obwohl seine Vorgesetzten ihn wegen seiner vorzüglichen Arbeit und seiner umfassenden Kenntnisse des Altertums immer wieder aufs Höchste lobten. Hing das vielleicht mit den seltsamen Anrufen zusammen, die vor rund drei Wochen begonnen hatten?

Unwillkürlich schüttelte er den Kopf. Warum? Sollten sie etwas gemerkt haben? Das konnte einfach nicht sein. Andererseits, dachte er, kann ich die Suche jetzt auch privat weiterführen. Ich habe noch genug Freunde in der Bibliothek. Machen wir das Beste daraus. Grübelnd überquerte er die Avenue Aquaba, um im »Trianon« einen Kaffee zu trinken.

Den Lastwagen, der mit hoher Geschwindigkeit in die Kurve fuhr, sah er zu spät. Ein dumpfer Aufschlag, schreiende Menschen. Ein Arzt, schrie jemand, holt schnell einen Arzt. Doch dafür war es zu spät. Der Bibliothekar Georgios Karakos war tot. Dass der Lastwagen, ohne zu bremsen, weitergefahren war, fiel der Polizei viel zu spät auf. Auffälligkeiten oder gar das Kennzeichen hatte sich niemand gemerkt.

*

Robert hatte Wort gehalten. Eine halbe Stunde später drückte er in der Via Magliabechi 37 auf den Klingelknopf mit dem Namensschild »Furini«. Sekunden später knackte es im Lautsprecher der Gegensprechanlage.

»Ja bitte?«

»Robert Darling. Wir haben vor einer halben Stunde telefoniert.«

Sofort war das Summen des Türöffners zu hören. Robert drückte die schwere Tür aus poliertem Eichenholz auf.

Die Wohnungstür im zweiten Stock war bereits einen Spalt geöffnet, die Kette noch vorgelegt. Maria Furini schaute angestrengt auf den Flur hinaus.

Da zwischen der Treppe und der Wohnungstür noch eine Distanz von rund zehn Metern lag, hatte sie ausreichend Zeit, den Besucher zu begutachten.

Robert blieb in einem Abstand von zwei Metern stehen und machte eine angedeutete Verbeugung.

»Darling. Robert Darling. Ich habe Professore Mazzetti erst vorgestern kennen gelernt und muss Ihnen leider heute eine traurige Nachricht bringen.«

Maria bemühte sich, ihre Gesichtszüge unter Kontrolle zu halten.

»Ist er tot?«

Robert nickte und schaute auf die Dielen des Fußbodens. Sie spürte, dass seine Betroffenheit nicht gespielt war, hängte die Kette aus und öffnete die Tür.

»Kommen Sie bitte herein.«

Die Wohnung war mittelgroß, etwa drei bis vier Zimmer, schätzte Robert. Die Wände waren mit einer zarten, gelb getönten Kalkfarbe gewischt. Der Flur war nur schwach beleuchtet, vier Punktstrahler beleuchteten Bilder im expressionistischen Stil.

Maria öffnete die Tür zum Wohnzimmer und machte eine einladende Handbewegung.

Robert nickte mit ernstem Gesicht und ging hinein. Das Zimmer hatte eine angenehme Atmosphäre und war mit einer geschmackvollen Mischung aus antiken und modernen Möbeln eingerichtet.

Sie wies auf einen der großen Ledersessel im englischen Stil.

»Nehmen Sie bitte Platz. Kann ich Ihnen etwas zu trinken anbieten?«

»Bitte ein Glas Wasser.«

Maria drehte sich um und verließ das Zimmer. Robert schaute ihr nach. *Was für eine seltsame Ausstrahlung*, dachte er.

Sie war groß und schlank, etwa einssechsundsiebzig, schätzte er. Ungefähr Mitte dreißig. Für eine Italienerin hatte sie eine ziemlich helle Haut und dunkelblonde, etwas ins Rötliche gehende, kinnlange Haare.

Dazu grüne Augen und einen Mund, der etwas Spöttisches hatte. Das energische Kinn verstärkte diesen Eindruck. Sie trug eine weiße Bluse, dazu schwarze Jeans mit schwarzen Sneakern.

Robert hörte sie in der Küche hantieren, und wenige Augenblicke später kam sie zurück mit einem Tablett und zwei Gläsern mit Mineralwasser. Sie stellte sie auf den Tisch.

»Entschuldigen Sie, dass ich mich noch nicht vorgestellt habe. Maria Furini ist mein Name. Sagen Sie, wie ist er gestorben?«

Robert rang für Sekunden um die richtige Wortwahl.

»Ich fürchte, er ist einem Verbrechen zum Opfer gefallen.«

Maria sah ihn scharf an.

»Sie fürchten? Ist er oder ist er nicht?«

Robert nickte und nahm das Glas in die Hand.

»Er ist.«

Maria nahm einen Schluck Wasser.

»Und Sie haben ihn gefunden.«

Robert nickte abermals und erzählte nun die Geschichte, wie er Mazzetti bei seiner Autopanne geholfen hatte, wie sie sich sofort sympathisch waren und wie der Professor ihn zu sich eingeladen hatte. Wie er ihn gefunden hatte und wie er nichts ausgelassen hatte, alle Indizien gegen sich sprechen zu lassen.

Maria hörte schweigend zu. Robert schaute sie fragend an.

»Warum hat er Ihre Telefonnummer so kompliziert verschlüsselt??«

Maria sah Robert direkt in die Augen.

»Er hat geahnt, was ihm passieren wird, das war eine Vorsichtsmaßnahme. Paolo wollte auf keinen Fall, dass ich irgendwie in eine Sache hineingezogen werde, die gefährlich werden konnte. Niemand sollte ihn und mich in Verbindung bringen können.«

»Sind Sie mit ihm verwandt?«, fragte Robert.

Sie schüttelte den Kopf.

»Nein, er war mein Professor an der Universität. Literatur und Philosophie. Er war einer der faszinierendsten Menschen, die ich jemals kennen gelernt habe.«

Robert zog die Augenbrauen hoch.

»An der Uni? Mir hat er erzählt, er sei Privatgelehrter, man ließe ihn an keiner Hochschule lehren.«

Maria nickte.

»Das stimmt. Paolo betrieb private Forschungen und stellte Thesen auf, die dem Kollegium missfielen. Es kam zum Streit, und er zog sich ins Private zurück.«

»Was waren das für Thesen?«

Maria lehnte sich zurück.

»Das ist etwas kompliziert. Es ging um die Existenz des Menschen. Um richtige und falsche Wahrnehmung. Und um das verzerrende Weltbild der Kirche. Die hatte ihren ganzen Einfluss geltend gemacht, damit Paolo nicht mehr lehren durfte. Über die genauen Ergebnisse seiner Forschungen hat er nie gesprochen. Wahrscheinlich ebenfalls, um mich zu schützen.«

Robert schaute ihr in die Augen.

»Darf ich Sie fragen, in welchem Verhältnis Sie zu Professore Mazzetti standen?«

Sie wandte den Kopf für einige Sekunden ab, blickte ihn dann starr an, als ob sie durch ihn hindurchsähe.

»Sie dürfen. Ich war seine Geliebte. Vier Jahre lang. Bis seine Frau starb. Er machte sich Vorwürfe, dass unser Verhältnis die Krankheit mit ausgelöst haben könnte. Sie war eine kluge Frau und hat mit Sicherheit mehr gewusst, als sie sich anmerken ließ. Nach ihrem Tod ging er auf Distanz. Getroffen haben wir uns immer außerhalb von Florenz.«

Sie seufzte.

»Paolo war nicht nur klug und gebildet, er hatte auch etwas, was die wenigsten Menschen haben: Vorahnung. Ich habe es mehrfach miterlebt, dass diese Vorahnungen eintrafen. Einmal fuhren wir eine Serpentinenstraße den Berg hinauf. Ich saß am Steuer. Kein anderes Auto weit und breit. Plötzlich schreit er: nach rechts, ganz nach rechts, und da war zufällig eine Ausweichbucht. Ich habe gebremst und bin in die Bucht gefahren. Wenige Sekunden später raste irgendein Wahnsinniger auf uns zu, flog aus der Kurve und landete auf der linken Seite. Er bekam den Wagen wieder in den Griff und fuhr davon. Wäre ich nicht in die Bucht ausgewichen, hätte es einen Frontalzusammenstoß gegeben. Den hätte keiner von uns überlebt. Paolo konnte das Auto vorher weder gesehen noch gehört haben. Mir war das richtig unheimlich, aber so etwas passierte häufiger.«

Sie schwieg einen Augenblick, schaute zur Seite und dann Robert wieder in die Augen.

»Er hat sicher auch geahnt, dass er Sie treffen wird. Sonst hätte er Ihnen nicht den Zettel mit meiner verschlüsselten Nummer gegeben. Und durch diese eigenwillige Verschlüsselung wollte er sicher sein, dass nur ein Mensch mit Verstand und nicht einfach jeder Dahergelaufene mit mir in Kontakt treten kann. Ansonsten gibt es nichts, was auf eine Verbindung zwischen mir und Paolo hinweisen könnte. Ich vermute, er hat geahnt, dass Sie der Richtige sind.«

Sie stand auf und ging zu einem gegenüberliegenden Schrank, öffnete eine Schublade und holte ein Kästchen heraus, das mit Packpapier und einem Klebeband umwickelt war. Sie stellte es vor Robert auf den Tisch.

»Das ist für Sie. Er hat es mir aufgetragen.«

Robert starrte das Kästchen an.

»Was ist das?«

Maria zuckte leicht mit den Schultern.

»Ich weiß es nicht. Bitte stecken Sie es ein, und öffnen Sie es erst, wenn Sie gegangen sind – versprechen Sie mir das?«

Robert nickte.

»Natürlich. Aber was machen wir denn mit ihm? Wir können doch nicht alles so lassen, wie es ist!«

»Machen Sie sich keine Sorgen. Paolo hat noch eine Schwester, die weiß, was sie in einer solchen Situation tun muss. Er hat für alles vorgesorgt. Ich darf nicht einmal zu seiner Beerdigung kommen. Das hat er mir streng verboten, und ich werde mich daran halten. Das, was er mir gegeben hat, kann man mir sowieso nicht wegnehmen.«

Robert steckte das Kästchen in die Tasche seiner Jacke.

»Ich lasse Ihnen auf alle Fälle meine Telefonnummer hier. Sie können mich jederzeit anrufen.«

»Danke, Signore ...«

Sie schaute auf seine Visitenkarte.

»... Darling?«

Er nickte und versuchte, ein Lächeln nur anzudeuten.

»Ich habe mich daran gewöhnt, dass die Leute hierzulande meinen Namen etwas seltsam finden. Mein Vater war Amerikaner, und dort findet man ihn ganz normal. Aber sagen Sie ruhig Roberto zu mir.«

Sie erwiderte nichts, brachte ihn zur Tür und ließ ihn hinaus. Als er wenige Schritte gegangen war, hörte er noch einmal ihre Stimme.

»Roberto?«

Er drehte sich um.

»Seien Sie vorsichtig. Ich fürchte, es ist nicht ganz ungefährlich, was da auf Sie zukommt.«

Robert zog die Augenbrauen hoch.

»Sie fürchten? Ist es oder ist es nicht?«

»Es ist«, sagte sie und schloss die Tür.

3. KAPITEL

Noch im Auto zerschnitt Robert das Klebeband mit seinem kleinen silbernen Taschenmesser, das er, außer im Flugzeug, immer bei sich trug. Der Deckel des Kästchens ließ sich leicht öffnen. Es war mit Watte ausgestopft. Vorsichtig hob er die obere Schicht an. Darunter lag ein Doppelbartschlüssel.

Wahrscheinlich für ein Schließfach, dachte er. Der Schlüssel trug die Nummer 134.

Er legte den Schlüssel in die flache Hand.

Wo mag dieses Schließfach sein? In einer Bank, im Bahnhof?

Fangen wir beim Bahnhof an, dachte er und startete den Motor.

Der Hauptbahnhof »Firenze Santa Maria Novella« erhielt seinen Namen, weil er in unmittelbarer Nähe der weltberühmten Kirche im westlichen Teil der Stadt liegt. Wie immer herrschte reges Treiben um das über siebzig Jahre alte Gebäude. Da sich, wie eigentlich an allen Tagen, keine andere Möglichkeit bot, parkte Robert den Wagen im absoluten Halteverbot. Es konnte nur wenige Minuten dauern, den Schlüssel auszuprobieren. Mit langen Schritten lief er durch die Halle und hatte die Schließfächer schnell gefunden. Das Schild »Cassetta di custodia« war schon von weitem zu sehen. Ebenso schnell fand er die Nummer 134. Er steckte den Schlüssel in das Schloss, aber er ließ sich nicht bewegen. *Das wäre auch zu einfach gewesen*, dachte Robert.

Er wollte gerade wieder gehen, als sein Blick auf ein kleines, rot beleuchtetes Fenster fiel, dessen abgeblätterte Schrift kaum zu entziffern war. »Nachzahlen« musste das heißen. Auf einmal begriff er. So ein Fach konnte man maximal für vierundzwanzig Stunden mieten. Die waren abgelaufen und damit zwei weitere Euro fällig. Er griff in seine Hosentasche. Eine Fünfzig- und eine Zwanzig-Cent-Münze. Sonst nur Scheine.

Robert schaute sich um. Ihm lief die Zeit davon.

Madonna, der Wagen. Hoffentlich notiert niemand die Nummer oder lässt das Auto abschleppen. Die Polizei kannst du im Moment überhaupt nicht gebrauchen.

Hastig ging er zu einem Zeitungskiosk.

»Entschuldigen Sie, Signore, können Sie mir diesen Fünf-Euro-Schein in Münzen umwechseln?«

Der Mann mit der spiegelnden Glatze in dem Verkaufsstand machte ein mürrisches Gesicht.

»No, no, no. Was meinen Sie, was passieren würde, wenn ich das täte? Dann kommen sie alle gerannt und wollen Kleingeld. Für die Toilette, fürs Telefon, für die Schließfächer. Dann hätte ich nur noch Scheine und könnte nicht mehr herausgeben. No, no, no.«

Du musst dich beeilen, dachte Robert und griff noch einmal in die Tasche. Der nächstgrößere Schein war ein Zwanziger.

»Hören Sie, ich habe es verdammt eilig. Ich gebe Ihnen diesen, und Sie geben mir fünf in Münzen!«

Der Glatzkopf machte große Augen.

»Aber dann haben Sie ja einen Verlust von ...«

»Das ist mir egal!«, unterbrach ihn Robert.

Der Mann zuckte mit den Schultern, griff nach dem Schein und gab Robert fünf Euro in Münzen.

»Grazie!«, sagte Robert und ging, ohne ihn anzusehen, hastig davon.

»Könnte natürlich auch sein, dass das eine Blüte ist«, murmelte der Glatzkopf. Er zuckte noch einmal mit den Schultern und steckte den Schein in die Hosentasche.

Nach dem Einwurf von zwei Euro ließ sich der Schlüssel im Schloss drehen und die Tür öffnen. In dem schmalen Schrank stand eine alte Ledertasche, wie sie früher von Ärzten benutzt wurde.

Manchmal wirkt Murphy's Law dann doch nicht, dachte Robert, als er sie herauszog. Zwei Minuten später musste er diese Erkenntnis revidieren.

Schon von weitem konnte er den Polizisten sehen, der um sein Auto herumging und sein Nummernschild notierte. *Jetzt die Nerven behalten,* dachte er.

»Entschuldigung«, sagte Robert und versuchte, möglichst entspannt zu wirken.

Der Polizist zog die Augenbrauen hoch.

»Ist das Ihr Wagen?«

Robert nickte freundlich.

»Ich bin Dottore Roberto Cavallo. Ein alter Signore ist am Bahnsteig kollabiert. Ich hatte leider keine Zeit, mein Schild ins Fenster zu stellen. Es ging um Sekunden, Sie verstehen?«

Der Polizist machte große Augen. Robert nickte und schaute möglichst gütig.

»Gott sei Dank geht es ihm schon wieder besser.«

Der Polizist schaute auf Robert, dann auf die Arzttasche.

»Aber Sie sollten möglichst immer Ihr Schild ...«

»Mach ich doch immer«, lachte Robert und schloss die Fahrertür auf. »Aber in diesem Fall ging es um Leben und Tod!«

Und mit strengem Blick fügte er hinzu: »Ein Menschenleben steht doch wohl über der Verkehrsordnung!«

Der Polizist nickte und riss den Zettel vom Block.

»Richtig, Dottore, jetzt sollten Sie aber wirklich fahren.«

Robert nickte zurück, startete und fuhr davon. Nicht, ohne sich durch einen Blick in den Rückspiegel davon zu überzeugen, dass der Polizist den Strafzettel in kleine Fetzen zerriss.

*

»Tot?« Der Mann mit der auffälligen Hakennase wurde blass und wechselte den Telefonhörer vom linken zum rechten Ohr.

»Paolo ist tot? Ich kann das nicht glauben ... Mit wem spreche ich denn überhaupt?«

»Mit seiner Schwester«, sagte die Stimme am anderen Ende der Leitung. »Und wer sind Sie?«

»Verzeihung, ich bin ein alter Kollege Ihres Bruders. Wir waren beide Dozenten an der Uni. Das heißt, ich bin es immer noch. Lorenzo Tardi ist mein Name.«

»Was kann ich für Sie tun?«

Tardi zog die Luft hörbar durch die Nase ein.

»Ich wollte Paolo eine fachliche Frage stellen. Aber das geht ja nun ... sagen Sie, woran ist er denn gestorben. War er krank?«

Für einen Augenblick war Stille in der Leitung.

»Er ist einem Verbrechen zum Opfer gefallen. Wahrscheinlich ein Einbrecher.«

Tardi fühlte das Pochen der Ader an seinem Hals.

»Madonna, wie schrecklich! Und seine Forschungsarbeiten? Seine Aufzeichnungen? Was geschieht mit ihnen? Dass sie bloß nicht in unbedarfte Hände geraten. Wenn ich vielleicht...«

Die Stimme der Frau klang hart.

»Ich verstehe nichts von diesen Dingen. Darum habe ich unsere Anwaltskanzlei beauftragt, sich um diese Dinge zu kümmern. Wenn Sie Fragen haben, wenden Sie sich bitte an den Avvocato Pancrazzi. Und jetzt entschuldigen Sie mich, Professore. Es gibt noch eine Menge zu tun.«

Noch Minuten, nachdem die Frau aufgelegt hatte, stand Tardi mit dem Hörer in der Hand völlig entgeistert da. Seine Augen starrten durch die Gläser der großen Brille ins Leere.

»Verdammt!«, murmelte er.

*

Die Nachmittagssonne fiel durch das offene Fenster des Arbeitszimmers. Das Vogelgezwitscher, die warme Luft des toskanischen Sommers – all das verlieh dem Tag eine freundliche, entspannte Atmosphäre. Robert versuchte, seine verkrampften Schultern zu lockern, aber es gelang ihm nur begrenzt, denn die Ereignisse der letzten Tage und die vergangene, fast schlaflose Nacht hatten ihre Spuren hinterlassen.

Im Arbeitszimmer angekommen, stellte er die Ledertasche auf den Schreibtisch, ließ den Verschluss aufschnappen und schob die Bügel auseinander. In der Tasche lag eine schwarze Mappe, die man seitlich zuschnüren konnte. Er zog sie hervor, löste die Schleife und klappte sie auf. Es waren etwa dreißig bis vierzig mit einer alten Schreibmaschine beschriebene Blätter. Zwischen den Zeilen waren handgeschriebene Korrekturen und Zusätze eingeschoben. Robert erkannte die Schrift sofort. Auf dem Stapel lag ein Briefumschlag. Er öffnete den Umschlag, setzte sich in den Lesersessel neben dem Schreibtisch und begann zu lesen.

Fragen Sie nicht, warum ich wusste, dass Sie kommen. Sie werden es früh genug erfahren. Lesen Sie die Texte langsam und genau. Ich bitte Sie, dabei Ihr besonderes Augenmerk auf Origenes von Alexandria zu richten.

Ich habe bei meinen Studien und Recherchen herausbekommen, dass Origenes um ein Geheimnis wusste, das unser aller Leben radikal verändern kann. Auf den beiliegenden Seiten finden Sie die Ergebnisse meiner Forschungen. Für mich war es nicht vorgesehen, sie zu Ende zu führen. Sie müssen es tun. Da ich aber weiß, dass diese Ergebnisse niemals in die falschen Hände geraten dürfen, habe ich sie an verschiedenen Orten versteckt. Was Sie hier in Händen halten, ist lediglich der erste Teil. Wo Sie den zweiten und den dritten finden, erfahren Sie nur, wenn sie den Text genauestens studieren. Die Orte sind im Text verschlüsselt untergebracht. Ich denke, dass Sie es erkennen werden. Dennoch: Gedenken Sie der Kräfte, die gegen Sie arbeiten werden. Sie sind mächtig und zu allem bereit.

Robert ließ den Brief sinken und lehnte sich zurück.

Wenn du den Professore nicht noch persönlich kennen gelernt hättest, wärest du mit großer Sicherheit davon überzeugt gewesen, dass es sich bei dem Verfasser wieder einmal um einen dieser Verrückten handelte, die die Geheimdienste dieser Welt täglich mit ihren selbst verfassten Verschwörungstheorien belieferten.

Bei der NSA in Maryland waren diese Theorien im Kollegenkreis ein Quell nie versiegender Heiterkeit gewesen.

So viel stand fest: Paolo Mazzetti war zwar ein etwas exzentrischer Mensch, aber ein Verrückter war er nicht. *Lies weiter, Roberto.*

Er nahm das erste Blatt vom Stapel und las:

Einleitung

Seit Jahrtausenden ist ein großer Teil der Menschheit davon überzeugt, dass der Tod nicht das Ende aller Dinge ist. Vielmehr lebt im physischen Leib jedes Menschen eine unsterbliche Seele, die sich nach dem Tode in einem neu erscheinenden Wesen wieder verkörpert. Dies geschieht so oft, bis der Mensch die höchste Stufe erreicht hat. Innerhalb der Kulturen gibt es verschiedene Auffassungen, wie diese Seelenwanderung abläuft. Nach hinduistischer Vorstellung etwa inkarniert sich die Seele nicht nur in einem neuen Menschen, sondern auch in Tieren. Im Buddhismus zusätzlich in Pflanzen und Mineralien.

Ab dem 6. Jt. v. Chr. erreichte die Vorstellung der Reinkarnation auch das antike Griechenland. Pythagoras, Empedokles und Platon lehrten ihre Schüler, dass sich die unsterbliche Seele reinkarnieren müsse, bis sie den höchsten Stand erreicht hat. Allein der Mensch selbst ist imstande, sein Leben so auszurichten, dass er diese höchste Stufe erreicht.

Auch im frühen Christentum war der Gedanke der Wiedergeburt in einem neuen Menschen weit verbreitet. Man kannte noch keine Dogmen als unumstößliche Lehrsätze der Kirche. Im Neuen Testament befanden sich viele Hinweise auf die Reinkarnation.

Doch dann passierte etwas, was das Leben von Millionen

Menschen erheblich beeinträchtigen sollte. Die Kirche wurde mehr und mehr zur Institution der Macht und bemerkte, dass man Menschen, die daran glauben, dass der Tod nichts Endgültiges und dieses Leben nicht das einzige ist, schlecht kontrollieren kann. Vielmehr sollten sie in der Angst leben, dass sie in die Hölle fahren, wenn sie sich nicht an die Gesetze der Kirche hielten. Und da die Herren der Kirche über viele Jahrhunderte oft in einer Doppelfunktion auch weltliche Herrscher waren, war dies ein willkommenes Instrument der Machtausübung.

In diesem Sinne wurde die Bibel »korrigiert«, d. h., sämtliche Stellen des Neuen Testaments, die die Reinkarnationslehre betrafen, wurden entfernt.

(Anm. In diesem Korrektureifer wurden aber dennoch einige Stellen übersehen. Man kann sie heute noch nachlesen. Siehe Anhang 1–11).

Robert legte das gelesene Blatt neben den Stapel und war etwas enttäuscht.

Der Professore hat sich mit der Reinkarnation beschäftigt? Zu diesem Thema gibt es unzählige Schriften. Zusammengetragen aus Jahrtausenden. Sogar im Internet wird jedwede Theorie verbreitet und diskutiert. Einen Beweis dafür gibt es aber bislang nicht. Ist das vielleicht doch nur eines der vielen Hirngespinste?

Die Spannung in ihm legte sich.

Plötzlich sah er das Bild des toten Paolo Mazzetti vor sich. Nein, das konnte kein Hirngespinst sein. Hier musste etwas stehen, was ein Menschenleben wert war. Etwas höchst Reales.

Also, lies weiter, Roberto!

Er griff zum nächsten Blatt.

Wie in seinem Brief bereits angekündigt, hatte sich der Professor ganz besonders mit Origenes von Alexandria befasst. Von diesem erstaunlichen Mann wusste Robert nur sehr wenig, darum war er dankbar, dass Mazzetti eine Zusammenfassung seines Lebens an den Anfang gestellt hatte.

Mit der Vita des Origenes, der 185 n. Chr. in Alexandria geboren wurde und 254 n. Chr. in Tyros, im heutigen Libanon, starb, beschrieb er eine eindrucksvolle Karriere: vom Aufstieg zu einem der berühmtesten Gelehrten und Bibelkenner seiner Zeit, wie er zum Priester wurde und wie er sich – nicht zuletzt wegen seiner Reinkarnationslehre – mit der Kirche überwarf, die ihn seinerseits der Ketzerei bezichtigte. Später, nach seinem Tod, wurden die Lehren des Origenes offiziell aus der Kirche verbannt.

Bedauerlich ist, so fügte der Professor an, dass das Gesamtwerk des Origenes nicht mehr in vollem Umfang und im Original vorliegt. Er konnte es aus den Schriften anderer, die dabei oft auch noch seine Gegner waren, nur noch zum Teil rekonstruieren.

Robert legte das Manuskript beiseite. Er brauchte jetzt dringend eine Tasse Tee, am liebsten einen Assam Goldspitzen. Catarina hatte sich den Tag frei genommen, was aber in diesem Zusammenhang keine Rolle spielte. Die Zubereitung des Tees ließ er sich nicht nehmen. Zehn Minuten später kehrte er mit einer kleinen Tonkanne und einem dampfenden Schälchen zurück. Er griff zum nächsten Blatt.

Bei weiteren Recherchen stieß ich auf einen Hinweis, der mich aufhorchen ließ. Ein Teil der Schriften des Origenes ist in der Bibliothek von Alexandria verblieben. Vor allem solche, die

die Kontrolleure der Kirche als unbedenklich einschätzten oder die nachbearbeitet worden waren. Doch genauso wie die Korrektoren einige Bibelstellen des Neuen Testamentes übersehen hatten, hatten sie auch hier Schriftstücke übersehen, die ein Geheimnis enthielten, dass das Leben auf der Erde entscheidend verändern kann. Warum das übersehen wurde? Origenes war nicht nur ein weiser Mann, sondern auch sehr geschickt im Umgang mit der Sprache. Und so hatte er die wichtigen Hinweise in Texte verpackt, die den Kontrolleuren unverdächtig vorkamen. Nur einige wenige seiner Schüler waren eingeweiht. Und sein Kopist, ein gewisser Aeneas von Samos.

Also führten mich meine Recherchen nach Alexandria. Ich war bei meinen Recherchen auf einen Hinweis gestoßen, dass ein Bibliothekar der neuen Bibliothek, die 2002 eröffnet wurde, Unterlagen besaß, die mir bei meiner Arbeit weiterhelfen konnten. Der Bibliothekar entstammt einer griechischen Familie und heißt Georgios Karakos. Nachfolgend das Protokoll meines Gesprächs...

Die Standuhr in der Eingangshalle schlug siebenmal. Robert schrak auf. Die Ereignisse der letzten Tage hatten sein Zeitgefühl durcheinandergebracht.

Welcher Tag ist heute? Montag? Nein, Dienstag.

Sein Blick fiel auf den Terminkalender.

Dienstag, der 29. Juni!

»20 Uhr, Carlo«, hatte er dort eingetragen.

Verdammt, das hättest du jetzt fast vergessen!

Jeden letzten Dienstag im Monat traf er sich mit Carlo Sebaldo zum Essen und Plaudern in der Trattoria »Il Cantuccio« in Vicchio, Carlos Heimatstadt, die rund fünfundzwanzig Kilometer von Florenz entfernt lag. Der Tischlermeister fertigte die Prototypen für Roberts Brettspiele an. Und weil sie einmal gemeinsam in ein Abenteuer geschliddert waren, das sie beide fast das Leben gekostet hatte, war aus dieser Arbeitsgemeinschaft eine enge Freundschaft geworden, die für Außenstehende zunächst schwer nachvollziehbar war. Der vermögende, hochintelligente und polyglotte Italo-Amerikaner aus bestem Hause und der einfache Tischlermeister aus Vicchio, der in seinem Leben nie sein Heimatland verlassen hatte? Wie passte das zusammen?

Doch Carlo bewunderte nicht in erster Linie Roberts Herkunft und Bildung. Ihm gefielen seine Zuverlässigkeit, seine Geradlinigkeit und sein Sinn für Gerechtigkeit. Seine erstaunliche Kombinationsfähigkeit ebenfalls. Robert mochte an Carlo seine Unbeirrbarkeit, seine Durchsetzungskraft und seinen Humor. Ungerechtigkeiten konnte er ebenfalls nicht ertragen. Und ganz besonders – dass er niemandem etwas vormachen wollte. Er war stolz darauf, ein einfacher toskanischer Handwerker zu sein. Aber, so pflegte Robert hinzuzufügen, einer der besten. Nicht zuletzt verband sie die Freude an gutem Essen und gutem Wein. Und beides war im »Il Cantuccio« einfach, aber in seiner Einfachheit vom Feinsten.

Jetzt aber los, Carlo darfst du nicht warten lassen.

Trotz seiner italienischen Herkunft, zu der alle Attitüden gehörten, die man von einem Sohn der Apenninenhalbinsel erwartete, war Carlo von erstaunlicher Pünktlichkeit.

Das Manuskript des Professors konnte er auch später noch weiterlesen. Er nahm den Seitenstapel, legte ihn sorgsam in die graue Mappe und verstaute alles in der Schreibtischschublade. Für ein paar Sekunden überlegte er, dann schloss er die Schublade ab und steckte den Schlüssel in seine Tasche.

Immer zwei Stufen auf einmal nehmend, lief er die Treppe hinauf, nahm ein frisches Hemd aus dem Schrank und dachte, während er unter der Dusche stand, voll Inbrunst an die hausgemachte *carciofi*, Artischocken, gefüllt mit Parmesan, Kapern und Sardellen, wie sie nur Serafina im »Il Cantuccio« zubereiten konnte.

*

Die Sonne schien milde vom wolkenlosen Himmel an diesem Spätnachmittag in Virginia und hüllte den Potomac River und das Washington Monument in ein sanftes Licht. Sogar das Pentagon erwischte einen Hauch von Freundlichkeit.

John McMulligan wurde in diesem Moment zornig.

»Ich wiederhole«, sagte er mit leicht erregter Stimme in den Telefonhörer, »Parker braucht unbedingt Verstärkung. Hören Sie jetzt auf mit Ihrer blöden Diskussion. Ich habe Anweisung von ganz oben. Die DIA hat ja wohl genügend Männer, die Arabisch sprechen und die diesen Job machen können.«

»Wie? Nein, ich kann Ihnen nichts über das Ziel sagen. Alles streng geheim.«

Er nahm seine Brille ab und kniff sich mit Daumen und Zeigefinger in die Nasenwurzel.

»Hören Sie, der Mann soll sich sofort bei mir melden!«

Er knallte den Hörer auf das Telefon.

Er atmete tief ein. »Mein Gott«, murmelte er, »wenn der hört, was ich ihm zu sagen habe, wird er mich für einen abgedrehten Spinner halten.«

*

Robert tupfte sich mit einer weißen Leinenserviette die Mundwinkel ab, lehnte sich in seinem Stuhl zurück und gab einen zufriedenen Seufzer von sich.

»Carlo, mein Freund, ich weiß ja, dass Serafina die besten *carciofi* macht – aber das waren die allerbesten.«

Er erhob sein Glas.

»Und dieser Chianti Classico von Brolio. Fantastisch.«

Carlo Sebaldo lächelte, wobei sein Schnauzbart fast seinen Mund verdeckte.

»Roberto, ich liebe es, wie du in den vier Jahren gelernt hast zu genießen. Wenn ich daran denke, wie du damals ...«

Robert machte eine abwehrende Handbewegung.

»Hör auf! Ihr habt ja alle so getan, als hätte ich mich vorher nur von Hamburgern ernährt. Auch in Baltimore gibt es Leute, die was von gutem Essen verstehen!«

Carlo hob sein Glas.

»Salute, amico mio. Lassen wir die alten Geschichten.«

Er setzte das Glas ab und schaute für ein paar Sekunden auf die Tischdecke, hob den Kopf und blickte Robert mit seinen dunklen Augen mit ernstem Gesicht an.

»Was du mir allerdings gerade erzählt hast, gefällt mir weniger.«

Robert wartete ab. Er kannte Carlo und wusste, dass nach einer kurzen Pause eine Erläuterung folgen würde. Folgerichtig räusperte Carlo sich.

»Ich habe zwar so gut wie nichts verstanden, aber während du erzählt hast, hattest du wieder dieses Flackern in den Augen. Und das sagt mir, dass du einen Plan hast. Einen Plan, von dem dich weder Himmel noch Hölle abbringen können. Nicht mal deine Mutter.«

Robert lachte auf und schüttelte den Kopf.

»Nein, nein. Das siehst du falsch. Ich bin da auf eine Sache gestoßen, von der ich überhaupt nicht weiß, worum es geht. Aber alle Hinweise sind so spannend, dass ich es gern wüsste.«

Carlo schaute ihn weiterhin mit großem Ernst an.

»Genau das ist es ja. Du weißt nicht, worum es geht, und genau das möchtest du herausbekommen. Ich kenne dich. Es ist wie bei deinen Spielen. Du kannst es einfach nicht ertragen, dass es etwas gibt, von dem du nicht weißt, welchen Sinn es hat. Richtig?«

Robert nickte.

»Da magst du Recht haben.«

Carlo lehnte sich zurück.

»Si, amico. Du bist ein kluger Kopf. Der klügste, den ich jemals kennen gelernt habe. Aber du bist auch einer, der sich mit den Menschen nicht so gut auskennt. Du fällst leicht auf einen herein, der es nicht gerade gut mit dir meint. Und davor habe ich Angst.«

Carlo Sebaldo schaute auf seine Hände.

»Was willst du als Nächstes tun?«

Robert lehnte sich zurück und entspannte sich.

»Zuerst werde ich das Manuskript von Professore Mazzetti zu Ende lesen. Und dann sehen wir weiter.«

Carlo zog die Augenbrauen hoch.

»Du hast doch gerade gesagt, dass dich das Manuskript enttäuscht hat. Das mit diesem Wieder-auf-die-Welt-Kommen. Worüber viele Leute schon nachgedacht haben. Weißt du, ich bin Katholik, von Kindesbeinen an. Da gibt es einen Himmel und eine Hölle. Und daran glaube ich. Ich will es auch nicht anders.«

Robert lächelte Carlo an.

»Wie gesagt, ich war erst etwas enttäuscht. Aber langsam glaube ich, dass der Professore in diese Richtung geforscht, aber dann etwas ganz anderes entdeckt hat.«

Carlo schaute ihn streng an.

»Das heißt, du gehst nach Griechenland?«

»Nach Ägypten«, sagte Robert und versuchte sich an einem Gesichtsausdruck, der nicht besserwisserisch wirken sollte. »Alexandria liegt in Ägypten.«

»Ägypten«, wiederholte Carlo und machte eine lange Pause. »Signore Darling, weißt du, was du tust?«

Robert schüttelte den Kopf.

»Ich habe mich ja noch gar nicht entschlossen, dorthin zu fahren. Dazu muss ich noch ein bisschen mehr über die Sache wissen. Aber wenn ich fahre – willst du nicht mitkommen?«

Carlo stellte vor Schreck sein Glas so heftig ab, dass etwas Rotwein auf die weiße Papiertischdecke schwappte.

»Madonna, niemals. Damals war ich an deiner Seite, weil es auch meine Sache war. Dazu habe ich gestanden. Aber das hier? Wie gesagt, ich bin ein katholischer Tischler, der sich hier und in seiner Werkstatt sehr wohl fühlt und der nicht wegen eines etwas überspannten Professore durch die Wüste reist!«

Robert konnte sich ein Grinsen nicht verkneifen.

»Sowie ich mich entschlossen habe, lasse ich es dich wissen.«

Carlo stieß einen tiefen Seufzer aus.

»Und ich werde dafür beten, dass du zur Vernunft kommst.«

*

Nachdenklich fuhr Robert zurück nach Hause.

Jetzt liest du erst einmal Mazzettis Manuskript zu Ende, dann siehst du weiter. Vielleicht heute Abend noch als Bettlektüre, dachte er, obwohl er eine angenehme Schläfrigkeit spürte.

Und dann? Dann musst du auch noch herausfinden, wo sich Teil zwei und drei befinden.

Da er allein im Auto saß, gähnte er laut und bog nach rechts in die kleine abschüssige Straße ein, die zu seinem Anwesen führte. Von einem Punkt des Weges aus konnte man das Haupthaus sehen.

Plötzlich war er wieder hellwach: Er sah Licht in der Halle. Er war sich hundertprozentig sicher, dass er es nicht angemacht hatte, als er gegangen war, dafür war es noch zu hell gewesen. Nur die Außenbeleuchtung wurde durch einen Dämmerlichtkontakt von allein aktiv. Er schaltete die Scheinwerfer und den Motor aus und ließ den Range Rover langsam rollen.

In der Kurve, die zu den Parkplätzen führte, wurde das Haus durch die großen Haselnusssträucher verdeckt.

Roberto, sei vorsichtig, irgendetwas stimmt hier nicht.

Vorsichtig öffnete er die Tür und horchte ins Dunkle. Nur die üblichen Geräusche der Nachttiere waren zu hören. In der Ferne bellte ein Hund. So leise wie möglich ging er zurück zum Weg, von wo aus er das Haus wieder sehen konnte. Er zuckte zusammen. Das Licht in der Halle war erloschen. Das bedeutete: Irgendjemand war immer noch im Haus und hatte das Licht eingeschaltet. Und dieser Jemand musste ihn gehört haben, sonst hätte er es nicht bei seinem Eintreffen wieder gelöscht.

Neben dem Carport lag in einem großen Haufen eine frisch zersägte Eiche, die der Gärtner und seine Gehilfen vor einer Woche gefällt hatten. Sie hatten den Stamm in spaltbare Klötze zerteilt, daneben lag ein Stapel Äste. Robert bückte sich und griff sich einen Ast, der die Größe eines Baseballschlägers hatte. Langsam schlich er an das Haus heran.

Hinter dem großen Oleander ging er in Deckung. Die Halle war jetzt dunkel. Er konnte keine Bewegung im Inneren erkennen. Da – plötzlich der umherirrende Schein einer Taschenlampe. *Einbrecher! Aber wie viele? Haben sie Schusswaffen bei sich? Jetzt bloß nichts riskieren, Roberto.*

Es blieb nichts anderes übrig. Er musste die Polizei rufen. Verdammt – gerade das wollte er doch vermeiden. Er tastete nach seinem Handy, das in der Zigarettentasche seines Sakkos stecken musste. Die Tasche war leer. Ihm fiel ein, dass er es aus der Tasche der anderen Jacke genommen und es auf den Schreibtisch gelegt hatte, bevor er sich umzog.

Etwas weiter weg war das Geräusch einer zufallenden Tür zu hören. Robert erkannte es sofort. Das war die Tür zur Küchenterrasse. Der oder die Einbrecher flohen offensichtlich über den Küchengarten.

Er wartete noch eine Minute, die ihm wie eine Ewigkeit vorkam, horchte in die Dunkelheit und ging dann auf Zehenspitzen zur Haustür.

Er wollte gerade nach seinem Schlüssel suchen, als er merkte, dass sie nur angelehnt war.

Vorsichtig stemmte er den Eichenknüppel dagegen und gab der Tür einen Stoß. Wieder horchte er. Im Haus rührte sich nichts.

Im Türrahmen blieb er stehen und betätigte sämtliche Lichtschalter, die von dort aus greifbar waren. Überall flammten Lampen auf. Mit erhobenem Knüppel ging er langsam in die Eingangshalle.

Auf den ersten Blick konnte er keine Veränderungen entdecken. Alles schien so zu sein, wie er es verlassen hatte.

Robert ging in die Küche. Die Terrassentür war zwar zugezogen, aber von innen aufgeschlossen.

Er schaute auf den großen Küchentisch. Da waren immer noch die vier Fünfzig-Euro-Scheine, die er dort hingelegt hatte. Catarina wollte morgen einen Großeinkauf machen.

Er inspizierte die unteren Räume. Alles stand an seinem

Platz. Die Elfenbeinfiguren, das silberne Teegeschirr, die wertvollen Bilder an den Wänden – nichts davon hatte die Einbrecher interessiert.

Robert holte die große Taschenlampe aus dem Küchenschrank. Das Schloss und der Rahmen der Haustür waren unbeschädigt. Sie mussten es mit einem Elektro-Pick geöffnet haben.

Plötzlich durchzuckte es ihn. *Ich ahne, worauf sie es abgesehen haben*, dachte er und ging mit schnellen Schritten in sein Arbeitszimmer.

Das Zimmer sah aus wie nach einem Erdbeben. Stühle und ein Schrank waren umgekippt worden, Bücher aus den Regalen gerissen. Die Sitzfläche des großen Ledersessels war aufgeschnitten, die Füllung quoll heraus. Die Schreibtischschublade war offensichtlich mit einem Brecheisen bearbeitet worden, das ganze Schloss war herausgebrochen. Die Mappe mit dem Manuskript verschwunden. Nur die alte Ledertasche stand noch da.

Robert versuchte, ganz ruhig zu bleiben.

Was machst du jetzt? Die Polizei anrufen?

»Warum?«, sagte er laut zu sich selbst.

Wenn du die Polizei auf das gestohlene Manuskript hinweist, dann musst du auch den Rest der Geschichte erzählen.

Und das wollte er auf keinen Fall.

Er holte tief Luft, ging zurück in die Küche und setzte sich an den großen Tisch. Woher konnte jemand wissen, dass er das Mazzetti-Manuskript in seinem Haus hatte? Die Einzige, die etwas von der Verbindung zwischen ihm und dem Professor wusste, war Maria Furini. Aber die schied aus. Wenn sie das Manuskript hätte haben wollen, hätte sie es sich längst holen können. Lange bevor sie ihn überhaupt kennen gelernt hatte. Sonst gab es niemanden, der etwas wissen konnte.

Plötzlich schoss ihm ein Gedanke durch den Kopf, der ihm ein unangenehmes Gefühl bereitete.

Als er den Professor gefunden hatte – war da etwa noch der Mörder im Haus und hatte ihn beobachtet? Er konnte ja gar nicht wissen, wie viel Zeit zwischen der Tat und seinem Eintreffen verstrichen war. Vielleicht nur zwei, drei Minuten?

Später lag er noch lange wach im Bett und ließ die Ereignisse der letzten Tage wie einen Film in sich ablaufen. Immer wieder.

Es musste so sein. Er war beobachtet worden. Von einem, der auch vor Mord nicht zurückschreckte. Nicht gerade ein Gedanke, der für ruhigen Schlaf sorgte.

Andererseits, was hatte er eigentlich noch mit der Geschichte zu tun? Den zweiten und dritten Teil des Manuskriptes zu finden, ohne den ersten zu haben, war unmöglich. Und den ersten hatte er noch nicht einmal zu Ende gelesen. Nein, morgen würde er Maria Furini anrufen und ihr sagen ... Über diesen Gedanken schlief er ein.

4. KAPITEL

Die Anwaltskanzlei von Pancrazzi lag im Herzen von Florenz unweit des Doms in der Via della Studio, gleich neben dem Feinkostladen Drogheria Pegna, stadtbekannt durch die große Auswahl an Gourmet-Spezialitäten. Der Mann mit der großen Brille interessierte sich nicht für die angenehmen Düfte aus Honig, Olivenöl und geräuchertem Schinken, die aus der offenen Ladentür strömten. Mit angestrengtem Gesichtsausdruck verglich er die Adresse mit der in seinem Notizbuch und drückte dann auf den Klingelknopf aus Messing.

Eine weibliche Stimme meldete sich durch die Gegensprechanlage.

»Ja, bitte?«

Der Mann räusperte sich.

»Professore Tardi. Ich bin mit Avvocato Pancrazzi verabredet.«

Das Summen des Türöffners war die Antwort.

»Sie können gleich hineingehen«, sagte die rundliche Sekretärin mit den kurzen rötlichen Haaren und blickte Tardi abschätzend an. »Der Avvocato erwartet Sie.«

Pancrazzi saß mit hochgezogenen Schultern hinter dem großen Schreibtisch aus dunkler Eiche. Außer der Schreibunterlage aus feinstem Leder, in das ein großes »P« eingeprägt war, und der Schale aus Marmor für Schreibgeräte aller Art war der Tisch leer. Hinter ihm stand ein großes Bücherregal mit Gesetzesbüchern und anderen juristischen Veröffentlichungen.

Pancrazzi selbst vermittelte den Eindruck eines großen alten Raubvogels, der auf seinem Nest hockte. Er mochte etwas älter als siebzig Jahre sein, hatte schütteres, weißes Haar und eine Haut, zerknittert wie ein Geldschein, durchzogen von tiefen Falten um die Mundwinkel und zwischen den Augenbrauen. Er trug einen schwarzen Anzug sowie ein weißes Hemd mit einer dunkelblauen Krawatte. Irritierend waren seine hellblauen Augen, die im Gegensatz zu seinem Körper erstaunlich jung wirkten und alles zu durchbohren schienen. Bis heute brauchte er keine Brille, nicht einmal beim Lesen.

Er deutete auf den Besuchersessel.

»Professore, was kann ich für Sie tun?«

Tardi nahm Platz und räusperte sich.

»Es geht um meinen alten Freund, Professore Paolo Mazzetti. Wissen Sie, wir waren zusammen an der Universität...«

Pancrazzi unterbrach ihn.

»Paolo hatte Freunde an der Universität? Das wäre mir neu.«

Tardi schaute ihn irritiert an.

»Ich weiß, Avvocato, das Verhältnis zwischen Paolo und der Universität war nicht gerade das beste. Aber wir haben immer Kontakt gehalten. Bis zuletzt. Ich meine, bis zu diesem schrecklichen Unfall!«

Die stechenden Augen des Anwalts trafen die Pupillen Tardis.

»Das war kein Unfall. Das war Mord. Heimtückischer Mord!«

Tardi schaute auf den Boden.

»Ich weiß. Seine Schwester hat es mir gesagt. Es ist alles so schrecklich.«

Pancrazzi schlug mit der flachen Hand leicht auf die Schreibunterlage.

»Nun, kommen wir zur Sache. Was wollen Sie?«

Tardi sah ihn wieder an.

»Seine Schwester sagte mir auch, dass Sie sein Lebenswerk, seine Forschungsarbeiten, unter Verschluss genommen haben. Ich weiß, dass Paolo in den letzten Jahren wie ein Rastloser gearbeitet hat, und ich habe Angst, dass wir die Ergebnisse seiner Forschungen nie erfahren werden, wenn sie hier bei Ihnen bleiben. Deswegen, Avvocato, bitte ich Sie, mir seine Manuskripte anzuvertrauen, damit ich sie auswerten kann. Es wäre eine Tragödie, wenn die Früchte seiner Arbeit in einem Keller verschimmeln. Paolo hätte das sicher nicht gewollt.«

Der Anwalt sah ihn scharf an.

»Hier verschimmelt nichts. Da können Sie sicher sein. Nehmen wir an, ich vertraue Ihnen die Aufzeichnungen Mazzettis an. Da nur ein Fachmann wie Sie sagen kann, was unwichtig, was wichtig und was unter Umständen sensationell ist – wie kann ich wissen, ob Sie das nicht als Ihre eigenen Ergebnisse vorzeigen werden und vielleicht sogar Geld damit verdienen?«

Tardi bemühte sich, möglichst entrüstet auszusehen.

»Aber Avvocato, ich bitte Sie! Wie können Sie so etwas auch nur denken. Paolo war mein Freund, und ich will mich auf keinen Fall mit seiner Arbeit schmücken oder mich gar bereichern. Ich will, dass seine Arbeit nicht umsonst war. Ich kann die Manuskripte sogar hier, unter Ihrer Aufsicht, durchsehen, wenn Sie mir einen Raum zur Verfügung stellen. Ich werde alle Papiere katalogisieren. Nichts wird entfernt, nichts hinzugefügt.«

Tardi merkte dem Anwalt an, dass ihm diese Vorstellung lästig war. Trotzdem schien er den Vorschlag zu durchdenken.

»Lassen Sie mich darüber nachdenken. Ich melde mich morgen bei Ihnen.«

*

»Das ist ja reizend, dass mein Sohn mich auch einmal wieder anruft«, sagte Donatella Medici schnippisch, »ich habe schon seit mehr als einer Woche nichts von dir gehört.«

Robert seufzte.

»Mamma, sei mir nicht böse, ich war geschäftlich in Deutschland. Und dann sind ein paar Dinge dazwischengekommen, sonst hätte ich dich schon früher angerufen.«

»Dazwischengekommen?«, antwortete Donatella. »Und wie heißt sie?«

Robert verdrehte die Augen, was er sich in Anwesenheit seiner Mutter mit Sicherheit verkniffen hätte.

»Es geht um keine Frau, Mamma. Es sind nur ein paar Dinge ganz überraschend auf mich zugekommen.«

Donatella konnte sich immer noch nicht dazu entschließen, ihrer Stimme einen sanfteren Ton zu geben.

»Geht es wieder um diese Spiele? Weißt du, vor kurzem hat mich Signora Feltrinelli wieder mal gefragt...«

Robert unterbrach sie.

»... was ich eigentlich mache. Ja, Mamma, das höre ich jetzt zum einhundertfünfundzwanzigsten Mal. Sag ihnen doch, dass ich Mathematiker und seit Jahren damit beschäftigt bin, den Beweis zu bringen, dass das kleine Einmaleins nicht stimmt.«

Donatella schnappte nach Luft.

»Roberto! Höre ich da etwa Ironie?«

Robert seufzte.

»Im Ernst, Mamma. Du tätest mir einen großen Gefallen, wenn du zwei Dinge nicht mehr fragst: Nummer eins, wann ich endlich zu heiraten gedenke, und Nummer zwei, warum ich keinen anständigen Beruf ausübe. Zu Nummer eins kann ich dir sagen, dass mir die Richtige noch nicht über den Weg gelaufen ist, und zu Nummer zwei, dass ich diesen Beruf liebe und dass ich mit ihm viel Geld verdiene.«

Donatellas Stimme glitt jetzt ins Jammervolle.

»Madonna, Robertino, du weißt doch, dass ich immer nur dein Bestes will! Eine Mutter macht sich immer Sorgen um ihr Kind, auch wenn es schon siebenunddreißig ist. Komm doch auf einen Kaffee ... ach nein, du trinkst ja keinen ... dann eben auf einen Tee vorbei.«

Robert musste lächeln.

»Ich verspreche es, Mamma. Schon weil ich wahrscheinlich in Kürze auf eine längere Reise gehen werde.«

Für ein paar Sekunden war Stille in der Leitung.

»Auf eine längere Reise? Hat das etwas mit deinen Spielen zu tun?«

»Jaaa«, sagte er gedehnt, »es hat etwas damit zu tun.«

Donatellas Stimme wurde wieder streng.

»Wie gesagt, ich kenne dich seit siebenunddreißig Jahren – besser, als du denkst! Und lügen war noch nie deine starke Seite.«

»Aber, Mamma, du glaubst doch nicht etwa, dass ich dich belüge?«

»Doch, das glaube ich. Also, Roberto. Wie heißt sie?«

*

In dieser Nacht schlief Robert Darling schlecht. Der Grund war nicht das Gespräch mit seiner Mutter. Im Gegenteil, es amüsierte ihn wegen der erkennbaren, aber manchmal lästigen mütterlichen Liebe, mit der er bedacht wurde.

In den letzten zwei Jahren hatte er sich bemüht, ein harmonisches Leben zu führen. Das war ihm auch gelungen, denn hier in Italien hatte er das gefunden, wonach er immer gesucht hatte.

Und plötzlich war alles anders. Irgendetwas war in sein Leben eingedrungen. Jemand hatte ihm aufgelauert, ihn beobachtet und seine vermeintliche Sicherheit zerstört.

Er hatte in wenigen Stunden Menschen kennen gelernt, von deren Existenz er kurz vorher nichts ahnte. Menschen, über die er gern mehr gewusst hätte, die ein Geheimnis kannten, das er nicht einmal im Ansatz verstand. Und irgendjemand wollte mit brutaler Gewalt verhindern, dass er dahinterkam.

Es war gegen sechs Uhr morgens, als Robert Darling sich mit einem Ruck aus seinem Bett erhob.

Mazzetti, Origines, Maria, Manuskripte, verschlüsselte Botschaften – alles schwirrte in seinem Kopf herum.

Und dann, plötzlich, kam die Wut. Irgendjemand mischte sich in sein Leben ein, zerstörte die Sicherheit seines Hauses und stahl etwas, das ihm zugedacht war.

Robert war erzogen worden, die Dinge des Lebens in Ruhe zu betrachten, abzuwägen und einzuordnen. Doch auf einmal überkam ihn diese Wut. Ein Gefühl, das er bislang nicht kannte.

Er war jetzt hellwach und wunderte sich über sich selbst.

Er stand neben seinem Bett, und er spürte den kalten Schweiß auf seiner Stirn. Plötzlich musste er an Carlo denken. Was hätte der jetzt gesagt? Obwohl er sich dagegen wehrte, hörte er Carlos Stimme.

Bist du ein Mann? Mach es, oder mach es nicht. Aber wenn du es machst, dann mach es mit aller Kraft. Nur du allein kannst wissen, warum du es tust.

Und dann fiel Robert ein, wie sie damals Carlos Hand in den Schraubstock eingespannt hatten, wie Carlo sich geschworen hatte, »die Schweine zur Strecke zu bringen« und wie der kleine Mann mit dem eisernen Willen seine Worte wahr gemacht hatte.

Plötzlich wurde Robert schwindlig. Er setzte sich aufs Bett. Hatte er vorhin nicht gerade noch überlegt, was er mit der Geschichte zu tun hatte?

Roberto, sagte er laut, du hast nicht nur etwas mit der Geschichte zu tun. Das *ist* deine Geschichte. Und zwischen Verwirrung und Wut fasste er einen Plan.

*

Catarina schaute Robert entgeistert an.

»Schon wieder? Sie müssen noch einmal verreisen, Signore?«

Sie wischte sich ihre Hände mit einer fahrigen Bewegung an der Schürze ab. Vor siebzehn Jahren war sie einmal weit in der Fremde gewesen. Obwohl sie die Kirche des Heiligen Vaters gesehen hatte, war ihr Rom nicht geheuer gewesen. Eine weite Reise reichte für ihr Leben.

»Aber Sie sind doch gerade erst zurückgekommen.«

Robert lächelte sie an, zuckte mit den Schultern und zog die Mundwinkel nach unten.

»Manchmal kann man sich das nicht aussuchen. Aber seien Sie doch froh! Wenn ich nicht da bin, können Sie doch wirtschaften, wie Sie wollen. Keiner sagt Ihnen, was Sie tun sollen.«

Catarina schüttelte unwirsch den Kopf.

»Signore Darling, ich sorge doch gern für Sie. Außerdem fühle ich mich sicherer, wenn Sie da sind.«

Robert schaute sie fragend an.

»Sicherer? Gibt es denn irgendeinen Grund, sich in Mezzomonte unsicher zu fühlen?«

Catarina faltete die Hände und zog die Augenbrauen zusammen.

»Ach, Signore Darling, Sie wissen doch, die Sache damals mit der Amerikanerin, Signora Susan, als sie entführt wurde. Seitdem ... seitdem bin ich etwas ängstlicher geworden. Und als ich gestern Abend die beiden Männer auf dem Weg zum Haus gesehen habe ... da habe ich mich schon sehr erschrocken.«

Robert horchte auf.

»Die beiden Männer? Was für Männer?«

Catarina seufzte und machte eine beschwichtigende Handbewegung.

»Ach, gleich darauf war ich ja schon wieder beruhigt, als ich gesehen habe, dass es anständige Menschen sind.«

»Anständige Menschen? Und woran konnten Sie das erkennen?«

»Weil sie sich höflich verbeugt haben und dann weitergegangen sind.«

Robert schaute sie verwundert an.

»Und daraus haben Sie geschlossen, dass es harmlose Kerle waren?«

Catarina lachte auf.

»Nein, weil sie Kutten trugen. Es waren Mönche.«

*

»Mille grazie, Signore Avvocato!«

Lorenzo Tardi machte eine tiefe Verbeugung. Der Anwalt Pancrazzi sah ihn prüfend an.

»Nun, ich habe es mir reiflich überlegt. Ich denke, wenn Sie die Papiere hier durchsehen, kann das nur im Sinne des Verstorbenen sein. Haben Sie aber bitte Verständnis dafür, dass ich einige Sicherheitsvorkehrungen treffen muss.«

Er ging ein paar Schritte zurück und setzte sich an seinen fast leeren Schreibtisch, auf dem lediglich eine schwarze, lederne Mappe lag.

Er räusperte sich und deutete mit der Hand auf den Besucherstuhl.

Tardi beeilte sich, Platz zu nehmen. Der Anwalt klappte die Mappe auf und entnahm ihr mehrere beschriebene Blätter.

»Also, zusammengefasst – ich erteile Ihnen die Erlaubnis, die Aufzeichnungen des verstorbenen Paolo Mazzetti hier in meiner Kanzlei durchzusehen. Sie dürfen nichts entfernen, kopieren und auch keine handschriftlichen Aufzeichnungen machen. Sollten Sie Letzteres zum besseren Verständnis machen müssen, verbleiben auch *Ihre* Aufzeichnungen in meiner Kanzlei. Für diese Arbeit stellen wir Ihnen einen Raum zur Verfügung. Gegenstände, die einen Transport von Teilen der Aufzeichnungen ermöglichen, dürfen nicht in diesen Raum gebracht werden. Dazu gehören Taschen, Mäntel, Jacken etc. Sie übertragen uns das Recht zur Kontrolle.«

Tardi lächelte verständnisvoll.

»Das sind alles Selbstverständlichkeiten, Signore Avvocato. Ich würde es selbst nicht anders machen. Wo soll ich unterschreiben?«

Pancrazzi schob ihm den Vertrag über den Tisch. Tardi zog einen von zwei Kugelschreibern aus seiner Reverstasche, beugte sich über den Tisch und unterschrieb langsam und würdevoll.

Pancrazzi nickte. Er drückte eine Taste auf seinem Telefon.

»Amalia, kommen Sie bitte?«

Sekunden später betrat die rundliche Sekretärin mit den kurzen, rot gefärbten Haaren das Zimmer.

»Professore, das ist Amalia Imbeni. Sie wird Ihnen alles zeigen. Wenn Sie etwas brauchen, wenden Sie sich an sie.«

Tardi erhob sich und verbeugte sich noch einmal. Die Rothaarige beobachtete ihn mit heruntergezogenen Mundwinkeln.

»Kommen Sie, bitte.«

Sie gingen über den dunklen Flur der Kanzlei. Ganz am Ende öffnete Amalia eine Tür und schaltete, ohne den Raum zu betreten, das Licht ein. Der Raum war ungefähr vier mal fünf Meter groß und mit nichts anderem möbliert als mit einem Tisch und einem Stuhl, dessen Bequemlichkeit in Zweifel gezogen werden musste. An der Decke war eine Neonröhre befestigt, die den Raum mit kaltem Licht erhellte. An der gegenüberliegenden Wand türmten sich Umzugskartons, die mit großen roten Zahlen durchnummeriert waren.

Amalia machte eine einladende Handbewegung.

»Bitte sehr, Professore!«

Den »Professore« sprach sie so gedehnt aus, dass es fast abwertend klang und es sicher auch so klingen sollte.

»Unser ehemaliger Aktenraum. Der Avvocato hat ihn für Sie ausräumen lassen.«

Tardi nickte, schob mit dem Zeigefinger der rechten Hand seine große Brille zurück, die ihm auf die Nasenspitze gerutscht war, und ging in das fensterlose Zimmer, das die Gemütlichkeit eines Heizungskellers ausstrahlte.

Sein Blick fiel auf den Schreibtisch, auf ihm lag ein großer Schreibblock. Amalia schien seine Gedanken erraten zu haben.

»Die Seiten sind handschriftlich durchnummeriert. Ich bin angewiesen, jeden Abend zu prüfen, ob Seiten fehlen.«

Tardi bemühte sich zu lächeln.

»Und was ist das?«

Er deutete auf einen kleinen Kasten mit einer Art Klingelknopf, von dem aus ein Kabel durch den Raum lief, bis es in einer Wand verschwand.

»Mit dieser Klingel können Sie mich von neun Uhr bis achtzehn Uhr rufen, wenn Sie etwas brauchen. Ausgenommen in meiner Mittagspause von zwölf bis zwölf Uhr fünfundvierzig.«

Tardis Bemühungen, zu lächeln, wurden angestrengter.

»Aber warum diese Umstände? Ich kann doch zu Ihnen kommen, wenn ich etwas benötige.«

Amalia schüttelte den Kopf und grinste unverhohlen.

»Können Sie nicht. Ich habe Anweisung, Sie einzuschließen.«

Für ein paar Sekunden verlor Tardi die Contenance.

»Das ist doch...«

Mit einem ziemlichen Kraftaufwand bekam er sich wieder in den Griff.

»... das ist doch alles sehr gut überlegt!«

Amalia nickte und warf noch einen letzten Inspektionsblick in den Raum.

»Oh, ich sehe, ich habe Ihnen keine Kugelschreiber bereitgelegt. Das haben wir gleich.«

Sie wollte sich gerade abwenden, als Tardi die Hand hob.

»Bemühen Sie sich nicht. Ich habe meine eigenen dabei. Die sind mir sowieso lieber. Man ist ja ein Mensch der Gewohnheit.«

Er lachte künstlich auf, zog die zwei Kugelschreiber aus seiner Reverstasche und legte sie neben den Schreibblock.

»So, ich glaube, das wär's.«

Amalia schüttelte den Kopf.

»Nicht ganz, Professore. Ihr Jackett bitte!«

Für einen Augenblick stutzte Tardi, dann zog er das Jackett aus und reichte es der Rothaarigen.

»Und, Professore, haben Sie bitte Verständnis dafür, dass Sie mir jeden Abend den Inhalt Ihrer Hosentaschen zeigen müssen. Mille grazie!«

Für den Bruchteil einer Sekunde schauten sich beide lächelnd und mit dem Ausdruck tiefster Abneigung in die Augen.

Kurz darauf hörte er, wie sich außen der Schlüssel im Schloss drehte.

Einen Augenblick lang blieb Professore Lorenzo Tardi zwischen Tür und Schreibtisch stehen, hob die Schultern und atmete dann hörbar aus.

Er machte ein paar Schritte zum Schreibtisch, griff nach dem größeren der beiden Kugelschreiber, betrachtete ihn und lächelte zufrieden.

Er hatte ihn vor zwei Tagen gekauft. Zeit, die er brauchte, um sich mit den Funktionen vertraut zu machen. Der etwa vierzehn Zentimeter lange Handscanner ließ sich auf zwanzig Zentimeter ausziehen, wog knapp vierzig Gramm und las mit einer Auflösung von 400 dpi. Als Energiequelle brauchte er kein Netzteil oder eine Verbindung zu einem Computer. Dafür sorgte ein winziger Lithium-Ion-Akku der neuesten Generation. Ein Speicher, der 2 Gigabyte aufnehmen konnte, gab Tardi die Möglichkeit, wichtige Informationen aus dieser Gefängniszelle unbemerkt hinaustragen zu können.

Genüsslich begann er, die Ärmel seines Hemdes aufzukrempeln.

5. KAPITEL

Robert blieb stehen und musste grinsen. Während des gesamten Flugs der Egypt Air von Rom nach Kairo hatte er am Konzept seines neuen Spiels mit dem Arbeitstitel »Chaos« gearbeitet. *Du hättest noch damit warten sollen,* dachte er, als er die Halle des Flughafengebäudes Kairo International betrat, *hier findet man allerbeste Anregungen.*

Er sah Menschen mit weißer Hautfarbe, die durcheinanderrannten und fluchten, weil sie die Schalter für die Visamarken nicht fanden, für die es weder Wegweiser noch Erkennungsschilder gab. Menschen mit schwarzer Hautfarbe, die ihre Angehörigen im Tumult verloren hatten und ihre Namen schrien, was in europäischen Ohren wie Kriegsgeschrei klang und der Gesamtlage etwas Bedrohliches gab. Menschen beiderlei Hautfarbe, die vergeblich die Kofferförderbänder für ihren Flug suchten, weil die Herren, die die Anzeigetafeln bedienen sollten, sich lieber einer lautstarken politischen Diskussion widmeten. Amerikaner, die dem »Immigration Officer« mit hochrotem Kopf zu verstehen gaben, dass sie amerikanische Staatsbürger seien, was immer sie sich auch von dieser Mitteilung versprachen. Durchsagen aus Lautsprechern, die keiner verstand. Pilger, die alle Sanftmut abgelegt hatten, weil sie das Gate für den Abflug nach Mekka nicht fanden. Abholer von Hotels, Bus- und Nilfahrten, die auf die obligatorischen Pappschilder verzichtet hatten, weil sie ohnehin keiner lesen konnte, und daher die Namen der zu Befördernden in die Menge schrien. Kinder aller Hautfarben und Nationen, die sich jammernd bei ihren Eltern erkundigten, wann man denn endlich da sei. Frauen mit oder ohne Schleier, die mit Diskanttönen diese Fragen zu beantworten oder abzuwiegeln versuchten und der Kakophonie eine Würze gaben, die alle Hindemiths und Pendereckis dieser Welt vor Neid hätten erblassen lassen.

Nur die Italiener blieben gelassen. Alles kein Problem für die Einwohner eines Landes, in der eine fröhliche Anarchie den Tagesablauf bestimmt, in dem sich sogar Experten fragen, wieso eigentlich in Rom der Verkehr noch rollt, die Züge manchmal relativ pünktlich abfahren und sich eine Regierung mitunter länger als sechs Wochen hält.

Robert spürte den Italiener in sich und blieb pflichtgemäß gelassen. Er wäre lieber direkt von Rom nach Alexandria geflogen, aber die wenigen Flüge dorthin waren ausgebucht. Da er die meisten der Umherirrenden überragte, hatte er schnell den Schalter mit der Aufschrift »Domestic Flights« entdeckt.

Madonna, dachte er, als er sich einen Weg durch die Menge gebahnt und ihn die Bodenstewardess mit den kohleschwarzen Augen, der olivbraunen Haut und dem Profil einer Nofretete anlächelte.

»Verzeihung«, sagte er auf Englisch und lächelte zurück, »wann geht der nächste Flug nach Alexandria?«

»Ich werde nachsehen«, flüsterte sie mit leicht heiserer Stimme und richtete ihre Kohleaugen auf den Terminal. In diesem Augenblick klingelte das Telefon.

Das Lächeln, mit dem sie sich bei Robert entschuldigte, blieb auch während des kurzen Gespräches und der anschließenden Mitteilung erhalten, dass kein Flug mehr gehe.

»Warum nicht?«, fragte Robert verwirrt.

Ihre Augenlider bewegten sich in atemberaubender Langsamkeit auf und nieder.

»Wir haben eine Bombendrohung erhalten. Der Airport wird geräumt.«

Robert versuchte immer noch gelassen zu wirken.

»Und wie komme ich jetzt nach Alexandria?«

Das Lächeln hielt an.

»Mit dem Zug. Oder noch besser mit dem Bus vom Abdel Mouneem Riyad Terminal am Sharia Gala.«

Robert wollte sich gerade erkundigen, wo denn das wäre, als das ohrenbetäubende Heulen einer Sirene einsetzte und eine wie aus dem Nichts auftauchende Kette von Polizisten die Masse zu den Ausgängen trieb.

»Kommen Sie mit«, schrie ihm eine Stimme von hinten ins Ohr. »Ich weiß, wo das ist!«

Robert drehte sich um. Hinter ihm stand ein blonder Mann etwa seines Alters in einem hellgrauen Anzug, darunter ein offenes weißes Hemd. Er sprach Englisch mit einem deutschen Akzent.

Sie bahnten sich einen Weg durch die Menge, und da sie beide nur Handgepäck hatten, konnten sie sich das jetzt zur Apokalypse angewachsene Chaos an den Kofferbändern ersparen.

Endlich hatten sie es geschafft, ins Freie zu gelangen. Sogar die feuchte heiße Luft hatte nach diesem Inferno etwas Erfrischendes.

Der Blonde lachte.

»An solche Überraschungen muss man sich hier gewöhnen. Ich will auch nach Alexandria, wenn Sie wollen, können wir zusammen fahren. Den Namen, den das Mädel am Terminal Ihnen gesagt hat, benutzt hier niemand. Alle sagen ›Ramses Hilton Terminal‹, weil er in unmittelbarer Nähe des Hotels liegt. Aber vielleicht wollte Sie mit Ihnen etwas länger... Ach, Entschuldigung...«

Er reichte Robert die Hand.

»Von Sell ist mein Name. Georg von Sell.«

Robert ergriff seine Hand.

»Sehr nett von Ihnen, Herr von Sell, ich heiße Robert Darling«, antwortete er auf Deutsch.

Von Sell schaute ihn verblüfft an.

»Akzentfreies Deutsch von einem Mann, der einen englischen Namen hat und aussieht wie ein Italiener?«

Robert nickte.

Es ist fast ein Ritual, dass du das jedes Mal erklären musst.

»Mein Vater war Amerikaner, meine Mutter ist Italienerin. Aufgewachsen bin ich in der Schweiz – ergibt zusammen vier Sprachen.«

Von Sell machte ein gespielt zerknirschtes Gesicht.

»Entschuldigen Sie meine Neugier. Höchstwahrscheinlich hängt das mit meinem Beruf zusammen.«

»Sie sind Journalist?«

»Nein, Schriftsteller. Reiseschriftsteller. Das klingt etwas hochtrabend. Um genau zu sein, arbeite ich gerade an einem neuen Reiseführer über Ägypten. Und ganz speziell widme ich mich in diesen Tagen Alexandria. Diese faszinierende Stadt wird in den meisten Führern sehr stiefmütterlich behandelt.«

»Klingt interessant«, sagte Robert, »kommen Sie, wir sollten uns auf den Weg machen.«

*

Dank der Ortskenntnis Georg von Sells, die auch die Kenntnis einschloss, wo, wann und in welcher Höhe man sich mit kleinen oder großen Trinkgeldern Vorteile verschaffen konnte, saßen sie bereits fünfundvierzig Minuten später im hinteren Teil eines komfortablen, klimatisierten Busses. Robert war erstaunt.

Georg von Sell grinste.

»Man muss sich nur etwas auskennen. Sie haben wahrscheinlich geglaubt, dass wir die Strecke auf dem Dach eines Busses in Gesellschaft von Hühnern und Ziegen zurücklegen müssten?«

Beide Männer lachten.

»Wissen Sie – in Kairo gibt es mehr als vierhundertfünfzig Buslinien, da steigt man anfangs schon mal in den falschen ein.«

Er erhob den Zeigefinger und zog die Augenbrauen hoch.

»Und steigen Sie niemals in ein Sammeltaxi. Die Jungs werden von ihrer Firma jeweils für die Tour bezahlt. Wenn sie etwas verdienen wollen, müssen sie möglichst viele Touren machen. Und genauso fahren sie auch. Achten Sie mal auf die vielen ausgebrannten Wracks an der Straße!«

Robert nickte und merkte, wie der weiche Sitz seine herankriechende Müdigkeit erheblich förderte.

»Ich finde es schön«, fuhr von Sell fort, »dass ich heute einen Gesprächspartner habe. Die drei Stunden können schon verdammt lang werden. Aber wenn Sie lieber schlafen wollen, dann sagen Sie es, und ich halte sofort die Klappe.«

Robert schüttelte den Kopf.

»Nein, nein, ich finde es sehr interessant, was Sie erzählen. Da ich noch niemals in diesem Land war und mich auch kaum darauf vorbereiten konnte, ist das alles sehr spannend für mich.«

Von Sell lächelte überlegen.

»Darf ich denn fragen, warum Sie nach Alexandria wollen?«

Vorsicht, Roberto, dachte Robert, *du kennst diesen Mann*

nicht, halte dich mit deiner Auskunftsfreudigkeit jetzt etwas zurück.

»Sie dürfen. Wissen Sie, ich bin Mathematiker und forsche zurzeit auf dem Gebiet der Grundlagen der Mathematik in der Antike. Dazu muss ich ein paar Schriften in der berühmten Bibliothek einsehen, denn ich habe den Verdacht, dass in unseren herkömmlichen Lehrbüchern einige falsche Behauptungen aufgestellt worden sind. Das gilt besonders für die Grundsätze des Pappos, einem Mathematiker aus Alexandria. Er lebte etwas vor unserer Zeit. So um 300 n. Chr.«

Mein Gott, Roberto, was erzählst du für einen Quatsch. Aber irgendwie musst du ihm erklären, warum du nach Alexandria fährst, obwohl du ausschließlich an einem Bibliothekar interessiert bist.

»Sagen Sie, Robert«, fragte von Sell nachdenklich, »würde ich es verstehen, wenn Sie mir die Problematik erklären?«

Robert zog die Mundwinkel nach unten.

»Das kann schon sein. Ein Satz des Pappos besagt, dass bei einem Sechseck, dessen Ecken abwechselnd auf zwei Geraden liegen, die Schnittpunkte der Gegenseiten kollinear sind. Dazu gibt es eine Kontroverse. Ich erkläre es Ihnen gern genauer – nur reichen die drei Stunden Busfahrt dafür nicht aus.«

Wieder lachten beide.

Von Sell hob die Hände und machte ein gespielt verzweifeltes Gesicht.

»Gnade – so genau will ich es dann doch nicht wissen. Ich glaube, dann ist es besser, Sie fragen mich etwas über das Land, und ich antworte.«

*

Die Zeit verging schneller als erwartet. Georg von Sell erwies sich als ein unterhaltsamer Erzähler, der seine Kenntnisse über das Land mit ironischen Randbemerkungen und witzigen Anekdoten würzte.

»Ach, übrigens, Robert, haben Sie schon ein Hotel?«

Robert schüttelte den Kopf.

»Dann müssen Sie unbedingt ins ›Cecil‹. Wenn man einen Hauch von dem spüren kann, was Alexandria einmal gewesen ist, dann dort.«

Georg von Sell lehnte sich zurück und seufzte theatralisch.

»Ach ja – ich hätte sie gern einmal erlebt, die Perle des Mittelmeers, wie sie vor dem zweiten Weltkrieg war. Zeitgenossen beschreiben sie als eine europäische Stadt, in der mehr Italienisch, Französisch, Griechisch oder Englisch gesprochen wurde als Arabisch. Allein die Gebäude an der *Corniche* – das ist die kilometerlange Strandpromenade – müssen umwerfend gewesen sein. Ab 1942 ging's bergab, da wurde der elende Krieg in diese Gegend exportiert. Und Anfang der Fünfziger kam der arabische Sozialismus unter Nasser, der die gesamte kosmopolitische Gemeinde zum Tor hinausgejagt hat. Das hat dem alten Glanz den Rest gegeben. Schauen Sie sich die *Corniche* mal an. Heute blättert da ziemlich der Putz.

Aber ich will nicht ungerecht sein. So blöd sind die Stadtväter nun auch nicht. Man sieht erste Anzeichen, dass sie Alex wieder zu mehr Glanz verhelfen wollen. Der Neubau der Bibliothek direkt am Meer war ein wichtiger Schritt. Ein wirklich imposanter Bau. Allein der Lesesaal mit seinen sieben Terrassen. Man stelle sich vor: Da ist Platz für zweitausend Besucher gleichzeitig. Sie werden sie ja ausführlich kennen lernen.«

Robert nickte und schaute zum Fenster hinaus.

Immer häufiger tauchten kleine Büsche in der eintönigen Wüstenlandschaft auf. Dann Palmen und schnurgerade Kanäle. Zuerst kleine, würfelartige Häuser, dann größere. Erste Hochhäuser zeichneten sich an der Peripherie ab.

»Sieht so aus, als wären wir da«, sagte Robert, »übrigens, Georg, wo wohnen Sie eigentlich?«

Georg von Sell grinste.

»Wo ich wohne? Natürlich auch im ›Cecil‹. Es liegt am Saad Zaghlul Square. Von dort kann man zu Fuß zur Bibliothek gehen.«

*

Georg von Sell hatte Recht. Das »Cecil« hatte eine Ausstrahlung, als wäre die Zeit stehen geblieben. Pferdekutschen mit schwarzem Verdeck hielten vor dem imposanten Gebäude mit den vier maurisch anmutenden Ecktürmen. Portiers mit rotem Fez hielten die Türen auf und ließen die Gäste in eine Zeit ein, die eigentlich längst vergangen war.

»Wirklich beeindruckend!«, sagte Robert und schaute sich in der Halle um, die mit einer wohlproportionierten Mischung aus klassischen europäischen und orientalischen Stilelementen gestaltet war.

Georg von Sell nickte.

»Ein Hotelier aus Elsass-Lothringen – die Familie trägt übrigens den schönen deutschen Namen ›Metzger‹ – hat das Haus 1929 eröffnet. Mitte der Fünfziger wurden sie enteignet. Sie haben dann jahrelang prozessiert, und Mitte der Neunziger, glaube ich, haben sie Recht bekommen.«

Robert hörte interessiert zu.

»Und jetzt gehört es wieder ihnen?«

Von Sell lachte.

»Da kennen Sie die ägyptischen Behörden schlecht. Weitere zehn Jahre haben sie das Urteil verschleppt. Dann mussten sie der Familie ein paar Millionen zahlen. Inzwischen gehört das Hotel einer französischen Gruppe.«

Der Portier strahlte sie mit auffälligen Goldzähnen an.

»Herr von Sell«, sagte er in gebrochenem Deutsch, »wir freuen uns, dass Sie wieder unser Gast sind. Sie haben wie immer 107 mit dem schönen Blick, von dem schon Winston Churchill so begeistert war.«

Von Sell machte eine angedeutete Verbeugung. Dann wandte er sich Robert zu.

»Und meinem Freund hier geben Sie bitte ein genauso schönes. Vielleicht das, in dem Al Capone übernachtet hat. Er ist auch Italo-Amerikaner.«

Er lachte lauthals über seinen Witz, und Robert warf ihm einen verstimmten Blick zu.

»Wie ich gelesen habe, wurde Rudolf Heß in Alexandria geboren. Sollte er einmal im ›Cecil‹ übernachtet haben, dann könnten Sie doch sein Zimmer ... Sie sind doch auch Deutscher!«

Georg von Sell machte ein entsetztes Gesicht.

»Oh, Robert, entschuldigen Sie. Ich glaube, das war kein guter Witz von mir.«

Der Portier tat so, als habe er die letzten Sätze überhört.

»Bedaure, das Al-Capone-Zimmer ist leider belegt. Aber das von Somerset Maugham ist noch frei.«

»Schön«, fiel von Sell beschwichtigend ein, »ein britischer Intellektueller passt viel besser zu Ihnen als ein amerikanischer Gangsterboss.«

Er räusperte sich.

»Scherz beiseite. Ich nehme an, Sie werden sich etwas ausruhen wollen. Ich habe das auch bitter nötig. Aber darf ich Sie heute Abend zum Essen einladen? Ich zeige Ihnen ein wunderschönes Restaurant.«

Robert merkte, wie ihn die Sehnsucht nach einer kühlen Dusche und einem Bett zum Ausstrecken fast übermannte. Sein Gesicht entspannte sich.

»Sehr gern. Aber lassen Sie mich erst einmal meine Termine ordnen. Ich rufe Sie dann nachher an.«

※

Ungefähr fünf Kilometer Luftlinie entfernt klingelte ein Telefon. Captain Bruce Parker, Agent der Defense Intelligence Agency, ging mit schnellen Schritten auf den Schreibtisch zu, der, abgesehen von einem zerschlissenen Drehstuhl, als einziges Möbelstück in dem weiß gekalkten Raum mit den geschlossenen grünen Fensterläden stand.

Er nahm den Hörer ab.

»Hallo?«

Eine männliche Stimme mit einem texanischen Akzent meldete sich.

»Captain Parker?«

Parker ging nicht darauf ein.

»Mit wem spreche ich?«

»Dowell. Lieutenant Charles Dowell. McMulligan schickt mich.«

Parkers Stimme wurde freundlicher.

»Ich hoffe, Sie tragen keine Uniform?«

»Nein, ich sehe aus wie ein Tourist.«

»Das ist gut. Wir treffen uns in einer Stunde im ›Spitfire‹ an der Sharia Saad Zaghlul. Das ist eine Bar. Übrigens die einzige in Alex, also nicht zu verfehlen. Und seien Sie pünktlich.«

※

Die erfrischende Dusche und eine halbstündige Ruhepause, die er ausgestreckt auf dem Bett verbracht hatte, brachten Roberts Lebensgeister wieder. Er zog ein weißes T-Shirt, Jeans und ein leichtes Leinenjackett an.

Was hat von Sell gesagt? Die Bibliothek können Sie zu Fuß erreichen. Das werden wir doch gleich mal ausprobieren!

Er schloss die Tür des Hotelzimmers und fuhr mit einem der seltsamen Korbfahrstühle hinunter in die Halle. In den nächsten zwei Stunden wollte er allein sein. Georg von Sell war zwar sehr amüsant und hilfsbereit, aber auch etwas anstrengend.

»Zur Bibliothek?«

Der Portier machte eine Verbeugung.

»Gehen Sie hinaus auf die Straße, hinüber zur Strandpromenade, und halten Sie sich immer rechts. Sie können sie nicht verfehlen«, strahlte er und zeigte eine Reihe imposanter Goldzähne, die unter seinem Schnauzbart hervorblitzten.

Schon nach wenigen Minuten konnte Robert den futuristischen Bau der Bibliothek erkennen. Er blieb einen Augenblick stehen, um das beeindruckende Panorama zu genießen. Auf der anderen Seite des Osthafens lag im gleißenden Sonnenlicht die Festung Fort Qait Bey, dort, wo einst der legendäre Leuchtturm stand, der zu seiner Zeit zu den sieben Weltwundern zählte.

Robert ging weiter, vorbei an der Ibrahim-Terbana-Moschee und den ehemals prächtigen Gebäuden, an denen die salzige Seeluft genagt und jahrelange Vernachlässigung ihre Spuren hinterlassen hatte.

Die Bibliothek, die an der gleichen Stelle errichtet worden war, wo das weltberühmte Vorbild der Antike gestanden hatte, sah aus wie ein Raumschiff, das am Strand des Mittelmeers gelandet war. Dieser Eindruck entstand besonders durch die riesige schräge Platte, in die hunderte verschiedener Schriftzeichen aus aller Welt eingemeißelt wurden, als Sinnbild weltweiter Kommunikation.

Madonna, was würdest du dafür geben, wenn es die antike Bibliothek noch gäbe.

Etwa um 300 v. Chr. hatten die Ptolemäer die gigantische Sammlung gegründet. Das gesamte Wissen der antiken Welt soll damals dort zusammengetragen worden sein, doch überlebt hatten unzählige der Schriftrollen und Bände diese Zeit nicht. Ob bei der Eroberung durch Cäsar oder spätere Überfälle und Zerstörungen, immer wieder waren die unwiederbringlichen Schätze ein Opfer der Flammen geworden. Bis zu siebenhunderttausend dieser Dokumente des Wissens waren für immer verloren.

Welche Rätsel der Menschheit wären wohl längst gelöst, wenn es diese Bibliothek noch vollständig gäbe?

Dieser Gedanke brachte ihn zurück in die Realität. Immerhin hatte er selbst ein Rätsel zu lösen, bei dem er nicht einmal wusste, worum es ging.

Konzentration, Roberto. Er überlegte. Wie hieß doch gleich der Bibliothekar, den Paolo Mazzetti hier besucht hatte? Klang es nicht wie eine südamerikanische Hauptstadt? Rio de Janeiro, Buenos Aires, La Paz?

»Quatsch«, sagte er laut.

Santiago, Caracas. Caracas?

Er schlug sich mit der flachen Hand leicht gegen die Stirn. Natürlich, Karakos war der Name. Georgios Karakos.

Im Eingangsbereich war es merkwürdig still.

»Die Bibliothek ist täglich von neun bis sechzehn Uhr geöffnet, kommen Sie bitte morgen wieder«, sagte die grauhaarige Frau mit der randlosen Brille, die hinter einer großen Glasscheibe am Empfang saß, ohne ihn dabei anzusehen. Sie schrieb Zahlen in eine lange Liste.

Robert lächelte sie an.

»Ich komme nicht wegen der Bibliothek, Madame, ich möchte einen Ihrer Kollegen sprechen. Georgios Karakos ist sein Name.«

Für einen Augenblick hörte die Frau auf zu schreiben und sah Robert an.

»Karakos, sagen Sie?«

Sie griff nach einem schwarzen Ringbuch und blätterte langsam die Seiten um.

»Georgios Karakos?«

Robert nickte. Die Grauhaarige schüttelte den Kopf.

»Der arbeitet nicht mehr hier. Soweit hieraus hervorgeht, ist er schon vor einiger Zeit pensioniert worden.«

Sie widmete sich wieder ihren Zahlen. Robert fasste sich nachdenklich ans Kinn.

»Können Sie mir dann bitte seine Privatadresse oder wenigstens seine Telefonnummer sagen?«

Die Frau ließ von ihren Zahlen ab und schaute Robert mit Empörung an.

»Ja, was glauben Sie denn? Ich kann Ihnen doch nicht...«

Robert machte das unglücklichste Gesicht, zu dem er fähig war.

»Wissen Sie, ich komme extra aus Italien angereist, um Herrn Karakos eine wichtige Mitteilung seines ältesten Freundes zu überbringen, der zu krank ist, um zu reisen. Ich kann doch nicht so einfach wieder nach Hause fahren. Haben Sie doch bitte Mitleid mit einem alten Mann, der wahrscheinlich nicht mehr lange zu leben hat!«

Die Frau schaute ihn erschrocken an. Dann wurde sie nachdenklich und blätterte wieder in dem Ringbuch.

»Telefonnummer hab' ich nicht. Sharia el Aqabar Nummer 7. Das ist im Attarin-Viertel beim Hauptbahnhof«, sagte sie leise und monoton. Dann atmete sie tief ein.

»Und jetzt gehen Sie bitte. Von mir haben Sie die Adresse nicht.«

Robert machte eine angedeutete Verbeugung.

»Vielen Dank, Madam. Wir sind uns nie begegnet.«

*

»Entschuldigung«, sagte Robert zu dem jungen Mann, der ein durchlöchertes T-Shirt und einen großen Korb mit Melonen trug. »Können Sie mir sagen, wie ich zum Attarin-Viertel komme?«

Der Junge stellte den Korb ab, blinzelte Robert gegen die Sonne an und nickte.

»Gehen Sie immer dem Schild ›Central Station‹ nach«, sagte er auf Englisch mit einem starken arabischen Akzent. Er sprach ziemlich schnell.

»Gehen Sie über den Manschiya-Platz, dann in die Sharia Ahmed Orabi und dann links in die Sharia Sisostris. Dort sehen Sie eine Moschee direkt an der Sharia Attari Ecke Sharia Sidi el-Metwali. Dann sind Sie mitten im Attarin. Haben Sie das verstanden?«

Er grinste Robert an, als wolle er sagen: Keiner von euch dämlichen Touristen kann sich diesen Weg merken.

Robert, der diese Gedanken ahnte, grinste zurück.

»Okay, Manschiya-Platz, Sharia Ahmed Orabi, Sharia Sisostris. Dann Sharia Attari, Ecke Sharia Sidi el-Metwali. Richtig?«

Der Junge starrte ihn mit offenem Mund an.

»Wenn Sie mir nun noch sagen können, wo dort die Sharia el Aqabar ist, wäre das toll.«

Der Junge – immer noch mit offenem Mund – nickte.

»Wenn Sie diesen Weg nehmen, gehen Sie direkt darauf zu. An der Ecke ist eine Buchhandlung und ein Imbiss, wo es gegrillte Tauben und Wachteln gibt.«

Robert lächelte ihn an, griff in die Tasche und reichte ihm eine Dollarnote. Der Junge griff zu, hob seinen Korb auf und war in Sekunden im Strom der Passanten verschwunden.

Robert lächelte.

Na bitte, auf dein gutes Gedächtnis kannst du dich immer noch verlassen.

✳

Das geschäftige Treiben in den schmalen Gassen und auf den Plätzen des Attarin-Viertels gestaltete sich so, wie es ein Tourist von einem orientalischen Basar verlangt.

Das Angebot erstreckte sich von antiken Möbeln und solchen, die dazu gemacht worden waren, über Kronleuchter, Repliken alter Kunstwerke und Schriftstücke, verrostete Vorderladerpistolen, behandelte und unbehandelte Feldfrüchte bis hin zu Federvieh und anderem Getier in lebendem und gebratenem Zustand. Dazu ein Gemisch aus mehr oder weniger angenehmen Gerüchen, Wortfetzen aus verschiedenen Sprachen, Musik aus plärrenden Lautsprechern und der monotonen Melodie aus der Flöte des Schlangenbeschwörers, dessen Reptil sich heute allerdings von seiner unmusikalischen Seite zeigte.

Die Wegbeschreibung des Jungen funktionierte ebenso gut wie Roberts Gedächtnis, und bereits nach fünfzehn Minuten stand er vor dem Haus in der Sharia el Aqabar Nummer 7.

Das Haus war auffallend schmal, hatte zwei Stockwerke und schien von den Gebäuden zur Linken und zur Rechten regelrecht eingeklemmt worden zu sein. Im Erdgeschoss war eine Tür, aber kein Fenster zu sehen.

Robert fand einen Klingelknopf aus Messing, drückte kurz darauf und wartete. Nichts rührte sich. Er versuchte es ein zweites Mal. Er wollte sich gerade enttäuscht zum Gehen wenden, als er hörte, dass über ihm ein Fenster geöffnet wurde.

Erst klappten die Holzläden auf, dann ein Fensterflügel. Eine junge Frau mit einem schmalen Gesicht und lockigen schwarzen Haaren schaute heraus. Die auffallend dunklen Schatten um die Augen bemerkte er sofort.

Robert legte den Kopf in den Nacken und sprach einen der wenigen Sätze, die er auf Arabisch konnte und der um Mitteilung bat, ob der Angesprochene Englisch sprechen konnte.

»Masah el cher – inta bitkallim inglesi?«

Die Frau nickte.

»Ich bin auf der Suche nach einem Georgios Karakos. Wohnt er hier?«

Die Frau schüttelte den Kopf.

»Was wollen Sie?«

Robert trat einen Schritt zurück. Weil ihn die Sonne blendete, schirmte er seine Augen mit der Hand ab.

»Ich komme aus Italien. Ich muss mit Herrn Karakos etwas besprechen. Es geht um einen gemeinsamen Freund, der ihn vor kurzem hier besucht hat.«

Die Frau schüttelte abermals den Kopf.

»Es tut mir leid. Mein Vater ist tot. Ich kann Ihnen nichts dazu sagen. Gehen Sie bitte!«

Verdammt, das kann es doch wohl nicht gewesen sein. Die ganze Reise umsonst?

Er nahm einen zweiten Anlauf.

»Es tut mir leid. Aber es gibt sicher einige Fragen, die Sie mir auch beantworten können. Dürfte ich kurz hereinkommen?«

Die Frau machte eine abweisende Handbewegung.

»Nein, das geht nicht. Bitte gehen Sie jetzt.«

Nicht lockerlassen, Roberto. Wenn sie das Fenster schließt, sind alle Chancen vorbei.

Er hob beschwörend die Hände.

»Hören Sie. Was ich zu sagen habe, wird ganz sicher auch Sie interessieren. Es könnte sogar sehr wichtig für Sie sein. Wenn Sie nicht wollen, dass ich in Ihr Haus komme, können wir uns auch an einem neutralen Ort treffen. Dort, wo viele Menschen sind. Ich komme überallhin.«

Die junge Frau wollte gerade den Fensterflügel schließen, hielt dann aber doch inne und schien nachzudenken.

»Also gut, dann kommen Sie ins ›Café Trianon‹. Die Adresse ist Midan Saad Zaghlul. Wissen Sie, wo das ist?«

Aber sicher doch, wollte Robert gerade sagen. Das liegt gleich bei meinem Hotel. Aber irgendetwas sagte ihm, dass er sich lieber etwas zurückhalten sollte. Insofern entschloss er sich lediglich zu einem heftigen Nicken.

»Gut, dann in etwa zwei Stunden«, sagte sie und schloss das Fenster.

*

Robert ging langsam zum Hotel zurück. Georgios Karakos war tot. Paolo Mazzetti war ebenfalls tot. Worüber die beiden alten Herren gesprochen hatten, wusste er nicht, das Protokoll ihrer Unterhaltung war gestohlen worden. Wenn die Tochter nun auch nichts wusste?

Ausgeschlossen, man kann nicht in so einem kleinen Haus zusammenwohnen, ohne mitzubekommen, womit der andere sich beschäftigt.

Die junge Frau schien ihm äußerst misstrauisch, er musste das Gespräch also sehr vorsichtig führen.

Vielleicht solltest du dich etwas seriöser kleiden, dachte er, als er sein Spiegelbild in Jeans und T-Shirt in einem Schaufenster sah. Er schaute auf seine Armbanduhr. Genug Zeit hatte er noch. Er schlenderte an den Ständen der Trödler vorbei. An einem Tisch mit mehr oder weniger gut gemachten Repliken blieb er stehen. Warum er in diesem Moment ausgerechnet diese Schriftrollen kaufte, konnte er später nicht sagen. Es musste eine Art von Intuition gewesen sein.

6. KAPITEL

Jeder Amerikaner behauptet, dass er einen Texaner bereits auf hundert Meter Entfernung erkennen kann. Insofern war sich Bruce Parker sicher, dass der lange Kerl, der dort durch die Doppeltür des »Spitfire« hereinkam, Lieutenant Charles Dowell sein musste. Er trug ein groß gemustertes Hawaii-Hemd, helle Khaki-Hosen, hatte aber nicht auf seine Alligator-Hornback-Boots verzichtet, die den wiegenden Cowboygang erst so richtig zur Geltung kommen ließen.

Dowell schaute sich mit erstauntem Gesicht um. Sein Blick glitt über das riesige Aquarium, in dem nur zwei winzige Fische schwammen, über die mit Hunderten von Postkarten, Geldscheinen und Bieretiketten bestückten Wände und merkte verblüfft, dass aus den Lautsprechern der »Blues before sunrise« von John Lee Hooker dröhnte. Nicht gerade das, was man in einer ägyptischen Bar erwartet.

Er entdeckte Parker, der in der Ecke allein an einem Tisch saß und ihm entgegengrinste.

»Seltsame Location, nicht wahr?«

Er machte eine Handbewegung, die Dowell zum Sitzen aufforderte.

»Der Clou ist, dass die jetzigen Besitzer behaupten, ihr vor Jahren verstorbener Vorgänger liege immer noch in der Tiefkühltruhe auf dem Gang zum Klo. Dies Gerücht hält sich hartnäckig.«

Er lachte auf und nahm einen Schluck aus seiner Budweiser-Bierdose.

»Man muss sich nur ins Gerede bringen. Das ist gut fürs Geschäft.«

Dann verfinsterte sich sein Blick. Er schaute Dowell direkt in die Augen.

»Ich denke, Sie wissen, worum es geht?«

Dowell nickte.

»Natürlich, Sir. Wenn ich das nicht alles aus dem Mund von McMulligan gehört hätte, würde ich glauben, jemand will mich verarschen. Ich kann es eigentlich immer noch nicht so richtig glauben, aber...«

Parker unterbrach ihn.

»Sie sollen nicht glauben, Sie sollen einfach zur Kenntnis nehmen. Also, passen Sie auf. Mein Informant hat mir einen Hinweis auf einen ehemaligen Mitarbeiter der Bibliothek gegeben. Am nächsten Tag hat man ihn gefunden. Erschossen. Und der Bibliothekar hat auch nicht sehr viel länger gelebt.«

»Auch erschossen?«

»Nein, er ist unter die Räder eines Trucks geraten. Aber das war mit Sicherheit kein Unfall.«

Parker fixierte den Mann an der Bar, hielt zwei Finger in die Luft und zeigte auf seine Bierdose.

»Der Mann hat eine Tochter. Ich habe bereits versucht, mit ihr zu sprechen. Aber sie tut so, als wüsste sie von nichts.«

Der Barmann stellte zwei Budweiser-Dosen auf den Tisch. Dowell riss den Verschluss mit dem Zeigefinger ab.

»Glauben Sie, dass sie blufft?«

Parker zog die Mundwinkel nach unten.

»Schwer zu sagen – vor allem kommen wir so nicht weiter. Das Dumme ist, dass sie mich jetzt kennt. Darum habe ich Sie angefordert. Ich habe da nämlich eine Idee.«

✴

»Robert, wo sind Sie gewesen, Sie waren ja Stunden unterwegs!«

Georg von Sell, der gerade in die Hotelhalle getreten war, breitete die Arme aus, geradeso, als habe er Robert seit Wochen nicht mehr gesehen.

»Sorry, Georg«, sagte Robert, der jetzt einen hellgrauen Anzug und ein offenes schwarzes Hemd trug. »Meine Recherchen haben mich heute bereits sehr viel weitergebracht, sodass ich jetzt schon wieder verabredet bin. Ich fürchte, aus unserem Essen wird erst einmal nichts.«

Von Sell machte ein gespielt beleidigtes Gesicht.

»Schade, ich hatte mich schon darauf gefreut, Ihnen die Geheimnisse der ägyptischen Küche präsentieren zu dürfen.«

Er machte eine Kurzpause und hob dann den Zeigefinger.

»Oder – Sie bringen Ihren Gesprächspartner einfach mit!«

Robert lächelte.

»Ich glaube nicht, dass sich der Gegenstand unseres mathematischen Gesprächs mit einem gemütlichen Essen vereinbaren lässt.«

»Ich will mich nicht aufdrängen«, sagte Georg von Sell und machte eine abwehrende Handbewegung, »aber sollten Sie morgen noch in Alexandria sein, müssen Sie mit mir essen gehen. Da gibt es kein Zurück.«

»Versprochen«, lachte Robert nervös, nickte von Sell kurz zu und verließ die Halle.

Er schaute auf seine Armbanduhr.

Verdammt, jetzt sind schon einige Minuten über die verabredeten zwei Stunden verflossen. Hoffentlich ist sie nicht pünktlich.

Robert ging etwas schneller.

Er hatte Glück. Das auch bei Touristen besonders wegen seiner unnachahmlichen Schokolade-Nuss-Pralinen beliebte

Café Trianon war gut gefüllt, doch er fand sofort einen Tisch für zwei in einer Ecke. Er schaute in alle Richtungen – die Frau, auf die er wartete, war nirgends zu sehen.

Ist sie vielleicht schon wieder gegangen? Oder hat sie es sich anders überlegt?

Ein Kellner, der ein weißes Hemd mit auffallend großen, goldfarbenen Manschettenknöpfen trug, trat an den Tisch und zog fragend die buschigen Augenbrauen hoch.

Robert bestellte einen Karkadee-Tee, der aus frischen Hibiskusblättern zubereitet wird, und dazu etwas Halawa, das feine Mandelgebäck mit Honig.

Weitere Minuten vergingen, dann sah er sie. Kurz nachdem sie eingetreten war, blieb sie an der Tür stehen und schaute sich um. Sie war mittelgroß, schlank und trug ein einfaches, schwarzes Baumwollkleid mit einem V-Ausschnitt. Über ihrer rechten Schulter baumelte eine naturfarbene Leinentasche. Trotz ihrer leichten Bräune waren die Schatten unter den Augen deutlich zu sehen.

Robert stand von seinem Platz auf und winkte ihr. Sie sah es und kam mit unbewegtem Gesicht auf seinen Tisch zu. Er machte eine angedeutete Verbeugung.

»Vielen Dank, dass Sie gekommen sind. Es ist wirklich sehr wichtig für mich. Gestatten Sie, dass ich mich vorstelle. Mein Name ist Robert Darling, ich lebe in Italien, in der Nähe von Florenz. Aber bitte ... wollen Sie sich nicht setzen?«

Sie schwieg, setzte sich in den Korbstuhl und lehnte ihre Tasche daran.

»Und was wollen Sie von mir wissen, Mister Darling? So war doch Ihr Name?«

Robert lächelte sie an.

»Ich weiß, es klingt etwas seltsam, wenn man mit diesem Namen aus Italien kommt. Vielleicht klingt er sogar erfunden, aber ich bin nun mal so getauft worden. Wenn Sie wollen, zeige ich Ihnen gern meinen Pass.«

Sie hob leicht die Hand.

»Ist schon okay. Ich bin in den letzten Tagen viel von Leuten befragt worden, die ich nicht kannte. Eigentlich wollte ich gar nicht ... Sie sagten, Sie hätten etwas, was auch mich interessieren würde? Woher kannten Sie meinen Vater?«

Robert schüttelte den Kopf.

»Ich kannte ihn gar nicht. Es tut mir übrigens sehr leid. War Ihr Vater krank?«

Sie schaute ihn weiterhin misstrauisch an und versuchte, so kühl wie möglich zu wirken.

»Krank? Keine Spur. Er wurde überfahren. Fast vor unserem Haus. Die Polizei sagt, es war ein Unfall. Aber ich sage Ihnen, es war keiner. Doch was soll ich machen? Das Ergebnis ist dasselbe.«

Sie schüttelte den Kopf, und für einen Augenblick wirkten ihre dunklen Augen wie abwesend. Dann schaute sie Robert wieder fragend an.

»Also bitte, was haben Sie mir zu sagen?«

Robert beugte sich leicht nach vorn. Sein Blick fiel kurz auf den Anhänger, den sie an einer silbernen Kette um den Hals trug. Er war aus rotem Stein gearbeitet und sah aus wie eine Blüte, deren Blütenblätter nach unten hingen.

»Wenn Sie gestatten, würde ich gern die Ereignisse der letzten Tage zusammenfassen. Darf ich Ihnen erst einmal einen Kaffee bestellen, Frau ...? Wie darf ich Sie ansprechen?«

Der leichte Zug des Ventilators hatte ihr einige Strähnen ihres schwarzen Haares ins Gesicht geweht. Sie strich sie aus der Stirn.

»Karakos. Elena Karakos. Sagen Sie einfach Elena.«

Robert nickte und winkte dem Kellner zu.

»Okay. Die Geschichte begann für mich vor gut einer Woche. Ich kam aus Deutschland und wollte vom Florenzer Flughafen zu meinem Haus zurückfahren. Unterwegs machte ich die Bekanntschaft eines außergewöhnlichen Mannes...«

Robert erzählte ihr, wie er in diese Geschichte verstrickt wurde, wie man bei ihm eingebrochen hatte und wie er beschlossen hatte, herauszubekommen, worum es hier ging, und dass mindestens schon zwei Menschen ihr Leben dafür lassen mussten.

»...und darum«, sagte er und schaute sie intensiv an, »darum sitze ich jetzt hier und würde gern von Ihnen wissen, was das alles zu bedeuten hat.«

Elena Karakos wirkte nach seiner Erzählung wesentlich entspannter. Sie hatte aufmerksam zugehört und ein paar Mal genickt, als er von Professor Mazzetti berichtete.

»Ja, ich erinnere mich sehr gut an seinen Besuch. Ein außergewöhnlicher Mann, das stimmt. Mein Vater war sehr angetan von ihm, aber richtig weiterhelfen konnte er ihm wahrscheinlich auch nicht. Sie haben jedenfalls später noch korrespondiert und, soweit ich weiß, auch zwei Mal telefoniert.«

Der Kellner servierte einen zweiten Kaffee für Elena und einen Karkadee für Robert.

»Wissen Sie denn, worüber Ihr Vater und Professore Mazzetti gesprochen haben?«

Elena schüttelte den Kopf.

»Nein, nicht genau. Aber ich kann es mir denken. Mein Vater befasste sich privat überwiegend mit dem Mythos des Todes in verschiedenen Kulturen. Ganz besonders natürlich mit dem im frühen Ägypten.«

Robert stellte seine Tasse zurück auf den Tisch.

»Das würde zusammenpassen. Nach den Unterlagen, die ich bisher bei Mazzetti einsehen konnte, hat er sich mit ähnlichen Themen beschäftigt. Leider habe ich nicht viel davon lesen können. Nachdem ich das Kapitel über Origines von Alexandria gelesen habe, ist mir das Manuskript gestohlen worden.«

Bei der Nennung des Namens bemerkte Robert, wie sich ihre Augen um eine Winzigkeit weiteten.

»Origines, sagen Sie? Ja, ich glaube mich zu erinnern. Den Namen hat mein Vater mehr als einmal erwähnt. Auch im Gespräch mit dem italienischen Professor. Er hatte offenbar in seinem Land eine Entdeckung gemacht.«

»Entschuldigen Sie meine Neugier«, sagte Robert, »haben Sie sich auch mit dieser Thematik befasst?«

Elena lächelte ein wenig.

»Nein, ganz und gar nicht. Ich habe Romanistik auf Lehramt studiert, mit Schwerpunkt italienische Literatur, Sprache und Kultur. Dazu Kunstgeschichte. Aber ich habe es abgebrochen.«

»Warum?«, fragte Robert erstaunt.

Elenas Gesicht verfinsterte sich.

»Dazu möchte ich nichts sagen.«

Sie stand auf.

»Außerdem muss ich jetzt gehen.«

Robert erhob sich ebenfalls.

»Vergessen Sie nicht, den Recorder abzustellen, den Sie in Ihrer Tasche tragen.«

Elena schaute ihn verblüfft an.

»Wie ...?«

Er lächelte sie an.

»Das Surren ist zu hören. Ich habe gute Ohren. Das nächste Mal nehmen Sie besser einen MP3-Player mit Aufnahmefunktion. Die sind viel kleiner und machen keine Geräusche.«

Elena starrte auf den Boden, beugte sich zu ihrer Tasche, griff hinein und schaltete das altmodische Diktaphon aus.

»Es tut mir leid. Aber ich bin so misstrauisch geworden. Ich habe seltsame Anrufe bekommen. Und dann die zwei Männer, die plötzlich vor der Tür standen. Ich war richtig in Panik...«

Robert hob die rechte Hand.

»Verzeihen Sie mir, dass ich offenbar noch mehr dazu beigetragen habe. Dennoch: Könnten wir unser Gespräch fortsetzen? Mir liegt wirklich sehr viel daran.«

Sie überlegte einen Augenblick.

»Also gut. Wahrscheinlich werde ich es bereuen, aber ich glaube, ich kann Ihnen vertrauen. Kommen Sie morgen zu mir. Ich denke, ich kann Ihnen etwas zeigen, was Sie interessiert. So gegen zwölf?«

»Sehr gern.« *Ich freue mich, dass ich Sie überzeugen konnte*, wollte er hinzufügen, aber dann ließ er es. Es wäre genau dieser Satz zu viel.

Sie drehte sich um und ging zur Tür. Er schaute ihr nach und spürte, dass sie sehr viel mehr wusste, als sie zugab.

»Das glaube ich gern, dass Sie diese Gesellschaft vorgezogen haben!«, sagte eine Stimme hinter ihm. Robert drehte sich um.

Georg von Sell lachte ihm ins Gesicht.

»Da will ich in Ruhe einen Kaffee trinken, und was sehe ich? Meinen Freund Robert in Begleitung einer attraktiven Frau. Allerdings scheint die Dame nicht sehr hungrig gewesen zu sein. Darf ich daraus schließen, dass Sie mir heute Abend doch noch die Ehre geben werden?«

Robert blieb einen Augenblick sprachlos.

Gib dich geschlagen, Roberto, der Mann lässt nicht locker.
Er nickte.

»Sie dürfen!«

Von Sell strahlte.

»Kommen Sie. Jetzt trinken wir erst einmal einen Aperitif, gehen dann exquisit essen, und Sie erzählen mir alles über diese geheimnisvolle Schöne!«

*

Die Sonne schien noch nicht zu heiß auf die Tische und Stühle des »Caffè Bellini« an der Piazza della Repubblica im Herzen von Florenz. Kaum ein Stuhl war mehr frei, und eine bunt zusammengewürfelte Menschenmenge aus Einheimischen und Touristen genoss fröhlich schwatzend die überteuerten kühlen Getränke und das schöne Wetter. Nur die beiden ungleichen Männer, die sich am Rande in den Schatten gesetzt hatten, schienen von alldem nichts zu bemerken.

Professor Lorenzo Tardi blickte sorgenvoll und bleich in seine leere Kaffeetasse. Der andere, der den Korbsessel fast zu sprengen drohte, hatte etwas Bedrohliches an sich. Zwar war er übergewichtig, machte aber den Eindruck, als würde er seine enorme Körperlichkeit in kritischen Momenten sehr schnell zum Einsatz bringen können. Seine klobigen Hände ruhten gefaltet auf der Tischplatte. Die Stimme mit dem sizilianischen Akzent klang heiser.

»Sie haben also fast die Hälfte durchgesehen und nichts gefunden, was uns interessieren könnte, sagen Sie?«

Tardi schaute noch zerknirschter drein, vermied es jedoch, die Frage direkt zu beantworten.

»Es ist natürlich schwierig, wenn man nicht weiß, wonach man sucht. Was ich bisher gesichtet habe, waren Arbeiten, von deren Inhalt ich bereits wusste. Mazzetti hatte ein sehr begrenztes Portfolio an Themen. Können Sie denn nicht etwas präziser umreißen, wonach Sie suchen?«

Der Dicke schnaubte verächtlich.

»Deswegen haben wir Sie ja engagiert. Sie sollen uns sagen, ob Sie zwischen diesem ganzen Müll etwas finden, was für Ihren Kollegen ungewöhnlich ist. Also, denken Sie nach.«

Tardi nahm seine Brille ab und rieb sich mit der rechten Hand über die zusammengekniffenen Augen.

»Sie wissen offenbar auch nicht genau, wonach Sie suchen. Welche Anhaltspunkte haben Sie denn überhaupt? Worauf läuft das Ganze hinaus?«

Langsam fiel der Schein der Sonne auch auf ihren Tisch. Der Dicke blinzelte und setzte sich eine Sonnenbrille auf. Tardi war froh, nicht mehr in die Augen seines Gesprächspartners sehen zu müssen.

»Nur eins, damit Sie sehen, welche Wichtigkeit das für uns hat. Wir haben Informanten überall auf der Welt, und wenn wir hören, dass eine Abteilung des amerikanischen Geheimdienstes, der für das Militär zuständig ist, in helle Aufregung gerät und Ihr Professorenfreund dabei eine Rolle spielt, dann wollen wir natürlich wissen, worum es dabei geht. Höchstwahrscheinlich um irgendeine neue Wunderwaffe ... aber jetzt habe ich schon zu viel geredet. Denken Sie noch einmal nach. Haben Sie irgendetwas in diesen Papieren gefunden, das für den Mann ungewöhnlich war?«

Tardi setzte seine Brille wieder auf. Kleine Schweißperlen standen auf seiner Stirn.

»Ich sagte doch – nein! Bis auf diesen Briefwechsel...«

»Was für ein Briefwechsel?«

»Ach, ich weiß gar nicht, warum ich das erwähne. Er hat mit einem Mann in Ägypten korrespondiert. Ein Bibliothekar aus Alexandria, aus der neuen Bibliothek, nehme ich an. Mich hat das überrascht, denn für Ägyptologie hat er sich nie interessiert.«

Der Sizilianer lehnte sich über den Tisch.
»Und was stand in den Briefen?«
Tardi zuckte mit den Schultern.
»Nichts. Es ging nur um die Daten für seine Reise. Ankunft, Adressen, Wegbeschreibungen und so weiter. Mazzetti war offenbar ganz begierig, so schnell wie möglich dorthin zu kommen. Diese Aufgeregtheit hat mich gewundert.«
»Haben Sie die Briefe eingescannt?«
Tardi nickte und beugte sich zu der alten, ledernen Aktentasche hinunter, die neben seinem Stuhl stand. Er öffnete sie, sortierte eine Weile die darin zum Vorschein kommenden Blätter und reichte dann vier Ausdrucke über den Tisch.
Der Sizilianer nahm sie, überflog die Bögen, faltete sie und schob sie in die Innentasche seines Wildlederblousons.
»Wenigstens etwas. Wir werden uns diesen Knaben mal ansehen.«

7. KAPITEL

Pünktlich um zwölf des darauf folgenden Tages klingelte Robert an der Tür des schmalen Hauses in der Sharia el Aqabar Nummer 7. Der letzte Abend war lang und anstrengend gewesen. Das Essen hatte gehalten, was Georg von Sell versprochen hatte. Dass sie die unzähligen kleinen Vorspeisen, das geschmorte Lamm mit Okra, Koriander und Kreuzkümmel in Ruhe genießen konnten, hatte er von Sells Regie zu verdanken, denn anders als in den meisten arabischen Ländern isst man in Ägypten sehr schnell, und die Speisen werden nicht als Folge serviert, sondern in ihrer ganzen Pracht und Gesamtheit auf den Tisch gestellt, bis kein Platz mehr da ist.

Doch das hatte der erfahrene Deutsche bereits mit dem schnauzbärtigen Geschäftsführer abgesprochen und ein langsames Nach-und-nach vereinbart, was erkennbar Unmut bei den zwei Kellnern hervorrief, die diese Art zu essen ziemlich umständlich fanden.

Georg von Sell hatte während der ausgedehnten Zeremonie unentwegt geredet und Fragen an Robert geschickt in andere Themen verpackt, sodass sich Robert mehrfach dabei ertappte, dass er von Sell mehr erzählte, als er eigentlich wollte. Dennoch kam ihm die Wissbegierigkeit seines Gesprächspartners nicht wie Neugierde vor.

Schriftsteller, Journalisten – die sind eben so, dachte er, als zur Nachspeise exotische Früchte in allen Formen und Farben aufgetragen wurden. Beim Ausklang in der Hotelbar stellte

Robert fest, dass er bereits ziemlich müde war, wohingegen der blonde Deutsche immer noch taufrisch wirkte.

Während er über diese erstaunliche Kondition nachdachte, wurde die Tür aufgeschlossen.

»Kommen Sie herein«, sagte Elena. Sie schien entspannter als am gestrigen Tag zu sein, lächelte aber nicht.

Robert machte eine angedeutete Verbeugung.

»Vielen Dank, dass ich kommen durfte. Ich weiß um den Druck, dem Sie in den letzten Tagen ausgeliefert waren.«

Sie antwortete nicht, sondern machte eine Handbewegung, die ihn erneut aufforderte, hereinzukommen.

Der untere Teil des Hauses schien aus einem schwarz-weiß gefliesten Raum zu bestehen, in dem es angenehm kühl war. Ein Hauch von Koriander hing in der Luft. In der Mitte standen ein runder Esstisch mit sechs Stühlen sowie eine Anrichte mit einem Tellerregal aus dunklem Holz. Wegen der schmalen Fassade hatte Robert viel kleinere Räume erwartet, doch die Tiefe des Esszimmers war beachtlich.

Er entdeckte am anderen Ende eine angelehnte Tür, hinter der er das Summen eines Kühlschranks vernahm. Laute aus einem Innenhof waren zu hören. Das musste die Küche sein, deren Terrassentür geöffnet war.

»Kommen Sie bitte!«, sagte Elena. »Das Arbeitszimmer meines Vaters ist ganz oben.«

Eine schmale Holztreppe führte nach oben.

»Das war ursprünglich mal ein Lagerhaus. Darum sind die Räume schmal und tief, was den Vorteil hat, dass die Hitze draußen bleibt.«

Bevor sie sich zur Treppe umdrehte, schaute sie Robert für den Bruchteil einer Sekunde in die Augen. Er merkte, dass sie in diesem Augenblick noch einmal daran zweifelte, ob sie das Richtige tat.

Er blieb stehen, dachte für den zweiten Bruchteil der Sekunde darüber nach, ob er jetzt noch etwas Vertrauen erweckendes sagen sollte, erwiderte ihren Blick, ließ es dann aber. Im dritten Bruchteil dieser Sekunde stellte er fest, dass es der längste Bruchteil war, den eine Sekunde hergeben kann.

»Robert, kommen Sie?«

Er nickte und stieg hinter ihr die Treppe hinauf. Das Holz hatte einen Geruch, den er nicht kannte, etwas märchenhaft Orientalisches. Sollten das die berühmten Zedern aus dem Libanon sein?

»Die Treppe«, sagte sie, »wurde übrigens aus dem Holz eines vor über hundert Jahren gestrandeten englischen Dreimasters gebaut. Es riecht immer noch nach dem Meer. Finden Sie nicht?«

Robert war froh, dass er nichts gesagt hatte.

Die Treppe endete im ersten Stock in einem kleinen quadratischen Flur, von dem vier Türen abgingen.

»Noch eine Treppe«, sagte Elena. »Oben sind Abstellräume und das Arbeitszimmer meines Vaters.«

Der Vorplatz zu diesen Räumen war nicht größer als zwei Quadratmeter. Robert musste auf der letzten Stufe stehen bleiben, während sie die gegenüberliegende Tür öffnete.

In dem L-förmigen Zimmer war ein quadratischer Arbeitsplatz mit einem überraschend modernen Schreibtisch. Zur Linken befand sich ein länglicher Raum, der auf beiden Seiten mit Bücherregalen vollgestellt war, sodass lediglich ein schmaler Durchgang blieb.

Das Arbeitszimmer ließ nur sparsame Bewegungen zu, aber der Ausblick war phänomenal. Sowohl vor dem Schreibtisch als auch rechts und links davon schaute man durch drei schmale, aber sehr hohe Fenster mit hölzernen Sprossen über die Altstadt Alexandrias. Ein Fenster war weit geöffnet und trug die Gerüche und Geräusche der Stadt gedämpft herein. Der Blick fiel über flache Dächer, Terrassen und Türme, und ganz auf der linken Seite war ein kleiner Ausschnitt des Meeres zu sehen. Da man auf die das Haus umgebenden Straßen blicken konnte, verstärkte sich der Eindruck eines Wachturms.

Der Schreibtisch war sorgsam aufgeräumt, so als habe Georgios Karakos geahnt, dass er nie wieder hierher zurückkehren würde.

Elena stellte sich neben den Tisch, rückte die Schreibunterlage zurecht und schob zwei Bleistifte auf dieselbe Höhe.

»Was für ein wunderschöner Raum«, sagte Robert.

Sie hatte sich zum rechten der drei Fenster abgewandt.

»Ich habe diesen Raum immer geliebt, wenn mein Vater hier oben...«

Sie brach den Satz ab, drehte sich um und bemühte sich um einen sachlichen Gesichtsausdruck.

»Was ich Ihnen zeigen wollte, sind diese Rollen.«

Sie beugte sich zur linken Seite des Schreibtisches, neben dem ein Korb mit Papprollen stand, solche, in denen man Plakate, Kunstdrucke oder Ähnliches verschickt. Sie nahm drei davon heraus und legte sie auf den Schreibtisch.

»Das sind Kopien, die er in der Bibliothek angefertigt hat. Mein Vater hatte mir schon vor Wochen etwas Seltsames gesagt. Sollte ihm etwas passieren, müsste ich sofort mit Aristoteles Kontakt aufnehmen und ihm diese Rollen bringen. Er hat sie hier zwischen den anderen versteckt. Einmal lachte er und sagte: Einen gestohlenen Baum versteckt man am besten im Wald. Damit ich sie erkenne, hat er eine winzige rote Markierung angebracht. Hier, sehen Sie?«

Robert schaute sie verständnislos an.

»Aristoteles ist ein alter Freund meines Vaters, mein Pate. Das tut im Moment nichts zur Sache.«

Sie öffnete eine der Papprollen.

»Die Texte sind auf Latein verfasst. Mein Vater sagte, urschriftlich waren sie auf Griechisch und stammten von Origines. Er hat auch mit Ihrem italienischen Professor darüber gesprochen. Soweit ich weiß, hat er noch einen Kollegen um Rat gebeten, aber keiner konnte einen Sinn in den Texten entdecken. Nach dem, was Sie mir erzählt haben – wie Sie das Rätsel mit der Telefonnummer gelöst haben –, und weil es doch auch ein wenig Ihr Beruf ist, dachte ich mir, dass Sie vielleicht eine Lösung finden.«

Robert fuhr mit dem Finger über seinen Nasenrücken, wie immer, wenn er nachdachte.

»Nun, Latein ist nicht gerade meine Stärke, aber irgendetwas muss in diesem Text stehen, dem Ihr Vater enorme Bedeutung beigemessen hat. Wenn ich Ihr Vertrauen noch habe, würde ich mich gern mit diesen drei Rollen zurückziehen. Ich meine natürlich – in mein Hotel. Geht das?«

Elena lächelte zum ersten Mal. Sie nahm die drei Rollen und streckte sie Robert entgegen.

»Ich hoffe, Sie finden es heraus. Wissen Sie, es ist mir nicht so wichtig, was dort Weltbewegendes drinsteht. Oder doch. Ich möchte wissen, warum mein Vater sterben musste.«

Robert senkte den Blick.

»Sicher hat Ihr Vater hier in den Regalen ein Lateinisches Wörterbuch. Würden Sie es mir leihen?«

Elena antwortete nicht, sondern ging in den Gang zwischen den Regalen.

Nach wenigen Minuten hatte sie es gefunden.

»Hier ist es. Oh ...!«

»Was ist?«

»Es ist ein Deutsch-Lateinisches Wörterbuch. Können Sie damit etwas anfangen?«

Robert lächelte.

»Das wird gehen.«

*

»Perfekt«, freute sich Bruce Parker, »genauso habe ich es mir vorgestellt. Satellitenüberwachung ist doch die größte Erfindung der Menschheit. Sogar der Ton ist brillant!«

Charles Dowell trat von einem Bein auf das andere.

»Sorry, Sir, aber im Moment verstehe ich überhaupt nichts. Und außerdem: Gibt es eine Möglichkeit, mich zu setzen?«

Parker nahm die Füße vom Schreibtisch und lachte laut auf.

»Dowell, meine Güte, wie lange hatte ich keinen Besucher mehr hier!«

Er schaute sich weiter lachend um, entdeckte aber zu seiner eigenen Verblüffung keine andere Sitzgelegenheit. Kurzerhand griff er zum Papierkorb und drehte ihn um.

»Bitte sehr. Und nun passen Sie auf!«

Der fast zwei Meter große Dowell versuchte sich in einer Sitzposition, in der die Grundfläche des Papierkorbes und die einer Gesäßbacke ungefähr zusammenpassten.

»Bitte, Sir, ich höre.«

Parker hatte eine angebrochene Flasche »Jack Daniels« auf den Tisch gestellt, zwei Gläser aus dem Container rechts vom Tisch gesetzt und goss, ohne Dowell zu fragen, die Gläser bis zu einem Drittel voll.

»Die Sache ist ganz einfach. Ich habe den Fehler begangen, die Lady direkt zu befragen. Ich habe bei ihr geklingelt, mich als Vertreter der United States vorgestellt – völlig seriös, versteht sich – und nach ihrem Vater gefragt. Internet, Satelliten – alles ganz schön und gut. Aber acht Stunden vorher hatten sie meinen Informanten umgelegt und zwei Stunden später ihren Vater. Das war alles noch nicht bei mir angekommen, und, zack, hat sie mir die Tür vor der Nase zugeschlagen. Dann haben wir es noch einmal mit den arabischen Kollegen versucht, aber das ging genauso in die Hose. Jetzt scheint die Lady einen neuen Berater zu haben. Ich zoome ihn mal ran...«

Er setzte das Glas ab, beugte sich vor den Flachbildschirm und ließ den Clip, den sie gerade gesehen hatten, rückwärtslaufen.

»Hier, sehen Sie. Da steht er vor dem Haus und wartet. Jetzt macht sie ihm auf.«

Er drückte auf den Vorlauf und ließ die Bilder rasend über den Monitor laufen.

»Dankenswerterweise hat die Lady ein Fenster weit geöffnet. So können wir sogar reinschauen. Da, sehen Sie. Jetzt nimmt er diese drei Rollen und verabschiedet sich. Scheint ein höflicher Junge zu sein. Jetzt hat er sich schon dreimal verbeugt. Nun steckt er auch noch ein Buch in diesen Plastikbeutel...« Er kniff die Augen zusammen und drückte mehrere Tasten des Laptops.

»Die sollen drüben mal versuchen, ihn zu identifizieren.«

Er tippte konzentriert etwas ein und wartete einen Augenblick.

Nach ein paar Sekunden kam das Zeichen, dass er auf Antwort warten sollte.

Dowell streckte seinen Arm aus und griff zu seinem Glas.

»Okay, das läuft sehr präzise ab. Aber was habe ich jetzt zu tun?«

Parker setzte sein Glas auf den Tisch und beugte sich vor.

»Ganz einfach. Sie sind ein Vertrauen erweckender Officer aus Colorado, machen eine Verbeugung, warnen Sie vor einem, der sich schon mal als Vertreter der US ausgegeben hat und ein Schwindler sei...«

Dabei lachte er laut auf. »... und ganz besonders vor einem, der ein international arbeitender Agent ist und dem sie gerade wichtige Dokumente überlassen hat. Dann machen Sie den Beschützer. Ich bin sicher – das können Sie gut.«

Dowell, dem auf dem Papierkorb der linke Teil des Gluteus maximus eingeschlafen war, stand auf, humpelte ein paar Schritte und machte ein gequältes Gesicht.

»Und was machen wir dann?«

Parker grinste.

»Nichts, mein lieber Dowell. Sollten Sie es immer noch nicht bemerkt haben: Wir sind hier eine Abteilung, deren Aufgabe es ist, herauszubekommen, was die andere Seite weiß, sich das Wissen anzueignen, um dann die andere Seite auszuschalten. Sie verstehen?«

Dowell nickte, machte aber den Anschein, als ob er seine Aufgabe immer noch nicht so recht verstanden hatte.

Parker begriff diesen Blick.

»Okay, ich kann es auch noch einfacher sagen. Sie horchen sie aus, und wir machen den Rest.«

In diesem Augenblick kam ein surrendes Geräusch aus Parkers Laptop.

Er drehte sich um, starrte auf den Bildschirm, wartete ein paar Sekunden und stieß dann einen leisen Pfiff zwischen den Zähnen hervor.

»Ich glaub's doch nicht. Wer hätte das gedacht? Mister Höflich ist ein alter Bekannter!«

*

Gut vierundzwanzig Stunden später drückte Robert wieder auf den Klingelknopf an dem Haus in der Sharia el Aqabar.

Als Elena diesmal die Tür öffnete, lächelte sie.

»Robert, kommen Sie herein. Haben Sie etwas herausgefunden?«

Robert lächelte zurück, nickte kurz und ging mit wenigen Schritten in den unteren, angenehm kühlen Raum.

»Darf ich mich hier auf dem Esstisch ausbreiten?«

Elena nickte. Sie strich nervös ihre Haare aus der Stirn.

»Aber sicher. Nun erzählen Sie schon.«

Robert zog eine der Rollen aus dem Pappbehälter, rollte sie auf dem Tisch aus und beschwerte die Ecken mit einer Blumenvase, einem Aschenbecher und zwei Teetassen, die er aus dem gegenüberliegenden Regal nahm.

Dann zog er ein paar Briefbogen aus der Tasche, die alle den Schriftzug des Hotels »Cecil« trugen. Einen strich er glatt und legte ihn auf die Schriftrolle.

»Also gut, dann lassen Sie mich anfangen. Seit Jahrhunderten wird bei der Verschlüsselung geheimer Botschaften der Trick angewandt, Texte in anderen Texten zu verstecken. Anders gesagt: Das, was man mitteilen will, versteckt man zur Tarnung in weiteren, völlig harmlosen Texten.«

Elena schaute ihn verständnislos an.

»Ich werde es Ihnen gleich zeigen. Die drei Schriftrollen erzählen von der berühmten Schlacht bei den Thermopylen, 480 vor Christus, wo eine kleine Anzahl von Spartanern versucht hat, das heranrückende Riesenheer der Perser aufzuhalten. Es ist in einer blumigen, für unsere heutigen Begriffe fast unverständlichen Sprache verfasst. Auf zwei Rollen war nichts Auffälliges zu entdecken, nur auf der dritten habe ich etwas gefunden. Ich habe es erst einmal ins Englische übersetzt. Ich lese Ihnen den Text vor.«

Robert räusperte sich und nahm den Briefbogen in die Hand.

»Bist du von den Thermophylen gekommen, schau auf
die ersten beiden aus der dritten Reihe, denn die
wirst du niemals sich beugen sehen.
Mit diesem Schwur sind sie keine Knechte, wird auch kein
Stein die Stärke ins Wanken bringen, ist die
Stunde deines Sieges nah, auch wenn sie um die Macht des
Todes wissen. Zwei schweigen, der Dritte spricht,
doch erst der Vierte gibt das Geheimnis preis.«

Elena schüttelte langsam den Kopf.
»Ich verstehe nicht. Was lesen Sie daraus?«
Robert lachte auf.
»Ganz so schnell bin ich auch nicht darauf gekommen. Sehen Sie hier. Im ersten Satz heißt es: ›dann schau auf die ersten beiden aus der dritten Reihe‹. Ich vermute, damit weist uns der Verfasser darauf hin, dass wir mit den ersten beiden Wörtern in der dritten Zeile beginnen sollen. Eigentlich ganz einfach. Wenn wir das mit den anderen Zeilen auch machen, ergibt sich ein, wenn auch unvollständiger Satz. Sehen Sie.«
Robert glitt mit seinem Zeigefinger über das Papier.
»... wirst du ... mit diesem ... Stein die ... Stunde deines ... Todes wissen.«
Elena schaute zweifelnd.
»Was soll das heißen?«
Elena las noch einmal.
»›Wirst du mit diesem Stein die Stunde deines Todes wissen.‹ Und? Was soll das?«
Robert setzte sich an den Esstisch.

»Ich gebe zu, ich weiß es auch noch nicht. Es kann natürlich sein, dass auch dieser Satz wieder eine Umschreibung ist. Für was, habe ich noch nicht herausbekommen. Aber hier steckt noch ein Hinweis. Der letzte Satz: ›Zwei haben geschwiegen, der dritte gesprochen, doch erst der vierte gibt das Geheimnis preis‹. Ich glaube, das heißt, dass zwei der Rollen keinen relevanten Inhalt haben, wahrscheinlich zur Verwirrung. Nur die dritte hat uns diesen Satz geliefert, der aber auch sehr kryptisch ist. Das könnte wiederum heißen, es gibt noch eine vierte Rolle, aus der wir den Rest erfahren. Und jetzt frage ich Sie: Wo könnte diese vierte Rolle sein?«

Elena zog die Schultern hoch.

»Das weiß ich nicht.«

»Denken Sie nach. Sagten Sie nicht etwas von einem guten Freund Ihres Vaters?«

Elena riss die Augen auf.

»Aristoteles. Richtig. Ihm sollte ich die drei Rollen bringen, sollte meinem Vater irgendetwas passieren.«

»Und warum haben Sie das nicht getan?«

Elena zog die Mundwinkel leicht nach unten. Sie konnte ihre Nervosität nicht mehr überspielen.

»Warum? Ja, warum? Sie müssen verstehen... Mein Gott. Ich wollte erst einmal selbst herausfinden, was es mit den Rollen auf sich hat. Wissen Sie, ich mag Aristoteles nicht besonders. Ich hatte immer das Gefühl, er nutzt meinen Vater nur aus.«

Robert überlegte.

»Trotzdem sollten Sie ihn aufsuchen. Wenn Sie wollen, begleite ich Sie.«

Elena atmete hörbar aus.

»Das würden Sie machen?«

Sie überlegte einen Augenblick.

»Ja ... nun. Ja ... wahrscheinlich würde ich mich sicherer fühlen.«

»Gut«, sagte Robert, »dann lassen Sie uns vorher noch eine Sicherung einbauen. Ich habe nämlich das Gefühl, dass wir beobachtet werden.«

Elena schaute ihn erschrocken an.

»Sie haben mir doch erzählt, dass sich mindestens schon zwei Männer für Ihren Vater interessiert haben. Einer davon ist Amerikaner, der andere Araber. Das hört sich nach einem bestimmten Geheimdienst an. Ein mir nicht bekannter Herr hat sich gestern an der Hotelrezeption nach mir erkundigt. Ich hatte dem Portier allerdings eingeschärft, dass ich nicht gestört werden wollte, deswegen ist er wieder gegangen. Sie haben aber mit Sicherheit gesehen, dass ich hier mit drei Papprollen herausgekommen bin. Und sie werden gesehen haben, dass ich eben mit diesen Rollen zurückgekommen bin. Hätte ich das alles vorher gewusst, hätte ich mich vorhin ein bisschen vorsichtiger verhalten. Haben Sie einen roten Filzstift?«

»Ja, oben im Arbeitszimmer.«

Schweigend stiegen sie die Treppe hinauf. Oben angekommen, nahm Robert auch die anderen Papiere aus den Rollen.

»Da war doch nur jeweils eine drin«, wunderte sich Elena. »Jetzt liegen hier plötzlich fünf?«

Robert lachte.

»Diese drei habe ich auf dem Trödelmarkt erstanden. Soweit ich das verstehe, ist das das Haushaltsbuch einer frühägyptischen Behörde. Die echten von Ihrem Vater nehmen wir mit. Auch die bedeutungslosen. Sollte hier jemand einbrechen und sich für die Rollen interessieren, wird er etwas länger brauchen, um rauszubekommen, dass sie völlig wertlos sind.«

Er nahm den roten Filzschreiber, tupfte auf die drei gekauften Papiere einen gut erkennbaren roten Punkt und schob sie in die Papprollen.

Während Robert sich konzentrierte, schaute Elena ihn zweifelnd an.

»Wissen Sie, was ich überhaupt nicht verstehe?«

Er schaute sie fragend an.

»Wenn auch Sie nicht genau wissen, worum es hier geht, wieso wissen dann andere darüber Bescheid? Und warum verfolgen sie uns dann?«

Robert schüttelte den Kopf.

»Genau darüber habe ich mir heute Nacht auch Gedanken gemacht. Ich vermute, dass alle, die darüber etwas gewusst haben, ermordet worden sind. Professore Mazzetti, Ihr Vater, vielleicht noch andere. Und das ist mehr als seltsam – genau die wären doch für unsere geheimen Beobachter die wichtigsten Informanten gewesen. Also muss es noch jemand Drittes geben, der verhindern will, dass das Geheimnis gelüftet wird. Hören Sie mir noch zu?«

Robert hatte gemerkt, dass Elena angestrengt aus dem Fenster auf die Straße starrte. Sie war blass geworden.

»Was ist los?«

Sie wandte den Blick nicht ab.

»Robert, ich glaube, Sie haben Recht. Wir werden beobachtet. Der Mann dort unten im Hauseingang gegenüber, der da, der mit der Zigarette. Das war der Kerl, der schon einmal hier war. Der, der Arabisch sprach.«

Robert kniff die Augen zusammen.

»Okay, dann lassen Sie uns jetzt ganz normal das Haus verlassen. Aber so, dass sie es beobachten können. Dann fahren wir auf geradem Weg zu Ihrem Onkel.«

Elena spürte das Pochen ihrer Halsschlagader.

»Und die Rollen?«

»Das lassen Sie meine Sorge sein. Darf ich noch mal schnell ins Bad?«

*

Bemüht, gelassen zu wirken, bogen sie in die nächste Querstraße ein.

»Warten Sie kurz«, sagte Robert. Er stellte seinen Fuß auf einen Mauervorsprung und tat so, als würde er sich den Schuh zubinden. Dabei hatte er aus den Augenwinkeln die Strecke im Blick, die sie gerade zurückgelegt hatten. Offenbar war ihnen niemand gefolgt.

»Da kommt ein Taxi«, rief Elena, während sie einen Schritt auf die Straße machte und den Arm hob. Der Wagen hielt sofort, und Elena beeilte sich einzusteigen.

»Robert, kommen Sie!«

»Einen Moment noch«, flüsterte Robert und öffnete dabei den Gürtel seiner Hose. Elena schaute ihn fassungslos an. Robert schob seine Hand in den Hosenbund, griff nach etwas und zog es dann heraus.

Er lächelte.

»Ich will sie doch nicht zerknicken«, sagte er, nahm die Schriftrollen und setzte sich neben Elena.

*

Das Haus von Aristoteles Pangalos war Anfang des 20. Jahrhunderts von seinen aus Griechenland eingewanderten Großeltern gebaut worden und hielt sich im Stil an die gewohnte schlichte Architektur ihrer Heimatinsel Samos. Nur die Dimensionen überschritten das klassische Vorbild um gut ein

Dreifaches. Ein mit behauenen Natursteinen gepflasterter Weg führte durch einen sorgsam gepflegten tropischen Garten bis zur zweiflügeligen, aus Zedernholz gearbeiteten Haustür. Elena eilte auf die Tür zu und drückte sekundenlang auf den Klingelknopf aus Messing. Ein Mann mit einer außergewöhnlich dunklen Hautfarbe öffnete. Er trug einen weißen Kaftan mit Stehkragen und einer verdeckten Knopfleiste. Die schwarzen Haare und der Vollbart waren kurz geschnitten. Seine dunklen Augen musterten die unangekündigten Besucher. Bevor er etwas sagen konnte, kam Elena ihm zuvor.

»Hassan, bitte lassen Sie uns herein, ich muss dringend mit meinem Onkel sprechen.«

Hassan ging ein paar Schritte zurück und machte dabei den rechten Flügel der Tür etwas weiter auf. Mit einer angedeuteten Verbeugung wies er in das Innere des Hauses.

»Kommen Sie herein, Miss Elena, ich werde Sie gleich bei Ihrem Onkel anmelden. Und wer ist der Herr?«

»Das ist...«

Robert fiel ihr ins Wort.

»Robert Darling. Ich komme aus Italien.«

Dabei reichte er dem weiß Gekleideten seine Visitenkarte. Der warf einen kurzen Blick darauf und drehte sich um.

»Einen Augenblick, ich bin sofort zurück.«

»Mach dir keine Mühe, Hassan!«

Ein älterer Mann, der einen dunkelblauen Leinenanzug trug, unter dem ein wohl gerundeter Bauch hervortrat, kam die breite Marmortreppe herunter.

»Elena, schön, dass du mich besuchst. Auf der Beerdigung hatten wir ja kaum Gelegenheit, miteinander zu sprechen.«

Hassan reichte ihm Roberts Visitenkarte. Aristoteles Pangalos kniff die Augen zusammen.

»Robert Darling, Autor aus ... wie heißt das ... Mezzomonte, Italia? Wo liegt das denn?«

Robert räusperte sich.

»In der Nähe von Florenz.«

Die Spitzen von Pangalos' gepflegtem, graumeliertem Schnauzbart wanderten langsam in die Höhe.

»Oh, Florenz! Ich bin zwar nur einmal dort gewesen, aber diese Stadt hat einen unauslöschlichen Eindruck bei mir hinterlassen. Michelangelo, Botticelli, die Uffizien – wirklich beeindruckend.«

Elena wurde ungeduldig.

»Onkel, ich muss dringend ...«

Pangalos strich sich über das schüttere, graue Haar.

»Ich merke es, mein Kind, du hast etwas auf dem Herzen.«

Er wandte sich an seinen Diener.

»Hassan, bring uns etwas Tee und Gebäck.«

8. KAPITEL

Der Mann, den Elena vom Fenster aus beobachtet hatte, trat aus dem Schatten der Hofeinfahrt. Er zog ein Handy aus der Seitentasche seines blauen Jacketts und wählte eine Nummer.

»Mister Parker? Hier ist Ahmad. Ja, sie sind weg. Sie können jetzt kommen. Ob wer ...?«

Er lauschte einen Augenblick. Dann nickte er.

»Ja, das hat geklappt. Faruk ist mit seinem Taxi genau zum richtigen Zeitpunkt erschienen. Er kann uns sagen, wohin er sie gebracht hat. Wie? Ja, gut. In zehn Minuten. Ich warte.«

Rund zehn Minuten und eine Zigarettenlänge später kam Bruce Parker aus der gegenüberliegenden Gasse und gab Ahmad das Zeichen, zu Elenas Haus hinüberzugehen.

»Bereitet das Schloss dir Schwierigkeiten?«

Ahmad schüttelte den Kopf und griff in seine Jackentasche.

»Das kann ich zur Not mit einem Zahnstocher aufmachen.«

✣

Der Patio war so gebaut, dass die Sonne nicht direkt hineinscheinen konnte. Unzählige Tongefäße mit tropischen Pflanzen, ein riesiges Aquarium und ein kleiner, plätschernder Springbrunnen schufen eine friedliche Atmosphäre. Dennoch hing eine gewisse Spannung in der Luft.

Eine gute Stunde war vergangen. Aristoteles Pangalos, Elena und Robert saßen im Halbkreis auf weichen Polstern um einen runden, steinernen Tisch, in dessen Platte ein Mosaik eingelegt worden war, das drei Hibiskusblüten zeigte. Das Motiv passte hervorragend zum Tee, der aus diesen Blüten bestand und mit dem Robert bereits wohlwollend Bekanntschaft gemacht hatte.

»... und dann haben wir ein Taxi genommen«, sagte Elena, »und sind zu dir gefahren.«

Ihr Onkel hatte aufmerksam zugehört.

»Ist euch jemand gefolgt?«

Beide schüttelten den Kopf.

»Nein, das hätten wir bemerkt.«

Pangalos schwieg einen Augenblick und dachte nach. Dann richtete er seinen Blick abwechselnd auf Elena und Robert.

»Das ist wirklich eine abenteuerliche Geschichte. Aber, und das wird euch sicher überraschen, ich habe gewusst, dass es einmal so kommen wird. Ich habe deinen Vater immer wieder gewarnt.«

Elena schaute ihn erstaunt an.

»Was hast du gewusst?«

»Nun, gewusst ist vielleicht etwas zu viel gesagt. Ich habe es geahnt.«

Robert stellte seine Teetasse auf den Tisch.

»Wenn Sie etwas geahnt haben, dann sind Ihnen ja auch einige Details bekannt. Wo, zum Beispiel, ist die vierte Rolle?«

Pangalos' Blick ging ins Unendliche. Nach wenigen Sekunden schaute er Robert wieder in die Augen.

»Das kann ich Ihnen nicht mit einem Satz beantworten, junger Mann. Dazu muss ich etwas ausholen.«

Er lehnte sich wieder zurück.

»Ihr italienischer Professor erwähnte doch mehrfach Origines von Alexandria. Richtig?«

Robert nickte.

»Und er erwähnte auch, dass er einen engen Vertrauten hatte, zu dem er schon aus praktischen Gründen Vertrauen haben musste.«

Robert richtete sich auf.

»Ich verstehe, Sie meinen seinen Kopisten. Er musste ja in einem engen Vertrauensverhältnis zu demjenigen gestanden haben, der seine Schriften kopierte.«

»Das ist richtig. Im Mittelalter bevorzugte man aus Misstrauen Analphabeten als Kopisten. Die malten die Buchstaben einfach ab, ohne zu wissen, was sie da schrieben. Doch das trifft auf unseren Mann nicht zu. Erinnern Sie sich an den Namen des Origines-Kopisten?«

Robert dachte nach.

»Moment mal. Ja, davon stand etwas in Mazzettis Manuskript. Der hieß ... Andreas ... nein, Aeneas. Ja, richtig. Aeneas von Samos.«

Pangalos lächelte, und Elena schaute ihn mit großen Augen an. Für einen Augenblick war Robert verwirrt.

»Habe ich irgendetwas nicht mitbekommen?«

Elena schüttelte den Kopf.

»Nein, das können Sie gar nicht wissen. Ich habe es nicht erwähnt, aber Onkel Aristoteles' Familie stammt von der griechischen Insel Samos!«

Aristoteles nickte.

»Mehr noch. Meine Familie stammt in direkter Linie von Aeneas ab. Sie wissen vielleicht, dass Samos *ante Christum natum* zeitweilig zu Ägypten gehörte.«

Robert wusste es nicht, zeigte aber keine Regung.

»Darf ich daraus schließen, dass Sie wissen, wo sich die vierte Rolle befindet?«

Pangalos schaute Elena an.

»Bevor ich die Frage beantworte, muss ich Elena etwas beichten.«

Elena schaute verwirrt.

»Und das wäre?«

»Du weißt, dass dein Vater seit vielen Jahren auf der Suche nach der vierten Rolle des Origines war. Und er wusste, dass nur *ich* Kenntnis davon hatte, wo sich diese Rolle befindet.«

»Entschuldigung, wenn ich Sie unterbreche«, sagte Robert. »Aber wieso nur Sie?«

»Eine gute Frage. In unserer Familie ist es Tradition, dass nur einer davon weiß. Wenn der sein Ende fühlt, übergibt er es dem Familienmitglied, das in der Reihe der Nächste ist. Im aktuellen Fall bin ich es.«

Robert dachte nach.

»Und wenn einer der Wissenden an einem Unfall stirbt? Dann hat er doch keine Gelegenheit, sein Wissen weiterzugeben.«

Pangalos nickte.

»Sie haben einen scharfen Verstand, junger Mann. Ich habe nicht gesagt, er sagt es weiter, sondern er *gibt* es weiter. Mit dem Einverständnis der Familie kann der Nachfolger es sich nehmen.«

»Das heißt, das Wissen über den Aufbewahrungsort der vierten Rolle ist jetzt in Ihrem Besitz?«

Der Grieche antwortete nicht, sondern knöpfte schweigend die beiden oberen Knöpfe seines Hemdes auf. Eine goldene Kette mit einem kreisrunden Medaillon kam zum Vorschein.

»So ist es. Bevor ich weiterrede, lassen Sie mich erst erzählen, warum ich Elena etwas beichten muss.«

Er lehnte sich zurück und sog die Luft hörbar ein.

»Dein Vater hat mich unzählige Male gebeten, ihm zu sagen, wo die vierte Rolle ist, und ich habe ihm eine Antwort versagt. Er war darüber unendlich traurig und zornig. Er hat versucht, auf anderen Wegen an das Geheimnis zu kommen, dafür war ja die Bibliothek in Alexandria ein hervorragender Platz.«

Elena war aufgesprungen und schnappte nach Luft.

»Aber mein Vater war der aufrichtigste, ehrenhafteste und moralischste Mensch, den ich kenne. Und das weißt du. Warum hast du es ihm nicht gesagt?«

Pangalos senkte seinen Blick.

»Jetzt bereue ich es. Hätte ich es ihm gesagt, dann wäre er bei seinen Recherchen nicht auf andere, sehr gefährliche Spuren gestoßen.«

Er räusperte sich.

»Ihr müsst verstehen, dass die Menschheit seit Jahrtausenden dieses Wissen erlangen möchte. Meine Vorfahren und auch ich, wir haben erkannt, wie gefährlich das für die Welt sein kann, und darum haben wir es, oder besser, den Weg dorthin, immer geheim gehalten.«

Robert bemühte sich um einen sachlichen Gesichtsausdruck.

»Können Sie denn wenigstens andeuten, um welches Wissen es geht?«

»Es ist das Geheimnis vom Anfang und vom Ende des Lebens. Ganz besonders vom Ende. Mehr kann ich dazu nicht sagen.«

Für ein paar Sekunden schauten Robert und Elena sich fassungslos an. Robert konzentrierte sich.

»Das heißt, Sie wissen, wann Sie sterben?«

»Nein, ich sagte ja schon, wir bewahren und versperren den Weg zu diesem Wissen.«

Robert schüttelte energisch den Kopf.

»Das verstehe ich nicht. Nehmen wir an, jemand raubt Ihnen dies Medaillon. Dann hat er in Sekunden die Weisheit, nach der die Menschheit seit Jahrtausenden sucht?«

Aristoteles lachte.

»Aber nein, Robert, auf keinen Fall. Niemand könnte mit dem, was in diesem Medaillon ist, etwas anfangen.«

»Aber Sie haben doch eben gesagt, dass der neue Wissende vorher auch nichts davon wusste. Wie kann er es dann verstehen?«

»Lassen Sie mich mit einem Vergleich antworten. Wenn Sie ein Passwort nicht vergessen wollen, dann können Sie sich eine Eselsbrücke bauen. Mit Fragen, die nur Sie beantworten können. Der Mädchenname Ihrer Mutter, der Name Ihres ersten Haustieres, das Datum Ihres Reitunfalls, verstehen Sie?«

Robert nickte.

»Ich verstehe. Also kann nur ein Mitglied Ihrer Familie den Inhalt des Medaillons verstehen. Und Sie wollen mir sagen, dass noch nie jemand aus Ihrer Familie versucht hat, an die Quelle dieses Geheimnisses zu kommen? Gibt es etwa so eine Art Schwur?«

Aristoteles schloss die Augen und nickte.

»Es würde keiner wagen, denn es lastet ein Fluch darauf.«

Robert starrte ihn einige Sekunden an.

»Noch einmal: diese vierte Rolle. Ist sie in Ihrem Haus?«

Aristoteles schloss die Augen und schüttelte den Kopf.

»Ist sie überhaupt in Ägypten?«

Wieder ein Kopfschütteln.

»Dann wird sie bei Ihrer Familie auf Samos sein.«

Abermals bewegte sich der Kopf des Griechen langsam hin und her.

»Sie hat eine lange Reise hinter sich. Ich kann Ihnen nur ...«

Er brach den Satz ab, weil Hassan fast lautlos den Patio betrat.

»Ich bitte um Entschuldigung, aber zwei Herren möchten Sie sprechen.«

Aristoteles blickte ihn unwirsch an.

»Ich erwarte keinen Besuch. Schick sie weg.«

Hassan machte eine Verbeugung.

»Die Herren machen nicht den Eindruck, dass sie sich abweisen lassen würden. Besonders der Amerikaner nicht.«

Robert schreckte auf.

»Ein Amerikaner? Und der andere?«

Hassan zog die Mundwinkel nach unten.

»Wahrscheinlich ein Ägypter.«

Robert sprang auf.

»Kommen Sie, Elena. Signore Pangalos, gibt es hier noch einen Ausgang? Man sollte uns hier nicht zusammen sehen. Das wäre auch nicht gut für Sie.«

Auch Pangalos war aufgestanden.

»Natürlich. Hassan, bring sie bitte über den Westflügel zum Garten hinaus. Und halte die Kerle etwas auf. In etwa zehn Minuten kannst du sie ins Arbeitszimmer führen.«

Er drehte sich wieder zu Elena und Robert um.

»Los, Kinder, beeilt euch. Seid vorsichtig, und meldet euch in den nächsten Tagen.«

*

Robert und Elena hatten Pangalos' Haus unbemerkt verlassen und waren in ein Taxi gestiegen.

»Lassen Sie uns vorher aussteigen«, sagte Robert, »ich würde gern noch etwas zu Fuß gehen. Außerdem sollten wir Ihr Haus eine Zeitlang beobachten, bevor wir hineingehen.«
Elena nickte.
»Ich glaube, das ist eine gute Idee.«
Robert ließ den Fahrer halten, zahlte und stieg aus.
»Um ehrlich zu sein«, sagte Elena nachdenklich, »bin ich jetzt noch verwirrter als vorher. Sind Sie durch die Ausführungen meines Onkels schlauer geworden, Robert?«
Robert blieb stehen.
»Langsam ahne ich etwas. Aber mir fehlen noch ein paar Details ...«
Schweigend gingen sie weiter. Plötzlich blieb Elena stehen.
»Sehen Sie da vorn an der Ecke den Gemüseladen? Von dort aus kann man mein Haus sehen. Meinen Sie wirklich, dass jemand während unserer Abwesenheit ...?«
Robert zog die Mundwinkel nach unten.
»Wir sollten auf alle Fälle vorsichtig sein. Sie hatten doch den Mann wiedererkannt, der Ihr Haus beobachtet hat. Dann haben sie nur darauf gewartet, dass wir es verlassen. Uns ist ja niemand gefolgt, und darum denke ich ... Moment mal, woher kannten die die Adresse Ihres Onkels, und woher wussten Sie überhaupt von seiner Existenz? Sie hatten doch lange gar keinen Kontakt zu ihm.«
Elena nickte. Plötzlich schlug Robert sich mit der flachen Hand gegen die Stirn.
»Das Taxi! Ich Idiot. Einer der simpelsten Geheimdiensttricks. Und ich falle darauf rein.«
Hinter einem Stapel Kisten, die der Gemüsehändler auf die

Straße gestellt hatte, blieben sie stehen. Von dort hatte man einen direkten Blick auf die schmale Fassade des Hauses.

»Ich kann nichts Außergewöhnliches entdecken«, sagte Elena.

Robert nickte.

»Dann sollten wir es uns etwas genauer ansehen. Am besten, Sie gehen voraus und ich beobachte, ob Ihnen jemand folgt. Wenn Sie die Tür aufgeschlossen haben, geben Sie mir ein Zeichen.«

Nach wenigen Minuten hatte Elena das Haus erreicht, schloss auf, drehte sich um und hob den rechten Arm.

»Schauen Sie sich genau um, und sagen Sie, ob Ihnen irgendetwas verändert vorkommt«, sagte Robert und drückte die Haustür zu. Elena strich sich eine Haarsträhne aus der Stirn.

»Bis jetzt sieht alles so aus wie immer.«

Sie inspizierten die unteren Räume, stiegen die schmale Treppe empor. Nichts Außergewöhnliches war zu sehen. Erst im Arbeitszimmer bemerkte Robert das, was er erwartet hatte. Er grinste.

»Dachte ich es mir. Die Schriftrollen sind weg. Wenn *ich* schon auf ihre einfachen Tricks hereinfalle, dann ist das die Revanche. Jetzt können sie sich mit dem Haushaltsbuch einer frühägyptischen Behörde herum...«

Er brach abrupt ab.

»Erinnern Sie sich noch an den Text im Text der dritten Rolle? ›Wirst du mit diesem Stein die Stunde deines Todes wissen‹. Jetzt verstehe ich, auf der dritten Rolle wird es auch einen Hinweis auf die vierte...«

Wieder unterbrach er sich und starrte Elena erschrocken an.

»Die Rollen. Mein Gott, wir haben sie bei Ihrem Onkel liegen lassen. Ich fahre sofort wieder zurück und hole sie. Warten Sie hier auf mich.«

Mit schnellen Schritten verließ er das Zimmer und eilte die Treppe hinunter. Elena folgte ihm.

»Robert, warten Sie!«

Erst im Erdgeschoss hatte sie ihn eingeholt.

»Robert, seien Sie vorsichtig. Ich habe das Gefühl, da sind ganz unangenehme Menschen am Werk.«

Robert war nervös.

»Ich werde in circa einer Stunde wieder zurück sein. Schreiben Sie mir bitte noch Ihre Telefonnummer auf, damit ich mich melden kann, wenn etwas Unvorhersehbares geschieht.«

Elena eilte in die Küche und kam mit einem Zettel wieder.

»Danke«, sagte er. Sie hielt ihn am Arm fest.

»Nein, ich muss danke sagen.«

Sie zog ihn zu sich heran und küsste ihn auf den geschlossenen Mund. Für den Bruchteil einer Sekunde schauten sie sich in die Augen, dann schloss sich die Tür hinter Robert.

*

Er eilte zu dem Taxistand, den er bei seinem ersten Besuch registriert hatte. *Bloß nicht wieder ein gerade vorbeifahrendes Taxi anhalten. Darauf fällst du nicht noch einmal herein, Roberto.*

Rund zweihundert Meter vor Pangalos' Haus ließ Robert anhalten. Er ging nicht direkt auf das Gebäude zu, sondern bog nach rechts in die schmale Gasse ab, die zum hinteren Teil des Gartens führte. Genau der Weg, den sie vor wenigen Stunden auf ihrer Flucht benutzt hatten.

Hinter einem großen Oleanderbusch blieb er stehen. Im

Haus schien alles ruhig, keine Stimmen waren zu hören. Vorsichtig ging er auf die Gartentür zu, die zur Küche führte. Sie war nur angelehnt. Er betrat den Raum und horchte.

»Signore Pangalos? Sind Sie da?«

Keine Antwort. Robert horchte und ging langsam den dunklen Gang entlang, der zum Patio führte.

※

»Ja bitte? Was wollen Sie?«

Elena hatte das Fenster im ersten Stock aufgemacht, von wo aus man den Eingangsbereich überblicken konnte.

Vor der Tür stand ein großer blonder Mann, der eine leichte Verbeugung andeutete.

»Verzeihen Sie, Ma'am. Lieutenant Charles Dowell von der DIA. Ich habe Ihnen etwas Wichtiges mitzuteilen, aber das kann ich Ihnen nicht von hier aus heraufbrüllen. Ich müsste schon hereinkommen.«

Elena überlegte. Die Straße war voller Leute, Autos, Eselskarren, Radfahrer und Mopeds.

»Nein, ich komme zu Ihnen. Warten Sie einen Augenblick.«

Dowell zuckte mit den Schultern, erwiderte jedoch nichts.

Einen Augenblick später schloss sie die Tür auf und blieb im Rahmen stehen.

»Also, was haben Sie mir zu sagen?«

Dowell dämpfte seine laute texanische Stimme.

»Das, was ich Ihnen zu sagen habe, ist eigentlich streng geheim. Aber, da Sie selbst in Gefahr sind, habe ich mich entschlossen, es Ihnen zu sagen. Wir beobachten seit einiger Zeit einen Doppelagenten. Ein sehr gefährlicher Mann...«

Elena schaute ihn streng an.

»Und? Was habe ich damit zu tun?«

Dowell räusperte sich.

»Sie sind mit ihm gesehen worden. Ich kann Sie nur warnen. Geben Sie ihm keine Informationen, beantworten Sie seine Fragen nicht, auch wenn es Ihnen absurd erscheint. Alle, die mit ihm in Kontakt stehen, schweben in Lebensgefahr. Der Kerl ist mit allen Wassern gewaschen, kennt alle Tricks, wechselt ständig sein Aussehen und seinen Namen. Im Moment nennt er sich Robert Darling.«

Elena schüttelte energisch den Kopf.

»Das glaube ich nicht.«

»Wir beobachten ihn schon eine ganze Weile. Vor allem wollen wir wissen, wer seine Hintermänner sind.«

Elena trat einen Schritt zurück.

»Danke, das reicht. Bitte gehen Sie jetzt.«

Dowell bemühte sich, ein möglichst zerknirschtes Gesicht zu machen.

»Ich wollte Sie nur warnen. Hier – auf dieser Karte steht die Nummer meines Mobiltelefons. Rufen Sie mich an, wenn Sie Hilfe brauchen. Mehr kann ich nicht tun.«

Er machte eine leichte Verbeugung und ging davon.

Minutenlang stand Elena im Esszimmer. Ein kalter Schauer rann über ihren Körper.

Robert ein Agent? Dieser nette, höfliche und gebildete Mann? Aber was wusste sie eigentlich von ihm? Alles was sie wusste, hatte er ihr erzählt. Beweise, ob das alles stimmte, gab es nicht. Was hatte der blonde Amerikaner gesagt? *Alle, die ihm Informationen geben, schweben in Lebensgefahr?*

Elena schaute zur Uhr. Mein Gott, und wenn wirklich etwas dran war?

*

Einen Augenblick verharrte Robert im dunklen Gang und horchte. Er bemerkte einen süßlich-ekligen Geruch, hörte das Plätschern des Springbrunnens und das Brummen eines Fliegenschwarms. Dann ging er mit langsamen Schritten weiter, bis sein rechter Fuß plötzlich in etwas Weiches stieß. Er beugte sich hinunter.

Trotz der schwachen Beleuchtung konnte er den Blutfleck sehen, der sich auf dem weißen Kaftan ausgebreitet hatte. In Hassans verkrampfter Hand steckte noch ein Faustmesser, eine Art Schlagring mit Klinge. Offenbar wollte er sich wehren oder seinen Herrn verteidigen. Der lag mit seinem Kopf auf dem Mosaiktisch. Der Schuss hatte ihn in die Stirn getroffen. Sein Hemd war bis zum Bauch aufgerissen. Eine blutige Spur zog sich um seinen Hals, die die Kette eingeschnitten hatte, als man sie ihm mit Gewalt vom Hals riss.

Roberts Herz begann zu rasen.

Jetzt keine Fehler machen. Nichts anfassen. Die Polizei rufen? Nein, in eine solche Lage bringst du dich nicht wieder, Roberto. Elena musste kommen und die Leichen entdecken.

Er tastete nach dem Zettel in der Tasche und zog sein Handy aus der anderen. Gerade als er die Nummer eintippen wollte, sah er den dritten Mann.

Er lag zusammengekrümmt auf der Seite zwischen zwei Tongefäßen in einer großen Blutlache. Robert trat näher und stieß ihn mit dem Fuß an. Durch den Stoß rollte die Leiche auf den Rücken. Ein Schuss hatte seine Halsschlagader zerfetzt. Robert merkte, wie ihm das Adrenalin in die Blutbahnen schoss.

Bleib jetzt cool, Roberto. Denk nach. Woher kennst du diesen Kerl?

Plötzlich fiel es ihm ein. Das war der Mann, der Elenas Haus beobachtet hatte. *Merkwürdig*, dachte er. Ein Mann, der offenbar für einen amerikanischen Geheimdienst arbeitet, erschießt einen Geheimnisträger, seinen Diener und dann sich selbst. Allerdings war nirgendwo eine Waffe zu sehen. Es musste noch jemand hier gewesen sein, der nichts mit den anderen zu tun hatte. Und wo war der Amerikaner geblieben, der Pangalos sprechen wollte?

Mein Gott, die Schriftrollen. Dort auf den schmalen Tisch hatte er sie hingelegt. Der Tisch war leer.

Er tippte Elenas Nummer in sein Handy. Schon nach dem ersten Rufzeichen meldete sie sich. Robert hatte sich vorgenommen ruhig zu sprechen, trotzdem klang seine Stimme hastig.

»Elena, hier ist Robert Darling. Es ist etwas Schreckliches passiert. Ihr Onkel ist tot, sein Diener auch und noch ein dritter Mann. Ich kann die Polizei aus verschiedenen Gründen nicht alarmieren. Kommen Sie bitte hierher. Es ist plausibler, wenn Sie die Leichen entdecken.«

Für einen Augenblick war es auf der anderen Seite still. Dann hörte er Elenas Stimme. Sie zitterte und klang sehr aufgeregt.

»Robert Darling oder wie immer Sie heißen mögen, ich glaube Ihnen kein Wort. Rufen Sie mich nicht mehr an, und kommen Sie nicht mehr hierher. Ich rufe sofort die Polizei. Verschwinden Sie aus meinem Leben!«

Dann legte sie auf. Robert starrte sekundenlang auf sein Handy. Er drückte auf die Wiederwahltaste. Es meldete sich die Mailbox.

So schnell er konnte, eilte er aus dem Haus. Was auch immer Elena bewogen hatte, so zu reagieren – es sah verdammt ungemütlich für ihn aus. Er musste so schnell wie möglich das Land verlassen.

Eine Stunde später stand er mit gepackter Reisetasche an

der Rezeption des »Cecil«. Der Portier mit den auffälligen Goldzähnen strahlte ihn an.

»Ich hoffe, es hat Ihnen bei uns gefallen, Mister Darling, und Sie beehren uns bald wieder mit einem Besuch.«

»Ja, danke«, sagte Robert. »Würden Sie mir bitte ein Taxi rufen?«

Der Portier hob die Hand, was wiederum den Türsteher dazu veranlasste, sich seiner Trillerpfeife zu bedienen.

»Steht schon vor der Tür«, lächelte der Portier.

»Danke«, sagte Robert und ging zum Eingang. Plötzlich blieb er stehen.

»Ach, und sagen Sie Herrn von Sell einen schönen Gruß. Ich hatte leider keine Gelegenheit mehr, mich von ihm zu verabschieden.«

Der Portier zuckte mit den Schultern.

»Bedaure, das ist leider nicht möglich. Herr von Sell ist vor gut einer Stunde abgereist.«

ZWEITER TEIL

9. KAPITEL

Immer wenn er von einer Reise in sein toskanisches Haus zurückkehrte, erwachte Robert am nächsten Morgen mit einem Gefühl der Leichtigkeit und der vollkommenen Entspannung. An diesem Morgen war es anders. Er fühlte sich unausgeschlafen und gerädert. Etwas hatte ihn nicht zur Ruhe kommen lassen, nicht einmal im Schlaf.

»Du ärgerst dich darüber, dass du ohne Ergebnis wiedergekommen bist, Roberto!«, sagte er halblaut zu sich. Außerdem musste er noch ein unangenehmes Gespräch mit Maria Furini führen, die wahrscheinlich hochgespannt auf seinen Bericht wartete.

Er schaute zum Fenster hinaus. Graue Regenwolken hatten das gewohnte Blau des Himmels über Mezzomonte bedeckt. Die Bauern würden sich freuen, denn es hatte seit Wochen nicht mehr geregnet. Robert kam es allerdings so vor, als sei es die perfekte Dekoration zu seinem Gemütszustand.

Kein Selbstmitleid, Roberto. Da musst du durch.

Und als wolle er es sich beweisen, sprang er besonders schwungvoll aus dem Bett und reckte seinen Körper in die ganze ihm zur Verfügung stehende Höhe.

Nach der ersten Tasse Tee fühlte er sich bedeutend wohler. Er griff zum Telefonhörer. Schon nach dem dritten Läuten meldete sich Maria Furini, deren Stimme immer so klang, als habe sie einen leichten Schnupfen.

»Roberto, es ist schön, dass Sie wieder da sind. Wann können wir uns treffen? Ich bin sehr gespannt!«

Robert räusperte sich, um seine Verlegenheit zu überbrücken.

»Ich muss noch einige Dinge erledigen, aber am späteren Nachmittag könnte ich bei Ihnen sein.«

»Sehr gut. Sagen wir, so zwischen fünf und halb sechs?«

»Ja, das könnte ich schaffen.«

Pünktlich um elf traf Catarina ein, sichtlich erfreut, dass ihr Signore Darling wohlbehalten wieder zu Hause angekommen war.

Trotz einer nicht zu übersehenden Übergewichtigkeit bewegte sich Catarina mit seltsamen, kleinen Schritten flink wie ein Wiesel durch die Küche. Wenn sie einen bodenlangen Rock tragen würde, dachte Robert des Öfteren, sehe es aus, als würde sie sich auf Rollen fortbewegen.

»Hier ist Ihre Post«, strahlte Catarina. »Ich habe sie schon vorsortiert. Vorne die persönlichen, danach Rechnungen.«

»Catarina«, unterbrach Robert sie, »Sie stellen jede Vorstandssekretärin in den Schatten. Einfach perfekt.«

Catarina wusste zwar nicht genau, welche Anforderungen eine Vorstandssekretärin erfüllen musste, aber der Ton, mit dem der Signore das sagte, klang nach höchstem Lob.

»War sonst noch etwas?«, fragte Robert.

Catarina dachte einen Augenblick nach und schüttelte dann langsam den Kopf.

»Oh, warten Sie. Einen Tag nach Ihrer Abreise hat jemand nach Ihnen gefragt.«

»Und wer war das?«

»Ich weiß es nicht, er hat seinen Namen nicht genannt. Er sagte, er sei ein alter Freund von Ihnen, und hat mich gefragt, wohin Sie gefahren sind.«

»Und, haben Sie es ihm gesagt?«

Catarina überlegte einen Augenblick, dann nickte sie stumm. Roberts Tonfall wurde ernster.

»Und Sie wissen wirklich nicht, wer das gewesen sein könnte? Haben Sie die Stimme jemals zuvor gehört?«

Catarina schüttelte den Kopf.

»Nein, Signore. Ich glaube, Sie haben keine Freunde, die von dort kommen.«

»Von ›dort‹? Von wo meinen Sie?«

»Nun ja.« Catarina wischte sich verlegen über den Mund und wechselte dann in einen etwas spöttischen Tonfall, wie alle Norditaliener, wenn sie etwas über ihre Landsleute aus dem *Mezzogiorno*, dem Süden des Landes, sagen.

»Ich meine, er hatte einen sizilianischen Akzent.«

*

»Verdammt!«

Bruce Parker schlug seine Faust so fest auf den Schreibtisch, dass die Blechdose mit den Stiften einen Satz in die Höhe machte und Charles Dowells texanische Gelassenheit sichtlich erschüttert wurde. »Das Ding ist gründlich in die Hose gegangen.«

»Dafür kann ich aber nichts«, stotterte Dowell.

»Hab ich das gesagt?«, schnauzte Parker unwirsch zurück. »Wer waren die beiden Kerle, die uns dazwischengekommen sind? Ahmad ist tot, und mich hätte es auch fast erwischt. Schöne Scheiße!«

»Könnte es sein, dass das Männer von diesem Darling waren?«

»Alles ist möglich, ich habe sie ja noch nicht einmal zu Gesicht bekommen!«

»Und was machen wir jetzt?«

Parker lehnte sich in seinem Schreibtischstuhl zurück und atmete tief ein. Seine Stimme klang angespannt.

»Gute Frage. Fest steht, dass dieser Darling zurzeit offenbar derjenige ist, der am meisten über die Sache weiß. Finden Sie heraus, wo er seinen ständigen Wohnsitz hat. Und dann werden wir dem Herrn einen Besuch abstatten.«

*

»Und als ich dann zurückgegangen bin, um die Rollen zu holen, fand ich nur noch drei Leichen. Um nicht mit der Polizei in Konflikt zu geraten, bin ich sofort abgereist. Das ist leider alles, was ich Ihnen erzählen kann.«

Robert griff nach dem Glas Wasser, das vor ihm auf dem Tisch stand, und nahm einen tiefen Schluck.

Maria Furini hatte ohne Zwischenfragen zugehört und ihm dabei unentwegt in die Augen gesehen.

Die Sicherheit, mit der Robert sonst auftrat, war leicht angeschlagen. Zum einen hätte er gern ein besseres Ergebnis mitgebracht, zum anderen irritierte ihn diese Frau. Die grünen Augen, die im Kontrast zu ihrer hellen Haut besonders durchdringend erschienen, und dann noch dieser ständig anwesende spöttische Zug um den Mund. Ansonsten konnte man keine Regung in ihrem Gesicht erkennen.

»Roberto, ich kann verstehen, dass Sie nicht zufrieden sind mit dem, was Sie herausgefunden haben. Doch lassen Sie mich Ihnen danken. Schließlich haben Sie Ihre Gesundheit, ja sogar Ihr Leben aufs Spiel gesetzt. Und alles für einen Mann, der nicht mehr lebt, und für eine Frau, die Sie heute zum zweiten Mal sehen. Lassen Sie uns überlegen, wie wir jetzt weiter vorgehen.«

Roberts Augen weiteten sich.

»Verzeihen Sie, aber ich habe mich entschlossen, meine Recherchen abzubrechen. Ich möchte mit dieser Sache nichts weiter zu tun haben. Es ist mir einfach zu gefährlich. Außerdem vernachlässige ich meine Arbeit. Ich hoffe, Sie haben dafür Verständnis.«

Robert bemerkte, wie Marias Selbstbeherrschung zum ersten Mal versagte. Er meinte, ein Zucken in ihrem Gesicht gesehen zu haben. Ihre Augen öffneten sich, und ihre Lippen gingen etwas auseinander.

Dann brach sie den Blickkontakt ab, starrte für ein paar Sekunden auf den Boden und blickte ihm dann wieder geradewegs in die Augen.

»Roberto, das können Sie nicht tun. Sie haben ein Versprechen abgegeben. Denken Sie an Paolo, er hat mit Ihnen gerechnet. Er hat Sie auserwählt. Und – wenn Sie sich zurückziehen, sind Sie nicht aus der Sache heraus. Sie wissen inzwischen einiges. Das macht Sie für diese dunklen Elemente interessant. Auch wenn Sie nichts mehr unternehmen.«

Robert stand auf.

»Tut mir leid, ich habe mir das alles gründlich überlegt. Ich bin schon einmal in ein ähnliches Abenteuer hineingeraten, das meine Freunde und ich fast mit dem Leben bezahlt hätten. Ich bin nach Italien gekommen, um hier in Ruhe und Frieden zu leben und zu arbeiten.«

Jetzt war auch Maria aufgestanden und blieb so dicht vor ihm stehen, dass er ihren Atem spüren konnte.

»Eins habe ich noch nicht gesagt, Roberto. Es ist etwas sehr Persönliches. Sie haben mich vom ersten Augenblick an fasziniert. Es ist, als habe Paolo Sie ausgewählt, um mir nach seinem Tod wieder einen Halt zu geben. Ohne Sie bin ich verloren. Wollen Sie das wirklich?«

Während sie sprach, hatte sie ihm beide Hände auf die Schultern gelegt und sie hinter seinem Hals geschlossen. Ihr unbewegter Gesichtsausdruck veränderte sich nicht. Für einen Augenblick wollte er sich ihr entziehen, doch gleichzeitig zog sie ihn an wie ein Magnet. Er wollte seine Hände um ihre Hüften legen, zuckte aber im letzten Augenblick zurück.

»Maria, ich will einfach nicht, dass ...«

Weiter kam er nicht, denn Maria Furini hatte ihre Lippen auf seine gepresst und musste keine große Kraft aufwenden, damit sein Mund sich öffnete.

Der Kuss kam ihm endlos vor. Seine Arme hatten sich wie von selbst um sie geschlossen.

»Weißt du, dass man so etwas Erpressung nennt?«, sagte er, ohne sie loszulassen.

»Nenn es, wie du willst«, sagte sie und bohrte ihren Blick in seine Augen. »Ich will dich, und ich brauche dich. Hier und jetzt.«

*

Es wurde gerade hell, als Robert erwachte. *Meine Güte, Roberto, warum bist du nicht einfach gegangen? Nun hängst du wieder mittendrin.*

Andererseits faszinierte ihn Maria wie lange keine Frau mehr. Bei ihrem ersten Treffen hatte er sie als kühl und abweisend erlebt und nun plötzlich als weich und sinnlich. Er drehte sich auf die Seite. Sie war wach und schaute ihn mit ihren grünen Augen intensiv an.

»Guten Morgen, Roberto. Man sagt ja vor einer Entscheidung, man solle noch einmal darüber schlafen. Das haben wir jetzt gemacht. Und? Hast du dich entschieden?«

Er richtete sich leicht auf.

»Gib mir noch einen Tag. Ich bin jetzt etwas zu verwirrt. Ich hätte nicht gedacht, dass du und ich...«

Sie legte den Zeigefinger auf seine Lippen und lächelte.

»Die Dinge müssen nicht immer so sein, wie du sie wahrnimmst. Das ist oft im Leben so. Alles kann plötzlich ganz anders sein. Das wirst du noch oft erleben. Nichts ist so, wie es scheint.«

Sie legte ihre Arme um seinen Hals.

»Sehe ich dich heute Abend?«

Robert überlegte und schüttelte dann den Kopf.

»Nein, ich habe einen Jour fixe mit einem alten Freund, und den will ich auf keinen Fall verprellen. Darf ich auf dein Verständnis hoffen?«

Sie lächelte ihn an und zog ihn zu sich herunter.

*

In der Trattoria »Il Cantuccio« in Vicchio waren alle Tische besetzt. Man musste lange im Voraus reservieren, wenn man in den Genuss von Serafinas Küche kommen wollte. Der Tisch ganz links in der Ecke war jeden zweiten Dienstag im Monat für Robert und Carlo reserviert. Serafina hatte *Bocconcini di Gamberetti*, köstliche Garnelenhäppchen, als Vorspeise serviert und dann *Risotto nero con le seppie*, bei dem der Reis mit der Sepia-Tinte gefärbt wird, als Primi Piatti auf den Tisch gebracht. Dazu hatten die beiden eine Flasche Vino Nobile di Montepulciano geleert. Als zweiten Gang schlug Serafina marinierte Meerbrasse vor, aber Robert winkte ab.

»Nein, vielen Dank. Es war wie immer überwältigend gut. Aber ich kann einfach nicht mehr. Ich trinke lieber noch einen Brunello.«

Carlo schüttelte den Kopf.

»So ganz ist der Italiener in dir immer noch nicht zum Vorschein gekommen. Wieso hörst du nach dem ersten Gang auf?«

Robert lachte.

»Iss du in Ruhe weiter. Dann kann ich dir von meiner seltsamen Reise nach Alexandria berichten.«

Und dann berichtete er von den merkwürdigen Vorgängen der letzten Tage. Carlo unterbrach ihn nicht, denn seine Mutter hatte ihn zu einem Mann erzogen, der mit vollem Mund nicht spricht.

»Wenn ich richtig verstanden habe«, sagte er und wischte sich den Schnauzbart mit der Leinenserviette ab, indem er den Enden einen Zusatztupfer gönnte, »dann haben dein toter Professor und der nicht minder tote Bibliothekar etwas entdeckt, was andere auch gern hätten. Richtig?«

»Nicht ganz«, sagte Robert und nahm einen Schluck Brunello, »auch diese beiden waren einer Sache auf der Spur, aber noch nicht ans Ziel gelangt.«

Carlo hob kurz sein Glas.

»Aber es hat etwas mit dem Leben nach dem Tod zu tun. Alberne Idee!«

Robert schüttelte den Kopf.

»Nein, auch das nicht. Nach langem Überlegen glaube ich zu wissen, um was es sich handelt.«

Carlo setzte sich aufrecht hin.

»Da bin ich aber mal gespannt.«

»Ich glaube, Professore Mazzetti ist über die Beschäftigung mit der Reinkarnation auf diese Spur gekommen. Es geht wahrscheinlich eher darum, wann der Mensch stirbt.«

Carlo schaute ihn verblüfft an.

»Wann der Mensch stirbt? Da brauchst du nicht weitersuchen. Das kann *ich* dir sagen. Wenn er alt ist, wenn er krank ist, wenn er einen Unfall hat oder wenn er ermordet wird.«

Robert lächelte.

»Nein, Carlo. Ich meine nicht die Ursache, sondern das exakte Datum.«

Carlos Mund blieb offen stehen.

»Du willst behaupten, es gibt eine Möglichkeit, herauszufinden ... also, du könntest sagen – ich sterbe in zwei Wochen am Dienstag um siebzehn Uhr fünfzehn?«

Robert nickte.

»Genau das.«

»Und was soll das? Ich will das überhaupt nicht wissen. Weder wann ich sterbe noch wann jemand anderes stirbt.«

Robert goss sich Brunello nach.

»Nein, du vielleicht nicht. Aber es gibt mindestens drei Institutionen, für die es das Wichtigste überhaupt wäre.«

Carlo schaute ihn verstört an.

»Und wer wäre das?«

»Erstens das Militär. Die würden bei gefährlichen Einsätzen immer nur die Männer losschicken, von denen sie genau wüssten, dass sie in den nächsten Tagen nicht sterben werden. Und zweitens Kriminelle, etwa die Mafia. Die könnten ihre Verbrechen so planen, dass sie keine Gefahr laufen, selbst ums Leben zu kommen. Und dann natürlich Terroristen. Für die wäre es der Hauptgewinn.«

Carlo nickte und schaute einen Augenblick ins Unendliche.

»Da hast du Recht.«

Eine Sekunde später war er zurück im realen Leben.

»Aber du glaubst doch nicht, dass es so etwas gibt! Ein Gerät, eine Formel oder was auch immer, mit dem sich dein Todesdatum berechnen lässt? Lächerlich!«

Robert machte ein ernsthaftes Gesicht.

»Hör zu, alter Freund, mir ist das zum jetzigen Zeitpunkt auch etwas rätselhaft. Ich weiß aber, dass sich mindestens ein amerikanischer Geheimdienst dafür interessiert. Wahrscheinlich ist es die DIA, die Defense Intelligence Agency. Die kümmern sich um das Sammeln, Analysieren und Weiterleiten von Erkenntnissen der Nachrichtendienste für das US-Verteidigungsministerium. Ich kenne die Jungs. Die würden sich darum nicht so intensiv kümmern, wenn es aus irgendeiner esoterischen Ecke käme. Die müssen schon was ganz Handfestes haben.«

»Aber das heißt, bei jedem Menschen steht bei der Geburt schon fest, wann er stirbt?«

»So sieht es aus.«

»Aber wenn jemand zufällig vor ein Auto läuft, das kann doch keiner im Voraus wissen.«

Robert wollte nicht wieder darauf hinweisen, dass es für ihn keine Zufälle gab. Er schaute zur Uhr.

»Carlo, ich fahre jetzt langsam los. Denkst du an die Tür?«

Carlo schaute ihn irritiert an.

»An welche Tür? Ach so, deine klemmende Küchentür. Ja, ich komme in den nächsten Tagen vorbei und hobele sie ab.«

Dann wandte er sich wieder ab.

»Zu wissen, wann man stirbt«, murmelte er. »Das macht mich ganz fertig. Serafina, bring mir bitte einen Grappa.«

10. KAPITEL

Der Sizilianer stand von seinem Sessel auf und ging nachdenklich im Zimmer auf und ab.

»Wenn das so weitergeht, sind bald alle Leute, die uns nützlich sein können, unter der Erde.«

Der schlanke Mann im hellgrauen Maßanzug, der eine Sonnenbrille trug, schüttelte den Kopf.

»Da ist doch noch dieser – wie war der Name? Ach ja, Darling! Wie konnte ich diesen Namen vergessen!«

Der Sizilianer stützte sich mit beiden Händen auf die Tischplatte.

»Vergiss nicht Professore Tardi. Der ist immer noch damit beschäftigt, diese Papierberge durchzusehen.«

»Außer dem Hinweis auf Alexandria ist aber noch nicht viel dabei herausgekommen.«

»Ich bitte dich – wir haben jetzt zumindest diese ominösen Schriftrollen.«

Der Mann mit der Sonnenbrille zog die Mundwinkel nach unten.

»Und bisher keinen Experten, der damit was anfangen kann – und dem wir vertrauen können!«

Für eine Minute war es still im Raum. Dann räusperte sich der Sizilianer.

»Nehmen wir mal an, wir kommen keinen Schritt weiter. Was machen wir dann?«

Sein Gegenüber senkte den Kopf und schaute ihn über den Rand der Brille an.

»Wenn wir das Ding nicht bekommen, dann soll es auch kein anderer bekommen. Deswegen darf es auch keine Mitwisser geben, auch wenn sie nicht alles wissen. Das sind im Moment nur dein Professore und dieser Darling. Rate mal, was wir mit denen machen.«

*

Am nächsten Morgen fuhr Robert schon früh nach Florenz, um ein paar Dinge zu erledigen. Catarina hatte frei genommen und besuchte ihre Schwester. Obwohl auch ein Behördengang dazugehörte, war nach italienischen Maßstäben alles schneller erledigt, als er gedacht hatte, und schon nach zwei Stunden befand er sich wieder auf dem Heimweg. Er dachte über die letzten Tage nach. Carlo glaubte ihm kein Wort. Das war ihm nicht übel zu nehmen, denn die Vorstellung, dass es irgendeine Methode oder ein Gerät gab, mit dem man das eigene Todesdatum errechnen konnte, war schon ziemlich absurd.

Und wenn dieses Wissen tatsächlich so alt war, wieso war es gelungen, es über Jahrhunderte geheim zu halten?

Dann musste er plötzlich an Maria Furini denken. War das normal, dass eine Frau mit einem Mann schläft, wenige Tage nachdem jemand ermordet worden war, dessen Geliebte sie angeblich war? Oder hatten die beiden nur ein platonisches Verhältnis gehabt?

Während ihm diese Gedanken durch den Kopf gingen, erreichte er Mezzomonte und fuhr in die scharfe Rechtskurve auf den Weg, der zu seinem Anwesen führte. Ein Fiat Panda parkte kurz hinter der schlecht einsehbaren Stelle der Kurve – fast streifte er das Auto. Robert stieß einen Fluch aus.

Der Tag war warm, die Sonne stand in voller Pracht am

wolkenlosen Himmel, und die Vögel in den Bäumen lieferten sich einen Gesangswettbewerb.

Was war das? Hatte er sich getäuscht, oder war da gerade eine Gestalt um die Ecke des Hauses gegangen?

Du siehst bereits Gespenster, Roberto. Aber sei trotzdem vorsichtig.

Langsam ging er am Wegrand entlang im Schatten der Büsche auf das Haus zu. Alles schien ruhig zu sein.

Nein, er hatte sich nicht getäuscht. Er hörte Schritte auf dem Kies der Drainage, die im letzten Jahr angelegt worden war. Jemand ging um das Haus herum.

Sein Fuß stieß gegen einen der Feldsteine, die der Gärtner dazu benutzte, die Blumenbeete abzugrenzen. Robert bückte sich, hob ihn auf und krallte seine Finger um die einzige Waffe, die er im Moment hatte. Sein Herz schlug schneller.

Für einen Augenblick sah er die Gestalt.

Wenn der Eindringling jetzt die Küchenterrasse betreten würde, könnte er sich hinter dem Haselnussstrauch verstecken. Von dort aus würde er beobachten, mit welchem Gegner er es zu tun hatte. Vorsichtig schlich er zur Hausecke.

Die Gestalt hatte tatsächlich die Terrasse erreicht und spähte gebückt durch ein Fenster. Sie war nicht sehr groß und schien ...

»Darf ich fragen, was Sie da tun?«

Robert drückte auf seine Stimme und bemühte sich, sie möglichst entschlossen klingen zu lassen.

Die Gestalt fuhr herum und stieß einen unterdrückten Schrei aus. Für ein paar Sekunden herrschte absolute Stille.

Robert war hinter dem Busch hervorgetreten und riss seine Augen auf.

»Elena! Wo kommen Sie ... was machen Sie hier?«

Elena war weiß wie ein Leinentuch.

»Mein Gott, Robert, ich habe mich zu Tode erschreckt! Mir ist ganz schwindelig.«

Sie hielt sich an der Türklinke fest. Robert war sprachlos. Erst jetzt merkte er, dass er immer noch den Feldstein umklammerte. Er ahnte, dass er einen lächerlichen Anblick bieten musste, und ließ ihn fallen.

»Ich dachte, Sie wollten mich nie wieder sehen?«

Elena schüttelte den Kopf.

»Ich weiß, ich weiß. Das ist alles so absurd. Aber es ist eine längere Geschichte. Kann ich mich irgendwo setzen?«

Robert eilte auf sie zu und griff ihr unter den Arm.

»Aber selbstverständlich. Kommen Sie, wir gehen ins Haus.«

*

Sie hatten sich in die bequemen Ledersessel in der Halle gesetzt. Robert war so verwirrt, dass er plötzlich wieder aufsprang, als er merkte, dass er seine gute Erziehung vergessen hatte.

»Oh, entschuldigen Sie. Darf ich Ihnen etwas zu Trinken anbieten?«

Elena deutete ein Lächeln an.

»Wenn es Ihnen keine Umstände macht, dann hätte ich gern einen Espresso und ein Glas Wasser.«

Natürlich macht das Umstände, ich will jetzt endlich die Geschichte hören, dachte Robert.

»Aber selbstverständlich«, hörte er sich sagen.

Zehn Minuten später saß er wieder bei ihr.

Nachdem Elena den Espresso geradezu hinuntergestürzt hatte, räusperte sie sich und begann.

»Sie können sich sicher noch an die Situation erinnern: Sie hatten sich auf den Weg zu Aristoteles gemacht, um die

Schriftrollen zu holen. Kurz darauf erschien bei mir ein Amerikaner, der einen sehr ordentlichen Eindruck machte. Er stellte sich als Mitarbeiter eines US-Geheimdienstes, CIA, oder so ...«

»DIA wahrscheinlich«, berichtigte Robert.

Elena nickte.

»Ja, genau. Auf jeden Fall warnte er mich vor Ihnen. Sie seien ein gefährlicher Mann, der ständig Namen und Aussehen ändere und vor dem ich mich in Acht nehmen sollte. Womöglich würden Sie mich in eine Falle locken, und das könnte lebensgefährlich sein.«

Robert lachte auf.

»Wie plump. Und das haben Sie geglaubt?«

Elena schluckte.

»Sie müssen sich in meine Lage versetzen. Kurz darauf riefen Sie an und erzählten, dass Sie Aristoteles und zwei weitere Leichen gefunden hätten. Ich solle jetzt kommen und so tun, als habe ich die Toten entdeckt. Ich musste sofort an die Falle, die Sie mir angeblich stellen würden, denken und habe dann ziemlich panisch reagiert.«

Robert schaute sie unbewegt an.

»Und was hat Sie dazu bewogen, Ihre Meinung zu ändern?«

Elena schaute streng zurück, als wolle sie sagen: *Unterbrechen Sie mich bitte nicht.*

»Zwei Tage nach diesem Vorfall rief mich ein Mann an. Ein Deutscher, der sich Georg von Sell nannte. Er schien über alles gut informiert zu sein. Er fragte mich, ob ich wisse, warum Sie denn so überstürzt abgereist wären, und ich erzählte ihm, was ich vom amerikanischen Geheimdienst gehört hatte.

Da hat er laut gelacht und gesagt, *die* seien die wahren Schurken. Er sei lange mit Ihnen befreundet und würde beide

Hände für Sie ins Feuer legen. Wenn einer das Rätsel lösen könnte, dem mein Vater auf der Spur gewesen war, dann seien Sie es. Ich würde etwas in meinem Briefkasten finden, das alle Zweifel beseitigt. Und ich solle alles tun, um wieder Kontakt aufzunehmen, und Sie bei Ihren Recherchen unterstützen.«

Robert schüttelte irritiert den Kopf.

»Und was fanden Sie im Briefkasten?«

»Eine Zeitschrift. Genauer gesagt, eine Ausgabe von Vanity Fair vom letzten Jahr. Da gab es einen sehr umfangreichen Bericht über Sie. Dann habe ich noch Ihren Namen bei Google eingegeben und festgestellt, dass Sie ein prominenter Mann sind und dass alles, was Sie mir erzählt haben, stimmte. Zugegeben – ich schäme mich sehr.«

Robert lächelte.

»Das müssen Sie nicht. Ich hätte wahrscheinlich auch meine Zweifel gehabt. Sind Sie nur, um mir das zu sagen, den ganzen weiten Weg hierhergekommen?«

Elena schüttelte den Kopf. »Nicht ganz. Ich habe überlegt, wie ich Ihnen helfen kann. Und darum habe ich noch einmal das Arbeitszimmer meines Vaters auf den Kopf gestellt. Unter der Schublade seines Schreibtisches befindet sich ein schmales Geheimfach. Dort habe ich das hier gefunden.«

Sie beugte sich zur Seite und griff in die Leinentasche, die sie schon in Alexandria getragen hatte. Zum Vorschein kam ein schwarzes Notizbuch.

»Ich habe darin gelesen, doch es ist tatsächlich ein Buch voller Rätsel. Ich gebe zu, ich habe nichts verstanden. Aber es muss wichtig sein, sonst hätte er es nicht so geschickt versteckt. Und da Sie mir mit Ihrer Entschlüsselung sehr imponiert haben und ich es nicht mit der Post schicken wollte, schon gar nicht mit der ägyptischen, entschloss ich mich, es Ihnen selbst zu bringen. Hier ist es.«

Sie streckte den Arm aus und reichte ihm das Notizbuch. Robert nahm es mit dem Ausdruck von Verwunderung an sich.

»Und dieser Herr von Sell hat tatsächlich gesagt, er wäre schon lange mit mir befreundet? Ich habe ihn nämlich erst auf dieser Reise kennen gelernt. War es ein großer Deutscher mit blondem Haar?«

Elena kräuselte ihre Lippen.

»Das konnte ich am Telefon nicht sehen.«

Für ein paar Sekunden schauten sie sich beide an und mussten dann laut lachen.

»Ich denke«, sagte Robert, »das muss mir der Herr selbst erklären.«

Elena stand auf.

»Ich lasse Sie jetzt allein. Vielleicht haben Sie ja Zeit, sich das Notizbuch näher anzusehen. Ich hoffe, es bringt uns ein Stück weiter.«

Robert war ebenfalls aufgestanden.

»Soll ich Sie irgendwohin...?«

Elena schüttelte den Kopf.

»Nein, danke. Ich habe mir einen Wagen gemietet und ein Zimmer im Hotel Alba an der Via Della Scala genommen. Meine Handynummer haben Sie ja.«

Sie hob ihre Tasche auf und wandte sich zur Tür. Dann drehte sie sich um.

»Robert, ich hoffe, Sie können mir mein Benehmen in Alexandria verzeihen. Ich war mehr als verwirrt.«

Robert lächelte sie an.

»Wenn einer diese Verwirrung verstehen kann – dann ich. Warten Sie, ich bringe Sie zu Ihrem Wagen.«

*

Robert hatte sich auf eine der Terrassen zurückgezogen, die auf die abschüssige Seite seines Grundstücks gebaut worden und durch schmale Steintreppen miteinander verbunden waren. Er blätterte in dem Notizbuch, das Elena ihm gegeben hatte. Es war bis zur Hälfte mit einer schwer lesbaren Schrift gefüllt. Offenbar hatte sich Georgios Karakos besonders bemüht, die Buchstaben so zu setzen, dass nur er die Texte ohne Mühe lesen konnte. Aber er konnte sich nicht konzentrieren. Nachdenklich ließ er das Buch sinken.

Welches Interesse konnte dieser Georg von Sell daran haben, dass Elena und er wieder ins Gespräch kamen? Woher wusste er überhaupt von Elena? Obwohl von Sell sie damals im Café gesehen hatte, war ihr Name im Gespräch nie gefallen. Aber er schien zu wissen, warum Robert die Tochter von Karakos aufgesucht hatte.

Warum rätselst du hier herum, Roberto? Ruf ihn doch einfach an, und frag ihn ganz naiv.

Wie hieß doch gleich der Verlag, für den von Sell arbeitete? Das war irgendein deutscher Name. Bormann, Behrmann? Nein, Bergmann. Karl-Bergmann-Verlag in München.

Über das Internet hatte Robert die Telefonnummer schnell herausgefunden.

»Nein«, bedauerte die weibliche Stimme in der Zentrale, »Herr von Sell ist auf Reisen. Ich verbinde Sie mit dem Redaktionssekretariat.«

Wenige Sekunden später trug Robert sein Anliegen der Sekretärin noch einmal vor. Er sei ein italienischer Kollege des Herrn von Sell und müsste ihn wegen einer Information dringend sprechen.

»Italien, sagen Sie? Da haben Sie Glück. Herr von Sell ist gerade auf einem Kongress in Bologna. Ich kann Ihnen auch sagen, wann Herr von Sell zu erreichen ist. Bitte notieren Sie!«

Robert bedankte sich, schaute auf den Terminplan und griff sofort zum Hörer. Bingo! Gerade jetzt musste von Sell zu erreichen sein. Nach sechsmal Klingeln meldete sich die Mailbox mit einer Computerstimme. Weitere Versuche verliefen ebenso erfolglos. Eine Nachricht wollte er nicht hinterlassen, sein neuer »langjähriger« Freund sollte keine Gelegenheit haben, sich wiederum irgendeine Geschichte auszudenken.

Er schaute auf die Uhr. Von Florenz nach Bologna waren es etwas mehr als einhundert Kilometer. Das konnte er in gut eineinhalb Stunden schaffen. Wahrscheinlich war es sogar besser, wenn er von Sells Reaktionen beobachten konnte. Fünf Minuten später saß er im Range Rover und fuhr in schnellem Tempo Richtung Norden.

※

Roberts Berechnungen waren richtig. Nur kurz vor Bologna hatte sich wegen eines Unfalls ein Stau gebildet, der sich aber schnell wieder auflöste.

Das Foyer des Kongresszentrums war voller Menschen aller Nationen, die in kleinen Gruppen zusammenstanden und lautstark diskutierten, zwischen ihnen liefen Männer und Frauen in Business-Kleidung eilig hin und her, meistens mit einem Handy am Ohr.

Robert holte den Zettel mit seinen Notizen aus der Tasche und ging damit zum Informationsschalter.

Eine Brünette in einem blauen, uniformähnlichen Kostüm strahlte ihn an.

»Kann ich Ihnen helfen, Signore?«

Robert lächelte zurück.

»Ich denke schon. Ich muss dringend mit meinem Kollegen,

Georg von Sell, sprechen. Er ist wahrscheinlich ... Moment ... im Saal 3 bei einem Vortrag, der gerade beendet sein müsste.«

»Einen Augenblick, ich schaue einmal nach.«

Sie schaute auf ihren Monitor, drückte ein paar Tasten und nickte.

»Sie haben Recht. Die Zuhörer verlassen soeben den Saal. Dann werde ich Herrn von Sell ausrufen.«

Sie drückte auf eine andere Taste, beugte sich zu einem Mikrofon hinunter und sprach auf Englisch mit italienischem Akzent:

»Mister Georg von Sell, please come to the information desk!«

Das wiederholte sie drei Mal.

»Warten Sie hier, er wird sich sicher gleich melden.« Dann lächelte sie hintergründig. »Die Leute mögen es, wenn sie ausgerufen werden.«

Robert nickte, drehte sich herum und beobachtete die vielen wichtigen Menschen, die um ihn herumschwirrten – Georg von Sell konnte er nicht ausmachen.

Die Brünette tippte ihm von hinten auf die Schulter. Diesmal lächelte sie nicht.

»Signore, ich dachte, es wäre so dringend. Ihr Kollege wartet schon!«

Robert drehte sich um.

Am Informationsschalter stand ein hagerer, mittelgroßer Mann um die fünfzig. Er hatte schüttere Haare, trug einen dunkelblauen Anzug und eine randlose Brille. Er lächelte Robert an.

»Was kann ich für Sie tun?«

Robert schaute ihn verwirrt an.

»Entschuldigen Sie, ich suche Georg von Sell!«

Der Mann lächelte noch immer.

»Der steht vor Ihnen. Mit wem habe ich die Ehre?«

Robert versuchte, gelassen zu wirken.

»Oh, entschuldigen Sie, Darling, Robert Darling. Der Georg von Sell, den ich erwartet habe, ist ein ganz anderer Mann.«

Nun lächelte der Mann nicht mehr.

»Können Sie mir das kurz erklären?«

»Ja, gern. Vielleicht sollten wir uns setzen.«

Trotz der Menschenmenge fanden sie in einer Ecke noch zwei leere Sessel.

Dort erzählte Robert von seiner Begegnung in Alexandria. Den Grund seiner Reise ließ er aus.

Georg von Sell hörte interessiert zu.

»Nun ja, ich bin als Reisejournalist schon viel herumgekommen, aber, Sie werden lachen, in Alexandria war ich noch nie.«

Robert schüttelte den Kopf.

»Aber das Hotelpersonal tat so, als wäre dieser Mann ein alter Bekannter.«

Georg von Sell lachte.

»Das ist nicht weiter schwierig in diesen Ländern. Für einen kleinen Unkostenbeitrag würden sie auch versichern, dass sie mit Ihnen verwandt sind. Außerdem kommt es immer wieder vor, dass Leute sich als Mitarbeiter eines Verlages ausgeben und dem dann die Rechnung schicken lassen. Wissen Sie, der Reisejournalismus wirkt manchmal sehr anziehend auf Leute, die – ich will es mal milde ausdrücken – nicht nur Gutes im Sinn haben.«

»Und Sie sind ganz sicher, dass es nicht einen Namensvetter von Ihnen gibt?«

Von Sell schüttelte den Kopf.

»Ich kenne unsere Sippschaft. Und der einzige Reisejournalist dieses Namens bin ausschließlich ich.«

Robert stand auf.

»Herr von Sell, entschuldigen Sie bitte. Da bin ich wohl auf einen Betrüger hereingefallen. Andererseits – außer um den Namen hat er mich eigentlich um nichts betrogen. Er hat mich sogar zum Essen eingeladen. Seltsame Geschichte.«

Von Sell reichte ihm seine Visitenkarte,

»Ja, in der Tat, sehr seltsam. Sollte der Herr noch einmal in Ihrer Nähe auftauchen, lassen Sie es mich doch bitte wissen. Ich wüsste gern, wer da mit meinem Namen durch die Weltgeschichte reist.«

11. KAPITEL

Auf dem Frankfurter Flughafen herrschte wie immer Hochbetrieb.

»Das hört sich nicht gut an!« Bruce Parker starrte auf das Display seines Satellitenhandys.

Charles Dowell rückte näher.

»Was ist denn los?«

Parker klappte das Handy zusammen und schob es in die Tasche.

»McMulligan informierte mich gerade darüber, dass ein Kommando aus Palästina über Cypern auf dem Weg nach Italien ist. Eine bisher unbekannte Gruppe, sie soll aber der Hamas nahestehen. Einer unserer ägyptischen Freunde muss wohl ein Maulwurf gewesen sein. Auf jeden Fall scheinen sie von unserer Sache zu wissen.«

Dowell zog die Mundwinkel nach unten.

»Und was machen wir jetzt?«

Parker sah ihn mit einem Blick an, als missbillige er die Frage.

»Was wir machen? Gar nichts. Wir warten auf unsere Maschine nach Florenz.«

Dann verfiel er in minutenlanges Schweigen, hob den Kopf und sah Dowell noch einmal an.

»Wir müssen eben schneller sein.«

※

Elena machte ein ratloses Gesicht.

»Dieser von Sell ist ein Schwindler? Und nun sagen Sie mir auch noch, dass Sie bereits fast alles wissen, was im Notizbuch meines Vaters zu lesen ist. Keine guten Nachrichten, mein lieber Robert.«

Sie saßen auf der Küchenterrasse im Schatten des alten Walnussbaums. Robert blätterte nachdenklich in dem schwarzen Buch.

»Es ist leider so. Die meisten Einträge und Notizen bestätigen meine Recherchen aus Alexandria. Nur die letzte beschriebene Seite gibt mir noch Rätsel auf.«

»Was steht da?«

»Soweit meine Griechischkenntnisse ausreichen, bedeutet es: ›Fliege über die Länder oder über die Erde‹.«

Sie hörten den untersetzten Mann mit der großen Tasche nicht kommen. Plötzlich stand er in der Terrassentür zur Küche.

»Soll ich das mal erklären?«

Robert fuhr herum.

»Carlo, mein Gott, habe ich mich erschrocken. Was schleichst du dich hier an?«

Carlo lachte, sodass man seine weißen Zähne unter dem dunklen Schnauzbart sehen konnte. Er stellte die Werkzeugtasche auf den Boden.

»Erstens schleiche ich mich nicht an, zweitens hast du mich bestellt und drittens – würdest du mich bitte der jungen Dame vorstellen?«

Robert war aufgestanden und legte seine Hand auf Carlos Schulter.

»Elena, das ist Carlo Sebaldo, handwerklicher Alleskönner und bester Freund.«

Dann deutete er auf Elena.

»Carlo, das ist Elena Karakos aus Alexandria. Ich habe dir von ihr erzählt. Ach, entschuldigen Sie, Elena, können Sie uns verstehen?«

Jetzt war auch Elena aufgestanden, gab Carlo die Hand und lächelte.

»So weit reicht mein Italienisch gerade noch. Buon giorno, Carlo!«

Robert deutete auf einen Stuhl.

»Bevor du dich an die klemmende Küchentür machst, Carlo, wie meintest du das gerade, du könntest es erklären?«

Carlo setzte sich.

»Weißt du, Roberto, mein verstorbener Lieblingsonkel Luca hatte nur ein Thema. Die Geschichte der Stadt Volterra. Die musste ich mir als Kind wohl an die hundert Mal anhören. Es wurde aber nie langweilig, weil er sie jedes Mal etwas anders erzählte. Auf jeden Fall hieß die Stadt bei den Etruskern Velathri. Die Römer haben daraus ›Vola terrae‹ gemacht, was so viel heißt wie ›Die über das Land dahin Fliegende‹. Sie liegt auf einem über fünfhundert Meter hohen Hügel. Von da aus hast du einen umwerfenden Blick über die Toskana. Wenn das kein Hinweis auf Volterra ist, fresse ich meine Werkzeugtasche.«

Robert schlug sich mit der flachen Hand gegen die Stirn.

»Natürlich, du hast Recht.«

Carlo strahlte. Endlich einmal hatte er seinem gebildeten und klugen Freund etwas erklären können. Robert schaute wieder in das schwarze Notizbuch.

»Das zweite Wort scheint ein Name zu sein. ›Guarnacci‹, entziffere ich daraus. Kannst du damit was anfangen? Kennst du jemanden, der so heißt?«

Carlo zog die Unterlippe nach vorn und dachte nach.

»Guarnacci sagst du? Ja, das ist ein Name. Das ist der Name eines Museums in Volterra. Das Museo Etrusco Guarnacci.«

*

Professor Lorenzo Tardi hatte es sich zur Angewohnheit gemacht, die Sicherheitskette überzulegen, wenn es abends an der Tür seiner Privatwohnung klingelte. Er war schon immer etwas ängstlich, aber seit Tagen zuckte er bei jedem Läuten zusammen, in der Angst, der Sizilianer und seine Leute könnten vor der Tür stehen.

In diesem Fall schien die Angst unbegründet. Die Frau, die vor der Tür stand, lächelte ihn an.

»Professore Tardi?«

Er räusperte sich, denn der Schreck hatte seinen Mund austrocknen lassen.

»Ja, was kann ich für Sie tun?«

Sie griff in ihre Handtasche und holte einen Umschlag hervor.

»Der Avvocato Pancrazzi schickt mich. Er bittet Sie, dieses Dokument zu unterschreiben. Ich soll darauf warten.«

Tardi schaute sie verwundert an.

»Um diese Zeit? Hätte das nicht bis morgen Zeit gehabt?«

Die Frau schüttelte den Kopf.

»Ich kann Ihnen dazu nichts sagen. Ich habe nur den Auftrag, mit Ihrer Unterschrift unverzüglich zurückzukommen.«

Mit sichtbarer Verwirrung schloss er die Tür, hakte die Kette aus und öffnete sie wieder.

»Bitte kommen Sie herein!«

Er führte sie in sein Arbeitszimmer, in dem ein heilloses Durcheinander von Büchern, Ordnern und losen Blättern herrschte und in dem es muffig roch.

»Geben Sie her.«

Er setzte sich an seinen Schreibtisch und zog das Schreiben aus dem Umschlag. Die Frau stellte sich wartend hinter ihn. Nach einigen Sekunden ließ er ein ärgerliches Schnaufen vernehmen.

»Was soll denn das? Das ist ja ein Rezept für Linguine al to...«

Er kam nicht mehr dazu, das Wort »tonno« auszusprechen. Das Rasiermesser schnitt tief und lautlos durch seine Gurgel. Ein breiter Blutstrahl schoss auf die gescannten und ausgedruckten Dokumente von Paolo Mazzetti.

✻

»Ich hoffe doch sehr, dass du kommst!«, sagte Donatella Medici und gab ihrer Stimme einen bestimmenden Ton, spitzte ihren Mund und stellte die Cappuccinotasse auf das Barocktischchen neben ihren Sessel. »Nicht, dass du mir wieder mit einer Ausrede kommst!«

Robert lächelte.

»Aber nein, Mamma, auf keinen Fall. Du musst mir allerdings versprechen, dass du nicht wieder irgendeine Heiratswütige einlädst.«

Donatella zog ihre Augenbrauen nach oben.

»Das habe ich noch nie gemacht. Allerdings kann ich wohl kaum verhindern, dass eine Tochter aus gutem Hause ein Auge auf dich wirft. Übrigens, hast du mal wieder etwas von Francesca Sacconi gehört?«

Robert schüttelte den Kopf.

»Nein, in diesem Jahr noch nicht. Aber ich hätte mich ja auch melden können. Vielleicht werde ich es in den nächsten Tagen versuchen.«

Er versuchte, so schnell wie möglich das Thema zu wechseln.

»Außerdem werde ich zu deinem Empfang ohnehin in Begleitung erscheinen.«

Donatella richtete sich in ihrem Sessel auf.

»So? Und wer ist sie? Hatte ich schon mal die Ehre?«

Robert überlegte für ein paar Sekunden. Sollte er Elena mitnehmen? Nein, auf keinen Fall. Das würde das Interesse auf Alexandria und die damit zusammenhängenden Ereignisse lenken. Nein, er würde Maria bitten. Die war Florentinerin und konnte mindestens so arrogant sein wie seine Familie. Er räusperte sich.

»Es ist Signora Maria Furini. Sie lebt hier in Florenz.«

Donatella schaute ihn forschend an.

»Furini? Eine Familie dieses Namens ist mir nicht bekannt. Was machen ihre Eltern?«

»Sie leben leider nicht mehr«, log er.

Donatella machte ein verwundertes Gesicht.

»Ist sie denn schon so alt?«

»Nein«, log er weiter, »es war ein Unfall. Aber sie haben ihr ein beträchtliches Vermögen hinterlassen.«

Mit dieser Anmerkung hoffte er, weitere Fragen seiner Mutter abzuwürgen. Die nickte nachdenklich.

»Ein Vermögen, sagst du. Seltsam, dass ich den Namen noch nie gehört habe.«

»So, Mamma, ich glaube, ich muss jetzt...«

Robert erhob sich, als Donatella ihn ein weiteres Mal unterbrach.

»Ach, stell dir vor, Signora Frescobaldis Sohn Angelo ist wieder aus Amerika zurück. Er soll ein erfolgreicher Geschäftsmann geworden sein. Er hat hier – welch ein Zufall – eine Jugendfreundin wiedergetroffen, die auch nur für ein paar Tage da ist. Er soll ganz begeistert sein. Eine sehr gebildete und interessante Person, findet sie. Sie kommt aus Ägypten, sagt Paola, aber eigentlich ist sie Griechin.«

*

Maria lachte kurz auf und strich sich die Haare aus der Stirn.

»Meine Eltern sind tatsächlich tot. Allerdings war das kein Unfall. Mein Vater war schon sehr alt, und meine Mutter litt unter Depressionen. Sie hat Selbstmord begangen. Hinterlassen haben sie mir gerade so viel, dass ich einigermaßen davon leben kann. Den Rest verdiene ich mit meinen Übersetzungen. Willst du unter diesen Umständen immer noch, dass ich dich begleite?«

Robert hob beschwichtigend die rechte Hand.

»Aber selbstverständlich, Maria. Du kennst meine Mutter nicht. Sie erdrückt mich mit ihrer Liebe und Fürsorge, und dazu gehört auch, dass sie immer genau wissen will, mit welchen Menschen ich mich umgebe. Da genügen einige Stichworte, die sie zufrieden stellen.«

Sein Blick fiel auf die aktuelle Ausgabe von »Il Firenze«, die auf dem Tisch lag. Der Mord an Lorenzo Tardi war die Schlagzeile auf der Seite eins. Robert zeigte auf die Zeitung.

»Hast du ihn gekannt?«

Maria zuckte mit den Schultern.

»Ich meine, Paolo hat ihn mal erwähnt, aber gesehen habe ich ihn nie. Warum fragst du?«

»Es hätte ja sein können, dass es da einen Zusammenhang zwischen ihm und Professore Mazzetti gibt. Ich sollte das überprüfen.«

Er nahm die Zeitung vom Tisch und überflog den Artikel. Dann ließ er das Blatt sinken.

»Ach, übrigens, erkennst du einen Zusammenhang zwischen Professore Mazzetti, der Stadt Volterra und dem Museo Etrusco Guarnacci?«

Maria sah ihn erstaunt an.

»Wie kommst du denn jetzt darauf?«

Robert tat so, als sei ihm die Frage beiläufig eingefallen.

»Es gibt da einen Anhaltspunkt. Ich weiß aber noch nicht, wie wichtig der ist.«

Maria setzte sich in einen Sessel.

»Wir wären sicher noch darauf gekommen. Paolo war geradezu fasziniert von diesem Museum. Komm, setz dich, und sag mir, was du über die Etrusker weißt.«

Robert schüttelte den Kopf und setzte sich dabei in den Sessel gegenüber.

»So gut wie nichts. Das Thema wurde früher bei mir in der Schule nur gestreift. Ich bin ja in der Schweiz zur Schule gegangen, wahrscheinlich wird das Thema hierzulande intensiver behandelt. Es sind ja schließlich eure Vorfahren...«

Maria unterbrach ihn.

»Über die wir aber wenig wissen. Was ich weiß, ist, dass es eine geheimnisvolle Kultur gewesen sein muss, in deren Mittelpunkt der Tod und das Jenseits stand. Und das war es, was Paolo fasziniert hat. Er war oft im Museum in Volterra. Mario Guarnacci, der um 1700 lebte, war Geistlicher und Hobbyarchäologe. Er hat eine riesige Sammlung zusammengetragen und sie nach seinem Tod der Stadt vererbt. Vor allem sind es Urnen, die uns allerhand über den Totenkult der Etrusker verraten. Viele Dinge sind aber nach wie vor rätselhaft. Aber, wie gesagt, Genaueres weiß ich auch nicht.«

Robert hatte interessiert zugehört.

»Das klingt spannend. In seinem ersten Manuskript hatte Professore Mazzetti angekündigt, dass ich ein weiteres an einem andern Ort finden werde. Wir sollten uns in Volterra einmal umsehen. Ich würde mich freuen, wenn du mitkommst.«

Maria schüttelte den Kopf.

»Tut mir leid. In den nächsten Tagen habe ich sehr viel zu erledigen. Ich kann dich leider nicht begleiten. Nimm doch deinen Freund mit. Wie du erzählt hast, scheint der sich dort doch sehr gut auszukennen.«

12. KAPITEL

Sie waren um sieben Uhr früh aufgebrochen und nur knapp eine Stunde unterwegs, doch die Sonne brannte schon heiß vom wolkenlosen Himmel. Die Straße in Richtung Südwesten war noch leer.

»Hast du uns eigentlich angemeldet?«, fragte Carlo und strich mit dem Zeigefinger über seinen Schnauzbart.

Robert nickte.

»Ja, ein gewisser Umberto Badoglio erwartet uns. Er soll aus einer Nebenlinie der Familie kommen, aus der auch der berühmte Gründer des Museums stammt.«

»Genau«, ergänzte Carlo mit wichtigtuerischem Blick, »Mario Guarnacci. 1701 bis 1785.«

Robert schnippte mit den Fingern und grinste.

»Donnerwetter, Carlo, du bist ja ein wandelndes Geschichtsbuch.«

Carlo zog die Augenbrauen hoch.

»Machst du dich etwa über mich lustig, amico mio? Du weißt doch sicher – was man als Kind gelernt hat, vergisst man nie wieder.«

Sie bogen in die Strada Statale di Val di Cecina ein.

»Noch ein paar Kilometer«, sagte Carlo, »dann kannst du sie sehen.«

Die toskanische Hügellandschaft, die sonst von üppigem Grün überzogen war, wechselte hier ihr Gesicht. Zwar gab es noch Getreidefelder und Schafweiden, doch hatten jahrhundertelange Erosionen dafür gesorgt, dass die Landschaft karg und zerklüftet aussah. Dennoch wirkte sie nicht verödet. Das Land und die Stadt Volterra auf dem über fünfhundert Meter hohen Hügelplateau sahen aus, als hätte sie ein Künstler aus einem Stück geschaffen. Ein monumentales Kunstwerk.

»Da«, rief Carlo und zeigte mit dem Finger auf die linke Seite. »Siehst du den großen runden Turm da oben? Das ist der *Maschio*. Der Turm der Festung, die die Medici gebaut haben. Er dient auch heute noch als Gefängnis. Ich sag dir, da sitzen ganz schwere Jungs drin.«

Die Straße wurde kurvenreicher. Jetzt konnte man auch die Stadtmauer sehen, deren Ursprünge die Etrusker im 4. Jahrhundert vor Christi Geburt gebaut hatten.

Robert war zwar noch nie in Volterra gewesen, kannte sich aber mit der Parkplatznot toskanischer Städte sehr gut aus.

»Sollten wir den Wagen nicht hier draußen stehen lassen und dann zu Fuß weitergehen?«

Carlo, dem, wie allen motorisierten Italienern, das Zu-Fuß-Gehen als äußerste Zumutung erschien, winkte ab.

»Fahr nur. Sie haben in der Stadtmitte ein Parkhaus gebaut, das dürfte um diese Zeit noch nicht voll sein.«

Carlo hatte Recht. Das mehrstöckige, in den Berg gebaute Parkhaus war gerade zur Hälfte besetzt. Sie stiegen die Treppen hinauf zur Piazza Martiri della Libertà, die genau über dem Parkhaus lag. Von dort aus gingen sie über die Via di Castello zur Via Don Minzoni, an der das Museum stand. Ein kühler Wind strich durch die Gassen. Man merkte, dass man sich in einer Höhe von über fünfhundert Metern befand.

Nach wenigen Gehminuten standen sie vor dem hohen Portal des ehemaligen Palastes des Monsignore Mario Guarnacci, in dem das Museo Etrusco untergebracht war.

Da das Museum schon – für italienische Verhältnisse erstaunlich – um acht Uhr dreißig öffnete, hatte sich an der

Kasse bereits eine kleine Schlange gebildet. Robert reihte sich ein.

»Wir sind mit Signore Badoglio verabredet«, sagte er zu der kleinen, grauhaarigen Frau, die ihn durch ihr schwarzes Brillengestell musterte. »Wo können wir ihn finden?«

Die Grauhaarige griff zum Telefonhörer.

»Warten Sie bitte hier, ich sage Bescheid, dass Sie da sind.«

Merkwürdig, dass sie deinen Namen gar nicht wissen will. Aber vielleicht bekommt der Herr nur recht selten Besuch, und er wartet bereits.

Umberto Badoglio war ein mittelgroßer, stämmiger Mann mit grauen Haaren, einem grauen Bart um Mund und Kinn und einer randlosen Brille, durch deren Gläser zwei freundliche Augen blitzten.

Er sprach in soliden Basstönen und streckte seine Hand bereits von weitem aus.

»Signore Darling, seien Sie mir gegrüßt. Und das ist…?«

»Sebaldo«, sagte Carlo. »Carlo Sebaldo aus Vicchio.«

Badoglio machte eine leichte Verbeugung und eine einladende Handbewegung.

»Folgen Sie mir in mein Büro, meine Herren. Was darf ich Ihnen anbieten? Einen Kaffee? Ich selbst trinke lieber Tee.«

»Ich auch!«, sagte Robert erleichtert, und Carlo nickte ebenfalls, wenn auch gezwungenermaßen, denn er war ein bescheidener Mann, der keinen Extrakaffee gebrüht haben wollte. Er würde das Getränk nicht anrühren, denn warum sollte er Tee trinken, wenn er nicht krank war?

Ein paar Minuten später saßen sie im Büro, das zur Hälfte aus Büchern bestand. Möbliert war der Raum lediglich mit drei zerschlissenen Sesseln und einem Schreibtisch, auf dem man aber nicht mehr arbeiten konnte, weil die Tischfläche ebenfalls mit Büchern bedeckt war. Es roch nach Pfeifentabak.

Robert nahm einen Schluck Tee, der schon etwas abgekühlt war, und begann.

»Danke, dass wir kommen durften, Signore Badoglio. Wie ich Ihnen ja schon am Telefon sagte, geht es in erster Linie um meinen Freund, den verstorbenen Professore Paolo Mazzetti. Wir kümmern uns gerade darum, dass sein Werk nicht in alle Winde verstreut, sondern zusammengehalten wird. Und da ich gerade erfahren habe, dass sein besonderes Interesse Ihrem Museum galt, wüsste ich gern, wofür er sich hier besonders interessiert hat und ob er vielleicht etwas hinterlassen hat.«

Badoglio lehnte sich zurück.

»Ja, ja. Paolo Mazzetti. Er war oft hier, und ich war entsetzt, als ich hörte, was ihm zugestoßen war. Stört es Sie, wenn ich rauche?«

Robert und Carlo schüttelten fast synchron den Kopf, worauf Badoglio hinter einen Bücherstapel griff und eine Enrico-Bocci-Pfeife aus Bruyèreholz hervorholte. Sie war bereits gestopft, und eine halbe Minute später durchzog der Duft von Black Ambrosia, der nach Karamell und Mocca roch, den Raum.

»Ich habe Mazzetti vor einigen Jahren kennen gelernt. Wir hatten hier eine Sonderausstellung mit Leihgaben zum Thema ›Nekropole der Etrusker‹. Ihn interessierte dieses Thema ganz besonders. Aber bevor ich Ihnen das weiter erkläre, muss ich Ihnen etwas Grundlegendes über die Etrusker sagen.

Obwohl die Wissenschaft in den letzten hundert Jahren einige Fortschritte gemacht hat, sind die Etrusker für uns immer noch das rätselhafteste Volk, das jemals in Europa gesiedelt hat. Schauen Sie sich allein die Sprache an. Sie schrieben zwar in griechischen Buchstaben von rechts nach links, aber man kennt nur von so wenigen Worten die Bedeutung, dass es nicht ausreicht, um ihre Sprache richtig verstehen zu können. Außerdem gibt es nur sehr wenige schriftliche Dokumente, wir können uns viele Dinge nur zusammenreimen. Und schließlich haben die Römer gründlich dafür gesorgt, dass die etruskische Kultur von ihrer vollständig zugedeckt wurde und fast spurlos im Dunkel der Geschichte verschwand.

Allerdings fürchteten sie sich auch vor den übersinnlichen Fähigkeiten der Etrusker. Nebenbei – sie haben sogar den etruskischen Obergott, Voltumna, aus Angst unter dem Namen ›Vertumnus‹ in ihre Götterriege eingereiht.

Aber kommen wir auf ein weiteres wichtiges Element: auf die seherischen Kräfte. Wir wissen heute, dass die Etrusker die Mantik – das ist die Fähigkeit, bevorstehende Ereignisse voraussagen zu können – zu einer ausgeklügelten Wissenschaft entwickelten. Sogar, was das Schicksal ihres Volkes anbelangte. Ihre Seher hatten vorausgesagt, dass ihre Kultur tausend Jahre bestehen würde, und sie haben Recht behalten. Ihre Kultur verschwand und mit ihr viele ihrer Geheimnisse. Eine Kultur, die einst so groß und so reich war wie die des alten Ägyptens.

Das gilt besonders für den Totenkult. Und jetzt komme ich langsam auf Mazzetti. Wissen Sie, wir zeigen hier im Museum mehr als sechshundert Graburnen. Das Besondere an diesen Urnen ist die Darstellung des Toten, dessen Asche darin ruht: eine nach dem Abbild des Toten modellierte Deckelfigur. Wir können sie uns später in aller Ruhe ansehen. Da den Gräbern auch Schmuck, Waffen, Nahrung und Gegenstände des täglichen Lebens mitgegeben wurden, nehmen wir an, dass die Darstellung des Verstorbenen dazu diente, dass er im Jenseits wiedererkannt werden konnte. Von seinen Ahnen, zum Beispiel. Diese Art der Kenntlichmachung ähnelt der ägyptischen. Dort wurde der Verstorbene ebenfalls dargestellt. Und zwar durch sich selbst, als Mumie. Und die Ägypter hatten auch Grabbeigaben für die Reise in die andere Welt.«

Badoglio – augenscheinlich selbst beeindruckt von seinem Vortrag – nahm einen tiefen Zug aus seiner Pfeife und blies den Rauch gedankenvoll an die Decke. Diese Pause kam Robert gerade recht.

»Und dies war offenbar der Punkt, der Professore Mazzetti besonders interessierte?«

Badoglio nickte stumm.

»Ja. Er kam oft her, machte sich viele Notizen und versuchte sich in der Übersetzung der etruskischen Schriftfunde. Soweit ich weiß, war er kurz vor seinem Tod in Ägypten. Er hat mir aber nach seiner Rückkehr nichts weiter erzählt. Dennoch bemerkte ich eine gewisse Erregung an ihm.«

»Und seine Notizen«, fragte Robert, »wo sind die geblieben?«

»Die hatte er in einem Schrank verwahrt, den ich eigens für ihn leer geräumt hatte.«

Robert richtete sich auf.

»Dürfte ich die mal sehen?«

Badoglio legte seine Pfeife in einen Aschenbecher und schaute Robert verwundert an.

»Das müssten Sie doch wissen. Die wurden bereits abgeholt.«

Robert merkte, wie sein Herz schneller schlug.

»Abgeholt? Von wem?«

»Von einer Dame. Sie hatte ein Schreiben von einem Anwalt aus Florenz bei sich, das diesen legitimierte, den Nachlass Mazzettis zu sammeln und zu verwalten.«

»Und können Sie sich noch an den Namen des Anwalts erinnern?«

Badoglio stützte sein Kinn in seine Hand.

»Lassen Sie mich überlegen. Panetti? Nein. Craxi? Auch nicht.

Aber von beidem etwas. Richtig: Pancrax..., nein, Pancrazzi.«

Robert atmete tief ein.

»Das heißt, alles, was der Professore hier notiert hat, ist jetzt bei diesem Anwalt?«

»Ja, natürlich. Aber ich verstehe Ihre Frage nicht ganz.«

»Warum nicht?«

»Weil die Frau sagte, der Anwalt arbeite in Ihrem Auftrag. Oder glauben Sie, ich würde Ihnen das alles hier erzählen, weil Sie ein so netter junger Mann sind?«

Robert merkte, wie er blass wurde. Carlo schaute ihn mit offenem Mund an.

Nichts anmerken lassen, Roberto.

Er lächelte.

»Ja, natürlich. Der gute Pancrazzi. Ich hatte darum gebeten, so diskret wie möglich mit der Sache umzugehen. In dem Fall wird immer noch ermittelt, und da wollte ich ...«

Der Museumsdirektor hob die Hand.

»Ist doch völlig klar. Sie wollen auch auf ›Nummer sicher‹ gehen. Möchten Sie jetzt vielleicht unsere außergewöhnliche Sammlung ...«

Plötzlich unterbrach Badoglio sich selbst.

»Halt! Mir fällt gerade ein – er hat mir etwas gegeben und mich gebeten, es für ihn aufzubewahren. Das habe ich dann im Safe eingeschlossen und – ehrlich gesagt – vergessen.«

Das zweite Manuskript! Roberto, es ist das zweite Manuskript des Professore Mazzetti, hörte Robert es in sich jubilieren.

»Sagen Sie, ist das etwa so eine schwarze Mappe zum Zuschnüren?«

Der Museumsdirektor schüttelte den Kopf.
»Nein, eine Mappe ist es nicht. Es ist eine Schriftrolle!«

*

Nachdem sie eine ausführliche Besichtigung unter der fachkundigen Führung von Umberto Badoglio hinter sich hatten, machten sich Robert und Carlo am frühen Nachmittag wieder auf den Heimweg. Badoglio hatte Robert die Schriftrolle überreicht, mit dem Geständnis, dass er einen Blick darauf geworfen hatte, lateinische Lyrik ihn aber nicht sonderlich interessierte.

Schweigend waren sie zum Parkhaus gegangen, damit beschäftigt, die Menge von Informationen zu verarbeiten.

Sie hatten gerade die Einfahrt von Volterra hinter sich gelassen, als Carlo sich ausgiebig räusperte.

»Weißt du, was ich jetzt überhaupt nicht mehr verstehe?«

Robert lächelte, denn er wusste, dass nach längerem Schweigen seines Freundes stets ein längerer Monolog drohte.

»Na, sag schon!«

»Da machst du dich auf den Weg um die halbe Erde, bringst dich in Gefahr, findest die drei Rollen und machst dich auf die Suche nach der vierten. Dann findest du einen seltsamen Griechen, der dir erzählt, dass seine Familie seit Jahrhunderten den Aufbewahrungsort dieser Rolle geheim hält. Und jetzt fahren wir rund siebzig Kilometer von deinem Heimatort nach Volterra, wo dir ein etwas angestaubter Museumsdirektor eben diese ach so geheimnisvolle Rolle überreicht, als sei sie ein verlorenes Taschentuch. Soll ich dir sagen, was ich davon halte. Ich denke, dass du…«

Robert hatte die rechte Hand vom Steuer genommen und hielt Carlo die ausgestreckte Handfläche entgegen.

»Halt, stopp, Carlo! Glaubst du nicht, dass ich darüber schon ausführlich nachgedacht habe? Ich glaube, die Sache ist relativ einfach.«

Carlo bekam einen roten Kopf.

»Ach ja, der italienische Sherlock Holmes hat mal wieder eine Erklärung parat!«

Robert musste grinsen.

»Es ist wirklich einfach. Mazzetti kam bei seinen Recherchen irgendwann auf den Bibliothekar. Dann ist er nach Alexandria gefahren, wo ihm Karakos von der vierten Rolle und von Aristoteles Pangalos erzählte, dessen Familie das Geheimnis angeblich hütete. Mazzetti muss ihn unmittelbar danach aufgesucht haben. Der Professore war ein Mann mit einem unheimlichen Gespür für Dinge, die andere noch nicht einmal ahnen. Und außerdem war er ein vermögender Mann. Er hat Pangalos sofort durchschaut und in ihm einen geldgierigen Menschen erkannt, der das Geheimnis längst zu Geld gemacht hätte – wenn er es denn durchschaut hätte. Und so wird Mazzetti ihm auf den Kopf zugesagt haben, er sei sicher, dass Pangalos die Rolle bei sich aufbewahre, und ihm einen ansehnlichen Betrag angeboten haben. Das hat funktioniert, und er ist sofort nach Italien zurückgekehrt. Allen anderen gegenüber ist Pangalos bei seiner Version von dem Familiengelübde geblieben.«

Für eine Minute herrschte Schweigen, dann schaute Carlo Robert von der Seite an.

»Das klingt plausibel. Aber wie bist du darauf gekommen?«

»Durch eine winzige Beobachtung. Als Pangalos uns sein Medaillon zeigte, fiel mir ein, dass ich ein solches Exemplar bei einem Trödler im Attarin-Viertel in Alexandria gesehen hatte, das seinem wie ein Ei dem anderen glich. Von dem Moment an wusste ich, dass er uns Märchen erzählte.«

Carlo schüttelte den Kopf.

»Aber warum mussten dann alle drei sterben?«

Robert machte eine längere Pause.

»Weil diejenigen, die sie beobachtet haben, die falschen Rückschlüsse zogen. Von Karakos dachten sie, er besäße das vollständige Rollenquartett. Er hatte aber nur drei. Mazzetti hatte nur eine und die noch nicht einmal in seinem Haus. Auf die Spur von Pangalos habe ich sie durch eine Unachtsamkeit gebracht. Und dort sind offenbar zwei konkurrierende Gruppen aufeinandergetroffen.«

»Aber wie wollte Mazzetti das Geheimnis lösen, wenn er die anderen Rollen nicht hatte?«

»Mazzetti war ein kluger Kopf, der sicher auch Latein konnte. Er wird sich den in Frage kommenden Text von Karakos' Rolle abgeschrieben haben. Ich bin sicher, wir finden ihn unter den Dokumenten, die dieser Anwalt in Florenz unter Verschluss hält.«

*

»Wie lange bleiben die Herren?«, lächelte der Portier des Hotels Albani Firenze an der Via Fiume die beiden amerikanischen Touristen an.

Bruce Parker zuckte mit den Schultern, während er das Anmeldeformular ausfüllte.

»Können wir jetzt noch nicht sagen. Drei, vier Tage bestimmt.«

Er drehte sich wieder zu Charles Dowell um.

»Haben Sie inzwischen rausgekriegt, wohin er gefahren ist?«

Dowell nickte und schaute auf sein Spezial-Smartphone mit extra großem Display.

»Ja, Volterra heißt das Kaff. Im Moment ist er offenbar auf der Rückfahrt.«

Parker grinste.

»Triumph der Technik. Früher musstest du dich auf die Lauer legen und stundenlang hinterherfahren. Hat er telefoniert, konnten Sie etwas abhören?«

Dowell schüttelte den Kopf.

»Nein, kein einziges Telefonat.«

»Okay, dann müssen wir das nächste Mal doch näher ran. Lass uns jetzt erstmal auf die Zimmer gehen.«

Sie nahmen ihre Reisetaschen und gingen in Richtung Fahrstuhl. Dass der Mann in der Lobby, der dort im Sessel saß und intensiv im »Corriere della Sera« las, am Gürtel ein Minirichtmikrofon und an der Armbanduhr eine winzige Kamera trug, bemerkten die beiden Agenten des DIA nicht.

※

»Mamma, darf ich dir Maria Furini vorstellen?«

Robert machte eine angedeutete Verbeugung vor seiner Mutter.

»Maria, das ist meine Mutter, Donatella Medici!«

Beide Frauen gaben sich lächelnd die Hand und schauten sich an, wie es nur Frauen können, wenn sie sich bei der ersten Begegnung von oben bis unten abscannen. Dieser Vorgang dauert in der Regel nur ein bis zwei Augenaufschläge.

Da Robert sich mit diesen Gepflogenheiten gut auskannte, stellte er zu seiner Erleichterung fest, dass offensichtlich keine der Damen an der anderen etwas auszusetzen fand.

Donatella trug ein weißes Versace-Kostüm, dazu die farblich passenden Schuhe. Schmuck und Make-up waren äußerst dezent angelegt, und auf dem Kopf war vom Figaro ihres Vertrauens in einer vierstündigen Sitzung jedes Haar an seinen vorgesehenen Platz gebracht worden.

Maria trug ein schlichtes, aber gut geschnittenes Etuikleid von Roberto Cavalli, das nicht gerade billig gewesen sein konnte. Sie hatte keinen Schmuck angelegt, aber ihre Größe und das klassische Profil mit dem hochgereckten Kinn gaben ihr etwas Aristokratisches.

Sie wandte sich Robert zu.

»Es war mir von vornherein klar, dass du eine wunderschöne Mutter haben musst, Roberto.«

Während sie dies sagte, drehte sie wieder langsam den Kopf Donatella zu. Donatella nahm den Ball auf und spielte ihn elegant zurück.

»Roberto, warum hast du mir diese entzückende junge Frau bisher vorenthalten? Was für ein unentschuldbares Versäumnis!«

Dabei streichelte sie Marias Hand. Robert lächelte, weil ihn dieses sich immer wiederholende Spiel belustigte.

»Wir kennen uns noch nicht so lange, Mamma. Aber ich habe schon viel über dich erzählt.«

Maria schaute ihn lächelnd an. »Schleimer«, war in ihrem Blick zu lesen.

»Kommt, Kinder«, zwitscherte Donatella, »ich muss euch ein paar Freunden von mir vorstellen.«

Viermal im Jahr gab Donatella Medici einen Empfang in ihrer weiträumigen Wohnung in ihrem Palazzo, der aus dem vierzehnten Jahrhundert stammte und direkt am Ufer des Arnos lag. Natürlich war der gesamte Clan der Medici anwesend, auch Tante Pippa und ihr Mann Pierferdinando, die beide aus gesundheitlichen Gründen die letzten zwei Jahre in einem verschwiegenen Sanatorium in der Schweiz verbracht hatten.

Donatella war wie immer glücklich, ihrer Entourage ihren attraktiven Sohn präsentieren zu können. Und nun auch noch in Begleitung einer nicht minder attraktiven Frau. Eigentlich machte sie das alles nur für Signora Frescobaldi, mit der sie seit Jahren im Wettstreit lag, wer die besseren Partys, die schöneren Kleider, die geschmackvollere Wohnung und den attraktiveren und erfolgreicheren Sohn hatte.

Unruhig wanderten ihre Augen hin und her, doch dann entdeckte sie, was sie suchte.

»Paola«, rief sie mit schriller Stimme, »wie schön, dass du kommen konntest!«

Mit schnellen Schritten eilte sie auf eine Frau zu, die ebenfalls so tat, als sei es die größte Überraschung ihres Lebens, auf dieser Party Donatella Medici zu treffen. Sie breitete die Arme aus.

Paola Frescobaldi war ein ähnlicher Typ wie Donatella, nur dass sie sich entschlossen hatte, ihre schwarzen Haare, die mehr und mehr von Silberfäden durchzogen wurden, in ein sattes Blond umzuwandeln.

»Donatella, meine Liebe, du siehst hinreißend aus.«

Beide Damen hauchten auf Höhe der Wangen Küsse in die Luft, ohne sich zu berühren.

»Paola, das kann ich nur zurückgeben. Du wirst immer jünger.«

Ein Paar war hinter den Komplimente versprühenden Damen stehen geblieben. Angelo Frescobaldi hätte Roberts Bruder sein können. Die gleiche Größe, die gleiche sportliche und schlanke Figur, die gleichen schwarzen Haare. Nur die zwei Zornesfalten über der Nasenwurzel, die tiefen Eingrabungen, die sich links und rechts der Nasenflügel bis zu den Mundwinkeln hinunterzogen, und die flackernden Augen machten aus ihm einen anderen Typ. Er wirkte wie jemand, der stets angespannt und misstrauisch zu sein schien, aber eine gegenteilige Ausstrahlung anstrebte. Die junge Frau, die neben ihm stand, machte einen verwirrten Eindruck.

Paola lachte.

»Donatella, Angelo, Roberto, wir kennen uns ja alle. Aber würden die jungen Herren bitte die jungen Damen vorstellen?«

»Gern«, lächelte Robert und zog Maria sanft an sich. »Das ist Maria Furini aus Florenz. Maria, das ist Signora Frescobaldi, ihr Sohn Angelo, und das ist...«

»Elena Karakos«, fiel ihm Angelo ins Wort. »Sie lebt in Alexandria. Wir haben uns schon vor vielen Jahren kennen gelernt, als Studenten an der Universität von Bologna. Jetzt haben wir uns durch Zufall wiedergetroffen.«

Robert gab Elena die Hand und lächelte.

»Zufälle gibt's!«

Wenn sich jetzt das berühmte Loch im Boden aufgetan hätte – für Elena hätte es in diesem Augenblick kein schöneres Ereignis geben können.

Donatella klatschte in die Hände.

»Liebe Freunde, danke, dass ihr alle gekommen seid. Man weiß ja nie, wie lange wir uns alle noch vollständig versammeln können. Aber daran wollen wir jetzt nicht denken. Heute seid ihr alle meine Gäste, und ich möchte, dass es euch gut geht. Darum sage ich: Das Büfett ist eröffnet!«

Da allen Gästen schon der Magen knurrte, weil sie im Hinblick auf das verschwenderische Büfett, das bei Donatella zu erwarten war, seit dem ohnehin kargen italienischen Frühstück nichts mehr gegessen hatten, bewegte sich der Pulk mit erstaunlicher Geschwindigkeit und unter heftigem Drängen auf die beladenen Tische zu.

Diesen Augenblick des Durcheinanders nutzte Elena, um in Roberts Nähe zu kommen.

»Ich denke, Sie heißen Darling. Wieso haben sie eine Mutter, die Medici heißt?«, zischte sie.

»Weil mein Vater Darling hieß und meine Mutter ihren Mädchennamen wieder angenommen hat«, zischte Robert zurück. »Tun Sie einfach so, als ob Sie mich nicht kennen.«

Er warf einen Seitenblick auf Maria, die aber gerade mit Angelo in ein Gespräch über die verschwenderische Fülle der italienischen Büfetts vertieft war.

»Ich rufe Sie morgen an. Ich weiß inzwischen etwas, was Sie interessieren wird«, flüsterte Robert wieder in Richtung Elena. Die warf ihm einen bösen Blick zu, um sich dann demonstrativ konzentriert den *Crostini marinari* zu widmen.

Eine Hand legte sich auf seine Schulter. Er drehte sich um und schaute Maria geradewegs in die Augen.

»Da drüben ist ein freier Stehtisch. Gehen wir dahin?«, sagte sie, ohne ihr partyroutinemäßiges Lächeln zu verlieren, und ging in die Richtung, bevor er antworten konnte.

»Hieß der Bibliothekar, den du in Alexandria aufsuchen wolltest, nicht auch Karakos?«

Robert nickte.

»Dann ist das also seine Tochter, von der du erzählt hast.«

Wieder nickte Robert.

»Und warum hast du so getan, als ob du sie nicht kennst?«

Robert dämpfte seine Stimme.

»Weil ich nicht will, dass jemand eine Verbindung zwischen uns herstellen kann.«

Für ein paar Sekunden schaute Maria ihn mit ernstem Gesicht an.

»Da hast du Recht. Aber was tut sie hier?«

Robert hatte Maria noch nicht von dem Notizbuch erzählt. Auch nicht von der vierten Rolle. Seltsamerweise hatte sie ihn auch nicht über Ergebnisse seiner Recherche in Volterra befragt.

»Sie hat in Bologna studiert. Vielleicht sucht sie nach alten Freunden.«

Maria wandte den Kopf ab und schaute zu Elena und Angelo hinüber, der gerade sein Glas erhob und der ägyptischen Griechin in die Augen sah.

Maria setzte ihr Dauerlächeln wieder auf.

»Einen hat sie zumindest gefunden. Ich hoffe, sie beschränkt sich auf die alten.«

13. KAPITEL

Robert hatte den großen Arbeitstisch in seinem Atelier leer geräumt, breitete die Schriftrolle aus und fixierte die Ecken mit vier schweren Eisenleuchtern. Dann stellte er die große Grafikatelierlampe dahinter und schaltete das Licht an. Er genoss diesen Augenblick, in dem er überhaupt noch nicht wusste, was auf ihn zukam und wie er eine Lösung finden konnte. Den Weg dorthin zu finden, das war die Aufgabe, die er liebte.

Die Papierbahn war ungefähr fünfzig Zentimeter lang und dreißig Zentimeter breit. Es war kein Pergament oder gar Papyrus, sondern bereits geschöpftes Papier. Wahrscheinlich war der Text aus Angst vor Zerfall oder Zerstörung immer wieder abgeschrieben worden. Offenbar war er vom Griechischen ins Lateinische übersetzt worden, was die Sache nicht einfacher machte.

Erst einmal betrachtete er die mit großer Sorgfalt und Kunstfertigkeit geschriebenen Buchstaben. Was für eine unglaubliche Art des Schreibens. Außer ein paar kaligraphischen Künstlern könnte heute so etwas niemand mehr. Er griff nach seinem lateinischen Wörterbuch, nahm einen großen Schreibblock und begann zu übersetzen.

Nach zwei Stunden, vielen beschriebenen Seiten und durchgestrichenen Zeilen war er fertig.

Zeile für Zeile las er den Text immer wieder.

*Wenn sich die Toten aus den Gräbern erheben
der Schein der Sonne die Erde verlässt
wenn die goldene Stadt in Trümmer fällt
und das Signal am dreizehnten Tag ertönt
aus der Tiefe des Ozeans Rauch aufsteigt
und die eisigen Spitzen auf den gewaltigen Bergen in
Flammen aufgehen*

*Dann wird die Zeit kommen da das Leben aller Seelen ruhet
Fürchte dich, Mensch, denn deine Zeit sie ist vorbei, erstarret sie zu einem Stein*

*Doch Hoffnung ist, denn du wirst abermals wiederkehren,
wie du schon tausendmal erschienen bist auf einer anderen
der Welten.*

Dadebilos

Der Name des Verfassers war ihm kein Begriff. Oder war das vielleicht ein Anagramm, und man kam durch Umstellung der Buchstaben zu einem anderen Begriff? Aber das war jetzt nicht so wichtig. Wenn das wirklich wieder ein Text des Origines von Alexandria war, dann war die Botschaft *in* diesem Text versteckt. Aber mit welcher Methode? Er las ihn noch einmal Zeile für Zeile. Gab es irgendeinen Hinweis, wie man die Teile der Sätze neu zusammensetzen konnte, wie es bei der dritten Rolle der Fall war? Chiffriermethoden des Altertums gingen ihm durch den Kopf, es waren etliche bekannt. Gerade die Führungspersönlichkeiten vergangener Zeiten legten Wert darauf, dass sie Botschaften verschicken konnten, die außer ihnen und den Adressaten niemand verstand.

Roberto, konzentriere dich!

Wahrscheinlich war das Signum des Verfassers doch der Schlüssel. Er ließ alle Möglichkeiten der Anagramme durch sein Gehirn ziehen. Einhundertsiebenundzwanzig Möglichkeiten gab es. Bei »SALDO DIEB« stutzte er. Auch bei »DAS BEO LID«. Einen Sinn konnte er darin jedoch nicht erkennen.

Vielleicht ist es doch ein echter Name, ein Künstlername der damaligen Zeit. Mal schauen.

Der Verfasser konnte nicht wagen, die Kontrolleure misstrauisch zu machen.

Der Schlüssel! Der Name könnte der Dechiffrierschlüssel sein.

Robert nahm ein weiteres Blatt Papier und schrieb die sechsundzwanzig Buchstaben des Alphabets in eine Reihe und nummerierte sie.

Dadebilos. Das »D« ist der vierte Buchstabe im Alphabet, also nehmen wir das vierte Wort im ersten Satz. Das ist »Toten«.

So fuhr er fort, und in gut zwanzig Minuten hatte er es geschafft. Nur ergab der Satz, den er mit dieser Methode herausgefiltert hatte, überhaupt keinen Sinn.

»*Toten der Stadt dreizehnten der in ruhet Welten*«?

Er lehnte sich zurück und seufzte.

Du musst methodisch völlig anders herangehen, Roberto.

Nun ist das menschliche Gehirn so konstruiert, dass es auch unbewusst weiterarbeitet, während sein Besitzer bereits über anderen Dingen brütet. So fällt einem ein Name, den man vergeblich gesucht hat, zu einem Zeitpunkt ein, an dem man mit etwas ganz anderem beschäftigt ist. Denn das Gehirn ist starrsinnig und hat in der Zwischenzeit weiter nach dem Namen geforscht. Ob sein Besitzer das will oder nicht.

So erging es auch Robert, als er über weitere Methoden des klassischen Altertums nachdachte.

»Das Alphabet!«, rief er plötzlich laut und schlug sich mit der flachen Hand auf die Stirn. »Du hast ein modernes Alphabet benutzt!«

Das machte natürlich keinen Sinn, denn zu der Zeit, als dieser Text geschrieben wurde, galt mit Sicherheit noch das archaische lateinische Alphabet, und das hatte nur einundzwanzig Buchstaben. Das änderte die Reihenfolge.

Er dachte nach. Im Lateinunterricht im schweizerischen Lugano hatte er es noch gelernt, es musste also noch in seinem Kopf vorhanden sein.

Er konzentrierte sich, nahm einen Zettel und schrieb:

A-B-C-D-E-F-Z-H-I-K-L-M-N-O-P-Q-R-S-T-V-K

Robert grinste. *Genau – das ist es. Also, beginnen wir noch einmal von vorn.*

Das »D« ist der vierte Buchstabe im Alphabet, also nehmen wir das vierte Wort im ersten Satz ...

Weitere zwanzig Minuten später war er fertig.

»Toten-der-Stadt-dreizehnten-der-in-ruhet-Stein-der« stand nun auf seinem Zettel.

Wieder stutzte er. Dann musste er abermals grinsen.

Roberto, du Anfänger. Du hast den Satz von oben nach unten zusammengesetzt, der Verfasser aber umgekehrt.

»Der Stein ruhet in der dreizehnten Stadt der Toten«, las er laut.

Wie war das zu verstehen? Eine etwas dürftige Information oder ein weiteres Rätsel? Oder keins von beiden? Zumindest war es ein Anhaltspunkt. Die Suche konnte beginnen. Wieder einmal kamen ihm Zweifel.

Warum tust du das alles, Roberto?

Und plötzlich hörte er Carlos Stimme.
Ich kenne dich. Es ist wie bei deinen Spielen. Du kannst es einfach nicht ertragen, dass es etwas gibt, von dem du nicht weißt, welchen Sinn es hat.

»Richtig«, sagte er laut zu sich selbst, »das ist der Beginn eines ziemlich spannenden Spiels. Und das will ich nicht versäumen!«

Er ahnte nicht, dass er mit dieser Entscheidung sein Leben als Einsatz ins Spiel brachte.

*

Er suchte den Zettel, auf dem er Elenas Handynummer notiert hatte, als er das Knirschen von Schritten auf dem Kiesweg hörte. Langsam ging er zum Fenster. Ein Mann kam den Weg herunter und ging direkt auf das Haus zu. Er trug Jeans und ein blaues Jackett, wirkte kräftig und hatte einen entschlossenen Gesichtsausdruck.

Einen Augenblick später schrillte die Türglocke. Robert öffnete. Der Mann grinste.

»Entschuldigen Sie die Störung, Mister Darling. Mein Name ist Bruce Parker von der DIA. Was das ist, muss ich Ihnen wohl nicht erklären. Wir sind ja sozusagen Kollegen.«

Robert entschloss sich zu einem neutralen Gesichtsausdruck und ging nicht weiter auf die Sätze ein.

»Was kann ich für Sie tun?«

Parker grinste wieder.

»Das kann ich Ihnen nicht an der Tür erklären. Darf ich für einen Augenblick hereinkommen?«

Robert runzelte die Stirn.

»Ich bin gerade im Aufbruch. Ich habe einen Termin in Florenz.«

Parker schüttelte den Kopf.

»Kein Termin kann so wichtig sein wie das, was ich Ihnen zu sagen habe. Also?«

Ich weiß genau, was du willst, dachte Robert und öffnete die Tür ein Stück weiter.

»Okay, dann kommen Sie. Aber fassen Sie sich bitte kurz.«

Sie gingen ein paar Schritte in die Eingangshalle, dann deutete Robert auf einen der Ledersessel.

»Nehmen Sie Platz.«

Parker setzte sich und betrachtete den großen Raum mit den dunklen alten Eichenbalken und dem rötlich-braunen Terrakotta-Fußboden.

»Nett haben Sie's hier.«

Robert war genervt.

»Kommen Sie bitte zur Sache.«

Parker streckte die Beine aus.

»Okay, ich glaube, ich muss nicht weiter erklären, worum es geht. Wir sind beide hinter der gleichen Sache her.«

Robert zuckte mit den Schultern.

»Nicht, dass ich wüsste. Ich entwickle Strategie-Spiele. Dazu braucht man gute Ideen. Und das ist die einzige Sache, hinter der ich her bin.«

Parker kniff die Augen zusammen. Seine Stimme wurde etwas lauter.

»Nun spielen Sie doch nicht den Unwissenden. Sie kennen unsere Organisation. Dann wissen Sie auch, dass wir einen exzellenten Nachrichtendienst haben, der uns über kleinste Details informiert. Ein Detail sind Sie. Wir wissen, dass Sie in Alexandria waren und dass Sie Kontakt zu Elena Karakos haben. Und wir wissen auch, dass Sie sich jetzt in Italien aufhält. Und zwar ganz in Ihrer Nähe.«

Robert blickte Parker starr in die Augen.

»Dann sagen Sie mir klipp und klar, was Sie von mir wollen.«

Parker lächelte.

»Sehen Sie, so gefällt mir das schon besser. Die DIA bietet Ihnen eine Zusammenarbeit an. Für einen ehemaligen Mitarbeiter der NSA dürfte das ja wohl kein unerhörtes Angebot sein.«

»Und worin soll diese Zusammenarbeit bestehen?«

»Das dürfte nicht so schwer zu erraten sein. Sie sagen uns, was Ihre Recherchen ergeben haben, und wir sagen Ihnen, was wir ermittelt haben. Diese Informationen werten wir dann zusammen aus und sind damit einen ganzen Schritt weiter.«

Ich weiß, was ihr habt, dachte Robert, *so gut wie nichts!*

»Warum sollte ich das tun?«

Jetzt wurde Parker ungeduldig.

»Warum? Weil das keine private, sondern eine nationale Angelegenheit ist. Ich appelliere an Ihr Gewissen als amerikanischer Staatsbürger.«

Robert versuchte, entspannt zu wirken, und lächelte.

»Im Moment bin ich Italiener.«

Robert spürte, dass Parker ziemlich gereizt war. Ohne dessen Entgegnung abzuwarten, fuhr er fort.

»Ich habe einen anderen Vorschlag. Ich sage Ihnen, was Sie wissen. Und das ist schnell erledigt, Sie wissen nämlich nichts. Sie bespitzeln nur Leute, von denen Sie annehmen, dass Sie etwas wissen. So ist es doch, oder?«

Parker stand auf.

»Ist das alles, was Sie dazu zu sagen haben?«

Robert stand ebenfalls auf und machte eine einladende Handbewegung in Richtung Tür.

»Allerdings. Jetzt müssen Sie mich leider entschuldigen, ich versäume sonst noch meinen Termin.«

Parker ging wortlos zur Tür. Kurz bevor er hinaustrat, drehte er sich noch einmal um.

»Ich hoffe, Sie werden das nicht bereuen. Freunde haben Sie sich heute mit Sicherheit nicht gemacht.«

Robert verzog keine Miene.

»Danke, kein Bedarf. Ich habe schon genug Freunde.«

*

Wieder einmal zeigte sich der Himmel über Florenz im Postkartenblau. Robert hatte den Wagen weit vom Zentrum entfernt geparkt und überquerte gerade die Piazza della Signoria. Auf den steinernen Bänken war schon am Vormittag kein Platz mehr zu finden. Gruppen von ausdauernd fotografierenden Touristen aus aller Herren Länder standen um ihre Fremdenführer herum, die in allen möglichen Sprachen die architektonischen Kunstschätze der Renaissance erklärten. Robert musste grinsen. *Die meisten werden die Schönheiten der Stadt erst entdecken, wenn sie sich zu Hause ihre Fotos ansehen.*

Er bog erst in die Via de' Lamberti, dann in die Via Calimala ein und stand schließlich auf der Piazza della Repubblica, wo er sich mit Elena im »Café Bellini« verabredet hatte. Es war ein unauffälliger Treffpunkt, und eine Bespitzelung war bei dem Geräuschpegel kaum möglich.

Sie trafen fast gleichzeitig ein. Elena machte einen abgehetzten Eindruck und lächelte nicht, als Robert ihr die Hand gab. Sie setzten sich schweigend und bestellten Espresso und Mineralwasser.

Robert bemerkte, dass Elena wieder die Kette mit dem

Anhänger trug, der aussah wie eine Blüte, deren Blütenblätter nach unten hingen.

»Das wollte ich Sie schon mehrfach fragen: Was ist das für ein interessanter Anhänger, den Sie da tragen?«

Elena schaute nach unten.

»Das ist das Blut der Isis. Mein Vater hat ihn mir geschenkt. Er wird schon im ägyptischen Totenbuch erwähnt und darf nur aus Karneol oder rotem Jaspis hergestellt werden. Im Grabschatz des Tutanchamun hat man mehrere dieser Anhänger gefunden. Man schreibt ihnen magische Kräfte zu.«

Robert rückte näher heran und betrachtete den Anhänger.

»Ja, ich habe auch schon gehört, dass diese Steinarten als Kraftsteine bezeichnet werden. In der Bibel wird der Jaspis sogar als der alleredelste Stein bezeichnet. Was ist das für eine winzige Spitze am unteren Teil?«

Elena lächelte.

»Man kann sich sehr damit in die Finger stechen, wenn man nicht aufpasst. Ist mir schon zweimal passiert. Was diese Spitze zu bedeuten hat, weiß ich nicht. Aber berichten Sie mir doch, was Sie inzwischen herausgefunden haben.«

Robert rückte wieder ein Stück ab.

»Erst einmal müssen wir zur Kenntnis nehmen, dass Ihr Onkel Aristoteles uns ein ziemliches Märchen erzählt hat. Weiterhin habe ich herausgefunden, dass Professore Mazzetti mit seinen Forschungen schon viel weiter war, als ich angenommen hatte.

Ich bin aufgrund der Notizen Ihres Vaters mit Carlo in Volterra gewesen, bei dem Direktor des Museo Etrusco Guarnacci. Ein gewisser Umberto Badoglio. Er kannte Mazzetti und erzählte von dem großen Interesse, das er an allem hatte, was die Etrusker betrifft. Ich vermute, dass Mazzetti auch die Gabe der Vorhersehung hatte, die den Etruskern zugeschrieben wurde und die den Römern offensichtlich Angst machte. Maria hat das auch schon verschiedentlich bestätigt.«

»Sie meinen, sie konnten in die Zukunft sehen?«

»Beweisen kann man das nicht. Außer dass ihre Seher der etruskischen Kultur eine Lebensdauer von tausend Jahren vorausgesagt haben. Und das ist tatsächlich eingetroffen. Andere Vorraussagen kennen wir nicht, weil wir die wenigen Schriften, die sie hinterlassen haben, kaum übersetzen können. Interessant ist nur, dass dem Professore ähnliche Fähigkeiten zugeschrieben wurden.«

Elena blickte ihn zweifelnd an.

»Sagt Ihre ... wie hieß sie doch gleich? Ach ja, Maria. In welchem Verhältnis stehen Sie eigentlich zu ihr?«

Robert lächelte.

»In keinem. Sie stand Mazzetti sehr nahe und hat mich gebeten, seine Recherchen zu Ende zu führen. Das habe ich Ihnen ja schon in Alexandria erzählt. Wo wir gerade dabei sind: In welchem Verhältnis stehen Sie eigentlich zu Angelo Frescobaldi?«

Elena errötete leicht.

»Das ist eigentlich meine Privatsache. Aber bitte schön! Ich habe Ihnen ja erzählt, dass ich in Bologna Romanistik studiert habe. Dort traf ich Angelo. Wir waren über Monate ein Paar. Ich wurde schwanger. In dieser Zeit hat er sich nicht so benommen, wie man ... ach, lassen wir das. Ich hatte jedenfalls eine Abtreibung und bin dann wieder zurück nach Ägypten. Aber das ist mehr als zehn Jahre her.«

»Oh, das tut mir leid. Entschuldigen Sie bitte meine indiskrete Frage. Und hier haben Sie ihn zufällig wiedergetroffen?«

Elena schüttelte den Kopf.

»Nein, er hat schon vor Wochen wieder Kontakt zu mir aufgenommen. Erst kam ein Brief, dann täglich E-Mails, in denen er sich immer wieder für sein damaliges Verhalten entschuldigte und mich einlud, nach Italien zu kommen. Als ich das Notizbuch meines Vaters fand und ich so oder so das Bedürfnis hatte, mich bei Ihnen zu entschuldigen, hatte ich mindestens drei Gründe, diese Reise zu machen.«

Robert nickte.

»Ich verstehe. Lassen Sie mich kurz erzählen, was ich weiter herausgefunden habe. Offensichtlich spielen bei unserer Suche zwei Kulturen die Hauptrolle: die ägyptische und die etruskische. Über die erste wissen wir mehr als über die zweite, und ich muss noch etliches recherchieren, bevor ich weiterkomme. Das Wichtigste: Ich habe die vierte...«

»Na, ihr Turteltäubchen, habe ich euch erwischt?«

Die laute Stimme beendete den Satz mit einem gekünstelten Gelächter. Robert drehte sich um. Hinter ihm stand Angelo Frescobaldi und legte ihm die Hand auf die Schulter. Elena schaute ihn erschrocken an.

»Da gehe ich ganz harmlos über die Piazza, und was sehe ich? Meinen Freund Roberto mit meiner Elena. Na wartet, habe ich gedacht. Aber andererseits – wenn ihr mich hintergehen wolltet, würdet ihr das ja nicht so öffentlich tun. Was dagegen, wenn ich mich dazusetze?«

Robert schüttelte den Kopf und machte eine einladende Handbewegung. Angelo setzte sich. Elena hatte sich wieder gefangen.

»Robert, Angelo hat sie unterbrochen. Was haben Sie gefunden?«

Eine Flut von Gedanken schoss durch Roberts Kopf. *Jetzt nur nicht zu viel sagen, Roberto!*

»Eine Spur. Ich habe eine Spur von der Rolle, die wir...

aber das erzähle ich ein anderes Mal. Das würde Angelo nur langweilen. Außerdem muss ich gleich aufbrechen, ich habe noch einen Termin.«

Angelo lachte.

»Ah, ihr seid wieder bei euren Altertumsforschungen. Ich habe mich allerdings schon in der Schule gefragt, was daran wohl so interessant ist, in der Vergangenheit vermoderter Kulturen herumzuwühlen.«

Robert schaute ihn streng an.

»In diesem Fall geht es darum, dass Elena ein berechtigtes Interesse daran hat, zu erfahren, warum ihr Vater sterben musste. Und da muss man schon mal ›in der Geschichte herumwühlen‹, wie du es nennst.«

Er schaute auf seine Armbanduhr.

»Nehmt es mir nicht übel, aber ich muss jetzt los. Elena, ich melde mich, sobald ich mehr weiß.«

*

Der Duft aus Honig, Olivenöl und geräuchertem Schinken, der aus der geöffneten Ladentür der Drogheria Pegna an der Via della Studio strömte, erinnerte Robert schmerzhaft daran, dass er heute kaum etwas Richtiges gegessen hatte. *Jetzt nur noch das Gespräch mit diesem Anwalt, und dann kümmerst du dich um dich selbst, Roberto.*

Er drückte auf den Klingelknopf neben dem Messingschild der Kanzlei Pancrazzi. Der elektrische Öffner surrte, und Robert drückte die Tür auf. Es war angenehm kühl in dem großen, überwiegend mit Marmor ausgekleideten Treppenhaus. Große Kristallspiegel und ein schwerer Lüster vervollständigten den Eindruck, dass man sich in einem Haus befand, dessen Bewohner nicht über ein zu geringes Einkommen klagen konnten.

Von oben war das Geräusch eines einrastenden Schlosses zu hören. Dann das Klacken von Absätzen, wie es nur hochhackige Pumps erzeugen können. Während er die Treppen emporstieg, schaute Robert nach oben und blieb verblüfft stehen.

»Maria, was tust du hier?«
Maria Furini schaute Robert nicht minder verblüfft an, zwang sich jedoch zu einem kühlen Lächeln.
»Hatte ich dir das nicht erzählt? Ich mache hin und wieder Übersetzungen aus dem Französischen für den Avvocato Pancrazzi. Willst du auch zu ihm?«
Robert nickte.
»Ja, ich brauche von ihm noch einige Informationen über den Nachlass des Professore, darum habe ich mir einen Termin geben lassen.«
Während er sprach, stieg Maria die letzten Stufen herab.
»Roberto, wir haben so lange nicht mehr ausführlich miteinander gesprochen. Lass uns doch etwas essen gehen, wenn du Zeit hast!«
Robert verzog das Gesicht zu einem schmerzhaften Lächeln.
»Erinnere mich bloß nicht an Essen, das hatte ich schon lange nicht mehr. Aber das ist eine gute Idee. Sowie ich das Gespräch hinter mir habe, rufe ich dich an.«

*

Der Anwalt Pancrazzi saß mit gefalteten Händen hinter seinem leeren Schreibtisch und schüttelte den Kopf.
»Nein, Signore Darling, nochmals nein!«

Robert saß aufrecht auf dem Besucherstuhl.

»Aber Signore Avvocato, das kann doch nur in Ihrem Sinne sein. Ich will herausfinden, warum Professore Mazzetti sterben musste. Und das kann ich nur, wenn ich seinen Nachlass studieren darf.«

Der Anwalt schüttelte abermals den Kopf.

»An diese Papiere kommt kein Mensch mehr heran. Zwei Tote sind genug. Offenbar steht auch der Tod Tardis in diesem Zusammenhang.«

»Woraus schließen Sie das?«

»Kurz nachdem Tardis gewaltsamer Tod bekannt wurde, bekam ich einen seltsamen Anruf. Jemand wollte den Nachlass Mazzettis kaufen. Zuerst war er höflich, dann hat er gedroht. Ich habe daraufhin die Papiere an einen sicheren Ort bringen lassen.«

Robert horchte auf.

»Sprach der Anrufer Englisch?«

Pancrazzi schaute Robert mit seinem durchbohrenden Blick an.

»Nein, er sprach Italienisch. Allerdings mit einem starken Akzent, vermutlich arabisch.«

*

»Dass dein neues Spiel ›Chaos‹ heißt, passt gut zu deinem Leben momentan«, lachte Carlo und nahm einen gedrechselten Prototyp aus der Spannvorrichtung der Drehbank. »Gefällt sie dir?«

Robert nahm die Spielfigur und hielt sie ins Licht, das durch das kleine Fenster in die Werkstatt fiel.

»Ja, das gefällt mir sehr gut. Wenn sie dann noch schwarz lackiert wird, ist sie perfekt!«

Carlo schaute Robert prüfend an.

»Aber so richtig bei der Sache bist du nicht. Was beschäftigt dich denn gerade?«

»Ach, ich ärgere mich darüber, dass dieser Anwalt Pancrazzi den Nachlass von Mazzetti unter Verschluss hält. Wenn ich Zugriff darauf hätte, wären wir sicher ein ganzes Stück weiter.«

Carlo stutzte.

»Pancrazzi? Sagtest du Pancrazzi?«

Robert nickte.

»Ja, kennst du ihn?«

Carlo grinste.

»Wenn das der Pancrazzi ist, den ich meine, dann kann ich mir denken, wo die Kisten mit den Papieren jetzt sind.«

»Wieso kannst du dir das denken?«

Carlo tippte an seine Stirn.

»Du kennst doch Caruso, meinen Nachbarn. Eigentlich heißt er ja Giacomo, aber alle nennen ihn Caruso, weil er so schön singen kann. Also, Caruso hat doch eine kleine Spedition, und der hat mir erzählt, dass er vorgestern sechs Kisten von diesem Anwalt abgeholt hat.«

Robert stand auf.

»Nun spann mich nicht auf die Folter! Wohin hat er sie gebracht?«

Carlo strich über seinen Schnauzbart.

»Siehst du, amico mio, da bin ich auch hellhörig geworden. Er hat sie nach Volterra gebracht. Ins Museo Etrusco.«

14. KAPITEL

Robert hatte lange überlegt, wie er vorgehen sollte. Seltsam war das schon. *Erst lässt Pancrazzi alle Unterlagen des Professore aus dem Museum abholen, dann lässt er den gesamten Nachlass wieder dort hinschaffen.*

Du musst noch einmal mit diesem Badoglio sprechen, Roberto, dir unter irgendeinem Vorwand Zutritt zu den Papieren verschaffen. Die vierte Rolle! Richtig. Du bringst sie zurück, damit alles wieder hübsch beisammen ist.

Er beschloss, niemandem von seinem Vorhaben etwas zu sagen, und da es noch früher Vormittag war, nahm er die Rolle, setzte sich in den Range Rover und machte sich auf den Weg nach Volterra.

Er verließ die Schnellstraße bei Poggibonsi und fuhr auf die kurvenreiche Landstraße in Richtung Volterra.

Schon von Weitem konnte er sehen, dass gut zweihundert Meter vor ihm ein Unfall geschehen war. Ein Moped lag neben der Straße und ein offensichtlich bewegungsunfähiger junger Mann daneben. Robert drosselte das Tempo und hielt neben dem am Boden Liegenden an.

Er ließ die Scheibe herunter.

»Hallo, kann ich Ihnen helfen?«

Der Angesprochene rührte sich nicht. Robert zog die Handbremse an und stieg aus. Er beugte sich über den Mann, der etwas verdreht auf dem Bauch lag, und berührte ihn an der Schulter.

»Sind Sie verletzt? Können Sie mich hören?«

In diesem Augenblick drehte sich der Mann um und grinste Robert an.

»Ja, ich höre Sie, aber ich glaube, heute ist nicht Ihr Glückstag!«

Und ehe Robert etwas erwidern konnte, spürte er einen heftigen Schlag auf dem Kopf. Es wurde schwarz vor seinen Augen, und er hatte das Gefühl, als stürze er einen Abhang hinunter.

*

Elenas Stimme klang besorgt.

»Signore Sebaldo? Erinnern Sie sich an mich? Wir haben uns bei Robert Darling kennen gelernt.«

Carlo hielt den Hörer an das andere Ohr.

»Ja, ich erinnere mich. Sie sind die Griechin, stimmt's? Was kann ich für Sie tun, Signora?«

»Ich mache mir Sorgen um Robert. Wir waren gestern verabredet, er ist nicht gekommen, ohne abzusagen. Das hat er noch nie gemacht. Bei seinem Handy geht nur die Mailbox dran. Ich habe schon seine Haushälterin angerufen. Sie weiß auch nichts, findet es aber auch ungewöhnlich, dass er ihr nichts gesagt hat. Das tut er wohl sonst immer. Ich befürchte, dass er einen Unfall hatte!«

Carlo schüttelte den Kopf, wobei ihm aber erst im nächsten Augenblick klar war, dass Elena das nicht sehen konnte.

»Nein, das glaube ich nicht. Dann hätte die Carabinieri bei ihm zuhause angerufen. Hören Sie, Roberto ist ein erwachsener Mann. Er ist niemandem Rechenschaft schuldig, wenn er mal eine Nacht fortbleibt.«

»Sie meinen, er ist bei dieser ... bei dieser Maria? Haben Sie ihre Telefonnummer?«

»Nein, aber auch wenn ich sie hätte, würde ich sie nicht anrufen. Ich bin doch nicht sein Kindermädchen!«

Elena hob ihre Stimme etwas an.

»Signore, Robert hat sich in den letzten Wochen mehrfach in gefährliche Situationen gebracht. Und zwar für mich. Ich mache mir wirklich große Sorgen.«

Carlo wurde nachdenklich.

»Vielleicht haben Sie Recht, es ist wirklich nicht Robertos Art, einfach nichts von sich hören zu lassen. Eigentlich ist er der zuverlässigste Mensch, den ich kenne. Es könnte natürlich sein, dass er nach ... aber da würde er doch nicht über Nacht bleiben.«

Elena wurde ungeduldig.

»Wohin? Was meinen Sie?«

»Nach Volterra. Er wird nach Volterra gefahren sein. Ich werde die Strecke abfahren.«

Elenas Stimme klang gefasst.

»Ich komme mit. Vier Augen sehen mehr als zwei, Signore Sebaldo.«

»Bene! Ich hole Sie in einer halben Stunde ab. Und hören Sie auf mit dem *Signore Sebaldo*. Sagen Sie einfach Carlo!«

*

Die Luft war kalt und muffig. Ein schmaler Lichtstreifen fiel durch einen Türspalt auf den Fußboden. Roberts Kopf schmerzte so heftig, als würde er gleich explodieren. Gleichzeitig hatte er das Gefühl, betrunken zu sein. Erst jetzt merkte er, dass er auf einem harten Boden lag und sein rechter Arm gefühllos war. Er versuchte, sich aufzurichten, und zog das rechte Bein an. Ein Ruck riss ihn zurück. Er spürte das kalte

Metall einer Fußmanschette, an der mit einem Vorhängeschloss eine Kette befestigt war.

Langsam kam die Erinnerung wieder. Er war niedergeschlagen worden. Dunkel erinnerte er sich, dass er in seinem eigenen Auto auf der Rückbank wieder zu sich kam. Mit ihm waren drei weitere Männer im Auto. Dann hatte er einen Stich im Oberschenkel gespürt und war wieder ohnmächtig geworden.

Robert versuchte, sich in eine Lage zu bringen, die keine Schmerzen verursachte. Was waren das für Männer, was wollten sie? Er tastete sein Gesicht ab. Das rechte Auge war zugeschwollen, unter der Nase spürte er verkrustetes Blut. Plötzlich hörte er Stimmen hinter der Tür. Ein Schlüssel drehte sich im Schloss, dann flammten zwei Scheinwerfer auf, die so grell waren, dass er dachte, sein Augenlicht zu verlieren. Vier kräftige Hände packten ihn und setzten ihn auf einen Stuhl. Erst jetzt wurde ihm klar, dass man ihm außer der Hose, die durch das Wasser auf dem Boden völlig durchnässt war, alle Kleidungsstücke abgenommen hatte. Die beiden Männer, die ihn hochgehoben hatten, fixierten seine Beine und Arme mit Ledergurten.

»Verstehen Sie etwas von Hundeerziehung, Mister Darling?«, sagte eine Stimme hinter den Scheinwerfern auf Englisch mit einem arabischen Akzent. Der Mann sprach langsam. Robert konnte ihn nicht sehen, hatte aber den Eindruck, dass er beim Sprechen verächtlich grinste.

Er wollte etwas sagen, merkte aber erst jetzt, dass sein Mund so ausgetrocknet war, dass er nur noch ein Krächzen hervorbrachte.

»Dann wissen Sie sicher, was ein ›Teletakt‹ ist. Wenn der Hund nicht das tut, was der Herr will, dann bekommt er über Funk einen leichten Stromstoß durch sein Halsband. Sehen

Sie, unsere versierten technischen Mitarbeiter haben so etwas für Menschen entwickelt, die nicht so wollen wie wir. Da wir aber ein Halsband entwürdigend finden, haben wir vier davon an Beinen und Armen angebracht. Durch diese Bänder laufen Kupferdrähte, und ich kann von hier aus per Fernbedienung die Stromstärke stufenlos einstellen. Bei jeder Antwort, die mir nicht gefällt, kann ich Ihnen meinen Unmut per Knopfdruck mitteilen. Die stärkste Stromeinstellung beendet übrigens Ihre Möglichkeit, eine Antwort zu geben, für immer. Ist das nicht eine geniale technische Entwicklung? Sie werden sich genau überlegen, was Sie sagen, und wir machen uns an Ihnen nicht die Hände schmutzig.«

»Kann ich bitte ein Glas Wasser haben?«, krächzte Robert.

»Oh, wie unhöflich von mir«, sagte die Stimme mit gespieltem Entsetzen, »gebt dem Herrn sofort etwas zu trinken!«

Ein kräftiger Mann, der einen schwarzen Vollbart und eine Sonnenbrille trug, setzte Robert eine Plastikflasche an den Mund und goss ihm das Wasser so heftig hinein, dass er sich verschluckte und von einem Hustenkrampf geschüttelt wurde.

Überleg dir genau, was du sagst, Roberto. Das sind Profis, und zwar eiskalte.

»Also, Mister Darling«, sagte die Stimme, »ich muss wohl nicht weiter erklären, was ich von Ihnen wissen will. Erste Frage: Glauben Sie überhaupt, dass es so etwas gibt?«

Robert hatte immer noch Schwierigkeiten beim Atmen.

»Ein amerikanischer Geheimdienst ist hinter der Sache her. Die würden sich nicht die Mühe machen, wenn sie nicht etwas Konkretes in der Hand hätten.«

Die Stimme gab ein gehässiges Lachen von sich.

»Eine schlaue, aber unbefriedigende Antwort. Ihr so genannter Geheimdienst hatte nämlich dieselbe Quelle wie wir.

Und die ist inzwischen mausetot. Ich will wissen, was Sie glauben. Und überlegen Sie sich die Antwort gut.«

Robert schüttelte den Kopf.

»Ich glaube nicht, dass es so etwas gibt.«

Ein heftiger Stromstoß schüttelte seinen Körper. Robert bäumte sich auf und stieß einen Schrei aus.

»Verkaufen Sie mich nicht für dumm«, sagte die Stimme, die jetzt an Schärfe zugenommen hatte. »Wir wissen alles über Sie. Ein Mann wie Sie recherchiert nicht wochenlang unter schwierigsten Umständen, wenn er nicht an das Ziel seiner Suche glaubt. Also noch einmal ...«

*

»Im Grunde genommen ist das, was wir hier machen, so Erfolg versprechend wie das Suchen nach der berühmten Stecknadel«, knurrte Carlo, als er seinen alten Fiat auf die kurvenreiche Landstraße lenkte.

»Sie haben ... äh, du hast Recht«, sagte Elena nachdenklich zu Carlo, der beschlossen hatte, bei einer so heiklen Mission für einen gemeinsamen Freund das »Sie« aufzugeben.

»Wir brauchen Hilfe von Profis.«

»Die Polizei?«, fragte Carlo argwöhnisch. »Ich glaube nicht, dass Roberto das recht wäre. Aber professionelle Hilfe wäre nicht schlecht.«

»Das ist es!« Elena stieß einen kleinen Schrei aus, sodass Carlo verdutzt auf die Bremse trat.

Elena wühlte hektisch in ihrer Leinentasche.

»Warum schreist du, und was suchst du da?«, grollte Carlo gereizt.

Elena hielt triumphierend eine Visitenkarte in die Höhe.

»Das ist der Typ vom amerikanischen Geheimdienst. Siehst

du, Charles Dowell, DIA. Überall auf der Welt über diese Nummer zu erreichen. Der hat einiges bei mir gutzumachen.«

»Und warum sollte er dir helfen?«

»Weil die an Robert fast ebenso stark interessiert sind wie wir. Nur in einer anderen Beziehung.«

Sie starrte auf ihr Handy.

»Halt an, Carlo, wir haben hier gerade ein ziemlich stabiles Netz!« Carlo fuhr den Wagen an den Straßenrand. Elena zog ihr Handy aus der Tasche und wollte gerade die Nummer von Dowells Satellitenhandy eintippen, als Carlo etwas im Gras aufblitzen sah.

»Moment mal, das ist doch ...«

Er stieg aus und bückte sich.

»Was hast du da?«, fragte Elena.

Carlo war kreidebleich geworden.

»Das ist Robertos Taschenmesser. Sein silbernes Messer, das er immer bei sich trägt. Hier stehen seine Initialen ›RD‹. Es muss ihm aus der Tasche gefallen sein.« Er überlegte.

»Aber einem aufrecht stehenden Mann kann nichts aus der Tasche fallen. Das bedeutet, sie haben gekämpft. Madonna. Man hat ihn entführt.«

Elena schaute Carlo sekundenlang an, dann tippte sie die Nummer ein. Schon nach dem dritten Rufzeichen war die Verbindung zu Dowell hergestellt.

»Hier ist Elena Karakos. Sie haben in Alexandria gesagt, wenn ich Ihre Hilfe brauche, soll ich Sie sofort anrufen. Mister Dowell, ich brauche Ihre Hilfe. Und zwar ganz dringend.

Wo ich bin? Hier zwischen Florenz und Volterra und ... wie bitte? Sie sind auch in Florenz? Also, passen Sie auf. Robert Darling ist offenbar entführt worden. Lassen Sie mich bitte ausreden ...«

Während sie auf Dowell einredete, entfernte sie sich immer weiter von Carlo, aber er konnte sie ohnehin nicht verstehen, weil sie Englisch sprach.

Allerdings konnte er an ihrer Gestikulation erkennen, dass sie schwere Überzeugungsarbeit leistete. Dann kam sie mit schnellen Schritten zurück.

»Er will wissen, was für ein Auto Robert fährt.«

Carlo umfasste sein Kinn.

»Einen dunkelblauen Range Rover Sport. Nagelneu. Davon gibt es nicht viele in dieser Gegend. Ich glaube, er hat sogar ein Ortungssystem. Wie man es anstellt, ihn damit zu finden, weiß ich nicht. Aber ich weiß, wo Roberto den Wagen gekauft hat. Den Mann kenne ich gut, er wird uns weiterhelfen.«

*

Der Stromstoß war so stark, dass Robert sich aufbäumte, nur noch einen erstickten Schrei von sich geben konnte und das Gefühl hatte, ohnmächtig zu werden. Die Stimme hinter den Scheinwerfern klang verärgert.

»So kommen wir nicht weiter, Mister Darling. Sie reden um den heißen Brei herum. Sie wissen sehr viel mehr, als Sie hier zugeben. Aber wenn Sie tatsächlich nichts wissen, dann nutzen Sie uns nichts, und ich werde der erste Mensch sein, der den Tod eines anderen Menschen korrekt voraussagen kann. Nämlich Ihren. Also noch einmal: Handelt es sich um eine mathematische Formel, eine Maschine, oder worum genau geht es hier?«

Roberts Atem ging stoßweise.

»Und ich sage Ihnen, dass ich es noch nicht weiß. Ich betone, *noch nicht*. Ich weiß nur, dass es mit den Fähigkeiten der alten Ägypter und der Etrusker zusammenhängen muss. Auf diesem Gebiet wollte ich weiterrecherchieren. Wenn Sie mich lassen würden ...«

Für ein paar Sekunden war Stille im Raum.

Der Tonfall der Stimme hatte sich gesenkt.

»Nun gut, Mister Darling, mal angenommen, ich nehme Ihnen das ab. Was folgt daraus? Sie werden ab sofort mit uns zusammenarbeiten und müssen auch bei uns bleiben. Wir weichen Ihnen nicht mehr von der Seite. Ich überdenke das alles noch einmal, Sie hören morgen von mir.«

Mit dem letzten Satz kam der Bärtige mit der Sonnenbrille wieder auf Robert zu und schnallte die Lederbänder von Armen und Beinen ab. Im selben Augenblick gingen auch die Scheinwerfer wieder aus.

»Moment mal«, rief Robert. »Sie können mich doch nicht so angekettet hier liegen lassen.«

»Wir können noch ganz andere Dinge, Mister Darling, aber Sie dürfen auf dem Stuhl sitzen bleiben. Das ist doch wirklich sehr komfortabel«, sagte die Stimme und verfiel wieder in ein gehässiges Lachen. Dann krachte die Tür ins Schloss.

*

Robert fror. Obwohl draußen Hochsommer war, brachten ihn die Angst, die Anspannung und die Feuchtigkeit zum Zittern. Er merkte, wie etwas Lebendiges über seinen angeketteten Fuß kroch. Es fühlte sich an wie eine Ratte. Dann eine zweite. Er musste sich schütteln. Wo war er überhaupt? War das ein Keller oder ein normales Zimmer? Die Feuchtigkeit sprach eigentlich mehr für einen Keller. Zeit- und Ortsgefühl waren ihm abhandengekommen. Wie viele Männer waren das? Es mussten drei sein. Würden sie überhaupt wiederkommen? Vielleicht ließen sie ihn hier zurück. Er würde verhungern, verdursten und von den Ratten gefressen werden. Er tastete die Wand ab, um zu ergründen, wo seine Fußkette befestigt worden war. Er konnte eine große Ringschraube spüren, die in der feuchten Wand steckte. Wenn die Wände wirklich so durchfeuchtet waren, wie sie rochen, dann könnte man die Schraube vielleicht etwas lockern. Er griff in die Hosentasche und tastete nach seinem silbernen Messer. Es war nicht mehr da.

Er rückte den Stuhl so nah wie möglich an die Wand, umfasste die Schraube mit aller Kraft, die er noch besaß, und begann, an ihr zu rütteln. Feuchter Putz rieselte auf seine nackten Füße.

Nach einer gefühlten Stunde hatte er seine letzten Kraftreserven verbraucht. Zwar hatte Robert die Schraube in der Wand schon etwas gelockert, aber an ein Herausziehen war nicht zu denken. Außerdem war die Haut an seinen Händen gerissen, und durch das viele Blut hatte er keinen festen Griff mehr. Er hatte Durst, tastete nach der Wasserflasche, die der Bärtige irgendwo hingeworfen hatte, fand sie aber nicht. Dann überwältigte ihn die Müdigkeit, und sein Kinn sackte auf seine Brust.

*

Der Knall war so laut, dass er vor Schreck den Halt verlor und vom Stuhl auf den Boden fiel. Der Türspalt machte für eine Zehntelsekunde ein gleißend helles Licht sichtbar, er hörte Stimmen durcheinanderschreien, dann fielen Schüsse. Einzelne aus Handfeuerwaffen, dazwischen erklang das Gebell einer Maschinenpistole.

Plötzlich glaubte er, eine Halluzination zu haben. Jemand rief seinen Namen. Erst von fern, dann kam die Stimme näher.

»Roberto, wo bist du? Roberto, antworte!« Dabei schlugen Fäuste gegen Türen.

Robert schossen die Tränen in die Augen, als er Carlos Stimme erkannte. Er nahm alle Kraft zusammen und brüllte, so laut er konnte.

»Hier bin ich! Hier! Hört ihr mich?«

Er hörte, wie Carlo gegen die Tür hämmerte.

»Roberto, ich hole dich hier raus! Ich muss das verdammte Schloss aufkriegen!«

Er vernahm leises Stimmengewirr, dann Carlos laute Stimme.

»Roberto, geh von der Tür weg!«

Eine Maschinenpistole bellte auf, Holz splitterte, und man hörte ein paar jaulende Querschläger der Geschosse, die Metall getroffen hatten. Dann flog die Tür auf.

Die Helligkeit, die aus dem Gang in den dunklen Raum floss, ließ Robert nichts erkennen.

Carlo stürmte in den Raum, packte Robert an den Armen und vergoss Tränen der Freude.

»Roberto, amico mio, diese Schweine...«

Robert wollte etwas sagen, brachte aber nur ein Krächzen heraus.

Nach Carlo erschien Bruce Parker mit einer Mini-Uzi im Anschlag. Er hatte einen Lichtschalter entdeckt, und Sekunden später war es hell im Raum.

Parker trat auf Robert zu.

»Ich brauche mich wohl nicht mehr vorzustellen.«

Robert wankte und schüttelte den Kopf. Carlo hatte Roberts Arm um seine Schulter gelegt.

»Komm, ich bringe dich hier raus.«

Robert schüttelte den Kopf und deutete auf die Fußkette.

Carlo machte ein wütendes Gesicht.

»Dachte ich es mir! Aber darauf bin ich vorbereitet.«

Er griff in die Seitentasche seiner Jacke, zog ein ledernes Etui hervor, ging in die Knie, und Sekunden später war Robert von seiner eisernen Fessel befreit.

In der Tür stand Dowell mit einer Smith & Wesson Magnum in der Hand und spähte in den Gang. Er runzelte die Stirn.

»Ich habe doch gesagt, Sie sollen sich verstecken.«

Elena kam mit hochgezogenen Schultern näher.

»Das war nicht zum Aushalten! Dieser Knall und dieses Licht!«

»Blendgranaten sind nun mal so«, sagte Dowell lakonisch.

Aber Elena hörte nicht mehr zu. Sie starrte nur noch auf Robert, der sich auf Carlo gestützt aus dem Raum bewegte.

»Mein Gott, Robert, was haben die mit Ihnen gemacht! Wir müssen sofort damit aufhören! Keine Suche mehr. Ich will nichts mehr davon wissen.«

15. KAPITEL

»Sie brauchen jetzt Ruhe, Ruhe, Ruhe«, hatte Doktor Feltrinelli nach einer gründlichen Untersuchung gesagt. Außer einer leichten Gehirnerschütterung, einigen Prellungen und den Verletzungen an den Handinnenflächen waren keine Schäden zu erkennen gewesen. An den Armen und Beinen war die Haut durch die Stromschläge angesengt worden, aber auch das würde verschwinden, beruhigte ihn der Doktor. Schwierig war es nur, Feltrinelli davon zu überzeugen, dass es nicht in Roberts Sinn war, die Polizei einzuschalten.

Er erholte sich schneller als angenommen. Bereits am übernächsten Nachmittag hatte Robert es sich auf der Liege unter dem Walnussbaum bequem gemacht, Carlo und Elena saßen in Korbsesseln an seinem Fußende.

»Und als ich dein Messer gefunden hatte, war mir alles klar«, erzählte Carlo. »Ich weiß, wie sehr du an ihm hängst.«

Robert nickte.

»Das stimmt. Mein Vater hat es mir zu meinem zehnten Geburtstag geschenkt.«

Carlo fuhr fort.

»Dann hat Elena diesen Dowell angerufen, und die haben in unglaublicher Schnelligkeit per Satellit herausgefunden, wo dein Auto steht, eben in diesem halb verfallenen Rustico in der Nähe von dem Dorf Racciano. Die beiden Amis waren sehr schnell da. Deine Entführer müssen sich sehr sicher gefühlt haben, die hatten nicht mal eine Wache aufgestellt. Der kleinere von den beiden Amis hat noch gesagt, dass er früher einmal bei einer Spezialeinheit war, und dann ging alles blitzschnell. Deine Entführer saßen alle in der Küche, und der lange Kerl hat eine Blendgranate da reingeworfen. Da war der andere schon im Flur und hat geschossen, was das Zeug hielt. Madonna! Zwei waren gleich tot, der dritte ist geflohen, hat aber ziemlich was abgekriegt. Den Rest kennst du ja.«

Robert schüttelte den Kopf.

»Meine Güte! Hat Parker noch irgendwas gesagt?«

Elena nickte.

»Er hat gesagt, Sie sollten sich erst einmal erholen, dann meldet er sich wieder. Im Moment müssen die beiden sich sowieso etwas bedeckt halten. Es ist ihnen schon klar, dass diese Aktion absolut illegal war.«

Robert räusperte sich.

»Liebe Freunde, ihr habt mir das Leben gerettet. Wenn ihr euch nicht auf die Suche gemacht hättet, würde ich jetzt nicht unter diesem Baum, sondern unter der Erde liegen. Ich weiß nicht, wie ich euch danken soll!«

Carlo schloss die Augen.

»Nicht doch, amico mio, ich weiß, du hättest für mich das Gleiche getan. Wieso hättest? Du hast es ja schon einmal getan.«

Elena machte ein angestrengtes Gesicht.

»Eigentlich haben Sie es für meinen Vater getan, Robert. Da war es doch selbstverständlich, dass ich Ihnen helfe.«

Robert lächelte.

»Um genau zu sein, hat die kurze Begegnung mit Professore Mazzetti den Stein ins Rollen gebracht. Und wenn Maria mich nicht...«

Elena fiel ihm ins Wort.

»Richtig. Sie war es doch, die Sie in die Sache hereingezogen hat. Wo steckt sie eigentlich?«

Robert zuckte mit den Schultern.

»Wahrscheinlich immer noch in Mailand. Sie übersetzt dort auf einem Kongress.«

Elena machte ein schnippisches Gesicht.

»Ich hoffe, Sie werden ihr minutiös erzählen, wie Sie ihretwegen fast ums Leben gekommen wären.«

Robert nickte.

»Ja, das werde ich. Dann wird sogar sie einsehen, dass die Sache zu gefährlich ist. Wie heißt noch dieses deutsche Sprichwort? Wer nicht hören will, muss fühlen. Ich werde die Sache nicht weiterverfolgen.«

Als er dies sagte, ahnte Robert noch nicht, dass sich das Rätsel auf den Weg machte, ihn zu verfolgen.

*

In Marias Schlafzimmer war es angenehm kühl. Trotzdem schoss ihr die Hitze in den Kopf.

»Roberto, das ist ja schrecklich!«

Sie setzte sich aufrecht hin und hob abwehrend die Hände.

»Und du meinst wirklich, das waren Terroristen?«

Robert nickte.

»Davon sind zumindest die beiden Herren von der DIA überzeugt. Das hatte aber auch noch den Nebeneffekt, dass sie sehen konnten, in welche Gefahr ich mich begeben habe, und meinen Entschluss, nicht weiterzurecherchieren, durchaus begreifen konnten. Ich nehme an, sie sind irgendwo abgetaucht.«

Maria legte sich wieder neben ihn, drehte sich auf die Seite und blickte Robert erstaunt an.

»Und mit diesem Ergebnis haben sie sich zufrieden gegeben?«

Robert lächelte.

»Ich habe ihnen aus Dankbarkeit alles erzählt, was ich in

dieser Sache zusammengetragen habe. Nur eins habe ich ausgelassen.«

»Und das wäre?«

»Ich habe ihnen nicht erzählt, dass ich den Code der vierten Rolle geknackt habe.«

Maria riss die Augen auf.

»Roberto! Das hast du ja noch nicht mal mir erzählt! Nicht einmal, dass sie in deinem Besitz ist. Das finde ich nicht fair von dir. Schließlich bin ich doch die Erste, die das erfahren sollte. Weiß deine kleine Griechin etwa davon?«

Robert schaute sie ernst an.

»Erstens ist das nicht *meine* kleine Griechin, und zweitens hätte sie durchaus das Recht, es zu erfahren. Immerhin ist ihr Vater wegen dieser Sache ums Leben gekommen. Aber beruhige dich. Außer mir weiß niemand davon.«

Maria wurde ungeduldig.

»Nun sag schon, was du herausbekommen hast!«

Ein paar Sekunden starrte Robert an die Decke.

»Der Stein ruhet in der dreizehnten Stadt der Toten.«

Maria schaute ihn fragend an.

»Wie bitte?«

»Ich sollte dir doch den Satz sagen, der in dem Text versteckt war. Das ist er.«

»Aber ich verstehe nicht. Was für ein Stein? Was für eine dreizehnte Stadt?«

Robert lächelte.

»Das ist doch ganz einfach. Wir müssen nur diese dreizehnte Stadt finden und den Stein, der da offenbar versteckt ist, und dann kann ich dir präzise sagen, wann ich sterben werde.«

Maria zog die Mundwinkel nach unten.

»Du willst mich auf den Arm nehmen.«

Robert legte seine Stirn in Falten.

»Ich wollte dir damit nur sagen: Ich weiß es auch nicht. Es könnte eine Art Orakelauskunft sein, die man erst deuten muss. Denk doch mal an den König Krösus, der das Orakel von Delphi befragte, ob er das benachbarte Perserreich angreifen solle. Daraufhin offenbarte das Orakel: ›Wenn du den Halys überschreitest, wirst du ein großes Reich zerstören‹. Er griff an und zerstörte ein großes Reich. Es war allerdings sein eigenes.«

Maria lächelte ihn an.

»Du bist doch so ein kluger Kopf. Also, wie könnte der Satz mit dem Stein und der Stadt gemeint sein. Denk nach!«

Robert schüttelte den Kopf.

»Maria, ich habe dir unmissverständlich klargemacht, dass ich in dieser Sache nichts mehr unternehmen werde. Und mit nichts meine ich nichts.«

Maria nahm seinen Kopf zwischen ihre Hände und küsste ihn auf den geschlossenen Mund.

»Ich hätte dich eigentlich längst aus meinem Bett werfen sollen, wenn du nur nicht so unwiderstehlich wärest.«

※

Tage vergingen. Die Hitze war so drückend, dass die Bewohner von Mezzomonte, die es tagsüber nicht unbedingt mussten, erst am Abend ins Freie gingen. Robert saß in seinem verhältnismäßig kühlen Atelier und stellte ein Paket zusammen. Er hatte die Vorarbeiten für sein Spiel »Chaos« abgeschlossen, Konzept und Spielregeln zu Papier gebracht und die Figuren, die jetzt in vier verschiedenen Farben lackiert waren, bei Carlo abgeholt. Alles das würde er jetzt seinem Verleger schicken, und der würde beurteilen, ob das Spiel marktreif war.

Er hatte gerade die Adresse aufgeklebt, als sein Handy klingelte.

»Robert, hier ist Elena. Haben Sie heute schon die Zeitungen gelesen?«

»Nein, hätte ich es sollen?«

»Ich glaube schon. Sie waren doch mit Carlo bei dem Direktor des Museo Etrusco Guarnacci. Bei diesem Umberto Badoglio.«

»Ja, das habe ich Ihnen doch erzählt. Und – was ist mit ihm?«

»Er ist tot!«

»Nanu, er sah doch ganz gesund aus. Ein Herzinfarkt?«

»Nein, kein Herzinfarkt. Er ist ermordet worden. Gestern Nacht, an seinem Schreibtisch im Museum. Ihm wurde aus nächster Nähe ins Herz geschossen.«

Robert wurde blass.

»Dio mio!«

Dann fasste er sich wieder.

»Elena, ich wollte gerade nach Florenz fahren, ich muss ein Paket aufgeben. Hätten Sie in circa einer Stunde Zeit auf einen Kaffee? Ich muss Ihnen etwas sagen.«

*

Wer jemals auf einer italienischen Post ein Paket aufgegeben hat, weiß, dass er viel Zeit mitbringen muss. Robert hatte das Glück, am Schalter eine gut aussehende Mittvierzigerin vorzufinden, die er spielend um den Finger wickelte. Insofern schaffte er es, zur verabredeten Zeit im »Café Bellini« zu sein.

Elena war bereits dort. Sie reichte ihm einen aus der Zeitung herausgerissenen Artikel. Robert überflog ihn.

»›...prüft die Polizei zurzeit, welche Gegenstände nach dem Mord an Umberto Badoglio aus dem Museum entwendet wurden.‹«

Robert schüttelte den Kopf.

»Sie sind also immer noch da.«

Elena schaute ihn verständnislos an.

»Wie? Hängt das mit dem zusammen, was Sie mir sagen wollten?«

»Nein, das war so eine Art Selbstgespräch. Das, was ich Ihnen sagen wollte, sollten Sie eigentlich schon früher erfahren. Aber dann ist Angelo Frescobaldi in unser Gespräch geplatzt. Was macht der eigentlich?«

Elena seufzte.

»Er ist schon seit zwei Wochen in Rom. Es geht wohl um ein größeres Geschäft. Er ruft mich fast jeden Tag an, und neulich hat er mir Blumen geschickt.«

»Ach ja? Das schlechte Gewissen?«

Elena schüttelte den Kopf.

»Mag sein. Aber er bemüht sich wirklich sehr um mich, ohne dabei aufdringlich zu sein. Und ich muss sagen, der Aufenthalt im Hause Frescobaldi ist mehr als angenehm. Aber wir weichen vom Thema ab. Was wollten Sie mir sagen?«

Robert nahm einen Schluck von seinem Mineralwasser.

»Ich habe die vierte Rolle, und ich habe ihren Code entschlüsselt.«

Elena, die gerade ihren Cappuccino trinken wollte, verschluckte sich.

»Und wo haben Sie die gefunden?«

Robert lächelte.

»Ganz simpel. Badoglio hat Sie mir übergeben, als ich mit Carlo bei ihm war. Er hatte sie für Mazzetti aufbewahrt.«

Elena schaute ihn entsetzt an.

»Mein Gott, Robert, wissen Sie, was das bedeuten kann?«

Robert nickte.

»Ich glaube, ich weiß, was Sie denken. Die Mörder von

Badoglio haben nach der Rolle gesucht, und der hat – ehrlich, wie er war – denen erzählt, dass er sie mir übergeben hat. Danach war er für die nichts mehr wert. Und da haben sie ihn einfach ...«

»Robert, *Sie* sind in höchster Gefahr. Wo ist die Rolle jetzt?«

Robert schlug sich mit der flachen Hand gegen die Stirn.

»Madonna, das hatte ich völlig vergessen. Ich war auf dem Weg nach Volterra, um sie zurückzubringen. Und dann bin ich überfallen worden. Ich hatte sie hinter den Rücksitz gelegt. Kommen Sie, lassen Sie uns nachschauen, ob sie noch da ist!«

※

Die Rolle lag unversehrt an der Stelle hinter dem Rücksitz.

Robert überlegte.

»Dann können die Kerle, die mich verschleppt haben, nichts von der Rolle gewusst haben. Sonst hätten sie sicher das Auto durchsucht. Parker und Dowell ebenfalls nicht, sonst hätten sie mich danach gefragt.«

Elena nickte.

»Und was schließen Sie daraus?«

»Dass es sich bei den Kerlen, die Badoglio erschossen haben, um Mitglieder einer anderen Organisation handeln muss.«

Elena nickte abermals.

»Aber was macht Sie so sicher, dass es mehrere gewesen sind?«

»Haben Sie sich mal überlegt, wie lange es dauert, ein Museum zu durchsuchen? Ich denke, es wird das Beste sein, sie dorthin zurückzubringen. Da sucht keiner mehr.«

»Wann wollen Sie das machen?«

Robert überlegte.

»Am besten gleich. Kommen Sie mit? Die Klimaanlage in meinem Auto ist ganz ausgezeichnet.«

»Okay«, sagte Elena, »lassen Sie uns fahren.«

✶

»An dieser Stelle«, sagte Robert und deutete aus dem fahrenden Wagen auf den Straßenrand, »bin ich auf den alten Trick mit dem gestellten Verkehrsunfall reingefallen. Nicht zu fassen.«

Elena lächelte.

»Sie sind einfach zu gut für diese Welt, Robert. Ich kenne einige Länder, in denen die Autovermieter sogar verbieten, in einer solchen Situation anzuhalten.«

»Das nächste Mal bin ich vorsichtiger«, versprach Robert.

»Ich hoffe, es gibt kein nächstes Mal«, erwiderte Elena.

Die Silhouette von Volterra kam in Sicht.

»Gleich sind wir da«, sagte Robert, wobei ihm im selben Augenblick klar wurde, dass das die überflüssigste Bemerkung war, die er heute gemacht hatte.

✶

Der Mann mit der Sonnenbrille war erregt.

»Der hat euch doch reingelegt. Dass der Darling die Rolle hat, war doch eine reine Schutzbehauptung. Wie viele Männer hattest du bei dir?«

»Fünf«, sagte der Sizilianer kleinlaut.

»Mit dieser Truppe hättet ihr doch den Laden durchsuchen können«, wetterte der andere, »aber nein, ihr glaubt ihm einfach und legt ihn um.«

»War vielleicht falsch«, knurrte der Sizilianer.

»Der Laden wird durchsucht, und zwar heute Nacht, und nimm diesen Tardi mit...«

Er stockte.

»Merde! Der ist ja tot. Das waren sicher die Amis. Also, besorg dir einen anderen Experten. Und ich rate dir – finde etwas!«

*

Sie hatten den Wagen wieder in dem in den Berg gebauten Parkhaus abgestellt und stiegen die Treppe zur Piazza Martiri della Libertà hinauf. Trotz der hohen Lage der Stadt war es auch hier nicht wesentlich kühler als im Tal. Nur ab und an kam ein etwas kühlerer Wind aus einer der Gassen. Nach wenigen Minuten hatten sie die Via Don Minzoni erreicht.

»Wir schließen gleich«, sagte die Dame an der Kasse. »Ich kann Sie leider nicht mehr einlassen.«

Robert schaute sie ernst an.

»Wir kommen nicht wegen der Ausstellungen, es hat vielmehr etwas mit dem tragischen Tod Ihres Direktors zu tun.«

Die Frau staunte.

»Sind Sie auch von der Polizei? Aber die waren doch schon den ganzen Tag da, und wir mussten das Museum geschlossen halten.«

Robert schüttelte den Kopf.

»Nein, nein, ich bringe etwas, was in die Sammlung von Signore Badoglio gehört. Er hatte doch sicher einen Stellvertreter. Können Sie den bitte rufen?«

Die Frau zuckte mit den Schultern und griff zum Hörer. Sie wartete einige Sekunden.

»Signore Montebello, hier sind zwei Herrschaften, die Sie sprechen möchten. Es geht um eine Sammlung von Signore Badoglio.«

Sie horchte einen Augenblick, dann ließ sie den Hörer sinken.

»Ihre Namen bitte!«

»Signora Karakos und Robert Darling, ich hatte vor wenigen Tagen eine ausführliche Unterredung mit Signore Badoglio.«

Die Frau horchte wieder in die Muschel.

»Sie möchten bitte heraufkommen. Im ersten Stock, Zimmer zwölf. Aber der Signore hat nur wenig Zeit!«

Massimo Montebello machte seinem Namen wenig Ehre. Er war ein Männchen von maximal einen Meter und fünfundsechzig, stand kurz vor der Pensionierung, und man merkte ihm den Frust an, dass er es in seinem Leben nur bis zum Stellvertreter gebracht hatte. Mit den Jahren waren neben seiner Hoffnung auf eine Karriere auch seine Haare dahingegangen, nur ein weißer Kranz umrundete seinen Schädel. Als Ersatz für den kahlen Kopf hatte er sich einen Vollbart wachsen lassen, der ebenfalls weiß war. Er saß an seinem Schreibtisch in einem kleinen Raum, der ebenso wie bei seinem verblichenen Chef mit Büchern nur so vollgestopft war.

Er deutete auf zwei Besucherstühle, die wohl sehr selten benutzt wurden.

»Bitte sehr, was kann ich für Sie tun? Meine Zeit ist heute Abend leider sehr begrenzt.«

Robert öffnete die Papprohre, in die er die Rolle geschoben hatte, und nahm sie vorsichtig heraus.

»Diese Schriftrolle gehört zur Sammlung des Professore Mazzetti, die Signore Badoglio verwahrt hat. Ich halte es für wichtig, dass sie dort wieder eingeordnet wird.«

Montebello zuckte mit den Schultern.

»Von einer solchen Sammlung weiß ich nichts. Es kann natürlich sein, dass Signore Badoglio sie in seinen Räumen im Keller aufbewahrt hat. Vor einigen Tagen sind Kartons angeliefert worden. Geben Sie her, ich kümmere mich morgen darum.«

Er streckte seinen Arm aus und blickte dabei etwas verlegen.

»Nehmen Sie es mir nicht übel. Aber gerade liegen wir in den letzten Vorbereitungen für unsere Sonderausstellung, um die sich Badoglio persönlich gekümmert hat. Dieses Unglück, Madonna! Jetzt liegt das alles auf meinen Schultern, und ich muss heute Abend dazu noch ein Gespräch in San Gimignano führen.«

Robert hörte interessiert zu.

»Es tut mir leid, dass wir Ihnen nun auch noch die Zeit rauben ...«

Montebello wiegelte ab und lächelte.

»Nein, nein, das konnten Sie ja nicht ahnen. Wissen Sie, diese Ausstellung ist eine große Belastung für mich.«

Robert lächelte freundlich zurück.

»Was ist es denn für eine Ausstellung?«

Ein wenig Stolz strahlte aus den Augen des Signore Montebello.

»Vetulonia«, sagte er. »Die Entdeckung der zwölften Etruskerstadt.«

Der Titel bohrte sich wie ein Pfeil in Roberts Gehirn. Vergessen war sein Gelübde, die Suche aufzugeben. Seine eingebaute Suchmaschine sprang wie von selbst wieder an.

Frag weiter, Roberto, wo es eine zwölfte Stadt gibt, wird es auch eine dreizehnte geben.

»Interessant«, hörte er sich sagen, »wann wurde die entdeckt?«

Plötzlich wich die Nervosität Montebellos. Er lehnte sich zurück, und es war ihm anzumerken, dass er es genoss, endlich ein Publikum zu haben.

»Das, Signore Darling, kann man nicht mit einer Zahl beantworten. Diese Ausstellung widmet sich nämlich vor allem dem Lebenswerk von Isidoro Falchi, einem Arzt aus Montopoli im Val d'Arno.

Außerhalb seiner medizinischen Tätigkeit arbeitete er noch ehrenamtlich für die Gemeinde. Dabei hatte er es oft mit der Schlichtung von Streitigkeiten um Grundstücksgrenzen zu tun, hatte deswegen Zugang zu alten Katasterarchiven und stieß schließlich auf Protokolle über Bodenfunde. Das erweckte sein Interesse für die Archäologie in der Toskana.

Wegen eines Streitfalls war Falchi 1880 nach Colonna di Buriano in der Provinz Grosseto gekommen. Während des Ortstermins entdeckte er auf einem Acker eine Münze, die seiner Meinung nach keine römische, sondern eine etruskische sein musste. Darüber hinaus berichteten ihm Bauern über weitere Funde von Schmuck, Waffen und Münzen. Nach langen Recherchen vor Ort und in Archiven stand für ihn fest: Hier musste die verschwundene zwölfte Etruskerstadt Vetulonia gestanden haben.«

Elena hatte interessiert zugehört.

»Und dann wurde mit Feuereifer gegraben.«

Montebello lachte laut.

»Das denken Sie! Ganz im Gegenteil. Sie müssen sich die Zeit um 1880 vorstellen. Die Wissenschaft und die Verwaltung waren damals gegenüber den so genannten Laien von einer unglaublichen Arroganz. Die gelehrten Herren lehnten alle Theorien Falchis ab. Sie beharrten darauf, Vetulonia habe direkt am Meer gelegen. Aber Falchi konnte sie widerlegen. Sie hatten nämlich eine Kleinigkeit übersehen: Bei Colonna di Buriano hatte in der Antike der große Salzsee Lacus Prilius gelegen, und von diesem gab es zu dieser Zeit einen direkten und schiffbaren Zugang zum Meer. Trotzdem dauerte es noch vier Jahre, bis die Behörden eine Grabungserlaubnis erteilten. Falchi sollte Recht behalten. Er fand tatsächlich die Überreste der zwölften Etruskerstadt. Und bis zu seinem Tod im Jahre 1914 machte er noch viele erstaunliche Funde ...«

Robert unterbrach ihn.

»Könnte es sein, dass es über die zwölfte Stadt hinaus ...«

Unterdessen hatte Montebello auf seine Uhr geschaut. Die alte Nervosität kehrte zurück.

»O Madonna, ich hätte längst weg sein sollen! Nach der Ausstellungseröffnung können Sie mir gern weitere Fragen stellen. Aber jetzt muss ich los!«

Er sprang auf und raffte ein paar Papiere zusammen.

Robert stand ebenfalls auf.

»Eine Bitte: Meine Kollegin hat Ihre unglaubliche Sammlung von etruskischen Urnen noch nie gesehen. Sie ist Kunsthistorikerin. Dürfen wir noch kurz einen Blick darauf werfen?«

Montebello stand schon in der Tür.

»Werfen Sie, werfen Sie. Ich sage am Empfang Bescheid, dass Sie noch da sind.«

Dann rannte er mit merkwürdig hüpfenden Bewegungen den Flur entlang und war verschwunden.

Elena lachte.

»Ein komischer Kauz. Aber sehr gebildet und interessant.«

Robert war bereits auf dem Flur.

»Kommen Sie, Elena, das müssen Sie sich ansehen.«

*

Der Mann am Steuer des Alfa Romeos, der auf der Schattenseite der Via Don Minzoni parkte, zog den Rauch seiner filterlosen Zigarette tief ein.

»Die Alte scheint die Letzte gewesen zu sein. Sie hat jedenfalls abgeschlossen. Wollen wir rein?«

Der Sizilianer, der mit einem weiteren Mann auf dem Rücksitz saß, schüttelte den Kopf.

»Wir warten, es ist noch zu hell.«

*

Langsam schritten sie durch den Saal mit Hunderten von Sarkophagen, Urnen und den Grabbeigaben aus Tuffstein, Tonerde und Alabaster.

Robert streckte den Arm aus.

»Sehen Sie, da steht die weltberühmte Urne mit der Skulptur des Ehepaares auf dem Deckel, ›Gri Sposi‹ genannt. Die fehlt in keinem Geschichtsbuch. Und dahinten steht die Bronzestele ›Ombra della Sera‹, der Abendschatten, sieht aus wie eine moderne Plastik von Giacometti.«

Elena fröstelte nicht nur wegen der Klimaanlage.

»Meine Güte, das ist zwar kunsthistorisch wahnsinnig interessant, aber irgendwie auch ein bisschen unheimlich. Wir beide hier allein mit dem Jenseits. Manchmal denke ich, dass es moralisch gar nicht zu rechtfertigen ist, diese höchst intimen

Details aus dem Leben und Sterben von Menschen auszugraben und auszustellen. Aber wissenschaftlich gesehen...«

Sie dachte einen Augenblick nach und blickte sich um.

»Das alles erinnert mich doch sehr an die alten Ägypter, dieser fast verschwenderische Totenkult.«

Robert nickte.

»Die Ägypter hatten ja auch eine andere Auffassung von Leben und Tod. Bei den Etruskern scheint es ähnlich gewesen zu sein.«

Elena blieb stehen.

»Sie sagen es. Während für uns der Tod etwas Endgültiges, Schreckliches ist, war das bei diesen Völkern ganz anders.

Ich will nicht sagen, sie freuten sich auf den Tod, aber sie fürchteten ihn auch nicht. Sie waren neugierig auf die andere Welt, in die sie hinübergingen. Und weil die Lebenden nicht wussten, wie es auf der anderen Seite zuging, haben sie den Verstorbenen vorsichtshalber alles so eingerichtet, dass es ihnen an nichts mangelt. Um das mal völlig unwissenschaftlich auszudrücken.«

Robert lächelte.

»Das haben Sie sehr schön gesagt. Ach übrigens, ich habe Ihnen noch immer nicht verraten, welche Botschaft ich aus der vierten Schriftrolle herausgefiltert habe.«

Elena schnippte mit den Fingern.

»Wie konnte ich das vergessen? Aber das ist alles so faszinierend hier. Nun sagen Sie schon!«

»Der Stein ruhet in der dreizehnten Stadt der Toten.«

Elena schaute Robert sekundenlang an. Dann richtete sie den Zeigefinger der rechten Hand in die Höhe.

»Darum wollten Sie Montebello vorhin fragen, ob es noch eine dreizehnte Stadt gibt!«

Plötzlich ging das Licht aus, und eine Art Notbeleuchtung

erhellte die Räume schwach. Robert grinste und schaute dabei auf seine Armbanduhr.

»Kluges Kind. Wir sollten jetzt gehen, die Frau am Eingang hat wahrscheinlich schon drei Mal einen Fluch über uns ausgesprochen.«

Sie lachten und gingen mit schnellen Schritten aus dem Saal, über den langen Flur, die Treppe hinunter bis zur Kasse. Es war totenstill. Kein Mensch war zu sehen.

Robert schaute sich suchend um.

»Hier ist niemand mehr.«

Elena zuckte mit den Schultern.

»Dann gehen wir eben, ohne uns zu verabschieden.«

Sie ging zur Tür und drückte auf die Klinke. Die Tür bewegte sich keinen Millimeter. Elena schaute Robert verblüfft an.

»Ich glaub es nicht! Die haben uns eingeschlossen.«

Robert drückte auch noch einmal auf die Klinke der schweren Eichentür. Mit demselben Ergebnis.

»Ich sag's Ihnen, der zerstreute Professore hatte wahrscheinlich schon auf der Treppe vergessen, dass wir noch hier sind.«

Elena lachte.

»Das darf doch wohl nicht wahr sein! Dann müssen wir wohl die Carabinieri anrufen oder die Feuerwehr. Ich habe mein Handy zu Hause liegen lassen, aber Sie haben doch sicher Ihres dabei?«

Robert machte ein zerknirschtes Gesicht.

»Ja, habe ich. In meiner Jacke. Und die liegt im Auto.«

Elena lachte noch einmal.

»Das nenne ich Pech. In den Büros muss es ja Telefone geben. Schauen Sie, im Kassenhäuschen steht auch eins.«

Sie fasste an die Klinke der Glastür, aber sie war verschlossen. Erst als sie die Klinke der letzten Bürotür gedrückt hatten und feststellen mussten, dass der Sicherheitsbeauftragte in diesem Museum äußerst korrekt arbeitete, wurde ihnen klar, dass sie Gefangene des Museo Etrusco Guarnacci waren. Doch Robert gab nicht auf.

»Es wird doch sicher einen Notausgang geben oder eine Alarmanlage, die wir auslösen können.«

Er lachte.

»Andererseits müssten wir eigentlich eine Nacht in der etruskischen Geschichte verbringen. So ein Erlebnis hat auch nicht jeder!«

Elena wurde nervös.

»Nehmen wir an, es wäre wirklich so, und ich würde eine Nacht fortbleiben, dann dürfte ich Signora Frescobaldi wahrscheinlich nie wieder unter die Augen treten.«

Robert lachte.

»So schlimm wird's nicht werden. Kommen Sie, wir schauen mal, ob wir einen Notausgang finden.«

Sie beschlossen, zuerst im Keller zu suchen, und stiegen die Marmortreppe hinab, vorbei an dem Schild »Zutritt verboten«. Der Keller erwies sich als ein wahres Labyrinth.

Robert blieb stehen.

»Jetzt sollten wir uns nicht verwirren lassen. Also, in dieser Richtung müsste die Straßenfront liegen. Eher unwahrscheinlich, dass es dort einen Ausgang gibt. Wahrscheinlich gibt es einen auf der Seite zum Hof.«

Er drehte sich um und ging langsam durch den schwach beleuchteten Gang. Elena folgte ihm.

Robert spähte nach vorn.

»Ich glaube, wir haben Glück. Sehen Sie, da hinten ist eine Tür, die so aussieht, als würde sie nach draußen führen.«

Er ging ein paar Schritte, dann blieb er abrupt stehen. Er horchte und wandte sich dann Elena zu.

»Haben Sie das auch gehört?«

Elena schluckte.

»Allerdings.«

Beide horchten in die Dunkelheit. Es war ein Geräusch zu hören, als ob Metall auf Metall stieß, dann ein Ächzen.

Robert legte den ausgestreckten Zeigefinger an die Lippen.

»Ich will Ihnen keine Angst machen«, flüsterte er, »aber das hört sich so an, als wolle jemand von draußen die Tür aufhebeln. Aber bestimmt nicht, um uns hier herauszuholen.«

*

Donatella Medicis Stimme klang erregt.

»Ich? Woher soll ich das wissen? Mein Sohn lässt mich immer weniger an seinem Privatleben teilhaben.«

Gleichzeitig merkte sie, dass sie gerade dabei war, beim Wettbewerb mit Paola Frescobaldi, der seit Jahren um die Frage ging, wer den besseren Sohn hatte, ihren Punktestand leichtfertig zu gefährden.

»Er ist natürlich alt genug. Er wird schon seine Gründe haben. Weißt du, Paola, Roberto ist so ein ...«

Paola unterbrach sie.

»Entschuldige, Donatella, aber Angelo ist gerade aus Rom zurückgekehrt, und er hat sich so auf Elena gefreut. Keiner weiß, wo sie ist. Und jetzt sagst du, dass du auch nicht weißt, wo Roberto ist. Das wirft natürlich Fragen auf, die Angelo gar nicht gefallen werden ...«

Da sie nun Luft holen musste, konnte Donatella zurückschlagen.

»Aber Paola, du weißt doch, dass Roberto mit dieser entzückenden Maria Furini zusammen ist. Da wird er sich doch nicht mit dieser kleinen Griechin ...«

Paolas Stimme wurde ein wenig schrill.

»Kleine Griechin, sagst du? Sie ist eine sehr gebildete Frau aus bestem Hause. Hat diese Maria eigentlich studiert?«

Hatte Roberto nicht erwähnt, dass sie Übersetzungen aus dem Französischen machte?

»Studiert, sagst du? Oh ja, und zwar in Paris an der Sorbonne! Nur erstklassige Abschlüsse. Mit etwas anderem würde Roberto sich gar nicht abgeben.«

Donatella hörte im Hintergrund Angelo reden, dann wieder Paola.

»Meine Liebe, ich muss mich jetzt dringend um Angelo kümmern. Er hat sehr viel gearbeitet in den letzten Wochen, nun ist er etwas erschöpft. Aber er hat hervorragende Geschäfte abgeschlossen. Einzelheiten erzähle ich dir das nächste Mal. Ciao, Bella!«

»Ciao, Paola!«

Donatella war verärgert. Irgendwie hatte sie das Gefühl, dass Paola gepunktet hatte. Wo Roberto nur steckte? Mit dieser kleinen Griechin hatte das hoffentlich nichts zu tun.

*

»Was machen wir jetzt?«

Elenas Stimme zitterte. Erst jetzt merkte sie, dass sie Roberts linken Arm umklammert hielt.

»Lassen Sie uns erst einmal abwarten, ob der oder die Einbrecher die Tür überhaupt aufbekommen.«

Jetzt waren die Hebelgeräusche verstummt. Dafür war ein feines Surren am Schloss zu vernehmen. Robert horchte.

»Ich glaube, wir sollten uns ein Versteck suchen. Die Begegnung könnte unangenehm werden. Kommen Sie, wir gehen in die oberen Räume.«

Seit seiner Begegnung mit der Elektroschock-Befragung war er nicht mehr darauf erpicht, etwas Heldenhaftes zu tun. Sie schlichen den Weg zurück und gingen vorsichtig die Treppe hinauf.

Im ersten Stock des zweigeschossigen Gebäudes fanden sie die Treppe zum Dachboden. Die Tür war nicht verschlossen. Dort machte Robert halt.

»Lassen Sie uns erst einmal lauschen, ob die Kerle die Tür geschafft haben.«

Sie lehnten sich über das Treppengeländer und horchten nach unten. Lange warten mussten sie nicht. Bald waren auf der Treppe zum ersten Stock Schritte zu hören, kurz danach flüsternde Stimmen.

»Das sind mindestens vier, wenn nicht mehr«, zischte Robert Elena ins Ohr. Elena hatte sich wieder an Roberts Arm festgekrallt.

Der Schein einer starken Taschenlampe durchschnitt das Dämmerlicht. Jetzt war eine raue Stimme zu hören, die sich bemühte, gedämpft zu sprechen.

»Kommt alle her. Wir durchsuchen jetzt erst einmal diese Räume. Ihr beiden geht in diese Richtung, wir in diese. Ich hoffe, Damiano, du bist wirklich der Fachmann, als der du dich empfohlen hast.«

Eine für einen Mann relativ hohe Stimme antwortete mit einem leicht beleidigten Unterton.

»Aber natürlich, ich habe Kunstgeschichte studiert. Außerdem haben Sie mir ja die drei anderen Rollen gezeigt, die vierte wird wohl so ähnlich aussehen.«

»Es sind fünf Männer«, zischte Robert. »Komm, wir suchen uns ein Versteck auf dem Dachboden.«

Auf dem Dachboden war es dunkel. Nur der Vollmond schien durch die kleinen Dachflächenfenster. Nachdem sich die Augen an das Dunkel gewöhnt hatten, entdeckten sie in einer Ecke einen großen Stapel mit Kisten.

»Wenn wir hören, dass sie hier heraufkommen, verstecken wir uns hinter den Kisten«, flüsterte Robert.

Die Männer gingen systematisch vor. Sie durchsuchten die Ausstellungsräume, hoben Deckel von Sarkophagen und Urnen hoch, rissen Schränke auf und kippten Bücherregale um. Ohne Ergebnis.

»Da oben ist noch eine Treppe, die geht sicher zum Dachboden«, hörte Robert eine Stimme sagen. Eine Minute lang war es ruhig. Dann vernahmen sie die ersten Schritte auf der Treppe.

Elena war starr vor Angst.

»Robert, sie kommen. Mein Gott, wenn sie uns finden!«

Robert legte ihr die Hand auf den Mund.

»Bleib ganz ruhig!«

Ein großes Gepolter war zu hören.

»Verflucht noch mal!«

Einer der Männer war über einen Stapel Stühle gestolpert.

Der Strahl einer Taschenlampe durchschnitt die Dunkelheit.

»Hier steht nur Gerümpel!«, sagte der andere.

»Und was ist mit den Kisten da hinten? Die sollten wir uns vielleicht mal ansehen.«

Die alten Holzdielen knarrten, als die beiden auf die Kisten zugingen.

»Moment mal«, sagte der eine und blieb stehen. »Ich habe etwas gehört.«

»Ich nicht«, sagte der andere.

»Unsinn, da ist was. Komm her, und leuchte mal dahin!«

In diesem Augenblick war die raue Stimme des Anführers einen Stock tiefer zu hören.

»Kommt alle her, Damiano hat sie gefunden. Und jetzt nichts wie weg. Aber leise bitte!«

»Wird aber auch Zeit«, brummte einer der Männer. Beide entfernten sich mit schnellen Schritten.

Robert ließ den schweren Leuchter aus Bronze, der in einer der Kisten gelegen hatte, sinken. Er atmete schnell und flach. Elena hatte sich an ihn geklammert und ihr Gesicht an seiner Schulter vergraben.

»Elena, sie sind weg!«, flüsterte Robert.

Sie schaute ihn an, Tränen liefen über ihr Gesicht.

Robert stand auf und zog sie hoch.

»Komm jetzt schnell in den Keller. Sie werden die Tür nicht wieder abgeschlossen haben.«

Sie hielten sich bei den Händen, und obwohl sie wussten, dass die Männer das Museum längst verlassen hatten, spähten sie vorsichtig in alle Ecken, ob dort noch irgendjemand lauerte.

»Wie spät ist es?«, fragte Elena.

Robert sah auf die Uhr

»Gleich halb zwei.«

Das nächtliche Volterra war wie ausgestorben und glich einer Theaterkulisse.

Sie gingen schnell und hielten sich immer noch bei den Händen. Ihre Schritte hallten auf dem Kopfsteinpflaster durch die Gassen. Elena schaute Robert von der Seite an.

»Hast du eigentlich gemerkt, dass wir uns plötzlich duzen?«

Robert lächelte.

»Wer so viel miteinander durchgemacht hat, hat ein Recht auf das ›Du‹!«

Elena lächelte kurz zurück, dann wurde sie wieder ernst.

»Weißt du, worüber ich die ganze Zeit nachdenke?«

»Gleich wirst du es mir sagen.«

»Die Stimme. Ich habe die Stimme des Anführers schon einmal irgendwo gehört. Ich weiß bloß nicht, wann und wo.«

Schließlich erreichten sie das Parkhaus. Das half nicht wesentlich weiter, denn es war sorgsam abgeschlossen.

Robert gab einen tiefen Seufzer von sich.

»Das ist Murphys Law in seiner reinsten Form. Alles, was schiefgehen kann, geht auch schief. Jetzt wirst du den Rest der Nacht auch noch mit mir verbringen müssen.«

Elena starrte auf das Schließgitter des Parkhauses.

»Dagegen hätte ich wirklich nichts einzuwenden, allerdings unter anderen Umständen.«

Robert schaute auf die Uhr.

»Das Parkhaus öffnet um sieben Uhr. Wir müssen sehen, wie wir fünf Stunden herumkriegen.«

Elena, deren Augen man die Müdigkeit ansehen konnte, schaute ihn an.

»Ich denke, das werden wir schaffen!«

16. KAPITEL

Auf der Piazza dei Priori, vor dem ältesten Rathaus der Toskana, fanden sie eine steinerne Bank. Elena setzte sich, und es kam ihr vor, als ließe sie sich auf ein Plüschsofa nieder. Robert legte einen Arm um sie, und die völlig Erschöpfte schlief sofort ein. Er selbst nickte auch immer wieder ein, schreckte aber bei jedem Geräusch hoch. Es musste doch etwas dran sein an der Behauptung, dass der Bewacher- und Beschützerinstinkt bei Männern noch vorhanden ist. Bei einigen jedenfalls.

Eine Turmuhr schlug siebenmal. Robert erwachte abrupt aus seinem Kurzschlaf. Erste Frühaufsteher gingen über den Platz und warfen tadelnde Blicke auf das seltsame Paar, das so aussah, als habe es auf der Bank seinen Rausch ausgeschlafen.

»Elena, wach auf, wir müssen los!«

Sie schlug die Augen auf, und es war ihr anzumerken, dass sie für einige Sekunden nicht wusste, wo sie war.

Robert zog sie von der Bank hoch.

»Komm, es wird Zeit.«

Obwohl Roberts Kopf sich wie Watte anfühlte und seine Knie etwas wackelig waren, analysierte sein Gehirn automatisch die Situation. Er blieb stehen.

»Che rabbia! So ein Mist, wir können nicht wegfahren!«

Elena sah ihn noch immer schlaftrunken an.

»Warum nicht?«

»Weil unser lieber Signore Montebello gleich in sein Büro kommt und feststellt, dass ihm über Nacht Vandalen einen

Besuch abgestattet haben. Und wen wird er in Verdacht haben?«

Elena schaute ihn verständnislos an.

»Dann gehen wir eben zurück und erzählen ihm, wie wir eingeschlossen wurden und was wir beobachtet haben.«

Robert schüttelte den Kopf.

»Geht auch nicht. Montebello wird auf alle Fälle die Polizei alarmieren – schon wegen der Versicherung. Und da wir die wichtigsten Zeugen sind, werden die auch wissen wollen, was für einen Anlass unser Besuch bei Montebello hatte.«

»Weil wir die Schriftrolle zurückgebracht haben.«

»Und wem gehörte die ursprünglich?«

»Professore Mazzetti.«

»Und was habe ich mit Professore Mazzetti zu tun?«

»Du hast ihn gefunden, als er im Sterben... Ach du meine Güte, daran habe ich gar nicht gedacht!«

Robert nickte.

»Siehst du. Wie man es auch dreht und wendet: Die Polizei wird darauf stoßen. Und seit Mazzettis Tod gibt es eine ganze Reihe von Vorkommnissen, die wir nur schlecht erklären können. Es sei denn, wir überlegen uns etwas. Also...«

*

Kommissar Davide Barello war nicht so leicht aus der Ruhe zu bringen. Auch nicht von einem kleinen Mann mit puterrotem Kopf, der wild gestikulierte, gleichzeitig fluchte und weinte, aber keine zusammenhängenden Sätze zustande brachte.

Der Kommissar, ein großer, kräftiger Mann mittleren Alters mit vollem, grauem Haar, schloss für ein paar Sekunden die Augen.

»Signore Montebello, nun beruhigen Sie sich doch einmal!

Also, wenn ich das richtig verstanden habe, hatten Sie gestern, bevor Sie das Museum verließen, noch zwei Besucher. Einen Mann und eine Frau. Und die beiden waren noch da, als Sie gingen?«

»Ja, doch«, jammerte Montebello, »ich konnte doch nicht ahnen, dass sie hier alles kaputt schlagen würden. Ich bin ruiniert...«

Barello hob die Hand.

»Bitte der Reihe nach. Ihre Kassiererin hat angegeben, dass sie nach Ihnen gegangen ist und den Haupteingang abgeschlossen hat. Wieso haben Sie ihr nicht gesagt, dass noch zwei Besucher im Museum sind?«

Montebello warf seine Arme entnervt nach oben.

»Madonna, ich kann mir doch nicht alles merken!«

Barello zog die Luft durch die Nase hörbar ein und schrieb etwas in sein Notizbuch.

»Können Sie sich denn an die Namen der beiden Personen erinnern?«

Der stellvertretende Museumsdirektor gab einen tiefen Seufzer von sich.

»Mein Gott, was denn noch alles! Ich muss mich um ganz andere Dinge... Moment!«

Er riss die Augen auf und schluckte.

»Den Namen der Frau weiß ich nicht mehr, aber der Mann, der hatte einen seltsamen Namen. Einen englischen. Äh, Dings oder so. Nein, lassen Sie mich überlegen. Darling, richtig, Darling! Wie die Familie aus Peter Pan.«

Der Kommissar schaute Montebello für einen Augenblick verständnislos an, notierte aber vorsichtshalber beide Namen.

»Das wird ja wohl nicht sein richtiger Name gewesen sein. Ein ziemlich plumpes Pseudonym, wenn Sie mich fragen.«

Zur nächsten Frage kam er nicht mehr, weil einer der zwei

uniformierten Polizisten, die ihn begleitet hatten, auf ihn zutrat und ihm etwas ins Ohr raunte.

»Entschuldigung, Commissario, da ist ein Signore Darling, der Sie sprechen will.«

Das erste Mal, seit ihm die Unterhaltsforderungen seiner geschiedenen Frau vorgelegt wurden, war Barello sprachlos. Der Kugelschreiber glitt aus seiner Hand und fiel zu Boden.

»Sofort herbringen! Bringen Sie ihn sofort hierher!«

*

Der Alte legte seinen Kopf, der unter einer Kapuze verborgen war, in die Hände und stützte beide Arme auf den Tisch.

»Sie haben die vierte Rolle, sagst du?«

Der Mann in der Kutte nickte.

»Ja, aber ich glaube nicht, dass sie etwas damit anfangen können. Dafür fehlt ihnen der Verstand.«

Der Alte atmete tief ein.

»Sei dir nicht so sicher. Sie könnten jemanden, der mehr Verstand hat als sie, dazu zwingen, ihnen zu helfen.«

*

Kommissar Davide Barello schwitzte.

»Signore Darling, Sie bleiben also dabei: Eine Bande hat heute Nacht eine Tür im Keller aufgebrochen und das ganze Museum durchwühlt. Sie waren in unmittelbarer Nähe, können aber keinerlei Beschreibung abgeben. Und das soll ich Ihnen glauben?«

Robert schüttelte den Kopf.

»Nein, nein, Commissario, das habe ich nicht gesagt. Wir konnten sie zwar nicht sehen, aber wir haben sie gehört. Und da gibt es eine Menge Anhaltspunkte: Es waren insgesamt fünf Männer. Der Anführer hatte einen sizilianischen Akzent. Er muss ein großer, schwerer Mann sein, denn seine Schritte waren die lautesten. Einer hatte eine auffallend hohe Stimme, sein Name ist Damiano, und er hat Kunstgeschichte studiert. Die Tür im Keller wurde nicht aufgebrochen. Sie haben zunächst versucht, sie aufzuhebeln, was aber nicht gelang. Dann haben sie einen Elektropick benutzt, was nur Profis machen. Die Bande ist nicht erst seit gestern zusammen, das merkte man an ihrem Zusammenspiel. Und sie fuhren eine Giulia von Alfa Romeo.«

Barello unterbrach ihn.

»Was? Eine Giulia? Die letzten wurden doch Ende der Siebziger gebaut. Haben Sie sie gesehen?«

Robert schüttelte den Kopf.

»Nein, aber gehört. Ich habe selbst mal eine besessen, den Sound vergisst man nicht.«

Der Kommissar blickte zur Decke und lächelte selig.

»Ach ja, die Giulia. Damals, als ich noch Streife fuhr, da hatten wir alle eine ...«

Er schaute Robert an, und sein Blick verfinsterte sich.

»Lenken Sie nicht ab. Warum haben Sie Signore Montebello eigentlich aufgesucht?«

Robert lächelte.

»Wir wollten etwas zurückbringen. Eine Schriftrolle. Aber das kann Signora Karakos besser erzählen.«

Elena räusperte sich.

»Mein Vater war Bibliothekar in Alexandria. Er hatte einen Freund in Italien, Professore Paolo Mazzetti. Der hat ihn vor einiger Zeit besucht und ihm eine Schriftrolle gezeigt, deren Inhalt ihm nicht ganz klar war. Er hat sie bei ihm gelassen. Das war kurz bevor mein Vater bei einem Unfall ums Leben kam.

Ich habe den Nachlass geregelt und wollte diese Rolle seinem Eigentümer zurückbringen. Da ich in Bologna studiert habe, wollte ich gleichzeitig auch ein paar alte Freunde wiedersehen. Dazu gehört auch Signore Darling. In Florenz angekommen, musste ich feststellen, dass auch Professore Mazzetti inzwischen verstorben war. Signore Darling hat mir dann geholfen herauszufinden, wo der Nachlass Mazzettis aufbewahrt wurde. Und deshalb waren wir gestern hier.«

Robert schaute Elena ernst an und nickte.

Das hast du ganz wunderbar erzählt. Eine plausiblere Erklärung gibt es wirklich nicht.

Kommissar Barello hatte konzentriert zugehört.

»Und was ist das für eine ominöse Rolle? Was steht denn darauf geschrieben?«

Robert zuckte mit den Schultern.

»Nichts Besonderes. Ein Gedicht in lateinischer Sprache.«

Barello zog die Augenbrauen hoch.

»Ein Gedicht? Kann ich die Rolle mal sehen?«

Er schaute Montebello an, der in Gedanken versunken auf einem Stuhl saß. Der Kommissar wiederholte den Satz und wurde lauter.

»Kann ich die Rolle einmal sehen, Signore Montebello?«

Der Angesprochene sprang auf.

»Die Rolle? Was für eine Rolle...? Ach, die! Die muss noch auf meinem Schreibtisch liegen. Einen Augenblick, bitte!«

Er drehte sich um und verschwand mit einem merkwürdig hüpfenden Gang in seinem Büro.

Wenige Minuten später war er zurück. Sein Gesicht war kreidebleich.

»Sie ist weg. Sie hat auf dem Schreibtisch gelegen, das kann ich beschwören. Ich wollte sie heute einsortieren.«

Der Kommissar schaute fassungslos in die Runde.

»Der Direktor eines der berühmtesten Museen der Welt wird ermordet. Kurz darauf dringt eine Bande in das Museum ein und verwüstet es. Und das alles, um ein lateinisches Gedicht zu stehlen? Ich fasse es nicht!«

*

Elena hatte bereits auf der Fahrt nach Hause bei den Frescobaldis angerufen, um eine explosionsartige Gefühlsentladung bei ihrem Eintreffen zu verhindern. Damit sie sich nicht widersprachen, hatten sie sich darauf geeinigt, dieselbe Version zu erzählen, die auch der Kommissar gehört hatte.

Signora Frescobaldi war erwartungsgemäß reserviert, Angelo dagegen unerwartet entspannt.

»Meine Güte, wenn ich gewusst hätte, dass du bei Elena warst, wäre ich ja beruhigt gewesen. Ich hatte befürchtet, dass sie allein ist und ihr irgendetwas passiert ist!«

Er trank einen Schluck Kaffee.

»Und ihr habt tatsächlich keinen von den Kerlen erkannt?«

Elena schüttelte den Kopf.

»Nein, aber ich würde zumindest zwei an ihren Stimmen wiedererkennen. Die eine habe ich auch schon mal gehört. Ich weiß nur nicht, wann und wo.«

»Und?«, fragte Paola Frescobaldi spitz. »Geraten Sie jetzt in die Mühlen der Justiz?«

Robert lachte.

»Wo denken Sie hin, Signora! Alle unsere Angaben sind wahr und nachprüfbar. Wir haben uns nicht das Geringste zuschulden kommen lassen, weder gesetzlich noch moralisch. Wir sind eher Opfer als Beteiligte.«

Elena schaute Paola an.

»Das Einzige, was ich mir vorwerfe, ist, dass ich Sie nicht informiert habe, dass ich mit Robert nach Volterra fahre. Aber da ich dachte, wir sind in zwei, drei Stunden zurück...«

Nun lächelte die Signora milde.

»Natürlich, mein Kind. Sie sind erwachsen und können tun und lassen, was Sie wollen. Sie müssen nur bedenken, dass ich...«

Angelo fiel ihr ins Wort.

»Ach, Mamma, nun lass doch! Die Hauptsache ist, dass beide wohlbehalten wieder da sind. Roberto, ruf Maria an. Ich lade euch alle heute Abend ein. Ich reserviere gleich einen Tisch in der Pergoletta.«

Robert war überrascht, Angelo so entspannt zu sehen. Er hatte einen mittelschweren Wutausbruch erwartet. Nun strahlte er demonstrative Fröhlichkeit aus. Nur in seinen Augen schien die Freude noch nicht angekommen zu sein.

∗

Durch die große Anteilnahme der Bürger von Volterra standen dem unglücklichen Museumsdirektor Montebello unerwartet viele freiwillige Helfer zur Seite, und die Vernissage zur Ausstellung »Vetulonia. Die Entdeckung der zwölften Etruskerstadt« konnte am geplanten Datum stattfinden.

Alles, was in der Toskana Rang und Namen hatte, war eingeladen.

Robert war überrascht, dass auch ihm eine Einladung zugestellt wurde, aber wahrscheinlich hatte der ermordete Umberto Badoglio ihn noch kurz vor seinem Ableben in die Kartei aufgenommen.

Da Donatella Medici wie zu Erwarten ebenfalls eine erhalten hatte und Maria einen Auftrag in Mailand angenommen hatte, beschloss er, zusammen mit seiner Mutter nach Volterra zu fahren.

Man konnte die Schlange, die sich vor dem Eingang in der Via Don Minzoni gebildet hatte, schon von Weitem sehen. Vernissagen im Museo Etrusco Guarnacci gehörten zu den gefragtesten gesellschaftlichen Ereignissen in der Toskana. Man freute sich auf das Wiedersehen mit bekannten Gesichtern, auf Nachrichten und Gerüchte, auf kleine Freuden für den Gaumen und einige auch auf die Ausstellung.

Nachdem der vor Aufregung schlotternde Massimo Montebello und der wegen seiner Endlosvorträge gefürchtete Historiker Professor Enrico Tozzi ihre Reden gehalten hatten – Letzterer wegen der Hitze in unerhoffter Kürze –, begann der gesellige Teil des Abends.

Donatella Medici entdeckte unter den Gästen viele Bekannte. Die meisten hatte sie zwar erst vor wenigen Tagen gesehen, aber es gehörte zum guten Ton, sich so überschwänglich zu begrüßen, als sei man sich schon seit Jahren nicht mehr begegnet.

Robert hasste diese Form des Smalltalks. Während sich die laut schwatzenden Gäste zu Gruppen zusammenfanden, ging er still zur Seite, um sich die Ausstellung anzusehen.

Sie war sehr kenntnisreich zusammengestellt worden. Fotos, Originalbriefe, Karten und Fundstücke dokumentierten beeindruckend die Hartnäckigkeit Isidoro Falchis, ohne die Vetulonia nie gefunden worden wäre.

Er las gerade eine der vielen Eingaben Falchis an die zuständige Behörde, als er hinter sich eine wohltönende Baritonstimme vernahm.

»Ein beeindruckender Mann, nicht wahr? Ohne sein Durchhaltevermögen wäre die Welt heute um ein paar Entdeckungen und Erkenntnisse ärmer.«

Robert drehte sich um. Hinter ihm stand ein Mann um die fünfzig mit grau meliertem, welligem Haar und Vollbart. Er war in etwa so groß wie Robert, von kräftiger Statur und trug einen leichten, hellgrauen Sommeranzug. Er lächelte, und aus den zusammengekniffenen Lidern blitzten zwei listige blaue Augen.

»Und das ist nur ein kleiner Ausschnitt aus seinem Leben. Er hat noch wesentlich mehr entdeckt. 1892 die beiden Grabkammern der Tomba della Pietrera, 1895 die so genannte Zyklopenmauer, 1897 die Tomba di Belvedere und so weiter und so fort...«

Er nahm einen Schluck aus seinem Glas. Robert nickte anerkennend.

»Respekt, Sie kennen sich aber aus. Sind Sie Historiker?«

Der Grauhaarige schüttelte den Kopf.

»Nein, ich bin Arzt. Aber das Doppelinteresse scheint in der Familie zu liegen. Isidoro Falchi war ja auch ein Mediziner. Meine Großmutter war seine Nichte zweiten Grades. Gestatten Sie, dass ich mich vorstelle: Sciutto. Dottore Antonio Sciutto.«

Robert reichte ihm die Hand.

»Angenehm. Robert Darling. Und bevor Sie fragen: Mein Vater war Amerikaner, meine Mutter ist eine geborene Medici aus Florenz. Ich bin viersprachig aufgewachsen.«

Sciutto lachte.

»Ich nehme an, diese Erklärung ist ein fester Bestandteil Ihres Vorstellungsrituals, weil kein Italiener versteht, wieso ein Mann Darling heißt und so akzentfrei Italienisch sprechen kann.«

Robert lachte zurück.

»Dafür habe ich einen Vornamen, den es in allen Sprachen gibt. Sagen Sie einfach Roberto zu mir.«

Sciutto machte eine einladende Handbewegung.

»Okay, Roberto. Wenn Sie mögen, führe ich Sie gern durch diese Ausstellung. Ich habe noch eine ganze Reihe von interessanten Zusatzinformationen.«

Er hatte nicht übertrieben. Allein die Art, wie der Arzt erzählte, erläuterte und Anekdoten einflocht, machte den Rundgang für Robert zu einem kurzweiligen Vergnügen.

»Ich hoffe, ich habe Sie nicht gelangweilt, Roberto.«

Robert schüttelte den Kopf.

»Aber im Gegenteil. Ich habe noch nie so viele interessante Dinge in einer halben Stunde gehört. Falchi muss ja eine Art Übermensch gewesen sein. Wie hat er das bloß alles geschafft?«

Der Arzt zog die Augenbrauen hoch.

»Sie müssen dazu bedenken, dass er schon zweiundvierzig Jahre alt war, als er mit den Grabungen begann. Und die Archäologie ist eine langsame Wissenschaft. Nichts für Hektiker. Aber es half, dass er eine fast seherische Gabe besaß. Wenn er eine Theorie entwickelt hatte, wo etwas zu finden sei, dann stimmte das auch meistens.«

Robert lächelte.

»Vielleicht stammte er ja in direkter Linie von den Etruskern ab. Sie sollen doch auch diese Fähigkeit besessen haben!«

Sciutto kniff seine Augen wieder zusammen.

»Sie werden lachen, daran habe ich auch schon gedacht. Aber einen Stammbaum über zweitausend Jahre oder länger zurückzuverfolgen dürfte nicht ganz einfach sein. Auf jeden Fall würde ich alles geben, wenn ich nur eine Stunde mit ihm zusammensitzen könnte. Er hatte noch Ideen und Theorien für ein ganzes weiteres Leben.«

Robert hatte sich ein Glas Prosecco vom Tablett einer Bedienung genommen.

»Aber er wird doch Aufzeichnungen und Notizen hinterlassen haben?«

Plötzlich wurde der Sciutto ernst.

»In der Tat, das hat er. Ein kleiner Teil existiert auch noch. Aber der größte Teil wurde im Museo Topografico Centrale dell'Etruria in Florenz aufbewahrt. Im Jahre 1966 kam ein verheerendes Hochwasser. Ein großer Teil der historischen Innenstadt wurde meterhoch überflutet. Seit Ende Oktober hatte es ununterbrochen geregnet, und ab Anfang November kamen dann noch stärkere Wolkenbrüche hinzu. Daraufhin versagte die Kanalisation. Der Arno teilte sich oberhalb von Florenz in zwei Arme und strömte in die westlichen Stadtviertel. Man stelle sich vor: Er erreichte einen Höchststand von vier Metern! Wenig später, in der Nacht zum 4. November, wurde der Ponte Vecchio überflutet und zerstört. Dann rauschte das Wasser in die Viertel von Santo Spirito und San Frediano. Die östliche Flussseite traf es einige Stunden später. Der Arno durchbrach die Brüstungsmauer vor der Nationalbibliothek und drang in deren Magazine und das Viertel Santa Croce ein. Das Wasser floss irgendwann wieder ab, Millionen Tonnen von Schlamm blieben. Was das Wasser nicht geschafft hatte, das schaffte der Schlamm. Unwiederbringliche Schätze der Kultur wurden für immer vernichtet. Darunter eben auch die Aufzeichnungen des Isidoro Falchi.«

Robert schluckte.

»Meine Güte, ich habe zwar schon von der Flut gehört, aber dass sie solche Ausmaße hatte, wusste ich nicht. Ich war damals noch gar nicht geboren.«

Sciutto ging nicht weiter darauf ein.

»Wenn Falchi das noch miterlebt hätte, dann hätte er sicher wieder darauf hingewiesen.«

»Worauf?«, fragte Robert.

»Ein alter Onkel, der ihn noch persönlich kannte, hat einmal berichtet, dass er im kleinen Kreis gesagt hat, es gäbe immer noch starke Kräfte, die verhindern wollen, dass das geheime Wissen der Etrusker allen zugänglich wird. Dies seien nur Erkenntnisse für ein paar Auserwählte, der Rest der Menschheit sei noch nicht so weit.«

»Also, er meinte, es ist kein Zufall, dass wir so wenig über die Etrusker wissen und ihre Sprache nicht verstehen?«

Jetzt lächelte Sciutto wieder.

»So ist es. Und genau darüber würde ich gern mit Falchi sprechen. Ich würde alles dafür geben.«

Roberto, das ist dein Mann. Der wird wissen, wonach alle suchen. Aber Vorsicht! Du weißt nichts von ihm. Halte dich jetzt noch etwas zurück.

Sciutto sah Robert fragend an.

»Sie sind auf einmal so schweigsam. Worüber denken Sie nach?«

Robert schüttelte verlegen den Kopf.

»Über nichts. Ich muss das alles erst einmal verarbeiten, Dottore.«

Der Arzt hob abwehrend die Hand.

»Oh nein, Roberto, sagen Sie einfach Antonio zu mir. Und sollte ich Sie zugequatscht haben, tut es mir sehr leid.«

Jetzt hob Robert seinerseits den Arm, und es fiel ihm auf, dass er sich die italienische Art zu sprechen angeeignet hatte. Ein Italiener braucht nämlich zum Sprechen nicht nur Mund, Zunge und Stimmbänder, sondern auch beide Arme.

»Um Gottes willen, Antonio, das Gegenteil ist der Fall! Ich würde gern noch mehr von Ihnen zu diesem Thema hören, aber ich fürchte, meine Mutter, die ich hierher begleitet habe, möchte in absehbarer Zeit wieder nach Florenz aufbrechen. Ich würde Sie gern zum Essen einladen. Was halten Sie davon?«

Sciutto strahlte.

»Aber sehr gern, mein lieber Roberto. Ich war lange im Ausland, lebe aber jetzt wieder in Florenz. Wenn Sie möchten, ginge es bei mir am Freitag.«

»Das ist ganz wunderbar, ich werde für Freitagabend einen Tisch bei ›Fabio‹ reservieren.«

Unbemerkt war Donatella Medici hinter Robert getreten und schob ihren Arm unter seinen.

»Ich möchte nicht stören, aber ich würde jetzt gern fahren, Roberto. Aber wie ich sehe, unterhältst du dich gerade sehr angeregt mit Signore Testa.«

Robert schaute verblüfft von Sciutto zu seiner Mutter.

Sciutto bemühte sich, amüsiert auszusehen.

»Scusa, Signora, das muss eine Verwechslung sein. Ich bin Antonio Sciutto. Seit nunmehr fünfzig Jahren.«

Nun war es Donatella, die verblüfft dreinschaute.

»Sciutto? Ich hätte schwören können, dass Sie Lucio Testa sind! Allerdings habe ich Sie seit Jahren nicht mehr gesehen!«

Sciutto bemühte sich weiter um ein Lächeln.

»Wir haben uns noch nie gesehen. Aber ich vermute, Sie sind Robertos Mutter.«

Donatella holte wiederum Luft, was Robert zum Anlass nahm, ihr das kommende Wort abzuschneiden.

»Komm, Mamma, es wird Zeit. Ciao, Antonio. Ich freue mich auf Freitag.«

Mit sanftem Druck manövrierte er sie von Sciutto weg.

Sciutto hob die Hand.

»Ciao, Signora. Ciao, Roberto!«

Donatella drehte sich im Gehen noch einmal um.

»Seltsam, ich hätte schwören können, er ist es!«

Sie waren schon eine Weile gefahren, schwiegen aber hartnäckig. Robert fand als Erster die Worte wieder.

»Bei allem Respekt, Mamma, das war eine ziemlich peinliche Situation. Wer ist denn dieser Lucio Testa?«

Donatella machte ein beleidigtes Gesicht.

»Ein bekannter Psychiater. Er war vor einigen Jahren in einen Mordfall verwickelt, man konnte ihm aber nichts nachweisen. Dann ist er irgendwie untergetaucht. Jetzt ist er wieder da. Allerdings hatte er früher nicht so einen unvorteilhaften Bart!«

Robert schüttelte den Kopf.

»Aber Mamma! Du kannst dich doch auch einmal irren. Das ist eine Verwechslung, der Mann eben hieß Dottore Antonio Sciutto!«

Donatella zog die Mundwinkel nach unten.

»Ich irre mich nie!«

*

Es war schon dunkel, als Robert nach Mezzomonte zurückkehrte. Wolken verdeckten den Mond, und ein kühler Wind strich ums Haus. Er hatte Catarina gesagt, dass sie kein Abendessen zubereiten sollte, weil er annahm, dass es bei der Ausstellungseröffnung etwas zu essen gäbe. Das war auch der Fall gewesen, aber da er sich so lange und intensiv mit Sciutto unterhalten hatte, waren die herumgereichten Tabletts relativ leer, als sich bei ihm ein Hungergefühl bemerkbar machte. Er holte einen Teller, ging zum Kühlschrank, schnitt sich ein großes Stück Salami ab, etwas Schinken, etwas Käse und nahm ein paar Weintrauben. Dazu goss er sich ein Glas Rotwein ein und setzte sich an den Küchentisch.

Er wollte gerade mit seinem bescheidenen Nachtmahl beginnen, als er ein surrendes Geräusch bemerkte. Er horchte. Das Geräusch kam aus Richtung seines Ateliers. Er stand auf und ging durch die Eingangshalle in den Flur.

Das Handy! Es lag auf dem Schreibtisch und surrte in regelmäßigen Zeitabständen. Er hatte wieder einmal vergessen, es einzustecken. Jemand musste eine Nachricht auf der Mailbox hinterlassen haben.

Er tippte die nötige Zahlenkombination ein und horchte.

Die Stimme klang aufgeregt.

»Robert, hier ist Elena. Ich muss dir dringend etwas sagen. Aber nicht auf die Mailbox. Bitte melde dich, wenn du wieder da bist.«

Er schaute auf das Display. Die Nachricht war vier Stunden alt. Jetzt war es kurz nach zweiundzwanzig Uhr. Er überlegte einen Augenblick, dann tippte er Elenas Handynummer ein.

Nach dem zweiten Rufzeichen meldete sie sich.

»Hallo Elena, hier ist Robert.«

Ein paar Sekunden war es still. Dann hörte er wieder ihre Stimme.

»Ah, Riccarda! Das ist ja toll, dass du anrufst. Ich habe ja seit einer Ewigkeit nichts von dir gehört.«

Robert schaltete sofort.

»Elena, ich verstehe, du kannst nicht sprechen.«

»Was? Du bist in Florenz? Dann müssen wir uns morgen unbedingt treffen! Sag mir, wo!«

»Komm am besten morgen zu mir.«

»Wie? Nein, das geht leider nicht. Das Lokal existiert nicht mehr.«

»Ich verstehe. Ist es zu gefährlich?«

»Ja, sehr sogar.«

»Okay, dann treffen wir uns morgen um elf in Carlos Werkstatt in Vicchio. Da sind wir sicher.«

»Eine gute Idee, dann bis morgen, Riccarda!«

Er ging zurück in die Küche und setzte sich wieder an den Tisch. *Das klingt nicht gut*, dachte Robert, als er Carlos Nummer wählte.

*

Sie saßen auf zwei Böcken an der Hobelbank in Carlos Tischlerwerkstatt. Es roch wie immer angenehm nach frisch gehobeltem Holz, Leim und Harz. Robert schaute auf seine Armbanduhr.

»Seltsam, bis jetzt war sie immer vor mir da.«

Wie auf ein Stichwort klopfte es an der Tür.

Carlo stand auf und öffnete.

»Komm herein, wir warten schon!«

Elena sah blass aus. Sie nickte Robert nur zu und setzte sich auf den dritten Bock, den Carlo bereitgestellt hatte.

»Möchtest du etwas trinken?«, fragte Carlo

Elena nickte.

»Ein Wasser, wenn du hast.«

Carlo ging zu einem alten Kühlschrank, goss ein Glas Mineralwasser aus einer Plastikflasche ein und reichte es Elena. Sie nahm einen großen Schluck.

»Ihr werdet euch sicher wundern, warum ich so einen Aufwand betrieben habe, aber ich glaube, ich bin in großer Gefahr.«

Robert und Carlo schauten sich an, dann fiel ihr Blick wieder auf Elena.

»Ich habe doch gesagt, dass mir die Stimme, die wir nachts im Museum gehört haben, bekannt vorkam. Die von dem Anführer der Bande.«

Carlo nickte.

»Roberto hat es mir erzählt.«

Elena nahm einen zweiten Schluck.

»Ich wusste nur nicht, woher.«

Robert wurde unruhig.

»Und? Ist es dir jetzt wieder eingefallen?«

Elena nickte.

»Ja, es war im Hause der Frescobaldis.«

Carlo und Robert rissen die Augen auf.

»Wie bitte?«

Elena schluckte.

»Vor ungefähr zwei Wochen. Ich hatte ein paar Einkäufe gemacht und bin durch die Küchentür ins Haus gegangen. Dann hörte ich Angelos Stimme in der Halle. Ich wollte gerade zu ihm gehen, um ihn etwas zu fragen, als ich merkte, dass er nicht allein war. Es war noch ein anderer Mann da, auf den Angelo einredete. Der andere hat nicht viel gesagt, nur ein paar Sätze. Aber es war eindeutig diese Stimme. Rau und mit einem sizilianischen Akzent.«

Robert schaute sie verblüfft an.

»Konntest du verstehen, worüber sie gesprochen haben?«

Elena schüttelte den Kopf.

»Nein, leider nicht. Mir ist nachträglich nur aufgefallen, dass die Stimme im Museum einen Befchlston hatte, im Gespräch mit Angelo klang sie aber eher unterwürfig!«

Carlo strich sich über seine Bartspitzen.

»Das heißt, der feine Signore Frescobaldi ist der Chef einer Räuberbande.«

Robert hob die Hand.

»Davon kannst du nicht gleich ausgehen. Vielleicht hat der Sizilianer nur einmal für ihn gearbeitet. Angelo delegiert doch ständig etwas.«

Carlo zuckte mit den Schultern.

»Kann schon sein. Aber wovor hast du denn Angst?«

Elena atmete tief ein.

»Ich habe nachgedacht. Eigentlich weiß ich gar nicht, was Angelo eigentlich macht. Er gibt viel Geld aus, fährt einen Porsche, ist hin und wieder mal auf einer so genannten Geschäftsreise, und immer wenn ich frage, was er tut, dann sagt er: Ich kaufe und verkaufe. Außerdem scheint er kein richtiges Interesse an mir zu haben. Ich meine, als Frau. Affären hat er aber auch nicht. Sieht jedenfalls so aus. Er sagt immer, dass er viel bei mir gutzumachen habe, aber warum ich im Hause Frescobaldi als Luxus-Gast leben darf, ist mir trotzdem nicht klar. Seitdem er aber weiß, dass wir den Sizilianer und seine Männer beobachtet, beziehungsweise belauscht haben, ist er irgendwie anders. Er hat etwas Lauerndes an sich.«

Carlo hatte Elenas Glas mit frischem Wasser gefüllt.

»Es muss doch herauszukriegen sein, was er eigentlich macht! Man sollte ihn beschatten.«

Robert runzelte die Stirn.

»Willst du einen Privatdetektiv auf ihn ansetzen?«

Carlo schüttelte den Kopf.

»Das wäre nicht so klug. Dann hätten wir noch einen Mitwisser mehr. Aber wie wär's mit mir? Ich bin doch der Einzige aus diesem Kreis, den er nicht kennt!«

Robert staunte.

»Du? Okay, zutrauen würde ich es dir. Aber willst du in dieser Zeit deine Werkstatt schließen? Das ist ein 24-Stunden-Job.«

Carlo lächelte schief.

»Im Moment läuft es sowieso nicht so gut. Wenn du mir das gleiche Honorar zahlen würdest wie einem normalen Schnüffler, dann würde es schon gehen.«

Robert staunte abermals.

»Carlo, du bist ja richtig geschäftstüchtig. Allerdings bist du der zuverlässigste Mensch, den ich kenne. Also gut, mach es! Aber pass bitte auf. Wir kennen die Zusammenhänge im Moment überhaupt noch nicht. Ich habe nur eine Ahnung.«

*

Am Freitagabend war Fabios Restaurant in der Via della Vigna Vecchia wie immer bis auf den letzten Platz besetzt. Der Wirt Fabio Cavora hatte für Robert den Tisch reserviert, den er für Prominente und besonders gute Freunde immer bis zur letzten Minute freihielt. Viele Gäste kamen schon aus Neugier, um zu sehen, wer so privilegiert war, dort Platz zu nehmen.

Fabio begrüßte Robert überschwänglich.

»Roberto, schön, dich zu sehen! Du hast dich in letzter Zeit rar gemacht. Komm, setz dich. Wo ist denn deine Freundin? Die schöne Frau mit den rötlichen Haaren, mit der ich dich neulich gesehen habe?«

Robert lächelte.

»Ach, du meinst Maria? Die ist für zwei Wochen nach Paris gefahren, um einen Übersetzungsauftrag anzunehmen. Heute Abend treffe ich mich mit einem Bekannten, es ist eher eine Art Geschäftsgespräch. Da kommt er gerade.«

Antonio Sciutto hatte das Lokal betreten und schaute sich suchend um. Als er Robert entdeckte, lächelte er.

»Roberto, schön, Sie zu sehen. Ich freue mich, dass wir heute mehr Zeit haben.«

Robert war aufgestanden und reichte ihm die Hand.

»Ganz meinerseits. Darf ich Ihnen erst einmal unseren Gastgeber vorstellen? Das ist Fabio Cavora, Fabio, das ist Dottore Antonio Sciutto.«

Fabio setzte ein professionelles Lächeln auf und streckte seine Hand aus.

»Benvenuto, Dottore. Robertos Freunde sind mir immer willkommen. Waren Sie schon einmal bei uns?«

Sciutto schüttelte den Kopf.

»Leider noch nicht. Ich lebe erst seit Kurzem wieder in Florenz. Die letzten Jahre habe ich ausschließlich im Ausland verbracht.«

Robert sah Fabio wieder lächeln, meinte aber, dahinter einen leichten Zweifel zu erkennen. Fabio reichte die Speisekarten.

»Ich bringe jetzt erst einmal die aperitivi.«

Pass auf, Roberto, vielleicht hatte Mamma ja doch Recht. Sei vorsichtig bei allem, was du sagst.

Er lächelte sein Gegenüber an.

»Wir sind ja beide so etwas wie Zugereiste. Ich habe den größten Teil meines Lebens in Amerika verbracht. Wo im Ausland sind Sie denn in den letzten Jahren gewesen?«

»Überwiegend in Südostasien: Kambodscha, Laos und Thailand. Eine Zeit lang aber auch in Ägypten.«

»Haben Sie sich auch mit asiatischer Medizin befasst?«

Sciutto nickte heftig.

»Oh ja, das war eine spannende Erfahrung dahingehend, dass ich die Erkenntnis gewonnen habe, dass unsere Schulmedizin auch nicht immer die Ultima Ratio ist.«

Fabio servierte zwei Gläser Prosecco.

»Habt ihr schon ausgewählt?«

Robert griff nach der handgeschriebenen Karte und lachte.

»Das haben wir doch glatt vergessen. Was empfiehlst du denn heute Abend?«

Fabio warf sich in Pose.

»Ganz exzellent ist heute das Rind, Brasato al Barolo, und empfehlen kann ich auch den Fisch: Filetti di San Pietro in Salsa. Als Vorspeise empfehle ich Artischocken alla Giardiniera oder Terrina D'Anatra, eine vorzügliche Ententerrine.«

Robert rieb sich die Lippe.

»Das hört sich alles ganz wunderbar an. Weißt du was? Ich überlasse dir die Entscheidung.«

Er wandte sich an Sciutto.

»Fabio kann man blind vertrauen, Dottore!«

Sciutto legte die Karte zurück auf den Tisch.

»Dem schließe ich mich an.«

Fabio machte eine Verbeugung.

»Es ist mir eine große Ehre, Signori, ich weiß das Vertrauen zu schätzen. Und der Wein, Roberto? Deinen Lieblings-Brunello? Wenn ihr Fisch wählt, empfehle ich einen köstlichen Vernaccia aus San Gimignano.«

Robert schaute Sciutto fragend an. Der nickte.

»Bei Brunello sage ich nie nein!«

Fabio machte eine weitere angedeutete Verbeugung und entfernte sich in Richtung Küche.

Robert lehnte sich zurück.

»Wo waren wir stehen geblieben, Antonio? Ach ja, bei der Erkenntnis, dass exotische Kulturen oft unterschätzt werden. Eine Art westlicher Arroganz?«

Sciutto schüttelte seinen Kopf.

»Ich würde sagen, die Arroganz der so genannten Moderne. Ich gehe davon aus, dass die Kulturvölker der Geschichte viel mehr gewusst haben als wir heute. Die Wissenschaft bestimmt heute, was existiert und was nicht. Was nicht vermessen oder gewogen werden kann, existiert nicht. Aber ich bin froh, dass ich immer wieder Menschen treffe, denen das nicht genügt.«

Sciutto erhob sein Glas und nickte Robert zu.

»Salute, Roberto!«

»Salute, Antonio!«

Jetzt kannst du das Gespräch wieder auf das Thema »Etrusker« bringen, Roberto. Aber nicht so plump!

»Sagen Sie, Antonio, Sie haben mir in Volterra viel Interessantes über die Etrusker erzählt. Ich habe – ehrlich gesagt – nicht viel über dieses Volk gewusst. Aber je mehr ich darüber erfahre, umso spannender wird es.«

Der Arzt lächelte.

»Das freut mich. Wie Sie wissen, ist es auch mein Lieblingsthema. Und die Recherchen zu diesem geheimnisvollen Volk nehmen nie ein Ende. Wenn Sie meinen, eine Sache durchschaut zu haben, stoßen Sie dahinter auf zwei neue Rätsel.«

Fabio brachte den Wein, goss einen kleinen Schluck ein und ließ Robert probieren. Der bewegte den Wein einen Augenblick in der Mundhöhle, schluckte und nickte anerkennend.

»Ausgezeichnet!«

Fabio goss ein und entfernte sich wieder. Die beiden Männer hoben ihre Gläser und nickten sich zu.

Auf Sciuttos Gesicht formte sich ein Lächeln.

»Ein Spitzenwein.«

Er tupfte sich mit der Serviette den Mund ab.

»Sehen Sie, Roberto, die Etrusker waren Meister in der Herstellung erlesener Weine. Allein die Technik, die sie dafür entwickelten, war anderen Verfahren weit überlegen.«

Robert horchte auf.

»Technik? Glauben Sie, die Etrusker waren bereits dazu imstande, Maschinen zu konstruieren?«

Sciutto lachte.

»Aber selbstverständlich! Sie waren ihrer Zeit auch bei der Verarbeitung von Metall weit voraus. Falchi hat den Anstoß zur Entdeckung ihrer größten Nekropole gegeben, erlebt hat er deren Ausgrabung nicht mehr. Und wissen Sie, warum?«

Robert schüttelte den Kopf.

»Weil über den Gräbern eine sieben Meter dicke Eisenschlackeschicht lag. Dort, wo heute der Parco Archeologico di Baratti e Populonia liegt, stand einst die bedeutendste Verhüttungsanlage der Etrusker. Die Schicht wurde erst nach dem Zweiten Weltkrieg abgetragen, weil Stahlfirmen an der zweiten Ausbeutung mit modernen Methoden interessiert waren.«

Er nahm einen Schluck Wasser, dann einen Schluck Rotwein.

»Sie konnten alle Metalle meisterhaft verarbeiten, vom Schwert über Schmuck bis zur Feinmechanik. Insofern glaube ich auch nicht, dass der Mechanismus von Antikythera ein Werk der Griechen ist. Ich vermute, es war eine etruskische Konstruktion.«

Robert schaute ihn fragend an.

»Der Mechanismus von was, bitte?«

Sciutto neigte seinen Kopf nach rechts.

»Haben Sie nie davon gehört? Man nennt ihn auch den Computer der Antike!«

Robert schüttelte den Kopf.

»Bedaure. Das ist an mir vorbeigegangen.«

Der Arzt lächelte.

»Man kann ja nicht alles wissen. Ich denke, Sie haben Kenntnis von vielen Dingen, von denen ich nie etwas gehört habe. Also: Um 1900 wurde vor der griechischen Insel Antikythera auf dem Meeresgrund ein Wrack entdeckt. Man fand viele Kunstgegenstände und brachte sie ins Nationalmuseum nach Athen. Unter den Funden entdeckte ein Archäologe etwas Seltsames, eine merkwürdige Konstruktion mit Zahnrädern. Nach wissenschaftlichen Untersuchungen datierte man ihre Entstehung auf das letzte Jahrhundert vor Christus. Eigentlich konnte das nicht sein, denn zu dieser Zeit war eine Mechanik mit Zahnrädern noch gar nicht erfunden. Oder das dachten jedenfalls die Wissenschaftler. Das System war nach den Jahrhunderten im Wasser natürlich nicht mehr funktionsfähig. Es dauerte Jahrzehnte, bis diese Konstruktion mit den kompliziertesten Methoden rekonstruiert werden konnte. Übrigens von einem Informatiker und einem Uhrmacher aus Australien. Und stellen Sie sich vor: Sie entdeckten, dass die Konstruktion ein Differentialgetriebe enthielt. Eine Erfindung, von der man bisher annahm, sie stamme aus dem dreizehnten Jahrhundert!«

Robert spürte, wie sich sein Puls beschleunigte.

»Und wozu diente dieser Mechanismus?«

Sciutto lehnte sich zurück und drehte spielerisch an einem Bügel seiner roten Designerbrille, die zu seiner dezenten Aufmachung so gar nicht passen wollte.

»Man fand heraus, dass er wie ein Analogrechner funktionierte. Man konnte mit ihm exakt die Bewegung von Himmelskörpern berechnen. Also auch bevorstehende Mond- oder Sonnenfinsternisse.«

Robert hatte sich noch weiter nach vorn gebeugt.

»Und warum nehmen Sie an, dass das eine etruskische Konstruktion ist?«

Sciutto zog die Augenbrauen nach oben.

»Ich sagte Ihnen ja schon, dass die etruskische und die ägyptische Kultur viele Gemeinsamkeiten haben. *Eine* Scheibe am Mechanismus von Kythera stellt einen Kalender dar.«

Er atmete tief ein und schaute Robert mit einem verschwörerischen Blick an.

»Dieser Kalender ist ein ägyptischer!«

DRITTER TEIL

17. KAPITEL

Robert und Carlo hatten sich am späten Nachmittag im »Hemingway« an der Piazza Piattellina verabredet. Es war für ein Treffen der beiden genau das richtige Lokal, denn hier konnte man aus einem umfangreichen Angebot von Kaffee- und Teesorten auswählen. Sie setzten sich in eine Ecke, wo zwei kaffeebraune Ledersessel standen.

»Schieß los«, sagte Robert und grinste, »du hast unseren Freund Angelo jetzt eine Woche lang beschattet, wie man unter euch Privatdetektiven so sagt.«

Carlo schaute ihn ernst an.

»Mach dich bitte nicht über mich lustig, amico mio.«

Er legte einen kleinen Notizblock auf den Tisch und klappte ihn auf.

»Erzähl erst einmal du. Wie war dein Gespräch mit dem Dottore, der alles über die Etrusker weiß?«

Robert stellte seine Teetasse auf den Tisch.

»Sehr interessant. Der Mann ist wirklich sehr gebildet.«

»Und? Wusste er etwas über diese dreizehnte Stadt der Toten?«

Robert schüttelte den Kopf.

»Ich habe ihn gar nicht danach gefragt. Irgendwie durchschaue ich ihn noch nicht. Da will ich lieber etwas vorsichtig sein. Aber jetzt leg los. Was hast du über Angelo herausgefunden?«

Carlo zog die Augenbrauen hoch.

»Es ist schwer zu sagen, was der Mann eigentlich macht. Er

hat offenbar zwei Leidenschaften: Zu telefonieren und sich mit irgendwelchen Leuten zu treffen. Ob das immer Freunde sind, würde ich allerdings nicht behaupten wollen. Mal sind die Gespräche ganz entspannt, mal ziemlich angestrengt.«

»War denn Elenas ›Sizilianer‹ dabei?«

Carlo schüttelte den Kopf.

»Nein, so einer war nicht dabei.«

Er hielt seinen Notizblock hoch.

»Ich habe mir zu allen Personen Stichworte gemacht und würde sie auch wiedererkennen. Schau mal, zum Beispiel am Donnerstag. Da hat er sich mit einem Herrn im ›Caffè Mario‹ in der Via Ghibellina getroffen. Sie haben lange geredet und nicht ein Mal gelacht. Manchmal wurde das Gespräch richtig hitzig. Einmal ist Angelo aufgesprungen, aber der Signore hat auf seinen Stuhl gezeigt, und da hat er sich wieder gesetzt. Er schien Respekt vor ihm zu haben. Sie haben immer wieder beschriebene Seiten hin- und hergereicht und dann darüber diskutiert. Aber nie laut, nur mit gedämpfter Stimme.«

Robert goss sich eine frische Tasse Tee ein.

»Kannst du den Mann beschreiben?«

Carlo nickte.

»Oh ja! Er war circa so groß wie du, aber um die fünfzig. Er hatte grau melierte, wellige Haare und einen Vollbart.«

Robert grinste.

»So sehen viele Herren in Florenz aus.«

Carlo schaute ihn ärgerlich an.

»So ist es, amico mio. Aber ich habe mir natürlich auch Details notiert, die auffällig waren.«

»Und die wären?«

Carlo blätterte in seinem Block.

»Er musste beim Lesen eine Brille aufsetzen. Das Gestell

hatte eine merkwürdige Form, und außerdem war es knallrot.«

*

Elenas Stimme klang aufgeregt.

»Robert, entschuldige, dass ich so spät noch anrufe. Ich wollte dir nur sagen, dass ich das Haus der Frescobaldis verlassen habe. Angelo hat mein Zimmer durchsucht...«

Robert unterbrach sie.

»Weißt du das ganz genau?«

Elena holte Luft.

»Allerdings, ich habe ihn dabei beobachtet. Ich nehme morgen den Flug nach Rom und von dort aus einen nach Kairo. Ich ziehe für heute Nacht wieder ins Hotel Alba an der Via Della Scala. Eine Bitte, Robert. Kannst du mich morgen zum Flughafen bringen? Ich würde mich sicherer fühlen.«

Robert nickte.

»Aber natürlich. Sag mal, hast du dir das auch gut überlegt?«

Elenas Stimme klang wieder sicher und bestimmt.

»Natürlich. Wir haben schon mehrfach beschlossen, mit der Suche aufzuhören und doch immer wieder angefangen. Wenn ich bleibe, würde das ewig so weitergehen, und wir brächten uns wieder in Gefahr. Nein, damit muss Schluss sein! Hol mich bitte morgen früh um acht Uhr ab. Gute Nacht, Robert.«

»Elena...!«

Aber Elena hatte bereits aufgelegt. Robert ging zurück in sein Atelier. Er setzte sich an seinen Schreibtisch und blätterte im Kalender.

Morgen ist der dreizehnte, und Maria kommt zurück. Sie

lässt auf keinen Fall zu, dass die Suche eingestellt wird. Sie wird auf jeden Fall...
Was war das?
Robert horchte. Waren da Reifen auf dem Kies zu hören? Autotüren wurden bemüht leise geschlossen. Und nun vernahm er Schritte.

Robert löschte das Licht im Atelier und drückte sich an die Wand neben dem bodentiefen Fenster. Sehen konnte er nichts, dafür war die Nacht zu dunkel. Aber er hatte das Gefühl, dass sich da draußen etwas bewegte. Dann gedämpfte Stimmen.

Auf Zehenspitzen schlich er in die Halle. Dort, hinter der Treppe, war der Sicherungskasten für die Außenbeleuchtung. Nach dem letzten Einbruch hatte er rund um das Haus Bewegungsmelder anbringen lassen. Näherte sich jemand auf ungefähr zehn Meter, schaltete sich eine Reihe von Halogenscheinwerfern ein, die das Gelände in taghelles Licht tauchten. Meistens schaltete Robert die Sensoren aber aus, weil schon Wildtiere oder Katzen in der Nacht für eine ungewollte Illumination gesorgt hatten.

Er öffnete den Sicherungskasten und schaltete die Sensoren ein. Dann nahm er einen Feuerhaken vom Kamin und setzte sich in den großen Ledersessel. Sein Atem ging flach. Er hatte schon öfter überlegt, einen Jagdschein zu machen, dann hätte er wenigstens eine Waffe im Haus. Andererseits widerstrebte ihm der Gedanke...

In diesem Augenblick schaltete sich die volle Außenbeleuchtung ein. Robert sprang auf und rannte zur Tür, riss sie auf und blieb im Türrahmen stehen, den Feuerhaken schlagbereit in der Hand. Er sah zwei Gestalten, die gerade hinter dem Stallgebäude verschwanden.

»Kommen Sie da raus!«, brüllte er. »Sie haben keine Chance, die Polizei ist bereits unterwegs!«

Eine Minute blieb es still. Langsam trat ein Mann hinter dem Stallgebäude hervor.

»Machen Sie keinen Unsinn, und schalten Sie das verdammte Licht aus! Im Übrigen: das mit der Polizei können Sie Ihrer Großmutter erzählen.«

Ein zweiter, größerer Mann trat ins Licht.

Jetzt erkannte Robert die nächtlichen Besucher.

»Parker«, rief Robert, »warum schleichen Sie nachts um mein Haus? Ich denke, Sie sind längst wieder in den Staaten?«

Parker grinste.

»Da täuschen Sie sich. Wir mussten eine Weile abtauchen. Das Feuerwerk, das wir zu ihrem Wohl veranstaltet haben, war ein bisschen mehr als illegal, und wir hatten bei dieser Aktion keine Rückendeckung von der Firma. Im Falle der Fälle würde McMulligan bestreiten, uns zu kennen.«

Robert schaute ihn erstaunt an.

»Und was soll dieser nächtliche Besuch? Was wollen Sie von mir?«

Inzwischen war der Texaner hinter ihn getreten und tippte mit dem Zeigefinger an einen imaginären Hut. Parker behielt sein Grinsen im Gesicht.

»Was das soll? Wir haben noch nicht aufgegeben, mein lieber Darling, wir sind immer noch an derselben Sache dran. Genau wie Sie. Aber es wäre dumm, wenn wir Sie am helllichten Tag aufsuchen würden. Herrgott, schalten Sie doch das verdammte Licht endlich aus!«

Robert ging zum Sicherungskasten und legte den Hauptschalter für die Scheinwerfer um. Als er sich umdrehte, standen Parker und Dowell bereits hinter ihm.

»Ich kann mich nicht erinnern, Sie hereingebeten zu haben.«

Parker schaute ihn durchdringend an.

»Hören Sie mal, Darling, Sie sind uns etwas schuldig. Ohne uns könnten Sie sich jetzt das Pflanzenwachstum von der anderen Seite aus ansehen. Legen Sie jetzt endlich den albernen Feuerhaken weg.«

Robert merkte, dass er am kürzeren Hebel saß. Widerstand war zwecklos, er musste taktisch vorgehen. Er lächelte und deutete auf zwei weitere Ledersessel.

»Dann nehmen Sie bitte Platz. Möchten Sie etwas trinken?«

Dowell, der gerade seine langen Beine ausgestreckt hatte, sodass seine Alligator Hornback Boots gut zur Geltung kamen, nickte.

»Ein kaltes Bier wäre nicht schlecht.«

Robert schaute Parker fragend an. Der nickte.

»Ich habe aber kein Budweiser im Haus. Nur Birra Moretti.«

»Ist egal«, sagte Parker, »Hauptsache kalt.«

Jetzt erst einmal für eine lockere Atmosphäre sorgen, Roberto, und dann lockst du sie auf eine falsche Fährte.

Er kam aus der Küche zurück, stellte zwei Flaschen Moretti und zwei Gläser auf den Tisch, für sich selbst hatte er ein Glas Vino Nobile mitgebracht.

»Meine Herren, ich bin Ihnen sogar sehr dankbar, dass Sie mich gerettet haben. Insofern hat sich meine Einstellung zu Ihnen natürlich verändert. Salute!«

Er hob sein Glas, seine ungebetenen Gäste die Flaschen.

»Ich bin zwar nicht sehr viel weitergekommen, aber ich bin aus Zufall darauf gestoßen, dass eine Person, die ganz in meiner Nähe war, viel mehr darüber weiß.«

Parker stellte seine Flasche auf den Tisch.

»Nun sagen Sie schon, wer?«

Robert lehnte sich zurück.

»Es ist ein alter Bekannter von mir. Seit Tagen versuche ich, mehr aus ihm herauszukriegen, aber er sagt nichts.«

Dowell schüttelte den Kopf.

»Und woher wollen Sie dann wissen, dass er mehr als Sie weiß?«

Robert lächelte.

»Weil er mehrfach vor mir an Plätzen war, die ich erst mühsam recherchiert hatte.«

Parker hatte sein Grinsen abgelegt und schaute Robert ernst an.

»Passen Sie auf, Darling, kommen Sie mir nicht mit dem großen Unbekannten. Das könnte...«

Robert unterbrach ihn.

»Wieso unbekannt? Ich kann Ihnen sogar seinen Namen sagen.«

Parker zog die Augenbrauen nach oben.

»Und der wäre?«

Robert nahm einen Schluck Wein.

»Sein Name ist Angelo Frescobaldi.«

*

Es war ein toskanischer Bilderbuchmorgen, als Robert am nächsten Tag kurz vor halb acht in Richtung Florenz aufbrach. Ganz munter war er nicht, denn die beiden DIA-Agenten hatten noch zwei Stunden bei ihm gesessen und ihm jede Menge Fragen gestellt. Er hatte sie aber immer wieder in die falsche Richtung geführt und Angelo Frescobaldi zunehmend interessanter gemacht. Mit dem Hinweis, dass sie sich wieder melden würden, waren sie schließlich aufgebrochen.

Kurz vor acht Uhr parkte er an der Via della Scala vor dem Hotel Alba.

Die Dame mit der schwarzen Brille und den roten Haaren an der Rezeption schaute ihn fragend an. Robert lächelte.

»Mein Name ist Robert Darling. Könnten Sie wohl bei Signora Elena Karakos anrufen und ihr sagen, dass ich da bin?«

Sie schaute auf ihren Terminal, tippte ein wenig auf dem Keyboard herum und schüttelte dann den Kopf.

»Bedaure, einen Gast dieses Namens haben wir nicht.«

Robert schaute verwirrt.

»Aber sie hat schon einmal bei Ihnen gewohnt, das muss ungefähr drei Wochen her sein.«

Die Rothaarige schaute wieder auf den Terminal und scrollte sich durch die Gästeliste.

»Ja, das stimmt. Das waren drei Übernachtungen.«

»Sie wollte gestern Abend bei Ihnen einchecken. Hat man vielleicht vergessen, sie einzutragen?«

Wieder erntete er Kopfschütteln.

»Das geht gar nicht. Wenn wir sie nicht ins System eintippen, kann sie auch keine Magnetkarte für die Zimmertür bekommen.«

Robert wandte sich ab.

»Dann entschuldigen Sie bitte. Es war wohl ein Irrtum.«

Im Hinausgehen zog er sein Handy aus der Tasche und tippte Elenas Nummer ein. Nach fünf Ruftönen meldete sich die Computerstimme der Mailbox. Ein zweiter Versuch führte zum selben Ergebnis.

Er wollte gerade in sein Auto steigen, als sein Mobiltelefon klingelte. Er drückte auf die grüne Taste.

»Elena?«

Die Stimme klang kühl.

»Nein, Roberto, hier ist Maria. Sehr enttäuscht? Ich wollte dir nur mitteilen, dass ich aus Frankreich zurück bin. Sollte es dich interessieren. Wenn du lieber ...«

Robert unterbrach sie.

»Maria, sei nicht albern. Elena ist verschwunden. Ich sollte sie heute Morgen zum Flughafen bringen, aber sie war nicht in ihrem Hotel.«

Maria räusperte sich.

»Das klingt nicht gut. Vielleicht ist es ein Missverständnis. Lass uns doch zusammen frühstücken, dann kannst du mir alles erzählen.«

Eine Stunde später saßen sie im »Hemingway« und taten das, was man in Italien unter frühstücken versteht.

Robert erzählte Maria von den Ereignissen der letzten Tage.

»... und als sie dann beobachten konnte, dass er ihr Zimmer durchstöbert hat, fasste sie sofort den Entschluss, abzureisen.«

Maria nahm einen Schluck von ihrem Cappuccino.

»Merkwürdig, was mag er gesucht haben?«

»Ich glaube, er denkt, dass Elena viel mehr weiß, als sie zugibt.«

Maria sah Robert mit ihren grünen Augen an.

»Warum rufst du ihn nicht einfach an und fragst ihn, ob er weiß, wo sie steckt?«

Robert nickte.

»Eigentlich hast du Recht. Aber ich habe gar keine Nummer von ihm.«

Maria griff in ihre Tasche.

»Ich habe sie.«

Robert war verblüfft.

»Du? Du hast ihn doch höchstens zweimal gesehen!«

Maria lachte und klappte ihr Handy auf.

»Er hat sie mir beim Empfang deiner Mutter förmlich aufgedrängt. Ich glaube, er hält sich für einen großen Womanizer.«

Sie tippte die Nummer ein und reichte Robert das Handy.

»Hier – versuch's mal!«

Schon nach dem zweiten Rufton meldete sich Angelo. Robert bemühte sich, unbesorgt zu klingen.

»Hallo, Angelo, hier ist Roberto. Hast du eine Ahnung, wo Elena stecken könnte?«

Maria verstand zwar kein Wort, vermutete aber, dass auf die Frage eine Schimpfkanonade folgte. Eine ziemlich laute, denn Robert hielt das Handy etwas von seinem Ohr weg.

»Okay, okay, hätte ja sein können, dass du es weißt. Ist ja gut, reg dich doch nicht so auf. Ciao, Angelo.«

Maria war gespannt.

»Was hat er gesagt?«

Robert klappte das Handy zu und gab es ihr zurück.

»Gesagt hat er nicht viel. Es war vielmehr eine Aneinanderreihung von Flüchen, und ›undankbares Weib‹ war noch das Harmloseste. Ich glaube, er weiß wirklich nicht, wo sie steckt.«

Maria nahm seine Hand.

»Ich habe eine gute Freundin, die am Flughafen arbeitet. Ich werde sie anrufen, sie soll nachsehen, ob Elena eingecheckt hat.«

Die Nachfrage am Flughafen war schnell erledigt. Ja, hatte Marias Freundin gesagt, eine Elena Karakos war auf die Maschine nach Rom gebucht worden, aber auch auf den dritten Aufruf hin nicht erschienen.

Robert runzelte die Stirn.

»Das hört sich alles nicht gut an. Wir haben nicht den geringsten Anhaltspunkt, wo sie sein könnte.«

Maria schaute ihn nachdenklich an.

»Vielleicht hat sie das alles absichtlich getan, um eine Verfolgung unmöglich zu machen.«

»Könnte sein, aber irgendwie ist sie nicht der Typ, der solche Taktiken anwendet.«

Maria zog die Augenbrauen hoch.

»Ach, was für ein Typ ist sie denn? So eine von den Geradlinigen, Aufrechten?«

Robert schaute Maria ärgerlich an.

»Das ist jetzt nicht der richtige Zeitpunkt für Sarkasmus. Wenn Elenas Verschwinden mit der Suche nach dem Todestag-Rätsel zusammenhängt, kommen drei Gruppen in Frage: die DIA-Leute. Das glaube ich aber nicht, denn die konzentrieren sich ziemlich sicher zurzeit auf eine andere Person. Die Gangster, beziehungsweise eine Gruppe der Mafia. Das halte ich aber auch für unwahrscheinlich. Offensichtlich gibt es da noch eine dritte Gruppe, die ich immer noch nicht einordnen kann. Das macht die Sache nicht gerade einfacher.«

In diesem Augenblick klingelte Roberts Handy.

Er meldete sich, riss die Augen weit auf, sein Mund öffnete sich nur langsam.

»Elena, mein Gott, wo bist du?«

Elenas Stimme klang brüchig.

»Ich weiß es nicht, aber es muss ein Hotel sein.«

»Was für ein Hotel?«

»Ich weiß es nicht. Ein Mann hat mich gestern Abend auf dem Weg zum Hotel Alba angesprochen und mir gesagt, er habe wichtige Informationen zum Hintergrund des Todes meines Vaters.«

»Und das hast du geglaubt?«

»Er wusste so viele Einzelheiten, das konnte kein Schwindler sein. Außerdem war er nett und höflich. Wir sind in die Hotelbar gegangen. Dort muss er mir irgendetwas ins Glas getan haben. Ich fühlte mich plötzlich so...«

»Wo ist er jetzt?«

»Er ist fort.«

»Warum fliehst du nicht?«

»Er hat mich mit Handschellen ans Bett gefesselt. Ich habe mehr als eine Stunde gebraucht, um meine Tasche mit den Füßen zu erreichen, um das Handy herauszubekommen.«

»O.k., wo finde ich dich?«

»Ich weiß es nicht.«

Robert überlegte einen Augenblick.

»Sieh dich um. Was siehst du, wenn du aus dem Fenster schaust?«

Er hörte Elenas schweren Atem.

»Ich kann vom Fenster aus die Spitze einer Kirche oder eines Palazzos sehen. Der obere Teil der Fassade sieht aus wie ein griechischer Tempel. In der Spitze ist eine Sonne mit einem Gesicht zu sehen.«

Maria hatte Robert die ganze Zeit beobachtet. Jetzt ließ er das Handy sinken und blickte sie konzentriert an.

»Maria, welche Kirche in Florenz hat im oberen Teil eine Fassade wie ein griechischer Tempel und eine Sonne mit einem Gesicht in der Spitze?«

Maria überlegte.

»Wie viele Säulen hat der Tempel?«

Robert wiederholte die Frage.

»Vier. Und in der Mitte ein rundes Fenster.«

Maria nickte.

»Das kann nur Santa Maria Novella sein. Die liegt direkt am Hauptbahnhof.«

Robert nahm das Handy wieder ans Ohr.

»Elena, wir sind gleich bei dir.«

Sie hatten den Bahnhofsplatz in wenigen Minuten erreicht, stellten sich mit dem Rücken zur Dominikanerkirche Santa

Maria Novella und scannten mit ihren Augen die gegenüberliegenden Häuserfronten ab.

Robert streckte den Arm aus.

»Da, das Hotel International liegt genau gegenüber. Nehmen wir an, sie liegt auf dem Bett, sie schaut also von unten nach oben, dann kann das eigentlich nur im zweiten, nein, im dritten Stockwerk sein. Komm schnell!«

Sie liefen über den Platz. Vor dem Hotel blieb Robert stehen.

»Maria, ich weiß, du magst Elena nicht besonders. Aber denk dran, es geht hier um unsere gemeinsame Sache. Wir dürfen kein Aufsehen erregen. Die Polizei ist das Letzte, was wir brauchen können. Kannst du hineingehen und den Rezeptionisten ablenken? Ich versuche, unbemerkt hineinzukommen und Elena zu finden.«

Maria schaute ihm ein paar Sekunden in die Augen und verzog keine Miene, dann drehte sie sich um und ging auf den Eingang des Hotels zu. Robert wartete zwei quälende Minuten, dann folgte er ihr.

Maria hatte sich so geschickt hingestellt, dass der Mann an der Rezeption dem Eingang und dem Treppenaufgang den Rücken zudrehte. Auf diese Weise konnte Robert, der gewartet hatte, bis eine Gruppe Touristen ins Hotel ging, unbemerkt zum Treppenaufgang gelangen.

Immer zwei Stufen auf einmal nehmend, erreichte er den dritten Stock. Das »International« war kein großes Hotel, auf jedem Stockwerk befanden sich ungefähr zehn Zimmer. Es kam nur die Seite in Frage, die zu Santa Maria Novella gewandt war. Es war kurz nach zehn Uhr vormittags, eine Zeit, in der die Hotelgäste entweder noch frühstückten oder das Hotel schon verlassen hatten.

Du musst jetzt systematisch vorgehen, Roberto.

Er klopfte an die erste Tür. Es rührte sich nichts. Leise rief er »Elena«. Keine Reaktion.

Die zweite Tür. Nach dem Klopfen wurde geöffnet. Eine ältere Frau im Bademantel öffnete. Robert strahlte sie an.

»Oh, Signora, ich bitte vielmals um Entschuldigung. Ich habe mich im Zimmer geirrt.«

Die Frau schaute verblüfft, dann lächelte sie zurück.

»So etwas kann passieren!«

Dann schloss sie die Tür.

Die dritte Tür, die vierte, die fünfte.

Alle Gäste waren bereits ausgeflogen.

Er hatte gerade an die siebte geklopft und leise »Elena« gerufen. Wieder nichts. Oder etwa doch? Er ging zurück, drückte sein Ohr an die Tür und klopfte noch einmal.

»Elena«?

Eine dünne Stimme antwortete

»Robert, ich bin hier!«

Er rüttelte an der Tür. Sie war verschlossen.

»Ich hol dich da raus!«

Robert überlegte. Im Flur des dritten Stockwerks regte sich nichts. Er ging zurück zum Treppenaufgang und horchte. Unter ihm war ein leises Geklapper zu hören, das darauf schließen ließ, dass das Zimmermädchen gerade aufräumte. Er ging die Treppe hinunter.

Das Zimmermädchen hatte eine dunkle Hautfarbe und trug ein blaues Kleid mit einem weißen Kragen.

Robert lächelte sie an.

»Scusa, Signora, können Sie mir helfen? Ich hatte ein kleines Missgeschick. Ich wollte zum Frühstück gehen und habe die Tür hinter mir zugezogen. Da habe ich erst gemerkt, dass ich die Magnetkarte auf dem Tisch habe liegen lassen. Und leider auch meine Brille. Aber ohne Brille kann ich nicht Zeitung lesen. Und ohne Zeitung kann ich nicht frühstücken. Wären Sie bitte so liebenswürdig und würden mir mein Zimmer aufsperren? Es ist die Nummer 37.«

Das Zimmermädchen schaute ihn argwöhnisch an, Robert ihr dagegen immer noch lächelnd in die Augen.

»Sie können mir vertrauen. Ich vertraue Ihnen ja auch, wenn Sie in meiner Abwesenheit in mein Zimmer gehen. Und dieses Vertrauen weiß ich zu würdigen.«

Dann zog er einen Fünfzig-Euro-Schein aus der Tasche. Langsam entspannte sich ihr Gesicht, dann lächelte auch sie.

»Eigentlich dürfen wir das nicht ...«

Sie nahm ihm den Schein aus der Hand, ging mit ihm die Treppe hinauf, schob die Generalkarte in den Schlitz und ging davon, ohne ihn noch eines Blickes zu würdigen.

Elena lag seitlich auf dem Bett. Ihre Hände waren mit Handschellen an den Verstrebungen des Metallbettes befestigt. Es war ihr gelungen, ihre Handtasche mit den Füßen bis in die Reichweite ihrer Arme heranzuziehen. Mit einer fast akrobatischen Leistung hatte sie dann das Handy aus der Tasche herausgefischt.

»Robert, Gott sei Dank.«

Robert strich ihr übers Haar und rüttelte an den Handschellen.

Sie waren fest verschlossen. Er schaute sich im Zimmer um. Irritiert fiel sein Blick auf den Tisch. Dort lag als einziger Gegenstand ein kleiner Schlüssel.

Er griff danach, und zwanzig Sekunden später war Elena von ihrer Fessel befreit. Robert schüttelte den Kopf.

»Dein Entführer scheint ein ausgesprochener Gentleman zu sein.«

Elena rieb sich die Handgelenke.

»Er war überhaupt sehr nett.«

»Aber was wollte er denn von dir?«

»Er hat mich ununterbrochen über das Todestags-Rätsel ausgefragt.«

Sie schluckte.

»Robert?«

»Ja.«

»Ich glaube, ich weiß, wer es war. Ich habe ja ein gutes Gedächtnis für Stimmen, und mit diesem Mann habe ich schon einmal telefoniert. In Alexandria. Davon hatte ich dir erzählt.«

Robert schaute sie verwirrt an.

»Und wer, meinst du, war das?«

Elena strich sich eine Haarsträhne aus dem Gesicht.

»Es war ein großer, blonder Mann. Es war dieser Georg von Sell!«

*

Robert hatte Elena dazu überredet, sich erst einmal in einem seiner komfortablen Gästezimmer auszuruhen. Es war ihm nicht besonders schwergefallen, denn sie fühlte sich schlapp und elend. Schon kurz nach der Ankunft in Mezzomonte sank sie in einen tiefen Schlaf.

Nachdem er sich einen Assam-Goldspitzen-Tee gebrüht hatte, ging er hinunter auf die Terrasse, die jetzt im Halbschatten lag.

Sein Blick glitt über das hügelige Land mit seinen Weinbergen, Olivenhainen, Zypressen und Eichenwäldern.

Gib es zu, Roberto. Du kommst einfach nicht weiter. Weil du niemandem so recht vertrauen kannst. Nur Elena. Und Carlo natürlich. Aber der weiß zu wenig von dieser Geschichte. Und Maria, aber auch sie benimmt sich manchmal merkwürdig. Und nun taucht auch noch Georg von Sell, oder vielmehr der Mann, der sich so nennt, wieder auf. Welche Interessen hat der? Du könntest Antonio Sciutto fragen, wo diese verdammte dreizehnte Stadt der Toten liegt. Der weiß es sicher. Aber irgendwie ist auch der trotz seiner Freundlichkeit nicht ganz zu durchschauen. Es muss doch noch eine andere...

Robert schlug sich mit der flachen Hand auf die Stirn.

Natürlich! Warum bist du nicht gleich darauf gekommen? Professore Claudio Lazzarotto, der die Geschichte der Toskana besser kennt als seine Wohnung. Dieser seltsame alte Mann hat dir schon einmal geholfen und dich auf die Spur gebracht. Und der gehört mit Sicherheit keiner der Interessengruppen an. Er gehört ja noch nicht mal der menschlichen... Ob er noch lebt?

Robert ging zurück ins Haus und nahm die neueste Ausgabe des Telefonbuchs von Florenz aus dem Schrank.

H-I-J-K-L. La... La..., da ist er. Lazzarotto, Claudio.

Robert wählte die Nummer und wartete. Nach dem achten Rufton wollte er enttäuscht auflegen, da meldete sich die mürrische Stimme des Professors.

»Professore? Hier spricht Robert Darling. Erinnern Sie sich... ja? Ich hätte da mal wieder eine Frage. Sagt Ihnen der Begriff ›Die dreizehnte Stadt der Toten‹ etwas? Nicht am Telefon? Wie Sie meinen. Ich soll... natürlich geht das, ich könnte heute Nachmittag zu Ihnen kommen. Gegen fünfzehn Uhr? Gracie, ciao Professore.«

Er drückte auf die rote Taste des Telefons.

So einfach hättest du es dir gar nicht vorgestellt, nicht wahr, Roberto? Aber warum hatte er ihm bei der Nennung der Totenstadt das Wort abgeschnitten? Lazzarotto war doch froh, wenn ihn niemand besuchte. Und jetzt zitierte er ihn sogar in seine Wohnung?

Er ging in die Küche, wo Catarina gerade emsig in einer Schüssel rührte.

»Catarina, seien Sie doch bitte so nett und haben Sie ein Auge auf Signora Elena. Ich muss nach Florenz, bin aber wahrscheinlich bald wieder hier.«

Catarina nickte.

Dabei warf sie ihm einen Blick zu, der sagen sollte: Kinder bringen verletzte Vögel mit ins Haus, der Signore Darling angeschlagene Frauen.

*

Robert fand den Weg zur Wohnung des Professors, ohne lange suchen zu müssen. Dieser Mann hatte ihn damals in seiner ganzen Skurrilität so beeindruckt, dass alles tief in seinem Gedächtnis eingebrannt war. So fand er das große Miethaus in der Nähe der Biblioteca Nazionale mit dem schönen Ausblick über den Arno sofort wieder.

Als er gerade klingeln wollte, verließ eine Frau mit einem großen Korb das Haus. Robert griff nach der geöffneten Tür, nickte ihr zu und stieg die Treppen empor. Im Treppenhaus roch es nach Wachs und Artischocken.

Die Wohnung des Professors lag im dritten Stock. Die zweiflügelige Eingangstür war aus polierter Eiche und mit geometrischen Schnitzereien versehen. Robert drückte den Klingelknopf. Nichts regte sich. Er wartete und betätigte die Klingel ein zweites Mal. Wieder ohne Erfolg.

Komisch, er weiß doch, dass du kommst. Oder ob er es sich plötzlich anders überlegt hat?

»Professore?«, rief er mit gedämpfter Stimme und klopfte gegen die Tür. Sie gab nach und öffnete sich um einen Spalt. Robert trat einen Schritt zurück. Es blieb völlig still.

Er stieß die Tür etwas weiter auf.

»Professore, sind Sie da?«

Mit langsamen Schritten betrat er den Flur. Der Geruch von altem Papier stach ihm in die Nase. Im Flur waren, wie damals, unausgepackte und noch nicht einsortierte Bücher gestapelt, die in ihrer Mitte eine Gasse zum Durchgehen freigaben.

Der Professor saß aufrecht in seinem Schreibtischsessel und starrte in Richtung Fenster, von dem aus man hätte den Arno sehen können, wenn es nicht zu zwei Dritteln von einem Bücherregal verdeckt worden wäre. Seine linke Hand ruhte auf der Schreibtischplatte, seine Rechte hing neben der Sessellehne. Darunter, auf den Dielen des Fußbodens, lag ein Kugelschreiber. Die wenigen Haare standen wirr vom Kopf ab.

Man musste kein Mediziner sein, um zu erkennen, dass jedes Leben aus dem Körper des alten Mannes gewichen war. Robert merkte, wie ihm kalter Schweiß auf der Stirn stand. Äußere Verletzungen konnte er nicht entdecken.

Vielleicht hat irgendetwas oder irgendjemand den alten Herrn so erschreckt, dass er einen Herzschlag bekommen hat. Vorsicht, Roberto, irgendjemand hat die Tür offen stehen lassen. Vielleicht ist er noch in der Wohnung. Mach, dass du hier rauskommst!

Dann fiel sein Blick auf den Schreibtisch. Lazzarotto musste kurz vor seinem Tod noch etwas notiert haben. Vor ihm lag ein Schreibblock, von dem die erste Seite mit großer Hast abgerissen war. Ein fast dreieckiger Schnipsel hatte sich nicht von der Gummierung gelöst. Robert beugte sich herunter. Die Schrift war auf die nächste Seite durchgedrückt worden. Er erinnerte sich an einen alten Trick aus Kindertagen, mit dem sie Inschriften von alten Mauern auf Papier übertragen hatten. Man hielt das Papier gegen das Gestein und rieb dann mit einem Stück Zeichenkohle über das Blatt. Mithilfe dieser Frottage-Technik wurden die Kanten der Schrift sichtbar übertragen. Er schaute in die Schale mit den Schreibutensilien, fand einen weichen Bleistift und begann ohne Druck, ihn seitlich hin und her zu bewegen. Es funktionierte. Schon nach kurzer Zeit wurde die Schrift sichtbar.

Vier Zeilen hatte Lazzarotto notiert: Darling, 15 Uhr, dreizehnte Stadt, Akte Populonia.

Er riss den Zettel vom Block, steckte ihn zusammen mit dem Bleistift in die Tasche und stieß dabei gegen den Stuhl. Der Tote verlor seinen Halt und fiel mit dem Kopf auf Roberts Schulter. Die Arme legten sich durch den Ruck für ein paar Sekunden um ihn. Wie ein Ertrinkender, der sich in Verzweiflung an seinen Retter krallt. Robert reagierte instinktiv und drückte den toten Körper zurück in eine sitzende Position. Dabei bemerkte er, dass die Hände bereits eiskalt waren. Für einen Augenblick nahm er mit Erstaunen zur Kenntnis, wie gelassen er diese makabre Situation ertrug.

»Tut mir leid, Professore«, murmelte er und ging mit schnellen Schritten durch die Bücherpalisaden zur Eingangstür. Fast hätte er sie zugezogen, dann fiel ihm ein, dass der alte Mann dort Tage und Wochen sitzen würde, bevor jemand entdeckte, dass er tot war.

Hauptsache, er hinterließ keine Spuren. Er nahm ein Taschentuch und wischte die Türklinke sorgfältig ab.

18. KAPITEL

Als er zu seinem Wagen zurückging, wurde Robert klar, was er gerade getan hatte. *Bist du jetzt schon so abgebrüht, dass du einen Toten einfach so sitzen lässt, Roberto? Vielleicht hättest du noch etwas für den einsamen alten Mann tun können? Jetzt ist es zu spät.*

Grübelnd ging er weiter, so in Gedanken vertieft, dass der Mann, der ihm entgegenkam, ausweichen musste, um nicht angerempelt zu werden. Statt sein augenscheinlich schlafwandelndes Gegenüber zu beschimpfen, blieb der Passant stehen und lachte.

»Roberto, wo sind Sie denn gerade? Bestimmt nicht in dieser Welt!«

Robert hielt an und drehte sich um. Er brauchte tatsächlich einige Sekunden, um sich zu sammeln. Dann erst erkannte er das amüsierte Gesicht von Antonio Sciutto.

»Oh, Antonio, verzeihen Sie mir. Ich war wirklich mit den Gedanken ganz woanders.«

Jetzt lächelte auch er, ging auf Sciutto zu und reichte ihm die Hand.

»Fast hätte ich Sie umgerannt. Darf ich Sie zur Wiedergutmachung auf einen Kaffee einladen?«

Sciutto klopfte ihm auf die Schulter.

»Aber gern, dafür habe ich immer Zeit. Kommen Sie, gleich hier um die Ecke ist eine kleine Bar.«

»Klein« war untertrieben, das Angebot beschränkte sich auf einen Tisch, zwei Stühle sowie zwei Stehtische.

»Kann ich bei Ihnen auch einen Tee bekommen?«, fragte Robert den Mann hinter dem Tresen, der eine weiße Schiffchenmütze trug wie die Keeper amerikanischer Drugstores in den fünfziger Jahren.

»Aber selbstverständlich, Signore! Pfefferminztee von frischen Blättern, ist jetzt sehr angesagt!«

»Sind Sie krank?«, fragte Sciutto besorgt, als Robert einen doppelten Espresso und den Tee auf den Tisch stellte.

»Nein, ich gehöre nur zu der seltenen Spezies, die keinen Kaffee trinkt. Aber es soll ja auch Italiener geben, die sich vor Tomaten ekeln.«

Beide mussten laut lachen. Robert setzte sich.

»Eigentlich, mein lieber Antonio, hatte meine Versunkenheit etwas mit Ihnen zu tun.«

Sciutto zog die Augenbrauen nach oben.

»Mit mir? Da bin ich aber gespannt.«

Robert rührte in seinem Teeglas.

»Erinnern Sie sich? Sie haben damals bei unserem Essen einen Ort mit dem Namen Populonia erwähnt und dass zur Zeit der Etrusker dort Eisenerz verhüttet wurde und riesige Mengen an Schlacke antike Überreste verdeckt haben. Können Sie mir mehr über Populonia erzählen?«

Sciutto nickte.

»Ja, natürlich! Populonia ist die einzige der zwölf Etruskerstädte, die direkt am Meer, bei dem Städtchen Piombino, liegt. Eigentlich über dem Meer, denn sie wurde auf einem Gebirgsplateau über dem Golf von Baratti gebaut und fiel dann terrassenförmig zum Hafen hin ab. Die hohe Ansiedlung diente wahrscheinlich Verteidigungszwecken. Man hat von dort aus übrigens einen fantastischen Blick auf die Insel Elba. Von dort holten sich die Etrusker auch das Eisenerz, das sie zur Verhüttung brauchten.

Und das taten sie in Ausmaßen, wie es in der antiken Welt eigentlich unvorstellbar war. Über eine Million Kubikmeter Schlacken ließen sie zurück. Nun war die antike Technik der Erzausbeute noch nicht so effizient wie heute, und darum begann man im Zweiten Weltkrieg die Schlacke noch einmal auszubeuten, weil ein großer Bedarf an Metall bestand. Das ging so bis Ende der sechziger Jahre. Durch diesen Schlackenabbau kamen dann die Überreste des antiken Populonia und ihre Nekropolen ans Tageslicht.«

Robert richtete sich auf.

»Nekropolen? Also Totenstädte?«

Sciutto nickte.

»Ja, und zwar die interessantesten. Dadurch, dass sie unter den riesigen Schlackemengen lagen, war auch der Weg für Grabräuber versperrt. Im Laufe der Zeit ...«

Damit hatte er sich anscheinend selbst ein Stichwort gegeben und schaute auf seine Armbanduhr.

»Oh, Roberto, ich muss unhöflich sein. Ich habe einen Termin bei einem Kollegen, der Zahnarzt ist. Und den darf ich nicht warten lassen.«

Er stand auf und reichte Robert die Hand.

»Lassen Sie uns doch wieder einmal essen gehen. Diesmal möchte ich Sie einladen. Ich rufe Sie an. Ciao, Roberto!«

Mit wenigen Schritten war Antonio Sciutto hinter einer Hausecke verschwunden.

Robert sah ihm nach.

Die Stadt der Toten! Roberto, dio mio, du bist auf der richtigen Spur. Überleg dir jetzt ganz genau, wie du vorgehst und wen du in die Geschichte einweihst.

✻

Schon als er die Halle seines Hauses betrat, sah er die gepackte Reisetasche. Elena kam die Treppe herunter. Robert schaute sie verwundert an.

»Du willst fort?«

Elena nickte.

»Eigentlich wäre ich ja längst fort, wenn dieser saubere Herr von Sell mich nicht davon abgehalten hätte.«

Robert legte beide Hände auf ihre Schultern.

»Ich glaube, wir sind dem Ziel so nahe wie noch nie! Ich möchte dich bitten, noch ein paar Tage zu bleiben. Du bist der Mensch, dem ich in dieser Sache am meisten vertraue, Carlo mal ausgenommen. Aber der weiß nicht so viel darüber.«

Elena lächelte.

»Robert, dein Vertrauen ehrt mich. Aber ich denke, wir haben bis jetzt großes Glück gehabt. Wie viele Menschen mussten schon ihr Leben lassen? Wenn wir dieses Rätsel lösen, wird mein Vater auch nicht wieder lebendig. Und was nützt es uns, wenn wir selbst dabei umkommen? Nein – mein Entschluss steht fest.«

Robert schaute sie streng an.

»Gut, ich kann auch allein weitermachen. Carlo wird mir helfen. Aber du kennst alle Einzelheiten, von Alexandria bis hierher. Willst du mitverantwortlich sein, wenn das Geheimnis in falsche Hände gerät? Wenn das Wissen kriminell genutzt wird? Denk einmal nach. Ich glaube nicht, dass das im Sinne deines Vaters wäre.«

Robert ließ Elena los und ging mit langsamen Schritten zurück zur Eingangstür, blieb im Türrahmen stehen und schaute über die im toskanischen Licht liegende Landschaft. Elena blieb stehen und hatte den Blick auf den Boden geheftet.

Minutenlang schwiegen sie.

Dann ging sie auf ihn zu und berührte ihn an der Schulter. Robert drehte sich um. Elena blickte ihn ernst an.

»Gut. Was hast du herausgefunden?«

Sie setzten sich ins Atelier, und Robert begann zu erzählen.

»Ich denke, dass der Ort, den wir suchen, bei Populonia liegen muss. Die meisten etruskischen Gräber und deren Beigaben sind die Beute von Grabräubern geworden. Was die nicht bekommen haben, das haben die Archäologen mitgenommen. Anders die Nekropolen von Populonia. Die blieben jahrhundertelang unter einer gewaltigen Schlackenschicht versteckt. Und nur da wird unser Stein – oder was immer es ist – die Zeit überdauert haben. Inzwischen glaube ich auch, dass es nicht nur ein Stein, sondern eine Art Maschine ist. So ähnlich wie die von Antikythera. Wie das funktionieren soll, ist mir allerdings immer noch ein Rätsel.«

Elena hatte die Zusammenhänge zwar nicht ganz verstanden, nickte aber zustimmend.

»Wie willst du jetzt weiter vorgehen?«

»Das habe ich mir bereits überlegt. Wir müssen uns Populonia natürlich genau ansehen. Dahin kommen wir leicht – es sind ungefähr zweieinhalb Autostunden von hier. Ich glaube allerdings, dass wir nach wie vor beobachtet werden, und ich möchte unsere Verfolger nicht mit der Nase darauf stoßen.«

»Wie willst du das machen? Wir können uns doch keine Tarnkappen aufsetzen.«

Robert schüttelte den Kopf.

»Nein, aber wir können sie in die falsche Richtung lenken.«

»Das verstehe ich nicht.«

»Pass auf, ich packe jetzt auch eine Reisetasche, du nimmst deine, und dann fahren wir zum Flughafen. Wir nehmen die nächste Maschine, die wir erreichen können, nach Zürich. Niemand, der uns beobachtet, wird sich einen Reim darauf machen können, warum wir in die Schweiz fliegen. Von Zürich aus gibt es einen Direktflug nach Elba. Kein Mensch wird verstehen, warum wir das tun. Von dort aus nehmen wir uns ein Boot und fahren zum alten Hafen von Populonia.«

Elena schob die Unterlippe nach vorn.

»Das klingt überzeugend. Also, los geht's.«

In diesem Augenblick klingelte Roberts Handy.

Er schaute auf das Display.

»Schlechtes Timing!«, murmelte er.

Marias Stimme hatte einen leicht ironischen Ton.

»Wie geht es deiner Patientin? Musst du sie noch pflegen, oder lässt sie es zu, dass du heute Abend mit mir essen gehst?«

Robert räusperte sich verlegen.

»Entschuldige, aber ich muss heute Abend noch nach Zürich. Geschäftlich.«

Der Ton blieb ironisch, bekam aber eine deutlich härtere Note.

»Ah, geschäftlich. Viel Glück, aber überanstrenge dich nicht. Und schöne Grüße an dein Geschäft.«

Dann legte sie auf.

*

Der Sizilianer schnippte die Asche seiner Zigarette auf den Boden und wechselte das Mobile auf das linke Ohr.

»Si, es klappt sehr gut. Der Dottore gewinnt sein Vertrauen. Er macht das sehr geschickt. Wir sollten ... wie?«

Für ein paar Sekunden horchte er in sein Handy.

»Nein, natürlich nicht. Wir lassen ihn keine Minute aus

den Augen und wechseln die Leute. Er wird keinen Verdacht schöpfen.«

*

Sie waren mit dem Taxi zum Flughafen gefahren. Seit Robert Elena seinen Plan eröffnet hatte, war eine Stunde vergangen. Und sie hatten Glück. Um neunzehn Uhr fünfzig ging eine Maschine nach Zürich, die noch nicht ganz ausgebucht war. Die Flugzeit würde eine Stunde und zehn Minuten betragen.

»Können Sie bitte gleich zwei Weiterflüge nach Elba mitbuchen?«, fragte Robert am Ticketschalter.

Die Blonde mit dem Pferdeschwanz nickte.

»Gern, aber die nächste Maschine Zürich-Elba geht erst morgen um sechzehn Uhr. Sie werden in Zürich übernachten müssen.«

Robert schaute Elena fragend an. Die nickte.

»Es wird uns wohl nichts anderes übrig bleiben.«

Während sie auf den Abflug nach Zürich warteten, beobachtete Robert die anderen Fluggäste, die im Warteraum saßen. Ab und zu ließ er seine Zeitung sinken und schaute wie zufällig in die Runde.

Elena hatte sich einen Kaffee geholt und setzte sich wieder neben ihn.

»Und? Kommt dir irgendjemand verdächtig vor?«

Robert nahm seine Zeitung wieder hoch.

»Ich glaube nicht. Es dürfte zu auffällig sein, uns so dicht auf den Fersen zu bleiben und dann noch dasselbe Flugzeug zu buchen.«

*

»Nach Zürich, sagst du?«

Die Stimme klang ungläubig.

Der Sizilianer schüttelte den Kopf.

»Doch, doch. Mario hat das genau beobachtet. Ich frage mich auch, was die beiden da wollen.«

Der Mann am anderen Ende lachte.

»Was die da wollen? Ich werd's dir sagen. Gar nichts! Der Kerl ahnt etwas und will uns auf die falsche Fährte locken. Wen haben wir in Zürich?«

»Die Glatze. Giovanni, die Glatze.«

»Okay, e-mail ihm eins von den Fotos. Er soll herausfinden, wohin sie wirklich wollen.«

*

Der Flug war kurz und ruhig. In Zürich angekommen, war der Counter für die Hotelzimmervermittlung leicht zu finden.

»Zwei Einzelzimmer in Flughafennähe?«, fragte die brünette Frau mit Pagenschnitt. »Ich glaube, das wird schwierig, wir haben nämlich Messe. Lassen Sie mich kurz telefonieren.«

Robert schaute Elena an und verdrehte die Augen. Gute fünf Minuten später legte die Brünette auf und machte ein bedauerndes Gesicht.

»Tut mir leid, leider ist alles belegt. Im ›Hotel Fly away‹ ist gerade etwas frei geworden, aber das wäre dann ein Doppelzimmer.«

Wieder schaute Robert Elena an. Die überlegte kurz, dann lächelte sie.

»Ich werd's überleben.«

Robert nickte ihr zu und legte seinen Pass auf den Tresen.

»Okay, wir nehmen es.«

Dann schaute er auf die Uhr.

»Hast du auch so einen Hunger?«

Die Brünette schob seinen Pass zurück.

»Fahren Sie doch direkt ins Hotel. Dort gibt es zwei hübsche Restaurants mit echt italienischem Flair.«

»Grazie«, sagte Robert, »das haben wir selbst.«

Er nahm seine und Elenas Tasche, bedankte sich, und sie gingen in Richtung Ausgang. Vorbei an dem Mann mit der Glatze, der neben dem Counter interessiert die Angebote der Hotels studierte.

*

Das Essen war passabel. Robert erhob sein Rotweinglas.

»Auf den Erfolg!«

Elena lächelte und griff zu ihrem Glas.

»Das ist immer ein Grund zum Anstoßen!«

Sie trank und stellte das Glas zurück auf den Tisch.

»Mal ehrlich, Robert, was glaubst du wirklich?«

Er tupfte mit der Serviette seine Mundwinkel ab.

»Ich habe bis jetzt daran gezweifelt, dass es so etwas wie eine Todesdatum-Vorhersage gibt. Nachdem, was ich alles gehört, gesehen und erlebt habe, sind die Zweifel zwar nicht verschwunden, aber nur noch in geringem Maße vorhanden. Mittlerweile denke ich, dass es sich bei den Etruskern um Menschen handelte, die ihrer Zeit weit voraus waren. Insofern glaube ich auch nicht, dass wir auf der Suche nach einem Stein sind. Es muss etwas Komplizierteres sein. Wenn mehrere Sprachen im Spiel sind, denke ich zuerst immer an einen Übersetzungsfehler. Warum starrst du mich so an?«

Elena schaute sehr ernst, nur langsam entspannte sich ihr Gesicht zu einem Lächeln.

»Ich musste gerade daran denken, dass ich dich in Alexandria für einen üblen Schwindler gehalten habe. Und jetzt bist du der interessanteste und vertrauenswürdigste Mann in meinem Leben, mit dem ich gleich eine Nacht in einem Hotelzimmer verbringen werde.«

Robert lachte.

»Das hört sich aufregender an, als es ist. Wir haben morgen einen anstrengenden Tag vor uns und sollten uns ein wenig aufs Ohr legen.«

*

»Nein«, protestierte Elena, »*ich* werde auf der Couch schlafen. Du bist dafür viel zu groß. Ich überlasse dir das Kingsizebett.«

»Kommt nicht in Frage«, wehrte Robert ab. »Der liebe Gott hat mir die Gabe verliehen, in jeder Körperhaltung schlafen zu können. Also, geh jetzt ins Bad, ich richte mir die Couch her.«

Er merkte, dass sie sich beeilte. Schon nach zwanzig Minuten kam sie, in ein großes Badetuch gewickelt, aus dem Badezimmer wieder.

»Bitte sehr, der Herr!«

Als Robert nach ebenfalls zwanzig Minuten in T-Shirt und Boxershorts das Bad verließ, schlief Elena bereits. Jedenfalls hörte er sie tief und gleichmäßig atmen. Er löschte das Licht und tastete sich zur Couch vor.

Die Lehnen ließen sich herunterklappen, und so konnte er sich ausstrecken, wenn auch die Füße etwas in der Luft hingen.

Gerade als Hypnos, der Gott des Schlafes, sich zu ihm gesellen wollte, hörte er im Halbschlaf ihre Stimme.

»Robert?«

»Ja?«
»Schläfst du schon?«
»Noch nicht.«
»Mir ist kalt.«
»Soll ich dir noch eine Decke holen?«
»Nein«
»Was dann?«
»Komm zu mir.«

*

Von der viel zitierten Peinlichkeit am Morgen danach war zwischen Elena und Robert nichts zu spüren, als sie sich im Speisesaal des Hotels zum Frühstück niederließen. Elena lächelte Robert an.

»War ich eigentlich zu aufdringlich?«
Robert lächelte zurück.
»Ich habe mich nicht gerade gewehrt.«
»Wirst du es Maria sagen?«
Robert schüttelte den Kopf.

»Ich glaube, du hast da eine falsche Vorstellung. Ja, wir hatten eine Affäre. Aber gegenseitige Ansprüche kann keiner von uns stellen. Komm, lass uns frühstücken.«

Sie nahmen ihre Teller und gingen durch die Reihen der gut besetzten Tische zum Buffet.

Als sie sich mit gefüllten Tellern wieder an ihren Tisch setzten, schien Robert angespannt. Elena schaute ihn an.

»Was ist los, Robert?«

Er bemühte sich, ein fröhliches Gesicht zu machen. Seine Augen hatten aber etwas Lauerndes.

»Guck jetzt nicht nach rechts. Dort sitzt ein Kerl an einem Einzeltisch, drei Tischreihen neben uns. Er tut so, als würde er in einem Magazin lesen, hat aber noch nicht ein einziges Mal umgeblättert. In der Zeit hätte er die Seite auswendig lernen können. Jetzt schaut er wieder hierher.«

Sie wartete ein paar Minuten, dann warf Elena einen betont flüchtigen Blick über die rechte Schulter.

»Ja, ich habe ihn gesehen. Mir sagt er nichts.«

Robert bestrich eine Brötchenhälfte mit Butter.

»Aber mir. Er stand nämlich gestern Abend am Hotelzimmercounter im Flughafen. Und zwar so dicht neben uns, dass er jedes Wort mitbekommen haben muss.«

»Er könnte doch ein ganz normaler Gast sein, der zufällig auch hier wohnt.«

Robert schüttelte den Kopf.

»Dagegen sprechen zwei Dinge: Erstens war nach Aussage der Dame am Schalter unseres das einzige freie Zimmer im Hotel, und zweitens liegt sein Mantel über dem Stuhl neben ihm. Und der ist etwas nass.«

Er zeigte mit dem Finger auf eines der Fenster.

»Gerade hat es aufgehört, aber als wir zum Frühstück runtergingen, hat es geregnet. Meinst du, es hat bei ihm ins Zimmer geregnet?«

Elena lachte.

»Glaubst du, er beschattet uns? Woher kann er denn wissen, dass wir in Zürich sind?«

»Weil ich Idiot nicht aufgepasst habe. Irgendjemand hat uns bis zum Flughafen in Florenz verfolgt, herausbekommen, wohin wir fliegen, und hat es dann nach Zürich weitergegeben.«

Elena biss auf ihren Zeigefingernagel.

»Das ist nicht gut für unseren Plan. Was machen wir jetzt?«

Robert wischte sich mit der Serviette über den Mund.

»Erst einmal den Glatzkopf verjagen.«

Er stand auf und ging freundlich lächelnd auf den Tisch zu, an dem der Kahlköpfige saß.

»Verzeihen Sie meine Aufdringlichkeit«, sagte er auf Italienisch, »aber ich denke schon die ganze Zeit darüber nach, woher ich Sie kenne.«

Der Mann schaute Robert verblüfft an und schüttelte seinen Kopf.

»Nicht, dass ich wüsste. Ich kenne Sie jedenfalls nicht«, antwortete er ebenfalls auf Italienisch.

Robert lächelte erneut.

»Vielleicht sagt Ihnen mein Name etwas. Ich heiße Robert Darling.«

Er griff in die Innentasche seines Jacketts und legte seine Visitenkarte auf den Tisch.

»Kann ich auch Ihre haben?«

Der Glatzkopf hob die Hand und wedelte nach der Bedienung.

»Nein, nein, ich ... ääh ... habe gar keine bei mir. Außerdem muss ich jetzt gehen. Hallo, ich möchte gern zahlen!«

Robert spielte den Überraschten.

»Zahlen? Ach, Sie wohnen gar nicht im Hotel? Nun ja, dann gute Reise. Ich bin mir sicher, irgendwann komme ich darauf, woher wir uns kennen.«

Er ging wieder an den Tisch zurück, von dem aus Elena die Szene beobachtet hatte.

»Was hast du ihm denn gesagt? Der hat ja fluchtartig den Saal verlassen.«

Robert lächelte.

»Ich habe ihm nur gesagt, dass ich ihn kenne. Das muss er irgendwie falsch verstanden haben. Beschatten kann er uns nun nicht mehr, weil er weiß, dass wir uns seine elegante Erscheinung eingeprägt haben. Auf jeden Fall ist er Italiener.«

Elena setzte ihre Kaffeetasse ab.

»Sie werden einen anderen schicken.«

Robert nickte.

»Das werden sie sicher. Und darum müssen wir ab sofort viel vorsichtiger sein.«

*

Der Flug von Zürich nach Marina di Campo auf Elba dauert eineinhalb Stunden. Sie hatten früher als üblich ausgecheckt, sich vor dem Hotel in Zürich getrennt und waren mit zwei Taxis zum Flughafen gefahren. Vorher hatten sie sich, für alle sichtbar, so innig geküsst, als handle es sich um einen Abschied auf längere Zeit. Elena fuhr auf direktem Weg zum Flughafen. Robert dirigierte seinen Fahrer durch die Stadt und bat ihn dann, wieder zum Hotel zurückzufahren. Unterwegs zahlte er den Fahrpreis und ein fürstliches Trinkgeld. Dafür sollte der Fahrer mit laufendem Motor direkt vor dem Hotel stehen bleiben, sodass es für einen Beobachter aussah, als würde er auf Robert warten, der noch ein vergessenes Gepäckstück holte. In Wirklichkeit verließ er das Hotel aber durch einen Hintereingang sofort wieder, wo bereits ein Kollege wartete, den der erste Fahrer über Funk bestellt hatte.

Er kam im Laufschritt in die Halle, als der Flug nach Elba bereits ausgerufen wurde. Elena winkte.

»Ich dachte schon, du schaffst es nicht mehr!«

Robert keuchte.

»Alles Teil des Plans. Wenn mich jemand beschattet hat, dann wartet er immer noch vor dem Hotel.«

Im Warteraum waren bereits alle Passagiere versammelt. Da es sich bei dem Flugzeug um eine fünfzigsitzige Dash 8Q-

300 handelte, waren die Passagiere leicht zu überschauen. Das Flugzeug war nicht ganz ausgebucht, und die Fluggäste schienen ausschließlich aus Paaren zu bestehen. Abgesehen von drei laut schwatzenden Männern, bei denen es sich offenbar um französische Geschäftsleute handelte.

Die Abfertigung durch das Bodenpersonal war höflich und schnell. Im Flugzeug zog Robert den Sicherheitsgurt an.

»Es kann natürlich sein, dass unser Verfolger aus Zürich den Weiterflug nach Elba registriert hat und jetzt dort jemand auf uns wartet.«

Elena runzelte die Stirn.

»Und? Hat der Herr Verfolgungsabschüttler schon eine Idee?«

Robert lachte.

»Natürlich! Schau dir doch mal die anderen Passagiere an: Das sind alles Paare, die auf der Insel Urlaub machen wollen.«

»Ja, und?«

»Dann sind wir eben auch so ein Paar und tun so, als ob wir zur Erholung nach Elba geflogen wären. Wir schlafen lange, essen und trinken ausgiebig, gehen schwimmen und schauen uns die Sehenswürdigkeiten an. Und nach ein paar Tagen machen wir einen kleinen Schiffsausflug nach...«

»Populonia!«, ergänzte Elena.

Robert nickte.

»Dort schauen wir uns dann nicht länger und nicht intensiver um als bei den anderen Sehenswürdigkeiten. Ich will erst einmal einen Eindruck gewinnen. Bis dahin habe ich auch längst gemerkt, ob uns jemand folgt und wie der aussieht.«

Elena machte ein unglückliches Gesicht.

»Ich habe gar keine passende Kleidung eingepackt«, protestierte sie.

Robert lachte.

»Es wird mir eine Ehre sein, Sie einzukleiden, Signora!«

*

Bei achtundzwanzig Grad und einem angenehm kühlen Wind war das Klima auf Elba geradezu herrlich. Robert und Elena mieteten sich ein Zimmer im Hotel Fabricia, das direkt am Strand in unmittelbarer Nähe des Hafenstädtchens Portoferraio lag.

Sie benahmen sich wie normale Touristen, spielten Tennis, gingen schwimmen oder taten einfach nichts. Ab und zu machte Robert mit einer Minidigitalkamera ein Foto von Elena, ganz so, wie es verliebte Paare tun. Hinter einer großen Sonnenbrille jedoch wanderten Roberts Augen hin und her und registrierten Personen, die in ihre Nähe kamen. Er konnte niemanden entdecken, der sich verdächtig verhielt oder öfter, als es der Zufall wollte, in ihrer Nähe auftauchte.

Das Leben im Hotel war angenehm komfortabel. Der freundliche Kellner, der ihrem Bereich zugeteilt war, bemühte sich, jeden ihrer Wünsche sofort zu erfüllen. Dabei war er im Bedarfsfall zwar sofort zur Stelle, verhielt sich aber ansonsten zurückhaltend und diskret. So diskret, dass das winzige Richtmikrofon, das von seinen anderen Knöpfen nicht zu unterscheiden war, keinem auffiel.

*

»Nichts ist schwerer zu ertragen als eine Reihe von Feiertagen«, pflegte Elenas Großvater zu sagen. Robert konnte das nur bestätigen, als sie am Morgen des dritten Tages am Frühstückstisch saßen.

»Ich denke, wir können heute unseren Ausflug zum Festland machen. Diese Untätigkeit auf hohem Niveau geht uns beiden auf die Nerven. Oder?«

Elena nickte.

»Du sagst es! Lass uns gleich aufbrechen.«

Robert nickte und faltete seine Serviette zusammen.

»Okay, und vorher gehen wir noch zur Rezeption und diskutieren lautstark, wohin unser Ausflug gehen soll. Wir wollen uns ja schließlich ganz spontan entscheiden!«

*

»Die Fähre hatte ich mir viel kleiner vorgestellt«, sagte Elena, als sie die stattliche Fähre der Toremar-Linie betraten.

Robert nickte.

»Wir hätten auch das Tragflächenboot nehmen können, das ist schneller. Allerdings sieht man da kaum etwas, die Überfahrt geht ja so oder so schon schnell. Außerdem möchte ich das Gefühl nachempfinden, wie die Etrusker vor rund dreitausend Jahren das Eisenerz von Elba nach Populonia gebracht haben.«

Elena lachte.

»Auf historischen Wegen sozusagen. In diesem Fall eigentlich mehr auf historischen Wogen. Ob damals wohl auch Snacks und Cola an Bord verkauft wurden?«

»Mach dich nur lustig«, grinste Robert. »Komm, ich mache ein Foto von dir.«

Die Silhouette des Eisenhafens Portoferraio verschwand am Horizont, Möwen umflogen kreischend das Schiff. Die See war glatt, und die Fähre stampfte gemütlich durch die flachen Wellen. Nach gut einer Stunde hatten sie den Hafen von Piombino erreicht.

*

»Meinst du, dass wir beobachtet werden?«, fragte Elena, nachdem sie sich in einem Café nahe dem Hafen niedergelassen hatten.

Robert schüttelte den Kopf.

»Ich glaube nicht.«

Demonstrativ entfaltete er eine touristische Karte, auf der man die Sehenswürdigkeiten rund um den Golf von Baratti erkennen konnte.

»Schau mal, hier ist der archäologische Park. Ein Weg führt zu einer römischen Akropolis auf dem Hügel, vorbei an den antiken Hochöfen, und dort liegen verschiedene Totenstädte, die Nekropolen. Ich hoffe, du bist gut zu Fuß? Zwischen den Sehenswürdigkeiten liegen nämlich ein paar Kilometer, und ich würde ungern gleich schnurstracks die Nekropole ansteuern.«

Elena seufzte.

»Zwischendurch wird's ja hoffentlich eine Bank geben. Lass uns auf alle Fälle zwei Flaschen Wasser mitnehmen.«

Auch wenn ihnen der Fußmarsch bei anhaltender Hitze den Schweiß auf die Stirn trieb, waren sie doch beeindruckt von den wechselnden Ansichten der Natur, den manchmal überraschenden Ausblicken auf die Bucht und den im flirrenden Licht sichtbaren Umrissen der Inseln Elba und Korsika. Man ahnte, dass der Ort zu Zeiten der Etrusker noch schöner und aufregender gewesen sein musste. Hinter den Wäldern des Vorgebirges hatten sich eine Landschaft aus fischreichen Seen und Lagunen sowie eine bemerkenswerte

Sumpfvegetation entfaltet. In späteren Jahrhunderten wurden die Sümpfe trockengelegt und der Boden urbar gemacht. Aber noch heute hatte die Umgebung etwas Archaisches. Wie bereits in der Antike zog sich ein Netz von gepflasterten Wegen über Hügel, durch Wälder und die Macchia. *Am schönsten wäre es*, dachte Robert, *wenn man diese Wege allein gehen könnte.* Aber Scharen von Touristen kamen ihnen entgegen oder marschierten in dieselbe Richtung wie sie.

Elena blieb plötzlich stehen, setzte sich auf einen großen Stein und zog ihren linken Schuh aus.

»Robert, wir sind jetzt schon über eine Stunde unterwegs. Meinst du nicht, dass wir jetzt zu unserem eigentlichen Ziel gehen könnten?«

Eine Gruppe von älteren deutschen Touristen mit Karten in der Hand ging an ihnen vorbei.

Robert schaute ihnen nach.

»Das können wir. Obwohl ich glaube, dass wir wieder einen mehr oder weniger sichtbaren Begleiter haben.«

Elena schaute ihn verwundert an.

»Woraus schließt du das?«

»Ich bin ein paar Mal stehen geblieben, um dich auf die Schönheit der Landschaft aufmerksam zu machen. Immer wurden wir dann von Touristengruppen überholt wie dieser dort. Ein Mann in einem hellgrauen Anzug, den ich in der Ferne sehen konnte, blieb daraufhin stets ebenfalls stehen und tat so, als würde er die Karte studieren oder die Landschaft fotografieren.«

»Konntest du sein Gesicht erkennen? Vielleicht ist es ein harmloser Tourist.«

»Nein, sein Gesicht konnte ich nicht erkennen, aber er machte ein paar ziemlich unsinnige Fotos von der Bucht.«

»Wieso unsinnig?«

Robert lächelte Elena an.

»Ich konnte sein extrem langes Teleobjektiv erkennen. Warum fotografiert man eine Bucht mit einem Teleobjektiv? Dazu eignet sich doch ein Weitwinkel viel besser. Ich denke, er will in erster Linie uns fotografieren. Wir werden es herausfinden. Komm, lass uns weitergehen.«

*

Sie erreichten die Totenstadt San Cerbone. Archäologen datierten die meisten Grabstätten auf das siebte bis sechste Jahrhundert vor Christus. Verschiedene Formen der Grabstätten waren hier freigelegt worden. Sarkophage, Totenhäuser und Hügelgräber, so genannte Tumuli, von unterschiedlicher Größe. Das größte, die Tomba dei Carri, hatte einen Durchmesser von achtundzwanzig Metern und sah aus wie ein vor vielen Jahrhunderten gelandetes Raumschiff. In diesem riesigen, kuppelförmigen Grab hatte man eine ganze Reihe von kleineren Kammern gefunden und, zur Überraschung der Archäologen, die Reste zweier Streitwagen, die mit Bronze bewehrt waren. Robert forderte Elena auf, sich davor in Positur zu stellen, und machte das obligatorische Foto.

Ein älterer Parkwächter stellte sich neben die beiden. Robert warf ihm einen Seitenblick zu.

»Einfach faszinierend!«

Der Parkwächter nickte, und ein wenig Stolz huschte über sein Gesicht.

»Ja, ja, Signore. Die Zwölfte ist schon unsere Schönste.«
Robert fuhr herum.

»Die Zwölfte?«
Der Wächter lächelte.

»Die Etrusker waren nicht nur genial, sondern auch ordnungsliebend. Was kaum jemand weiß: Sie haben jeder ihrer Totenstädte eine Zahl gegeben, wie Hausnummern für die ewige Adresse. Und San Cerbone ist die zwölfte Stadt. Ich kannte noch einen der ganz alten Archäologen, er hat es mir erzählt.«

Nun drehte sich auch Elena zu dem Wächter um. Robert merkte, wie sein Hals trocken wurde.

»Und wo ist die dreizehnte?«

Der Wächter zeigte in westliche Richtung.

»Das ist die an den Abhängen des Hügels, auf dem die Akropolis steht. Ihr Name ist ›Necropoli delle Grotte‹.«

19. KAPITEL

Am liebsten wäre Robert gerannt, doch das Wissen, dass sie immer noch beobachtet wurden, bremste ihn.

»Komm, Elena, wir schlendern jetzt dorthin.«

Sie hakte sich bei ihm ein, und beide bemühten sich, den Eindruck eines turtelnden Paares zu erwecken, das sich für die Dinge links und rechts am Wegesrand nicht sehr interessierte.

Sie spazierten die Via del Ferro entlang, durchquerten einen dunklen Wald mit dichtem Unterholz und kamen schließlich zur Via delle Cave, die sich durch ein Areal voller Grottengräber schlängelte. Wie Waben waren die Grabkammern in die haushohen Kalksteinwände geschlagen worden. Daneben führten schmale, in den Fels getriebene Gänge zu den tiefer liegenden Grabkammern. Robert griff zu seiner Kamera.

»Stell dich dorthin, ich will ein Foto machen.«

Elena war zwar etwas unwillig, sah aber den Zweck dieser lächerlichen Aktion durchaus ein.

»Gehen Sie zum Punto Panoramico«, hatte der Parkwächter gesagt. »Von dort aus haben Sie den schönsten Ausblick und die beste Übersicht.«

Robert drehte sich um und schaute nach oben.

»Es muss dort oben sein.«

In diesem Moment sah er ihn.

Der Mann stand im höheren Teil des Serpentinenwegs und hatte sein Teleobjektiv auf das Paar gerichtet. Fast wie im Reflex hielt Robert seine Minikamera in die Richtung und drückte drei Mal auf den Auslöser. Doch ihr Paparazzo bemerkte es und verschwand blitzartig hinter einen Felsen.

*

Es dämmerte bereits, als Robert und Elena um halb neun Uhr abends die Fähre nach Elba betraten. Die Hitze hatte sich verflüchtigt, und ein kühler Wind blies über das Deck, das voll war mit lachenden und schwatzenden Ausflüglern, die zurück auf die Insel wollten. Sie beugten sich über die Reling und sahen dem Schauspiel zu, wie der Steuermann das große Schiff aus dem Hafen hinausmanövrierte.

Robert hatte im Buchladen des Touristikzentrums alle vorhandene Literatur über die Necropoli delle Grotte gekauft, ließ sie aber vorsichtshalber in der neutralen Plastiktüte.

Elena schaute ihn von der Seite an.

»Und? Was hast du jetzt vor?«

Robert zuckte mit den Schultern.

»Erst einmal sollten wir uns intensiv mit der dreizehnten Nekropole beschäftigen. Aber vorher werde ich im Hotel am Laptop die Bilder vergrößern, die ich von unserem hartnäckigen Paparazzo gemacht habe.«

Im Abendlicht konnte man bereits die Silhouette von Portoferraio auf Elba erkennen, als Elena Robert ungeduldig am Ärmel seiner Jacke zupfte.

»Robert, sagtest du nicht, dass der Mann, der uns fotografiert hat, einen grauen Anzug trug und ein ziemlich großes Teleobjektiv hatte?«

Robert nickte.

»Guck mal, der Mann dort hinten links, seitlich vom Heck.

Der hat eben von seiner Kamera ein langes Objektiv abgeschraubt. Und außerdem trägt er einen grauen Anzug.«

Robert drehte sich langsam um. Im Dämmerlicht sah er den Mann, der jetzt auch herüberschaute, sich aber sofort wieder umdrehte.

»Bleib du hier«, sagte er zu Elena, »den schaue ich mir mal etwas genauer an.«

Elena schaute ihn erschreckt an.

»Sei bitte vorsichtig!«

Robert schlängelte sich durch die Menschenmenge, die angesichts des Heimathafens bereits dem Ausgang zustrebte. Den Mann im grauen Anzug zog es anscheinend mehr an das Heck des Schiffes, das jetzt menschenleer war.

»Entschuldigung«, rief Robert ihm zu, »warten Sie einen Augenblick. Ich habe eine Frage.«

Der Angesprochene wich weiter zurück und versuchte die eiserne Treppe zu erreichen, die auf das untere Deck führte. Aber Robert war schneller und schnitt ihm den Weg ab.

»Warum so eilig? Ich habe doch nur eine bescheidene Frage.«

Der Mann war etwa dreißig Jahre alt, groß, schlaksig und auffallend blass.

»Und die wäre?«

Robert grinste.

»Eigentlich sind es drei Fragen. Warum verfolgen Sie uns, warum fotografieren Sie uns, und wer sind Ihre Auftraggeber?«

Der Mann grinste zurück, stützte sich mit seinen Armen auf die Reling und holte zu einem Tritt gegen Roberts Oberkörper aus.

Der reagierte instinktiv, sprang zur Seite, ergriff den Fuß des Angreifers und versetzte ihm einen Stoß. Der Mann hatte sich bis zur Gürtellinie über die Reling gestemmt, um seinem Tritt mehr Wucht zu verleihen, wurde jetzt nach hinten gedrückt und verlor den Halt. Mit einem Schrei stürzte er ins Hafenbecken. Die lauten Hafengeräusche, das Tuten der anlegenden Fähre und das laute Geschwätz der Leute übertönten jedoch alles. Robert überlegte kurz, dann griff er nach einem Rettungsring, der an der Treppe nach unten hing, und warf ihn hinterher. Da die anderen Passagiere bereits im unteren Deck darauf warteten, das Schiff über die Gangway verlassen zu können, hatte niemand etwas bemerkt.

Elena kam herbeigestürzt.

»Robert, was war das?«

Robert zuckte mit den Schultern.

»Unser Hoffotograf wollte offenbar ein Bad nehmen. Ich nehme an, dass seine Kamera samt Fotos jetzt unten auf dem Grund des Hafenbeckens liegt. Was für ein Pech.«

Dann griff er nach Elenas Hand und ordnete sich in die Schlange der an Land gehenden Passagiere ein.

*

So cool, wie Robert auf dem Schiff gewirkt hatte, war er denn doch nicht. Nach der Rückkehr ins Hotel war er schweigsam wie nie. Elena musterte ihn.

»Du solltest dir keine Gedanken machen, er war doch selbst schuld.«

Robert schaute sie zweifelnd an.

»Mag sein, aber vielleicht war er auch irgendein armer Teufel, der sich ein paar Euro verdienen wollte und gar nicht wusste, worum es hier ging. Ich mache mir einfach Vorwürfe.«

Elena schüttelte energisch den Kopf.

»Du hast dich nur gewehrt, da musst du dir keine Vorwürfe machen.«

Robert dachte nach.

»Er kam mir überhaupt nicht bekannt vor. Ich schaue mir meine Bilder noch mal an. Vielleicht fällt mir in der Vergrößerung etwas auf.«

Er nahm die Minikamera, holte ein USB-Kabel aus seiner Reisetasche und verband sie mit dem Laptop. Die Fotos von dem heimlichen Fotografen waren die letzten, die er gemacht hatte. Auf dem ersten war der Mann frontal zu sehen, auf dem zweiten hatte er sich bereits umgedreht und auf dem dritten war er hinter dem Felsen verschwunden. Robert zoomte das erste Bild weiter heran.

Das Bild wurde unschärfer und körniger. Robert schaute auf den Bildschirm. Plötzlich weiteten sich seine Pupillen.

»Elena, das musst du dir anschauen.«

Elena, die gerade eine Bluse auf den Bügel hängen wollte, ließ davon ab und wandte sich ebenfalls dem Bildschirm zu. Roberts Atem ging schneller.

»Siehst du den Mann mit der Kamera?«

Elena nickte.

»Das Foto ist ziemlich unscharf.«

»Natürlich – bei der Vergrößerung! Das ist nicht der Mann von der Fähre.«

Robert vergrößerte das Bild noch mehr.

»Erkennst du ihn jetzt?«

Elena schüttelte den Kopf. Robert fuhr die Vergrößerung zurück.

»Der Mann trägt eine dunkle Perücke, und der Schnauzbart ist auch nicht echt. Ich erkenne ihn trotzdem. Du hattest auch schon das Vergnügen.«

Elena wurde ungeduldig.

»Nun sag schon!«
Robert atmete hörbar aus.
»Das ist eindeutig der Mann, der sich Georg von Sell nennt.«

*

»Ins Hafenbecken? Der Kerl hat ihn ins Hafenbecken geworfen, und jetzt ist die Kamera weg?«
Der Sizilianer schnappte nach Luft und wechselte den Telefonhörer auf die rechte Seite.
»Kannst du mir mal sagen, warum ihr immer nur Idioten anheuert? Was sagst du? Er kann den Weg beschreiben? Okay, er soll sich hinsetzen und alles, an das er sich erinnert, aufschreiben. Ich hoffe, er kann schreiben!«
Mit dem letzten Satz knallte er den Hörer auf.
Der Mann mit der Sonnenbrille, der ihm gegenübersaß, grinste.
»Ich weiß gar nicht, warum du dich so aufregst! Es läuft doch alles wie am Schnürchen. Auf die albernen Fotos können wir gut verzichten.«

*

»Und du glaubst wirklich, dass das der Ort ist, nach dem du seit Wochen suchst?«
Carlo legte die Gabel aus der Hand und nahm einen Schluck Vino Nobile. Robert schüttelte den Kopf.
»Nein, ganz so einfach ist es nicht. Die Necropoli delle Grotte besteht aus unzähligen Kammern, kleinen und großen. Direkt an sie herankommen kannst du nicht, das ist verboten und nur den Archäologen vorbehalten. Ich habe nicht die geringste Idee, wie ich dort hineinkomme.«

Das »Il Cantuccio« war an diesem Abend kaum besucht. Serafina räumte die Teller nicht mit der gewohnten Heiterkeit, sondern mit finsterer Miene ab.

»Fußball!«, schimpfte sie. »Verdirbt mir mal wieder das Geschäft. Aber ein Fernseher kommt mir hier nicht rein. Nur über meine Leiche!«

Mit diesen Worten eilte sie zurück in die Küche.

Robert schaute Carlo an.

»Warum sitzt du alter Fußballfan heute Abend eigentlich nicht vorm Fernseher?«

Carlo blickte vielsagend zurück.

»Weil die Geschichte, die du mir am Telefon erzählt hast, ziemlich spannend klang.«

Robert lächelte.

»Ich denke, du fandest das alles völlig absurd? Und mich ziemlich durchgeknallt?«

Carlo zog die Augenbrauen nach oben.

»Ich habe lange darüber nachgedacht, und ich muss dir Recht geben. Wenn es dieses Ding gibt, mit dem man den Todestag berechnen kann, dann darf es nicht in die falschen Hände fallen.«

»Ein Ding«, wiederholte Robert murmelnd, »wenn ich nur wüsste, was für ein Ding das ist.«

Die letzten Gäste waren gegangen, nur Robert und Carlo tranken noch den Wein, der in ihrer Flasche übrig war. Serafinas Katze durchquerte das Lokal, blieb unter dem gegenüberliegenden Tisch sitzen und leckte sich genüsslich eine Pfote.

Roberts Pupillen weiteten sich. Dann schlug er mit der flachen Hand auf den Tisch.

»Ich hab's. Die Katzenköpfige!«

Carlo zuckte vor Schreck zusammen und verschluckte sich fast an seinem Wein.

»Roberto, Madonna, spinnst du?«

Robert lachte.

»Keineswegs. Ich habe ja schon oft gesagt, dass man manchmal aufgrund falscher Übersetzungen auf die falsche Spur kommt. In allen Schriften war von einem Stein die Rede, und davon habe ich mich irritieren lassen!«

Carlo schaute ihn ratlos an.

»Und? Was heißt das?«

Robert nahm die Papierserviette und zog einen Kugelschreiber aus der Jackentasche.

»Die ägyptische und die etruskische Kultur haben viele Gemeinsamkeiten. Bei den Ägyptern gab es eine katzenköpfige Göttin, ›Bastet‹ genannt. Zugeschrieben wurde ihr eine Vorliebe für einen besonderen Stein. Stein heißt im Altägyptischen ›ana‹ oder manchmal auch ›anar‹. Also heißt der Stein dieser Göttin Anabastet. Woran erinnert dich das?«

Carlo schaute irritiert.

»Denk nach! Was für ein Stein wurde denn in der von dir so gern zitierten Etruskerhochburg Volterra verarbeitet?«

Carlo schlug sich mit der flachen Hand gegen die Stirn.

»Madonna, Roberto! Alabaster natürlich«

Robert klatschte zweimal in die Hände.

»Bravo! In allen Schriften war immer von einem Stein die Rede. Dass das der Stein der Bastet war, ging im Laufe vieler Übersetzungen verloren. Das, wonach wir suchen, ist aus Alabaster, aus dem die kunstvollsten Gegenstände hergestellt werden. Und weil man Alabaster so gut bearbeiten kann, bin ich mir sicher, dass wir nach einem Instrument suchen, das aus diesem Stein gefertigt wurde. Wieso bin ich nicht gleich darauf gekommen?«

*

Donatella Medici klang verschnupft.

»Ah, mein Herr Sohn, wie nett, dass du dich auch einmal wieder meldest.«

Robert gab seiner Stimme einen zerknirschten Tonfall.

»Mamma, sei nicht böse, ob du es glaubst oder nicht, manchmal stürzt die Arbeit auch über mir zusammen. Aber jetzt bin ich wieder da und stehe ganz zu deiner Verfügung!«

Er konnte es zwar nicht sehen, aber er spürte förmlich, wie Donatella die Nase rümpfte.

»Nun übertreib nicht, Roberto! Es würde mir schon genügen, wenn du hin und wieder zum Kaffee oder meinetwegen auch zum Tee kommen würdest. Wie wäre es zum Beispiel am kommenden Donnerstag? Da besucht mich ein alter Freund aus den Staaten, Professor James Forrester. Ein äußerst kultivierter und gebildeter Mann – das kann man ja leider nicht von allen Amerikanern sagen. Ich würde mich freuen, wenn du dazukommen würdest. Ich bin in der Konversation mit ihm manchmal etwas überfordert.«

Robert hatte aufmerksam zugehört.

»Was für eine Art Professor ist er denn?«

»Geschichte, meine ich. Aber nicht die der jüngsten Vergangenheit, sondern die ganz frühe. Und dann ist er auf diesem Gebiet auch noch Mitglied einer internationalen Gesellschaft. Ich glaube, er macht mir den Hof. Ich habe neulich noch zu Pippa gesagt ...«

Aber Robert hatte bereits aufgehört zuzuhören. In seinem Kopf formte sich ein Plan.

*

Carlo schüttelte den Kopf.

»No, amico mio, so ganz habe ich immer noch nicht verstanden, was du vorhast. Kannst du es mir bitte noch einmal erklären? Ich bin eben nur ein ungebildeter toskanischer Tischler.«

Robert lachte auf.

»Carlo, sei nicht albern. Zugegeben, der Plan ist etwas abstrus, aber mir fällt nichts Besseres ein. Und dich brauche ich, um ihn durchzuführen. Du hast Fähigkeiten, die ich nicht besitze.«

Er schob den Werkstattschemel zurück und lehnte sich gegen die Hobelbank.

»Also, ich habe an der Universität von Maryland studiert. Aus der Zeit besitze ich noch einige Briefe, und damit kann ich einen Blanko-Briefbogen am Computer leicht herstellen. Dann setze ich ein Schreiben auf, in dem das Institute of Noetic Sciences um fachliche Unterstützung für den Kollegen Professor Michael McCoy nachsucht.«

Carlos Augen zeigten Unverständnis.

»Und wer ist das?«

Robert lächelte.

»Das bin ich, aber lass mich zu Ende erzählen.«

Carlo stand von seinem Schemel auf.

»Warum stehst du auf?«

»Ich kann im Stehen besser denken.«

Robert räusperte sich.

»Also, weiter. Dieses Schreiben schicke ich an meinen alten NSA-Freund Alan, und der schickt es mit der Adresse der Universität an unseren Freund Massimo Montebello, dem derzeitigen Direktor des Museo Etrusco Guarnacci.«

»Warum gerade dem?«

»Weil er weltfremd genug ist und nichts nachprüfen wird. Außerdem werde ich ihm so schmeicheln, dass er es als eine Ehre empfindet.«

»Was genau wird er als eine Ehre empfinden?«

»Dem Kollegen McCoy zu helfen. In dem Brief wird nämlich stehen, dass die Universität Maryland Signore Montebello wegen seiner international bekannten Kompetenz bittet, er möge die wissenschaftliche Leitung des archäologischen Parks von Baratti und Populonia bitten, dem geschätzten Kollegen und Etruskerkenner McCoy zu Studienzwecken Zutritt zur Necropoli delle Grotte zu gewähren.«

»Und warum bittet dein erfundener Professor nicht selbst?«

»Weil die Herrschaften in Populonia dann etwas ganz Authentisches in den Händen haben. Montebello kennen sie, und der wird so geschmeichelt sein, dass er sicher von seinem ›alten Freund McCoy‹ sprechen wird. Denkst du, das wird irgendjemand nachprüfen? Mein Freund, wir sind in Italien!«

»Und was für ein Professor ist dieser McCoy? Auch so ein Altertumsforscher?«

Robert grinste.

»Nein, das ist alles wohl überlegt. McCoy ist ein Parapsychologe. Die Parapsychologie ist ein wissenschaftlicher Forschungszweig, der übersinnliche Fähigkeiten und ihre Ursachen sowie ein mögliches Leben nach dem Tod untersucht. Und da sind wir bei den Etruskergräbern doch genau richtig.«

Carlo schaute Robert mit offenem Mund an.

»Und warum dieser ganze Hokuspokus?«

Robert lächelte hintergründig.

»Ich will nur, dass man uns in Ruhe lässt, wenn wir die Gräber untersuchen. Die meisten Wissenschaftler erkennen Parapsychologie nicht an, für sie ist es eine Pseudowissenschaft. Wenn da ein verrückter Amerikaner kommt, finden sie es aber wahrscheinlich ganz normal, weil in den USA die Forschung auf diesem Gebiet sehr ausgeprägt ist und sogar die Geheimdienste mit übersinnlichen Wahrnehmungen experimentiert haben.«

Carlo schien begriffen zu haben, denn er setzte sich wieder.

»Und wenn sie nicht darauf hereinfallen?«

Robert machte eine abwehrende Handbewegung.

»Niemand dort hat mich je gesehen. Und außerdem habe ich einen Freund dabei, der auf demselben Gebiet arbeitet und der vor vielen Jahren aus Italien in die USA eingewandert ist. So was schafft Vertrauen.«

»Und wer soll das sein?«

Robert grinste und streckte den Zeigefinger aus.

»Du!«

Carlo wurde blass.

»Ich? Sag mal, amico mio, bist du wahnsinnig? Mich entlarven sie doch gleich als Ungebildeten, der nur die scuola primaria besucht hat. Was soll das denn nutzen?«

Robert schüttelte den Kopf.

»Nun mach dich nicht kleiner, als du bist! Darf ich dich darauf aufmerksam machen, dass du mich über einige geschichtliche Zusammenhänge aufgeklärt hast? Ich denke nur an den Namen Volterra. Spiel du den wortkargen, introvertierten Wissenschaftler, lass mich reden, und mach nur sparsam Bemerkungen. Das reicht. Ganz besonders brauche ich dich, wenn technische Probleme auftauchen. Ich kenne keinen gewiefteren technische Problemlöser als dich. Und da wir ja Parapsychologen sind, fällt es auch nicht weiter auf, wenn du Werkzeug und andere technische Geräte mitbringst. Könntest du irgendein Gerät bauen, von dem keiner weiß, was man damit macht?«

Carlo schluckte. Robert hatte ihn an seiner Handwerkerehre gepackt. Das funktionierte immer.

»Mal ehrlich, mein Freund, du glaubst also, deine Todestagmaschine ist da irgendwo versteckt? Warum haben die hochgebildeten Herren sie nicht schon längst entdeckt und in irgendein Museum geschleppt?«

Robert lehnte sich wieder gegen die Hobelbank.

»Weil ich glaube, dass nur ein Teil der Grabkammern bekannt ist. Und weil ich glaube, dass die Maschine, wie du sie nennst, bewacht wird. Aber nicht vom Personal des archäologischen Parks.«

*

Die vorderen Tische des »Caffè Bellini« lagen noch in der Sonne des späten Nachmittags. Bereits vor einer Stunde hatte Robert dem Kellner zwanzig Euro zugesteckt und dann noch einige Besorgungen in der Stadt gemacht. Das Treffen schien wichtig zu sein, denn Marias Stimme hatte am Telefon düster und etwas aufgeregt geklungen. Pünktlich zum vereinbarten Zeitpunkt saß er am reservierten Tisch, und wenige Minuten später sah er sie am anderen Ende der Piazza. Sie trug einen schwarzen Blazer, schwarze Jeans und ein weißes Männerhemd. Die rötlich schimmernden Haare waren nach hinten gekämmt, ein Teil ihres Gesichtes verschwand hinter einer großen schwarzen Sonnenbrille.

Robert stand auf und hauchte ihr Küsse auf beide Wangen. Maria setzte sich.

»Du machst dich rar, Roberto!«

Robert schaute sie überrascht an.

»Ich bin sehr viel unterwegs gewesen.«

»Ich weiß, mit deiner kleinen Griechin. Wie ist sie im Bett?«

Robert schluckte.

»Maria, ich bitte dich, wir sind keinerlei Verpflichtungen eingegangen. Außer der Tatsache, dass ich für dich die Hintergründe des Todes von Professore Mazzetti recherchiere.«

»Okay, aber auch in dieser Sache habe ich lange Zeit nichts von dir gehört. Verschweigst du mir irgendetwas?«

Der Kellner war an den Tisch herangetreten. Robert bestellte einen doppelten Espresso und ein Mineralwasser.

»Nein, wirklich nicht! Es hat nur wenig Sinn, wenn ich dich über jedes kleine Detail informiere. Und besonders nicht über solche, die sich später als falsch erweisen und neu recherchiert werden müssen.«

Maria nahm die Sonnenbrille ab und sah ihn kühl an.

»Würdest du dann die Freundlichkeit haben und mir sagen, wie weit du gekommen bist? Ich denke, das war unsere Abmachung.«

Später wusste Robert nicht, was ihn veranlasst hatte, sie anzulügen. Aber sein Instinkt sagte ihm, dass er Maria seine wahren Pläne nicht enthüllen sollte.

»Ich denke, die Spur führt zurück nach Volterra. Ich habe morgen noch einmal einen Termin mit Signore Montebello, es gibt da noch viele offene Fragen. Ich werde dir danach genauestens Bericht erstatten.«

Maria verzog ihr Gesicht zu einem bitteren Lächeln.

»Da bin ich doch sehr gespannt. Im Gegenzug werde ich dir dann auch einige Dinge erzählen, die *du* garantiert nicht weißt.«

Robert schaute sie verblüfft an.

»Und was wäre das?«

Maria setzte die Sonnenbrille wieder auf.

»Es sind einige Fakten über Paolo Mazzetti. Ich glaube, sie werden dich überraschen.«

*

Der Plan war aufgegangen. Schon drei Tage später e-mailte Alan aus Maryland, dass der Direktor des archäologischen Parks von Baratti und Populonia sich außerordentlich freue, den amerikanischen Kollegen Professor Michael McCoy bei seiner Arbeit unterstützen zu dürfen. Gleichzeitig drückte er sein tiefstes Bedauern aus, dass er selbst auf eine lang geplante dreiwöchige Segeltour ginge, sein Stellvertreter Dr. Dario Biocca jedoch zu seiner Verfügung stünde.

Robert wartete vierundzwanzig Stunden und rief dann bei Dr. Biocca an. Er sei bereits seit zwei Tagen in Florenz und würde am Nachmittag mit seinem Kollegen Carlo Barelli dem geschätzten Kollegen seine Aufwartung machen.

Als Sicherheitsmaßnahme stellte er sein Auto am Flughafen ab und nahm sich dort einen Leihwagen für ihre Tour.

Die Mittagssonne schien heiß, als er den weißen Fiat vor Carlos Werkstatt in Vicchio parkte.

Carlo stand vor seinem Werkzeugschrank und machte einen angespannten Eindruck.

»Ist das das Richtige zum Mitnehmen?«

Er zeigte auf das Werkzeug, das er auf die Hobelbank gelegt hatte.

»Bohrer, Zangen, Metallsäge, Meißel, Hammer, ein Seil und zwei Taschenlampen.«

Robert legte ihm die Hand auf die Schulter.

»Perfekt, aber wir haben noch nichts, das uns als Parapsychologen ausweist.«

Carlo atmete hörbar durch die Nase aus.

»Komm!«

Er ging in eine Ecke der Werkstatt. Auf einem Tisch stand ein undefinierbares Gerät, das er aus einem alten Radio, unzähligen Drähten und dem Innenleben eines ausgedienten Bügeleisens zusammengebaut hatte. Er streckte den rechten Arm aus und legte einen Kippschalter um. Eine rote Lampe ging an, und ein surrendes Geräusch war zu hören.

Trotz seiner Anspannung musste Carlo grinsen.

»So, jetzt kannst du Geister belauschen!«

Robert lachte und schlug dem kleinen Mann noch einmal auf die Schulter.

»Ich wusste doch, dass du so etwas kannst! Lass uns vorsichtig mit dem Gerät umgehen, es ist mit Sicherheit das einzige seiner Art.«

20. KAPITEL

Dr. Dario Biocca war ein untersetzter Mann Mitte vierzig mit schütterem schwarzen Haar und einem Vollbart. Durch die dicken Brillengläser blitzten zwei misstrauische Augen.

Robert streckte ihm die Hand entgegen und bemühte sich, mit starkem amerikanischen Akzent zu sprechen.

»Vielen Dank, Herr Kollege, dass wir so schnell einen Termin bekommen haben. Darf ich vorstellen – das ist mein Kollege Carlo Barelli.«

Carlo reichte Biocca stumm die Hand. Robert lächelte.

»Wissen Sie, Kollege Barelli ist kein Mann großer Worte. Dafür ein ausgezeichneter Techniker.«

Biocca schaute zuerst Carlo prüfend in die Augen, dann auf die schwarze Tasche, die er in der rechten Hand hielt.

»Ich will ehrlich sein, ich halte nichts von der so genannten Parapsychologie, die sich selbst als Wissenschaft bezeichnet. Insofern kann ich Ihnen nur wenig Unterstützung...«

Robert unterbrach ihn lächelnd.

»Signore Biocca, niemand verlangt von Ihnen, dass Sie das tun. Ich weiß, wie man in diesem Land darüber denkt, und ich bin Ihnen dankbar, dass wir die Gräber untersuchen dürfen. Sie brauchen sich nicht um uns zu kümmern. Da ich mich schon seit Längerem mit der Necropoli delle Grotte befasse, kenne ich mich theoretisch schon ziemlich gut aus. Wenn Sie uns jetzt entschuldigen würden? Ich kann es vor Spannung kaum noch aushalten.«

Biocca nickte, und es war ihm anzumerken, dass er froh war, den beiden Verrückten keine Hilfeleistung anbieten zu müssen. Er lächelte etwas gequält.

»Okay, ich bringe Sie hin. Die Aufseher wissen Bescheid.«
Er nahm eine Visitenkarte aus seiner Brieftasche und reichte sie Robert.

»Für alle Fälle, falls Sie mich doch irgendwie brauchen. Da steht auch meine Handynummer.«

Mit einem offenen Miniaturjeep, wie man ihn auf Golfplätzen benutzt, chauffierte Biocca sie zur Nekropole.

»Ich muss Sie darauf aufmerksam machen, dass die Parkleitung keinerlei Haftung übernimmt, sollte Ihnen etwas zustoßen. Für alles, was Sie tun, sind Sie selbst verantwortlich. Und ich muss wohl nicht erwähnen, dass Sie nichts entfernen, beschädigen oder mitnehmen dürfen. Auch nicht den kleinsten Stein.«

Robert nickte.

»Aber selbstverständlich. Ich verspreche Ihnen, dass wir äußerst umsichtig vorgehen werden. Wir beschäftigen uns ja auch in erster Linie mit Messungen.«

Der Jeep hielt an einem Waldstück. Biocca zeigte auf einen schmalen Pfad, der bergan ging.

»So, Signori, gehen Sie diesen Weg hinauf. Hinter der Biegung können Sie sie bereits sehen.«

*

Der Mann schob vorsichtig den Zweig des Haselnussstrauchs zur Seite und brachte sein Fernglas in Stellung.

»Kannst du sie sehen?«, fragte sein Begleiter.

Der Angesprochene nickte.

»Bestens. Sie sprechen gerade mit einem der Aufseher.«

»Macht der ihnen Schwierigkeiten?«

»Sieht nicht so aus. Er zeigt Richtung Westen. Verdammt, jetzt sind sie weg.«

Der Mann ließ den Feldstecher sinken.

»Jetzt kann ich sie nicht mehr sehen. Mannaggia! Was haben die vor?«

Nervös fingerte er an der Brusttasche seiner Jacke und zog ein Päckchen Zigaretten hervor. Für eine Sekunde flammte sein Feuerzeug auf. Gierig zog er den Rauch ein. Minuten vergingen.

»Komm, Lucio, lass uns gehen«, sagte der andere.

Der Mann zündete eine weitere Zigarette an und schüttelte dabei den Kopf.

»Auf keinen Fall. Jetzt haben wir so lange gewartet. Sie werden schon wieder ... Moment mal!«

Er riss den Feldstecher wieder hoch. Dabei stieg ihm der Rauch der Zigarette in das linke Auge. Ärgerlich wischte er sich die Tränen ab.

»Sie haben eine Leiter geholt, so eine lange Aluleiter zum Ausziehen. Gut, dass wir geblieben sind.«

*

Carlo schob seine Mütze nach hinten und starrte die Felswand hinauf.

»Ich hatte mir das nicht so hoch vorgestellt!«

Robert nickte.

»Man kann viele Gräber vom Rundweg am Berg aus erreichen, mich interessieren aber vor allem die, die besonders unzugänglich sind. Komm, fangen wir an. Lass uns zuerst in das mittlere mit der großen Öffnung steigen.«

Sie stellten die dreiteilige Leiter gegen die Felswand und schoben den zweiten Teil in die Höhe, bis er einrastete. Robert schaute nach oben und wischte sich einige Schweißperlen von der Stirn. Carlo sah ihn von der Seite an.

»Was ist, amico mio?«

Robert zog die Augenbrauen nach oben.

»Weißt du, ich bin nicht gerade das, was man als schwindelfrei bezeichnet.«

Carlo fasste ihn an die Schulter.

»Da gibt es ein einfaches Mittel: Nie nach unten schauen. Ich steige vor dir hoch, und du schaust nur auf die Hacken meiner Schuhe, dann wird dir auch nicht schwindelig. Außerdem kann man seine Angst nur besiegen, wenn man ihr ins Auge blickt.«

Er nahm seine Werkzeugtasche, an der ein Schulterriemen aus Leder befestigt war, und hängte sie sich um.

»Nimm du die Tasche mit unserer Höllenmaschine. Sie ist leichter. Häng sie so um, dass sie auf deinem Rücken liegt, so kommst du nicht aus dem Gleichgewicht.«

Damit drehte er sich um und begann, die Leiter emporzusteigen. Robert hatte ein flaues Gefühl im Magen, riss sich aber zusammen und stieg hinterher.

Carlo hatte bereits das Ende des zweiten Teils der Leiter erreicht. Mit einem Ruck hob er den dritten Teil aus der Arretierung und schob ihn langsam nach oben. Das Ende reichte nicht bis zum Höhleneingang.

»Es reicht nicht ganz, Roberto. Den letzten Teil müssen wir etwas klettern, aber es wird schon gehen.«

Beiß die Zähne zusammen, Roberto. Du hast dir das selbst eingebrockt, jetzt musst du da durch.

Robert fühlte, wie ihm der Schweiß den Rücken hinunterlief. Seine Hände krallten sich um die Sprossen. Die Leiter knarrte und bog sich etwas. Robert rechnete. Rund hundertsechzig Kilo plus Gepäck musste die Leiter halten.

Carlo drehte seinen Kopf zur Seite.

»Bleib stehen, Roberto. Ich muss eine günstige Stelle finden, um von der Leiter in die Höhle zu kommen. Wenn ich oben bin, lasse ich dir das Seil herunter, damit du dich festhalten kannst.«

Unverdrossen stieg er die Leiter empor und tastete mit den Fingern nach einem Felsvorsprung, an dem er sich festhalten konnte. Wind und Regen hatten in den ursprünglich glatt gemeißelten Kalkstein Löcher und Absätze hineingetrieben, sodass Carlo schon nach ein paar Sekunden eine Vertiefung fand, mit deren Hilfe er von der Leiter in die Felswand steigen konnte.

Seine Arbeitsschuhe mit dem rutschfesten Profil suchten nach der nächsten Aushöhlung, während er mit den Händen nach herausragenden Felsstücken tastete. Unterhalb des Grabeingangs war ein Vorsprung aus dem Fels gehauen worden, der wie die Stufe zu einer Tür aussah, dessen Funktion ihm aber nicht klar war. Carlo konnte sich mit beiden Armen daraufstützen, und er drückte seinen Oberkörper mit aller Kraft in die Öffnung, sodass er in einer liegenden Position in die Höhle rutschte. Mit einem letzten Ruck war er ganz drinnen. Erleichtert drehte er sich um, steckte den Kopf aus der Höhle und lachte laut auf, um Robert Mut zu machen.

»Ein Kinderspiel, amico mio. Ich lasse jetzt das Seil hinunter. Schling es dir um die Taille, und mach einen guten Knoten, dann kann dir nichts passieren.«

Er öffnete die Werkzeugtasche, nahm das Seil heraus und ließ ein Ende an der Leiter herunter.

Robert bekam einen erneuten Schweißausbruch. Um sich am Seil festzubinden, musste er die Leiter für einen Augenblick loslassen, und dieser Gedanke behagte ihm überhaupt nicht.

Er drückte sich mit Kopf und Schulter fest auf die Sprossen und tastete nach dem Seil. Erst nach ein paar Sekunden bekam er es zu fassen und schlang es um seine Körpermitte.

Seine Stimme klang rau und heiser.

»Carlo, ich bin so weit.«

Der kleine, aber sehr kräftige Tischlermeister setzte sich auf den Boden und stemmte beide Füße gegen den aus dem Fels gehauenen Vorsprung.

»Los, Roberto, jetzt komm herauf!«

Vorsichtig tastete Robert mit der Spitze seines rechten Schnürstiefels nach einer Vertiefung im Fels. Endlich fand er eine, die ihm genügend Halt bot. Gleichzeitig suchte seine rechte Hand einen Vorsprung, an dem er sich festhalten konnte. Sein linker Fuß und seine linke Hand waren immer noch auf der Leiter.

Du schaffst es, Roberto, jetzt nur nicht schlappmachen.

Nun zog er auch den linken Fuß von der Leiter auf die Felswand, weil er eine brauchbare Vertiefung gefunden hatte.

»Jetzt fass mit der anderen Hand das Seil«, brüllte Carlo.

In der Nacht zuvor hatte es geregnet, und in den Aushöhlungen standen noch kleine Wasserpfützen. Robert versuchte, das Seil zu greifen, verlagerte sein Gewicht und rutschte mit dem linken Fuß aus der glitschigen Vertiefung. Vor Schreck griff er wieder nach der Leiter, stieß aber mit dem nach Halt suchenden Fuß so heftig gegen sie, dass sie seitlich umkippte. Das Seil gab nach, und er stürzte in die Tiefe. Ein schmerzhafter Blitz fuhr durch seine Wirbelsäule. Plötzlich hing er parallel zum Erdboden und drehte sich im Kreis.

Carlo brüllte vor Schmerz. Das Seil war wie ein heißer Draht durch seine Hände gerast, und sie brannten wie Feuer.

»Roberto, pass auf!«, schrie er.

Er warf sich auf den Rücken und stemmte sich mit aller Kraft, die er aufbringen konnte, gegen den Felsen. Sehen konnte er nichts.

Robert starrte in die Tiefe und merkte, wie er plötzlich ganz ruhig wurde. Er richtete sich auf und ergriff das Seil. Zentimeter für Zentimeter brachte er sich in eine aufrechte Position, und wenig später fanden seine Füße wieder Halt in zwei Felsvertiefungen. Sein Herz raste.

»Roberto, was ist los?«, hörte er Carlo von oben brüllen.

»Ich bin okay«, schrie er keuchend zurück. »Halt mich fest, ich bin gleich oben.«

Mit aller Kraft zog Carlo noch einmal an dem Seil, sodass Robert sich an dem Vorsprung abstützen und mit einem Satz in die Höhle springen konnte. Allerdings kam er so unglücklich auf, dass sein linker Fuß schmerzhaft umknickte.

*

»Der wäre fast abgestürzt«, grinste der Mann mit dem Feldstecher.

Der andere blieb ernst.

»Müssen wir heute Nacht da auch hin?«

»Kommt darauf an, mit welchem Ergebnis die beiden dort rauskommen.«

»Und wie lange kann das dauern?«

Der Mann mit dem Feldstecher zuckte mit den Schultern.

»Das kann dauern. Vielleicht Stunden, vielleicht Tage?«

Ein paar Steine prasselten den Hang herunter.

Der andere fuhr herum.

»Was war das?«

»Keine Ahnung. Behalte lieber die Höhlen im Auge.«

Sie starrten auf die Öffnungen, die in den Kalkstein gehauen waren.

Deswegen entging ihnen, dass – ein Stück den Hang hinauf – gerade ein Fuß hinter einem Brombeergebüsch verschwand. Er gehörte zu einem großen Amerikaner und steckte in einem Alligator Hornback Boot.

*

Keuchend standen sie in einem Gang mit steil aufragenden Seitenwänden. Als sie weitergehen wollten, fühlte Robert einen stechenden Schmerz im linken Knöchel.

»Was ist mit deinem Bein?«, fragte Carlo und blieb stehen.

Robert versuchte, den Schmerz mit einem Grinsen zu überdecken.

»Ich bin wohl bei der Landung etwas hart aufgesetzt. Aber Hauptsache, unsere kostbare Maschine ist noch heil.«

Beide lachten. Dann wurden sie wieder ernst und starrten in den langen Gang.

»Gib mir mal eine Taschenlampe«, sagte Robert und streckte den rechten Arm aus. Carlo griff in seine Arbeitstasche und reichte sie ihm.

Der Lichtstrahl der Lampe durchschnitt das Dunkel des hinteren Teils des Ganges.

»Da sind die ersten Grabkammern, links und rechts.«

Jetzt hatte auch Carlo eine Lampe eingeschaltet, und die Lichtkegel tanzten durch den Raum.

Carlo zuckte mit den Schultern.

»Die Grabkammern sind alle leer. Kein Wunder, wir befinden uns ja auch in so einer Art Freilichtmuseum. Da ist jedes historische Staubkorn bereits weggeschafft worden. Wonach suchen wir denn genau?«

Robert schwieg und leuchtete den Boden ab. Plötzlich blieb er stehen.

»Schau mal, das ist ja seltsam.«

Carlo richtete seine Lampe ebenfalls auf den Boden.

»Das sieht ja aus wie ...«

Robert unterbrach ihn.

»Ganz richtig, ein Reifenabdruck. Das müssen zwar ziemlich kleine Räder gewesen sein, aber das Profil ist im Staub ganz klar zu erkennen.«

Carlo sah ihn von der Seite an.

»Was bedeutet das?«

Robert ging in die Hocke und versuchte, die Spur weiterzuverfolgen.

»Was das auch immer für ein Gefährt gewesen ist – es hatte auf alle Fälle vier Räder. Ich wette, es gibt noch eine andere Zufahrt zu diesen Höhlen. Oder glaubst du, sie sind an der steilen Wand hochgefahren?«

Carlo machte ein verdutztes Gesicht.

»Das hätten die Aufseher doch wissen müssen. Warum haben die uns das nicht gesagt?«

»Weil sie es uns so schwer wie möglich machen wollten. Stell dir vor, ich wäre abgestürzt. Dann hätten wir die Sache doch sofort abgebrochen. Erinnerst du dich noch an die Worte dieses Dottore Biocca? *Ich muss Sie darauf aufmerksam machen, dass die Parkleitung keinerlei Haftung übernimmt, sollte Ihnen etwas zustoßen.*«

Carlos Wutfalten zwischen den Augenbrauen vertieften sich.

»Das hört sich ja an, als hätten die uns eine Falle gestellt!«

Robert nickte.

»Und das wird nicht die einzige sein. Komm, lass uns erst einmal weitersehen.«

Er humpelte weiter durch den Gang. Carlo folgte ihm. Sie leuchteten in unzählige kleine Grabkammern, die aber alle leer waren. Fast alle.

Plötzlich blieb Robert stehen.

Der Lichtkegel seiner Lampe glitt durch eine der größeren Grabkammern und erleuchtete einen großen steinernen Sarkophag, der mitten im Raum stand.

Carlo sperrte den Mund auf.

»Das ist ja seltsam. Ich denke, die Herren Wissenschaftler haben hier alles ausgeräumt und in die Museen geschafft?«

Robert bückte sich und betrat die Kammer.

»Den hier nicht. Und ich weiß auch, warum.«

Carlo sah ihn fragend an.

»Schau mal auf den Boden. Dieser Sarkophag wurde nicht hierher geschafft. Sie haben die Kammer aus dem Felsen geschlagen und dabei so viel Gestein stehen lassen, dass man eine Grabstelle daraus machen konnte. Man kann ihn nicht wegtragen. Er ist sozusagen mit dem Gestein verwachsen.«

Sie traten dicht an den steinernen Sarg heran. Er war ungefähr einen Meter und fünfzig hoch und zwei Meter lang. Robert ging um ihn herum und betrachtete ihn von allen Seiten. Seine Finger glitten dabei über die verwitterten Verzierungen des Steins. Plötzlich stoppte er.

»Schau mal, Carlo, das hier habe ich zuerst für ein Rankenmuster gehalten Aber wenn du genau hinsiehst, sind das drei ineinander verschlungene Buchstaben. Ein C, ein S und ein O. Merkwürdig...«

Carlos Finger glitten ebenfalls über den Stein.

»Was ist daran merkwürdig?«

»Die Etrusker benutzten ein Alphabet, das sich aus der frühgriechischen Schrift entwickelt hatte. Diese Buchstaben gab es aber zu der Zeit, als diese Anlage entstanden ist, noch gar nicht. Es sei denn ...«

Plötzlich rissen beide die Köpfe herum. Aus dem Gang war ein leises metallisches Klirren zu hören.

»Mach die Lampe aus!«, zischte Robert.

Sie standen im Dunkel und horchten. Es herrschte absolute Stille. Dann ein dumpfes, tappendes Geräusch.

»Da ist jemand!«, flüsterte Carlo.

Robert legte den erhobenen Zeigefinger auf seine Lippen.

»Psst!«

Das tappende Geräusch entfernte sich. Sie warteten noch ein paar Minuten, die ihnen wie eine Stunde vorkam. Dann schalteten sie die Lampen wieder ein. Carlo schaute Robert an.

»Was meinst du, war das?«

Robert zuckte mit den Schultern.

»Was auch immer das war, hier gibt es etwas, das sich bewegt. Und es ist nicht über die Steilwand hereingekommen, denn dann hätte es ja an uns vorbeigehen müssen. Das bestärkt meine Annahme, dass es noch einen zweiten Eingang gibt.«

Roberts Knöchel war inzwischen so geschwollen, dass es ihm schwerfiel weiterzugehen. Stöhnend setzte er sich auf den Boden.

»Wir müssen diesen Biocca anrufen, er soll uns hier rausholen.«

Carlo schaute ihn verblüfft an.

»Warum? Ich denke, wir suchen den zweiten Ausgang?«

Robert nickte.

»Ja, natürlich. Aber überleg mal: Wenn wir ihn finden, müssten wir uns davonschleichen, denn sie wollen offenbar nicht, dass wir davon wissen. Falls sie es selbst überhaupt wissen. Mit meinem Fuß kommen wir allerdings nicht weit. Also bin ich ein etwas ungelenkiger Parapsychologe, der sich ziemlich dämlich angestellt hat. Und von dem nichts zu befürchten ist, wenn er ein zweites Mal darum bittet, in den Höhlen seine Messungen vorzunehmen.«

Carlo hob seinen Zeigefinger.

»Das leuchtet mir ein. Du bist ein schlauer Bursche, amico mio.«

Robert hatte bereits sein Handy und die Visitenkarte aus der Tasche gezogen.

Nach ein paar Ruftönen meldete sich Biocca. Robert sprach wieder Italienisch mit einem starken englischen Akzent.

»Dottore? Hier ist Michael McCoy. Wir haben da ein kleines Problem...«

Bereits eine Viertelstunde später hatten die Aufseher eine Art Lift herbeigeschafft, wie man ihn am Bau benutzte. In seinem kleinen Drahtkorb wurde zuerst Robert, dann Carlo nach unten befördert.

»Warum haben Sie uns nicht gesagt, dass Sie so etwas haben?«, grollte Carlo einen der Aufseher an.

Der grinste.

»Sie haben nicht danach gefragt, sondern Sie wollten eine Leiter!«

*

Elena war wütend.

»Und warum erzählst du mir das alles erst jetzt? Du hast mich doch auch sonst in jedes Detail eingeweiht!«

Robert lächelte verlegen. Er saß in dem großen Ledersessel in der Halle seines Hauses, sein rechtes Bein lag auf einem gepolsterten Hocker. Catarina hatte ihm zwei mit Eisstücken gefüllte Manschetten, die sonst Weißweinflaschen kühlten, um den Knöchel gelegt und mit Geschirrhandtüchern festgezurrt.

»Es tut mir leid, aber ich war mir nicht sicher, wohin diese Aktion führen würde, wusste aber, dass ein gewisses Risiko damit verbunden war. Ich musste also den Kreis der Mitwisser so klein wie möglich halten. Und in diesem Fall war Carlo – verzeih mir – der geeignetere Partner.«

Carlo, der an dem großen Eichentisch saß, sah verlegen auf den Boden. Elena machte ein beleidigtes Gesicht. Doch plötzlich lächelte sie.

»Und ihr habt ihnen tatsächlich mit einem alten Bügeleisen vorgespielt, dass ihr Parapsychologen seid?«

Carlos Augenbrauen schossen nach oben.

»O no, diese Machina ist natürlich eine falsificazione, aber sie sieht sehr kompliziert aus.«

Nun musste auch er laut lachen.

»Wo ist sie überhaupt?«

Er starrte Robert an. Der schien etwas verwirrt.

»Als ich so hart aufgeschlagen bin, hatte ich sie noch in der Tasche auf dem Rücken. Dann habe ich sie abgenommen und auf den Boden gestellt.«

Er fuhr sich durch die Haare.

»Madonna, da steht sie immer noch.«

Carlo grinste.

»Mach dir keine Sorgen, so etwas baue ich dir in zwei Stunden zusammen!«

Robert dachte nach und schüttelte den Kopf.

»No, no. Es ist sogar sehr gut, dass ich sie dort vergessen habe. Jetzt kann ich jederzeit Dottore Biocca anrufen und ihm sagen, dass wir unser superteures Messgerät dort oben vergessen haben. Dann muss er uns mit seinem Fahrstuhl wieder nach oben bringen, und wir können in Ruhe weitersuchen.«

Er schaute Elena in die Augen.

»Und außerdem bringen wir noch eine griechische Kollegin mit, die gerade von einem Forschungsprojekt in Ägypten kommt.«

*

Die Männer saßen um einen runden Tisch herum und starrten in die Mitte.

Der Sizilianer blies den Rauch seiner Zigarette an die Decke.

»Das ist sie also, die lang Gesuchte. Und warum hat dieser Darling sie nicht mitgenommen?«

Der Mann, dessen Vorname Lucio lautete, grinste.

»Weil der sich wohl ziemlich verletzt hatte und möglichst schnell wieder raus wollte. Da haben sie die Maschine wohl übersehen. Wir haben gewartet, bis es dunkel war, und uns dann von oben in die Höhlen abgeseilt. Es war nicht schwer, sie zu finden.«

Der Mann mit dem Maßanzug und der Sonnenbrille stand auf und ging um den Tisch herum. Er sprach leise.

»Und mit dem Ding kann man den Tag berechnen, an dem man stirbt?«

Lucio nickte heftig.

Der Mann mit der Sonnenbrille beugte sich über den Tisch und zog die Maschine zu sich heran. Für eine Minute herrschte Stille. Er drehte das Gerät auf der Tischplatte und schaute es sich prüfend an. Dann sprach er leise, noch leiser als vorher.

»Da schau her, ich wusste gar nicht, dass es bei den Etruskern bereits Wechselstrom gab.«

Lucio und der Sizilianer sahen sich erschrocken an.

Der Mann brüllte so laut, dass seine Sonnenbrille auf der Nase ein Stück nach vorn rutschte.

»Ihr Idioten! Warum habe ich es immer nur mit Idioten zu tun? Das ist eine Fälschung, eine lausige Fälschung. Darling und seine Leute lachen sich jetzt halb tot.«

Er brach ab und atmete heftig. Dann griff er nach der Maschine und warf sie so heftig auf den Boden, dass Schrauben und Bauteile in alle Ecken des Raumes sprangen. Er bückte sich, griff nach einer abgerissenen Metallplatte, auf der »220/230 V« eingestanzt war, und warf sie nach Lucio. Der wurde an der Stirn getroffen, das Blut rann ihm übers Gesicht. Der Mann mit der Sonnenbrille schrie noch lauter.

»Die werden mich kennen lernen! Mich legt man so plump nicht herein! Ich bringe sie um, ich bringe sie alle um!«

*

Einen weiteren Tag hatte Robert seinem Knöchel Ruhe auf Eis verordnet, dann fühlte er sich in der Lage, seinen Plan weiterzuverfolgen.

Die Reaktion war wie vorhergesehen. Bioccas Mund verzog sich zu einem spöttischen Lächeln, als Robert zerknirscht zugeben musste, dass er sich bei seinem Aufstieg nicht nur verletzt hatte, sondern auch noch das wertvolle Messinstrument vergessen hatte. Aber nun dürften sie doch wohl den transportablen Fahrstuhl benutzen, damit wäre ihnen sehr geholfen.

Auch die Aufseher konnten ein Grinsen nicht verbergen, als sie die vermeintlichen Wissenschaftler erneut in die Höhle bugsierten. Es war ihnen anzumerken, wie viele Witze sie bereits über die parapsychologischen Tölpel gerissen hatten.

*

Mit ausgestrecktem Arm zeigte Robert auf den leeren Steinboden.

»Dort hat sie gestanden. Ich kann es beschwören.«

Carlo schaute ebenso verblüfft. Elena zuckte mit den Schultern.

»Vielleicht hat sie irgendjemand vom Personal in einen anderen Raum getragen. Schauen wir doch mal nach.«

Robert sah sie skeptisch an.

»Das glaube ich eher nicht. Kurz nachdem wir abgefahren waren, hat der Park geschlossen. Warum sollte einer der Aufseher nachts hier hinaufsteigen, um eine Maschine wegzutragen, mit der er nichts anfangen kann?«

Sie gingen trotzdem von Kammer zu Kammer und leuchteten in jede Ecke. Von Carlos Fantasiemaschine keine Spur.

Robert drehte sich zu Carlo und Elena um und begann, laut nachzudenken.

»Nehmen wir an, jemand hat die Maschine entwendet. Vielleicht dachte dieser Jemand tatsächlich, sie sei ein parapsychologisches Messgerät, aber das halte ich für ziemlich unwahrscheinlich. Wahrscheinlicher ist, dass er sie für etwas anderes gehalten hat ... und ich kann mir auch schon denken, für was!«

Carlo drehte sich abrupt um.

»Nämlich?«

Robert konnte sich ein Lächeln nicht verkneifen, obwohl er wusste, dass Carlo diesen Gesichtsausdruck hasste, der Robert etwas Überhebliches gab.

»Wir werden seit Tagen beobachtet. Ich vermute, dass der Dieb geglaubt hat, dass das die Maschine ist, nach der wir alle suchen.«

Carlo sah Elena an, beide wiederum Robert. Aber der hatte sich schon wieder abgewandt und ging in die Richtung, aus der sie gerade gekommen waren.

»Kommt mit. Ich möchte mir noch mal diesen statischen Sarkophag ansehen.«

Leicht humpelnd ging er ein paar Meter und bog dann in den Gang mit der Kammer, in der der mit dem Boden verwachsene Steinsarg stand. Grübelnd ging er um ihn herum.

Elena trat näher heran.

»Was ist damit? Nun sag schon, du hast doch eine Idee.«

Robert blieb stehen.

»Ich habe es Carlo schon gesagt. Ich habe erhebliche Zweifel, dass dieser Sarkophag aus der Zeit der Etrusker stammt. Wer hat ihn gebaut, und welchem Zweck hat er gedient? Römisch sieht er auch nicht aus.«

Seine Finger glitten noch einmal über die erhaben gemeißelte Schrift.

»Ein C, ein S und ein O. Ich schwöre euch, dass ich diese ineinander verschlungenen Buchstaben schon einmal woanders gesehen habe.«

Carlo ging in die Knie und tastete mit den Fingern die Linie ab, von der aus der Sarg aus dem Boden wuchs.

»Das ist ja komisch«, murmelte er. Robert bückte sich.

»Hast du etwas gefunden?«

Carlo nickte.

»Ja, schau mal: An beiden Längsseiten und an der Fußseite ist der Sarg aus dem Fels gehauen, also fest mit ihm verbunden. Nur an der Stirnseite ist im Boden eine schmale, aber offenbar tiefe Fuge. Hast du eine Erklärung dafür?«

Robert hatte sich wieder aufgerichtet und fuhr mit dem Finger unter den Überstand des Deckels.

»Nein, aber ich ahne etwas. Dieser Deckel ist eine Täuschung, man kann ihn nicht abheben. Dazu besteht auch gar kein Anlass, denn dieses Monstrum ist gar kein Sarkophag.«

Elena schaute ihn verblüfft an.

»Was ist es dann?«

Robert antwortete nicht sofort, sondern dachte angestrengt nach.

»Seht euch mal genau um. Irgendwo in diesem Raum muss es ein Teil geben, das beweglich ist, das einen Mechanismus auslöst.«

Sie begriffen zwar nicht, was Robert meinte, folgten aber dennoch seiner Aufforderung. Sechs Hände tasteten die Wände ab, untersuchten den Fußboden und glitten über den Steinsarg.

Plötzlich blieb Carlo wie angewurzelt stehen.

»Roberto, ich hab was!«

An jeder Ecke des Deckels war eine Kugel kunstvoll aus dem Gestein herausgearbeitet worden. Carlo fasste vorsichtig an der Stirnseite an die linke.

»Die hier lässt sich drehen!«

Alle drei standen dicht zusammen und starrten auf die Kugel. Robert schaute Carlo an. Der riss die Augen auf und drehte vorsichtig an der Kugel. Ein leise knirschendes Geräusch war zu hören. Carlo machte erschrocken einen Schritt zurück.

»Die Platte! Die Platte an der Stirnseite hat sich bewegt!«

Robert schaute auf den Boden. Tatsächlich – die Frontplatte hatte sich ein paar Zentimeter in den Erboden versenkt und ließ jetzt unter dem Deckel einen breiten Spalt frei.

»Carlo, schnell, gib mir eine Taschenlampe.«

Robert leuchtete in den Spalt.

»Wie ich mir dachte! Dieser Sarkophag ist ein getarnter Eingang.«

Nach weiteren Drehungen an der Kugel verschwand die Platte völlig im Boden und gab eine niedrige Öffnung frei. Robert bückte sich und leuchtete auf die steinernen Stufen einer schmalen Treppe, die ins Dunkle führte. Elena schluckte.

»Robert, sei vorsichtig! Wer weiß, was da unten lauert.«

Aber Robert war schon in gebückter Haltung die ersten Stufen hinuntergestiegen, dicht gefolgt von Carlo.

Die Luft war feucht, stickig und kalt. Die schmale, aus Stein gehauene Treppe ging tief hinab. Elena wagte sich nun auch, hinter den beiden in das Dunkle zu steigen.

Robert folgte angestrengt dem Lichtschein der Taschenlampe.

»Das geht ganz tief in den Felsen hinein. Aber ich glaube, wir sind gleich unten.«

Er trat von der letzten Stufe auf den aus Stein gemeißelten Boden. Der Raum war quadratisch, ungefähr fünf mal fünf Meter, und hatte eine gewölbte Decke in etwa drei Metern Höhe. Der Raum war leer.

Jetzt war auch Carlo unten angelangt. Der Schein seiner Taschenlampe glitt über die Wände.

»Roberto, schau, dort geht es in einen weiteren Raum!«

An der rechten Wand gähnte eine schwarze Öffnung. Robert ging auf sie zu. Elena hielt sich dicht neben ihm. Es war totenstill.

Ein seltsam knirschendes Geräusch ließ sie zusammenzucken. Robert blieb stehen.

»Was war das?«

Elena bückte sich.

»Ich bin auf etwas getreten.«

Der Schein von Roberts Lampe suchte den Boden ab. Elena hielt sich staunend die Hand vor den Mund.

»Das glaube ich nicht.«

Auch Robert war überrascht.

»Ein Kugelschreiber. Was hat der hier zu suchen?«

Er bückte sich und hob ihn auf.

»Der war sogar ganz neu, nicht mal die Metallteile sind angerostet.«

In diesem Moment hörten sie Carlos Stimme, die durch den zweiten Raum hallte.

»Roberto, Elena, kommt her. Das müsst ihr euch ansehen.«

Der Raum war größer als der erste. In der Mitte stand ein massiver Eichentisch, dahinter ein hochlehniger Stuhl aus dem gleichen Holz. Auf dem Tisch stand ein Leuchter aus Messing mit einer erloschenen Kerze. Die Wände waren vollständig von Regalen verdeckt, die alle leer waren. Auf dem Boden lagen vier unbeschriebene DIN-A4-Blätter.

Carlo schaute Robert mit offenem Mund an.

»Roberto, was bedeutet das?«

Robert rieb sich über den Nasenrücken.

»Im Moment kann ich mir noch keinen Reim darauf machen. Kommt, wir schauen uns weiter um.«

»Stopp!«

Der Lichtkegel aus Carlos Lampe war über die Regale geglitten, als er plötzlich auf eine kleine, eiserne Tür fiel, die genau zwischen zwei Regalbretter passte und die halb offen stand. Er ging näher heran. In ihrem Scharnier hing ein großes, geöffnetes Vorhängeschloss.

Robert leuchtete hinein.

»Sieht aus wie ein antiker Safe. Wer so einen Aufwand

treibt, muss etwas sehr Wichtiges und Wertvolles darin verwahrt haben.«

Carlo strich verwundert über seinen Schnauzbart.

»Wer hat das alles hier eingerichtet? Und wozu?«

Robert nickte.

»Das wüsste ich auch gern. Aber viel mehr interessiert mich die Frage, warum derjenige so plötzlich verschwunden ist. Das kann erst wenige Tage her sein.«

»Woraus schließt du das?«, fragte Elena.

Robert bückte sich und hob die Bogen auf.

»Schau dir das Papier an. Wenn das schon länger liegen würde, sähe das bei dieser Luft etwas anders aus. Oder die Tischplatte. Sie sieht aus, als wäre sie noch vor wenigen Tagen poliert worden.«

»Roberto, hier ist ein Gang!«

Carlos Stimme hallte durch den Raum.

»Und er muss ziemlich lang sein, denn mein Licht reicht nicht bis zum Ende.«

Robert und Elena kamen näher.

»Dann lass uns herausfinden, wie lang er ist und wohin er führt.«

Er hob seine Lampe und wunderte sich, dass sie nur noch schwaches Licht von sich gab.

»Carlo, was ist mit meiner Lampe?«

Carlo drehte sich um.

»Die Batterie macht schlapp, amico mio.«

»Hast du keine frischen dabei?«

Carlo machte ein zerknirschtes Gesicht.

»Doch, aber die sind in meiner Werkzeugtasche. Und die liegt dort, wo wir vorhin eingestiegen sind.«

Robert winkte ab.

»Macht nichts. Der Gang ist sehr schmal, und deine sieht ja noch frisch aus. Gib sie mir bitte. Ich werde vorangehen, ich trage schließlich die Verantwortung.«

Carlo überlegte einen Augenblick, warum Verantwortungs- und Lichtträger dieselbe Person sein mussten, dann reichte er sie ihm wortlos.

Der Gang stieg langsam an und schien endlos zu sein. Sie gingen schweigend hintereinander.

»Wie lange sind wir schon unterwegs?«, fragte Carlo.

Robert leuchtete auf seine Armbanduhr.

»Ungefähr zehn Minuten.«

Elena seufzte.

»Es kommt mir wie eine Stunde vor...«

Abrupt blieb Robert stehen.

»Schaut mal – da vorn!«

In einer Entfernung von rund zwanzig Metern fiel Licht in den Gang. Robert ging schneller.

»Das sieht aus wie eine Tür!«

Er ging noch schneller. Heftig atmend erreichte er eine mit dicken Holzbrettern verbarrikadierte Öffnung, durch deren Spalten Tageslicht in den Gang fiel.

Jetzt stand Carlo neben ihm und horchte.

»Roberto, höre ich richtig? Das ist doch Vogelgezwitscher!«

Robert nickte und spähte durch eine Lücke.

»Der Gang führt nach oben in einen Wald, ich sehe dichtes Gebüsch.«

Er legte die Taschenlampe auf den Boden und drückte mit beiden Händen gegen die Tür.

»Verschlossen.«

Jetzt drückte auch Carlo gegen die Tür.

»Die rührt sich keinen Millimeter.«

Robert bückte sich zur Taschenlampe.

»Macht nichts. Wir müssen sowieso wieder zur Vordertür hinaus, wenn wir keinen Verdacht erregen wollen.«

Er wollte gerade die Lampe aufheben, als sein Blick auf den sandigen Boden fiel.

»Oh, fast hätten wir es zertrampelt. Carlo, guck mal. Hier sind wieder die Reifenspuren.«

Elena schaute ihn verblüfft an.

»Reifenspuren? Die sind hier mit einem ...«

Robert lächelte.

»Nein, nicht mit einem Auto. Ich nehme an, dass es ein Gefährt in der Größe eines Teewagens ist. Sonst würde es ja nicht die Treppe hinunterbefördert werden können und durch den Gang passen. Ein Handwagen mit Gummireifen, damit er keinen Lärm macht. Damit haben sie wahrscheinlich alles, was in den Räumen war, hinaustransportiert.«

Sie kehrten um und gingen schweigend zurück.

In dem Raum mit dem Eichentisch blieben sie kurz stehen, bestaunten noch einmal die surreale Atmosphäre und stiegen schließlich über die schmale Steintreppe nach oben.

Der Mechanismus funktionierte einwandfrei. Carlo drehte die steinerne Kugel in die entgegengesetzte Richtung, und die Platte an der Stirnseite schloss den Eingang fast lückenlos ab.

Sie packten ihre Sachen zusammen, auch die Tasche, in der sie Carlos Fantasiemaschine transportiert hatten.

Robert starrte vor sich hin.

»Einen Moment noch. Wir können ja nicht ohne unsere Maschine gehen. Er bückte sich, packte einen Stein, steckte ihn in die Tasche und hängte sie sich um die Schulter.

*

»Noch einmal ganz herzlichen Dank für Ihre Unterstützung, Dottore Biocca!«

Robert schüttelte dem stellvertretenden Direktor minutenlang die Hand. Der grinste.

»Hauptsache, Sie haben Ihre Machina … Ihr Dingsda wieder. Konnten Sie denn einen Blick ins Jenseits werfen?«

Robert spürte den Sarkasmus und hätte ihm gern eine passende Antwort gegeben, lächelte aber vorsichtshalber weiter.

»Nein, wir haben ja erst einmal Messungen durchgeführt, und die müssen wir erst auswerten. Wenn Sie wollen, schicke ich Ihnen gerne einen Bericht unserer Ergebnisse.«

»Das wäre sehr gütig!« Biocca grinste weiter, und es war ihm anzumerken, dass er froh war, die Verrückten endlich wieder los zu sein.

Auf dem Weg zum Auto räusperte sich Carlo – wie immer, wenn er eine Frage stellen wollte, über die er lange nachgedacht hatte.

»Sag mal, Roberto, bist du der Meinung, dass uns unser Ausflug irgendwie weitergebracht hat?«

Robert blieb stehen.

»Nun ja, wir wissen jetzt, dass in den Räumen der Grabkammern seit Langem etwas aufbewahrt worden ist, das niemand finden sollte. Warum das alles weggeschafft wurde, ist mir im Moment noch nicht klar. Ich denke, dass der Einstieg durch den Sarkophag uralt ist, der Gang nach draußen allerdings jüngeren Datums. Wahrscheinlich war unseren Freunden durch die Eröffnung des archäologischen Parks der Weg vor der Höhle zu belebt. Jetzt zeichnen wir erst einmal einen Plan der Räume und des Tunnels aus dem Gedächtnis, und dann suchen wir den Ausgang oben in den Wäldern. Vielleicht finden wir eine weitere Spur.«

Er ging weiter. Carlo schaute Elena an, zuckte mit den Schultern und folgte ihm.

Sie verstauten ihr Gepäck im Kofferraum des Mietwagens. Robert klappte sein Notizbuch auf, legte es auf das Dach des Wagens, nahm einen Kugelschreiber und begann zu zeichnen.

»Erst einmal die Lage: Da oben ist Norden, unten Süden. Hier sind wir in die Grabkammer gekommen, hier weitergegangen. Dort war der Raum mit dem Sarkophag...«

Plötzlich hörte er auf zu zeichnen und starrte Carlo an. Der wurde blass.

»Roberto, was ist los? Was hast du?«

Elena fasste seine Hand.

»Robert, sag was!«

Robert schloss für einen Augenblick die Augen.

»Entschuldigt, Freunde. Der Sarkophag, die Buchstaben C-S-O! Mir ist gerade eingefallen, wo ich die Buchstaben in dieser Form schon einmal gesehen habe.«

Elena riss die Augen auf.

»Das ist ja großartig! Los, sag schon, wo hast du sie gesehen?«

Robert schaute sie leicht irritiert an.

»Ich meine, mich zu erinnern. Das muss ich erst einmal überprüfen.«

Carlo lachte.

»Dann fangen wir doch gleich damit an. Wohin soll's gehen?«

Robert schüttelte den Kopf.

»Nein, mein Freund, dahin möchte ich lieber allein gehen. Ich halte euch auf dem Laufenden.«

21. KAPITEL

Wütend über sich selbst trat Robert aufs Gaspedal.
Du hast es geahnt, Roberto, aber du hast mal wieder nicht auf dein Bauchgefühl gehört. Jetzt kannst du den ganzen Weg wieder zurückfahren!
Mit einem Tempo, das auch für italienische Verhältnisse eindeutig außerhalb der Norm lag, hatte er Florenz schnell wieder verlassen. Es dämmerte bereits, und das verkomplizierte sein Anliegen zusätzlich. Das Haus, so hatte man ihm gesagt, sei schon am helllichten Tag schwer zu finden. Es läge weit außerhalb der Ortschaft und sei durch hohe Bäume und dichtes Gebüsch von der Straße aus nicht zu erkennen. Der einzige Anhaltspunkt sei, dass es hoch über dem Meer liege.

Er bog in die Hauptstraße ein und fuhr in Richtung Poggibonsi. Dunkle Wolken waren am Horizont aufgezogen. Nach der Schwüle des Tages zog nun ein Gewitter auf.

Eigentlich ist es Irrsinn, was du hier treibst, Roberto. Das ist der letzte Anhaltspunkt, den du verfolgen solltest. Alle möglichen Menschen und Gruppierungen sind hinter dir her, weil du anscheinend am meisten über die Sache weißt. Wenn diese Spur auch im Sand verläuft, hörst du auf und widmest dich wieder deinen Spielen, die du in den letzten Wochen total vernachlässigt hast.

In Gedanken versunken, hatte er nicht gemerkt, dass er langsamer geworden war. Erst als ihm auffiel, dass ihn immer mehr schwächer motorisierte Wagen überholten, schaute er auf den Tacho. Dann in den Rückspiegel.

Das Verhalten des Wagens hinter ihm machte ihn stutzig. Der Fahrer schien unbedingt Roberts Tempo beibehalten zu wollen. Er trat aufs Gaspedal. Der Wagen hinter ihm beschleunigte ebenfalls.

»Okay«, sagte Robert laut zu sich selbst, »dann wollen wir mal sehen!«

Er trat das Gaspedal ganz durch, sodass die Automatik nach oben schaltete und der Motor aufheulte. Robert Darling war eigentlich ein defensiver Fahrer, aber er konnte nicht abstreiten, dass ihm so etwas ab und zu auch Spaß machte.

Vor ihm tauchten die Rücklichter eines langsam fahrenden Fiats auf. Die Scheinwerfer der entgegenkommenden Fahrzeuge waren noch weit genug entfernt. Er setzte zum Überholen an und blieb eine Zeit lang auf der Höhe des Fiats, scherte dann in letzter Minute wieder nach rechts ein, sodass sein vermeintlicher Verfolger keine Gelegenheit mehr zum Überholen hatte. Dann gab er noch einmal Gas bis zum Anschlag. Der Motor brüllte auf, und der Rover schoss in die Dunkelheit. Die ersten Tropfen klatschten auf die Windschutzscheibe.

Sei vorsichtig, Roberto, nichts ist gefährlicher als einsetzender Regen, wenn die Straße in Sekundenschnelle spiegelglatt ist.

Er drosselte sein Tempo und schaute in den linken Außenspiegel.

Vier Scheinwerfer waren nebeneinander zu sehen. Sein Verfolger setzte offenbar auch zum Überholen an.

Im letzten Augenblick sah er die graue Katze auf seiner Spur und trat instinktiv auf die Bremse. Eine Zehntelsekunde später krachte es, und ein Ruck ging durch den Rover. Robert starrte in den Rückspiegel. Der Fahrer des Fiat, der auf ihn gefahren war, blieb ebenfalls wie erstarrt sitzen. Robert schaltete den Motor ab, stieg aus und blieb hinter seinem Wagen stehen. Da der Rover höher war als der Fiat, war dieser genau in seine Stoßstange gefahren. Die hatte nur ein paar Kratzer abbekommen, dem Fiat allerdings den rechten Scheinwerfer zertrümmert. Der Fahrer, ein dünner Endfünfziger mit schütterem, grauem Haar, stieg aus und sah Robert mit aufgerissenen Augen an. Er schluckte.

»Was ... äh, was sollte denn diese Vollbremsung?«

Robert sah ihn scharf an.

»Die Katze! Haben Sie die Katze nicht gesehen? Ich überfahre keine Tiere.«

Er drehte sich um und sah in rund hundert Metern Entfernung den Wagen, der an den Straßenrand gefahren war und dessen Licht ausgeschaltet war.

»Holen Sie jetzt die Polizei?«, hörte er den dünnen Mann fragen.

Robert drehte sich wieder um.

»Ob ich was? Ach so, nein, keine Sorge. Sie sollten Ihre abgefahrenen Reifen mal erneuern. Das kann böse enden.«

Ohne ein weiteres Wort zu verlieren, setzte er sich wieder hinter das Steuer, schaltete den Motor ein und fuhr langsam an. Dabei schaute er in den Rückspiegel.

Hinter dem nunmehr einäugigen Fiat flammten zwei Scheinwerfer auf und bewegten sich wieder zur Mitte der Straße.

»Jetzt ist es eindeutig«, murmelte Robert und gab Gas. Es war noch rund eine halbe Stunde zu fahren.

Der Regen wurde stärker, erste Blitze zuckten in der Ferne.

Ein paar Minuten später ging ein heftiger Wolkenbruch nieder. Robert hatte Schwierigkeiten, die Straße zu erkennen, und die Scheibenwischer wurden mit den Wassermassen kaum noch fertig. In den Rückspiegeln war nicht mehr zu erkennen, ob ihm noch jemand folgte.

Gut so, dachte er, *dann werden die mich auch nicht sehen können.*
Gerade noch rechtzeitig sah er den schwach beleuchteten Traktor mit Anhänger, der in langsamem Tempo vor ihm fuhr.
Bei dieser Sicht überholen? Roberto, das ist riskant. Andererseits musst du deine Verfolger loswerden.
Er konzentrierte sich, gab Gas und überholte den Traktor in wenigen Sekunden. Nur wenige Momente später wäre sein Manöver missglückt, denn der große Truck, der plötzlich mit hoher Geschwindigkeit aus dem Regenvorhang auftauchte, war nur aus unmittelbarer Nähe zu erkennen.
Plötzlich blitzte es, gefolgt von einem lauten Donnerschlag. Deswegen hörte Robert auch nicht das hässliche Geräusch von berstendem Blech und splitterndem Glas, als der weiße Lancia beim Überholen frontal mit dem Truck zusammenstieß.

*

Als die Polizei und der Notarzt am Unfallort eintrafen, kam jede Hilfe zu spät. Sie konnten nur noch protokollieren, dass es sich bei den beiden Leichen laut der gefundenen Pässe um zwei Amerikaner handelte, wovon der eine mittelgroß und der andere sehr groß gewesen war. Letzterer trug auffällige Cowboystiefel – wahrscheinlich Touristen.

*

Als sich Regen und Gewitter zurückzogen, hatte Robert die Straße von San Vincenzo nach Baratti erreicht. Es schien wieder ein wenig heller zu werden, denn an einigen Stellen konnte er, trotz des Nachthimmels, hinter der üppigen Vegetation das Meer sehen.

Fahren Sie an Baratti vorbei, und biegen Sie in die Straße ein, die wieder zur Steilküste führt, hatte man ihm gesagt, *nach etwa drei Kilometern werden Sie das Haus finden.*

Er schaute in den Rückspiegel. *Seltsam*, dachte er, *solltest du dich getäuscht haben? Von einem Verfolger ist jedenfalls nichts mehr zu sehen.*

Im Fernlicht der Scheinwerfer konnte er sehen, dass sich in etwa hundert Metern die Straße gabelte. Die dunklen Wolken waren aufgerissen, und die Sichel des Mondes kam zum Vorschein, gerade so, als wollte sie ihm den Weg weisen.

Robert konzentrierte sich. Im schnellen Wechsel schaute er auf die Straße, dann wieder auf die üppig bewachsene rechte Seite. Von einem Haus war nichts zu sehen.

Er überlegte gerade, ob er nicht umkehren und die Strecke noch einmal abfahren sollte, als er für den Bruchteil einer Sekunde einen Lichtschimmer durch das dichte Gebüsch wahrnahm.

Er steuerte den Rover an den Straßenrand, schaltete den Motor aus, löschte das Licht und wartete einen Augenblick. Dann öffnete er vorsichtig die Tür und horchte ins Dunkel. Er hörte das entfernte Rauschen des Meeres, den Wind in den Bäumen und den Schrei eines Nachtvogels. Vorsichtig drückte er die Tür ins Schloss.

Mit langsamen Schritten näherte er sich der Stelle, wo er das Licht gesehen hatte. Plötzlich blieb er stehen. Was war das gerade für ein Geräusch? So als wäre jemand auf einen trockenen Ast getreten? Wieder lauschte er ins Dunkel. Nichts Verdächtiges war mehr zu hören.

Dann sah er das Licht, es schimmerte matt durch das dichte Gebüsch. Robert ging langsam weiter. Wenn dort ein Haus stand, musste es doch auch einen Weg dorthin geben. Rund fünfzig Meter weiter fand er ihn. Er war mit schwarzem Schotter bedeckt und machte gleich hinter dem ersten Gebüsch einen scharfen Knick nach rechts, dann gleich nach links, sodass eine direkte Sicht auf das Haus nicht möglich war. Er blieb einen Augenblick stehen, dann ging er vorsichtig weiter.

Es hob sich wie ein Scherenschnitt vom Nachthimmel ab. Ein Rustico, ein sicher mehrere Jahrhunderte altes Landhaus aus Natursteinen mit einem tief gezogenen Dach und grünen Fensterläden. Trotz seines Alters wirkte es sehr gepflegt.

In einem der unteren Räume brannte noch Licht. Vorsichtig ging Robert näher heran. Eines der drei bodentiefen Fenster entpuppte sich als gläserne Terrassentür, die halb geöffnet war. Er bemühte sich, nicht in den Schein der Lampen zu geraten, und schaffte es, so weit näher zu kommen, dass er einen Blick in das Zimmer werfen konnte.

Es war sehr groß und mit alten toskanischen Bauernmöbeln ausgestattet. Der Boden war mit Terrakottafliesen ausgelegt, an den Wänden standen Regale, überwiegend gefüllt mit großen Bänden mit ledernem Rücken.

Dann sah er ihn. Ein alter Mann, der an einem großen Schreibtisch saß und etwas schrieb. Weil er den Kopf gebeugt hielt, konnte er das Gesicht nicht erkennen.

Ohne den Kopf zu heben, fing er plötzlich an zu sprechen.

»Kommen Sie herein, ich habe Sie erwartet.«

Robert merkte, wie sein Herz schneller schlug, dann machte er ein paar Schritte ins Licht und öffnete die Glastür ein Stück weiter.

Er deutete eine Verbeugung an. Sein Gegenüber hatte aufgehört zu schreiben und schaute Robert an. Der räusperte sich.

»Guten Abend, Avvocato Pancrazzi. Entschuldigen Sie, dass ich hier mitten in der Nacht störe, aber ich glaube, es ist sehr wichtig.«

Der Alte lehnte sich zurück. Sein raubvogelartiges Gesicht entspannte sich.

»Das macht nichts. Ich arbeite meistens nachts. Und hier draußen habe ich die nötige Ruhe.«

Er deutete auf einen Stuhl vor dem Schreibtisch.

»Nehmen Sie Platz, Signore Darling. Und jetzt erzählen Sie mir, wie Sie mich gefunden haben.«

Robert setzte sich.

»Ich wollte Sie in Ihrem Büro aufsuchen. Dort sagte man mir, dass Sie in Ihrem Landhaus seien, und hat mir den Weg beschrieben.«

Im Gesicht des Alten war keine Regung zu sehen.

»Und was hat Sie in mein Büro geführt?«

Robert streckte den Arm aus und deutete auf Pancrazzis Hand, die auf der Tischplatte ruhte.

»Ihr Ring.«

Der Alte spreizte seine Finger. Auf dem Mittelfinger der rechten Hand trug er einen Ring, der aus einem eisenähnlichen Metall gemacht worden war. Drei Buchstaben waren in das abgeflachte Oberteil eingraviert: Ein C, ein S und ein O, die so ineinander verschlungen waren, dass man sie auf den ersten Blick nicht als Buchstaben wahrnahm.

»Was bedeuten sie, Avvocato?«

Der Alte sah Robert mit seinem durchdringenden Blick an.

»*Custos scientiae occultae*, Wächter des geheimen Wissens.

Sie haben dieses Zeichen in der Necropoli delle Grotte gesehen, oder?«

Robert nickte.

»So ist es. Und da ich einmal an einem Spiel gearbeitet habe, in dem Worte durch in sich verschlungene Buchstaben dargestellt wurden, ist mir damals Ihr Ring aufgefallen. Gibt es mehrere davon?«

Der Alte schüttelte den Kopf.

»Nein, nur diesen einen. Er wird weitergegeben, Jahrhundert um Jahrhundert. Sehen Sie, die Römer hatten damals nichts Besseres zu tun, als die etruskische Kultur mit ihrer zu erdrücken. Aber vieles war ihnen unheimlich, und einiges haben sie gar nicht verstanden. Die Etrusker sind natürlich nicht plötzlich von der Erdoberfläche verschwunden, sie vermischten sich mit den Eroberern oder wurden in andere Länder versprengt. Aber hundert Jahre später, nachdem die Römer geglaubt hatten, sie hätten alles Etruskische getilgt, sammelten sich einige wieder, weil sie erkannt hatten, dass ihr enormes Wissen gesammelt und geheim gehalten werden sollte. Denn die Menschheit war ihrer Auffassung nach noch nicht reif dafür.«

Robert starrte ihn an.

»Wollen Sie damit sagen, dass Sie in direkter Linie...«

Der Alte lächelte.

»Ja, das will ich. Genetisch kann man das sogar nachweisen. Sie sind übrigens einigen von uns auf Ihrer Suche begegnet. Wir sind nicht mehr viele, aber wir haben das geheime Wissen bewahrt. Bis zu dem Tage...«

»...als du Paolo Mazzetti kennen gelernt hast!«

Weil er Pancrazzi so aufmerksam zuhörte, hatte er nicht gemerkt, dass sie hinter ihm ins Zimmer gekommen war. Ruckartig drehte er sich um.

»Maria! Wie kommst du...? Gehörst du...?«

Maria strich ihr rötliches Haar aus der Stirn.

»Ja, Roberto, auch ich gehöre dazu.«

Robert bemühte sich um Fassung.

»Du hattest mir neulich eine Eröffnung über Professore Mazzetti angekündigt. Hängt das damit zusammen?«

Maria nickte, aber der Anwalt ergriff das Wort.

»Paolo Mazzetti gehörte ebenfalls zu uns. Bei ihm hatte sich die etruskische Gabe des Vorhersehens am stärksten vererbt. Wir hatten seit Langem einen Streit. Er war der Meinung, dass bald der Zeitpunkt gekommen sei, an dem man das geheime Wissen der Menschheit offenbaren könne. Wir waren anderer Ansicht. Schließlich eröffnete er uns, dass es so weit wäre, wenn jemand das Geheimnis des Kalenders des Todes ohne unsere Hilfe herausbekäme. Dafür hat er eine komplizierte Spur gelegt, die absichtlich auch in die Irre führen sollte. Er hat gewusst, dass er dich treffen würde, und hat das Ganze für dich inszeniert. Aber mit diesem Vorgehen hat er auch andere Kräfte herbeigelockt und das mit dem Leben bezahlt.«

Maria fiel ihm ins Wort.

»Noch am Abend, als du ihn nach Hause gefahren hast, hat er mich angerufen. Er hat von dir geschwärmt und gesagt, dass du derjenige seiest, der es herausbekommen würde und dem er schließlich alles erzählen würde. Ich bin am nächsten Tag zu ihm gefahren, um ihn von seinem Vorhaben abzuhalten.«

Robert starrte sie an.

»Dann hast du ihn …?«

Pancrazzi übernahm die Antwort.

»Wir haben einen Schwur geleistet, dass derjenige, der das geheime Wissen verrät, mit dem Tode bestraft wird.«

Robert blickte Maria starr in die Augen.

»Du hast den Mann, den du geliebt hast, umgebracht?«

Maria schüttelte den Kopf.

»Nein, Roberto, Mazzetti war nicht mein Geliebter. Ich habe die Geschichte erfunden, um dein Mitleid zu erregen. Und ich habe ihn auch nicht umgebracht. Als ich ihn fand, lag er schon im Sterben. Wenige Minuten später bist du gekommen, und ich habe mich versteckt. Er hat seine Mörder selbst herbeigelockt. Aber wir mussten herausfinden, was er dir bereits erzählt hatte und was du mit diesem Wissen machen würdest. Wir haben dich mehrfach auf die falsche Fährte gelockt, aber wir haben deine Hartnäckigkeit unterschätzt.«

Robert schaute wieder Pancrazzi an.

»Der Kalender des Todes? Ist das die Maschine, mit der man angeblich den Todestag eines Menschen berechnen kann?«

Pancrazzi sah ihn streng an.

»Nicht angeblich, Signore. Man kann es!«

»Und wo ist sie?«

Pancrazzi stand auf.

»Sie ist hier. Sie haben ja schon bemerkt, dass ich alle Unterlagen und Gegenstände aus dem früheren Versteck habe entfernen lassen. Es war mir nicht mehr sicher genug.«

Robert schüttelte den Kopf.

»Und dann haben Sie sie hierher bringen lassen?«

Der Anwalt lächelte.

»Dies ist ein altes Haus, aber ausgestattet mit modernster Technik. Wenn jemand versucht, eines der Stücke oder der Schriften an sich zu bringen, zerstört es sich selbst. Im allerschlimmsten Fall kann ich das Haus und alles, was sich darin befindet, in die Luft sprengen. Ich verstehe nicht viel davon, aber ich hatte Unterstützung von einem genialen Spezialisten. Möchten Sie ihn kennen lernen?«

Ohne eine Antwort abzuwarten, ging er zur Tür und rief etwas in den Flur. Sekunden später waren Schritte zu hören, dann erschien ein großer Mann mit grauen Haaren. Er blieb in der Türfüllung stehen und lächelte Robert an.

»Sie haben natürlich längst gewusst, dass ich nicht Antonio Sciutto heiße und nicht mit Isidoro Falchi verwandt bin, mein lieber Roberto. Aber es ändert auch nichts, wenn Sie meinen richtigen Namen erfahren.«

Robert starrte ihn einen Augenblick an.

»Und welche Rolle war Ihre in diesem Spiel?«

Der Grauhaarige lachte.

»Ihre Sicherheit, ich war für Ihre Sicherheit verantwortlich. Es ist mir nicht immer gelungen, aber etliches habe ich abgewendet, ohne dass Sie es gemerkt haben. Sogar mit der Gegenseite habe ich fraternisiert. Sehen Sie, ich habe eine gründliche Ausbildung bei der *Direzione Investigativa Antimafia* genossen und dann ein paar Jahre bei amerikanischen Sicherheitsfirmen gearbeitet. Da lernt man so etwas.«

Robert schaute verwirrt von einem zum anderen.

»Und die Maschine? Oder der Kalender, wie Sie sie nennen. Ist sie hier? Kann ich sie sehen?«

Pancrazzi schloss für ein paar Sekunden die Augen. Dann nickte er.

»Warum nicht? Warten Sie einen Augenblick.«

Er ging mit langsamen Schritten durch den Raum und blieb vor einem alten Eichenschrank stehen. An der rechten unteren Ecke war eine kleine Tastatur angebracht. Er bückte sich und tippte eine Zahlenkombination ein. Ein leiser Pfeifton war zu hören, und die Tür öffnete sich wie von selbst.

Er griff hinein, zog einen rund dreißig mal dreißig Zentimeter breiten und zwanzig Zentimeter hohen Kasten aus schwarzem Ebenholz heraus und drehte sich um. Vorsichtig stellte er ihn auf den Tisch und klappte den Deckel auf.

»Wie Sie sehen, gibt es ihn wirklich, den Kalender des Todes.«

Robert spürte, wie sein Herz klopfte, als er sich über den geöffneten Kasten beugte. In ihm lag ein kreisrundes Instrument, das, wie er angenommen hatte, aus Alabaster gearbeitet worden war. Auf den ersten Blick sah es aus wie eine Dose, in der Wertvolles aufbewahrt wurde. Der Deckel war eine Scheibe, die offenbar beweglich war. Rund um diesen Deckel befanden sich zwei Kränze, die, wie bei einer modernen Rechenscheibe, drehbar waren. In die Kränze waren viele Zeichen eingraviert, die Robert an den ägyptischen Kalender erinnerten.

»Und wie funktioniert sie?«

Pancrazzi schüttelte den Kopf.

»Das werden Sie nicht erfahren. Man braucht noch ein weiteres Detail dazu, das ich getrennt aufbewahre. Zur Zeit der Etrusker gab es viele von diesen Geräten. Dies hier ist das letzte, das auf der Welt existiert.«

Robert schaute Pancrazzi in die Augen.

»Dann lassen Sie mich es wenigstens etwas genauer betrachten!«

Doch ehe er sich weiter über den Kasten beugen konnte, schlug Pancrazzi den Deckel des Holzkastens wieder zu.

»Sie haben ihn jetzt gesehen. Eine Ehre, die einem nicht Eingeweihten seit Jahrhunderten nicht mehr gewährt wurde.«

Robert schaute ihn verwirrt an.

»Ich verstehe nicht...? Sie lassen zu, dass ich hinter das Geheimnis komme und zeigen mir die Maschine, Verzeihung, den Kalender, dann nur für ein paar Sekunden. Ich bin doch jetzt ein Eingeweihter!«

Der Mann, der sich Sciutto nannte, lachte.

»Mein lieber Roberto, mit Ihrer Hilfe konnten wir alle Schwachstellen aufspüren, die unser System hat, und die werden wir jetzt ausbessern. Verzeihen Sie uns, aber Sie waren unser Testobjekt. Ihr Wissen wird Ihnen nichts mehr nützen. Sie werden auf der Suche nach einem Phantom, das es nie gegeben hat, heute Nacht unglücklicherweise von den

Klippen stürzen. Mehrere Personen werden es bezeugen können.«

Mit diesen Worten griff er in seine Jacke und zog eine großkalibrige Pistole aus einem Halfter. Robert merkte, wie sein Hals trocken wurde.

»Sie haben eine Kleinigkeit übersehen: Mindestens zwei Agenten eines amerikanischen Geheimdienstes waren mir auf der Spur. Die werden mich suchen, wenn sie nicht sogar schon hier sind.«

Wieder lachte der Grauhaarige.

»Ihre beiden Freunde hatten heute Nacht ebenfalls einen Unfall, den sie bedauerlicherweise nicht überlebt haben. Ihre Behörde wird niemals zugeben, dass sie einen Auftrag hatten. Wenn Sie an die Öffentlichkeit gingen, würden Sie sich der Lächerlichkeit preisgeben. Es hat diese Herren niemals gegeben.«

Robert merkte, dass ihm kleine Schweißperlen auf der Stirn standen. Unterdessen hatte Maria eine Karaffe in der Hand und goss eine blaue Flüssigkeit in ein Glas.

»Trink, Roberto, das wird dich beruhigen.«

Pancrazzi nahm den Ebenholzkasten wieder an sich.

»Den Kalender brauchen wir nicht mehr, Ihre Todesstunde wissen wir ja.«

Die Stimme durchschnitt den Raum wie ein Messer.

»Das glaube ich nicht! Stellen Sie den Kasten wieder auf den Tisch.«

Angelo Frescobaldi sah entschlossen aus. Er hatte einen Arm um Elenas Hals gelegt, mit der Hand des anderen hielt er ihr einen Revolver gegen die Schläfe. Er gab der Glastür einen Tritt und schob Elena mit Gewalt in das Zimmer.

»Sciutto oder wie du heißt, du Schwein, leg deine Kanone auf den Boden, und tritt sie weg, sonst ist das Mädchen hier tot.«

Der Grauhaarige schaute für ein paar Sekunden zu Pancrazzi hinüber. Der schloss kurz die Augen und nickte. Die Pistole fiel auf den Boden und schlitterte nach seinem Fußtritt über den Boden.

Angelo ließ Elena los.

»Elena, Liebste, würdest du bitte diesen schönen schwarzen Kasten für mich holen?«

Elena lächelte.

»Aber gern doch. Für dich tue ich doch alles!«

Sie ging auf den Tisch zu, doch Robert machte einen Schritt zur Seite und versperrte ihr den Weg.

»Elena, was hat das zu bedeuten?«

Elena lächelte immer noch.

»Es bedeutet, dass du ein Teil unseres Plans warst und dass du trotz deines klugen Kopfes mitgespielt hast. Es stimmt, dass Angelo und ich schon auf der Uni ein Paar waren. Allerdings hat sich daran nie etwas geändert, unsere Trennung war rein geografischer Natur. Ich habe immer gewusst, dass mein Vater einer unglaublichen Sache auf der Spur war. Als Mazzetti, der in dieser Hinsicht absolut genial war, seine auffällige Spur gelegt hat und der amerikanische Geheimdienst aufmerksam geworden war, habe ich Angelo natürlich informiert. Schließlich hat er mitbekommen, dass du, ein alter Bekannter aus der Nachbarschaft, ebenfalls involviert warst. Zu dieser Zeit war er noch in Amerika, weil die hiesige Polizei in den Jahren davor allzu großes Interesse an seiner Person zeigte.

Ich habe in Kürze gemerkt, dass du der Sache schneller als alle anderen auf die Spur gekommen bist, habe Angelo einen Plan vorgeschlagen, und der ging auch auf. Erinnerst du dich an die Schießerei im Hause meines Onkels? Das waren Angelo und seine Männer. Und weil wir dachten, mit den Schriftrollen sei das Rätsel gelöst, habe ich dich danach abserviert.«

Robert blickte sie angestrengt an.

»Aber ihr seid eben doch nicht weitergekommen, und deshalb bist du nach Italien gereist – weil ihr meine Hilfe brauchtet.«

Elena nickte.

»Ich habe dir die schutzlose Unschuld vorgespielt, und du bist darauf hereingefallen. Verzeih mir, Robert, aber jetzt brauchen wir dich ein letztes Mal. Du musst uns zeigen, wie dieses Ding funktioniert.«

Sie hatte schweigend zugehört, doch jetzt schnellte Maria hinter dem Tisch hervor. Ihre grünen Augen blitzten.

»Du Miststück!«

Elena verlor ihr Lächeln und starrte Maria an.

»Das sagst ausgerechnet du – eine Mörderin?«

Maria machte einen Schritt nach vorn, griff dabei in den Gürtel ihrer Jacke und zog einen kurzen, zweischneidigen Dolch.

Angelo stürzte nach vorn und richtete seinen Revolver auf Maria. Er brüllte.

»Bleib stehen, und wirf das weg. Aber ganz schnell, wenn ich bitten darf!«

In dem Durcheinander achtete er für ein paar Sekunden nicht auf den Mann, der sich Sciutto nannte. Der sprang nach vorn und schlug Angelo mit einem gewaltigen Hieb den Revolver aus der Hand. Mit der linken Faust versetzte er ihm einen Haken gegen den Kopf. Angelo stürzte, hielt sich aber an der Jacke seines Gegners fest. Beide Männer gingen zu Boden.

Maria bückte sich, um ihren Dolch aufzuheben, doch Elena stieß ihn mit dem Fuß ein paar Meter weiter.

In diesem Moment hörten sie Pancrazzi schreien: »Seid ihr alle wahnsinnig geworden? Ihr seid der Beweis, dass ich Recht hatte: Die Menschheit wird nie bereit sein für unser Wissen. Nicht heute, nicht morgen, nicht in tausend Jahren! Ich werde dieser Sache ein Ende bereiten. Voltumna, steh' mir bei!«

Elena sprang nach vorn und riss den schwarzen Kasten an sich, trat Maria, die sich ihr in den Weg stellte, mit dem Knie in den Bauch und versuchte, über die am Boden kämpfenden Männer hinwegzukommen. Robert stürzte sich in ihre Richtung, als eine wohl bekannte Stimme ihn innehalten ließ.

»Roberto, lauf!«

Wie in Zeitlupe drehte er seinen Kopf zur Tür. Dort stand der kleine Tischler aus Vicchio und gestikulierte wie ein Besessener. Robert hatte keine Zeit mehr, nach logischen Erklärungen zu suchen, denn im Augenwinkel sah er Pancrazzi zu seinem Schreibtisch gehen und begriff, was gleich passieren würde. Er versuchte, Elena den Kasten zu entreißen, doch sie hielt fester, als er angenommen hatte. Sie versuchte, ihm einen Kopfstoß zu versetzen. Er wehrte sich mit seinen Händen, umklammerte ihren Hals und riss dabei ihre Halskette ab. Sie schrie auf, aber da war er schon mit einem gewaltigen Sprung ins Freie gelangt. Vor ihm rannte Carlo ins Dunkel.

»Auf den Boden«, brüllte Robert, »wirf dich auf den Boden!«

Eine gewaltige Detonation zerriss die Stille der Nacht, und

eine meterhohe Flamme schoss in den Himmel. Steine flogen umher. Robert spürte einen Schlag am Kopf. Für eine Zehntelsekunde sah er noch den Feuerschein, hörte den Lärm der Explosion. Dann wurde es wieder Nacht.

*

Das aufgehende Morgenlicht hatte die Nacht verdrängt. Langsam schaffte es Robert, seine mit Sand verkrusteten Augen zu öffnen. Der Motor des Rovers brummte leise.

»Ich habe mir erlaubt, deinen Wagen zu nehmen«, sagte Carlo. »Er ist schneller und bequemer. Meine alte Kiste können wir später holen.«

Roberts Kopf schmerzte bei jeder Bewegung. Er betastete ihn vorsichtig. Carlo hatte einen Ärmel seines Hemdes in Streifen gerissen und ihm um den Kopf gebunden. Seine Kleidung hing zerrissen an ihm herunter, beide Hände waren blutverschmiert.

»Carlo, woher..., mein Gott, woher wusstest du...?«
Carlo grinste.

»Als du sagtest, diesen Weg müsstest du allein gehen, habe ich Angst bekommen. Ich bin dir gefolgt, und bis zu diesem grässlichen Unfall, als der Lancia auf den Truck geknallt ist, ist mir das auch gut gelungen. Danach habe ich dich kurz verloren, aber ich habe deinen Wagen wiedergefunden. Und dann musste ich nicht mehr lange suchen.«

Plötzlich fügten sich die Bruchstücke in Roberts Kopf wieder zusammen.

»Was ist mit den anderen?«
Carlo schüttelte den Kopf.

»Von denen lebt keiner mehr. Es gab eine gigantische Explosion. Das war kein Unfall, oder?«

In Sekunden schoss der Schmerz wieder durch Roberts Kopf. Übelkeit würgte ihn, er sackte im Sitz zusammen. Dann ordnete sich das Durcheinander ein wenig.

»Nein, Pancrazzi hat alles in die Luft gesprengt, alles zerstört. Das ganze Wissen der Letzten.«

Carlo schüttelte den Kopf.

»Roberto! Dio mio, Roberto. Wo bist du da wieder einmal hineingeraten?«

Minutenlang herrschte Stille.

Plötzlich richtete Robert sich auf.

»Wo ist der Kasten? Carlo, hast du einen schwarzen Kasten gesehen?«

Carlo lachte.

»Gesehen ist gut! Entreißen musste ich ihn dir. Du hast ihn sogar noch festgehalten, als du schon ohnmächtig warst. Und die Kette ebenfalls.«

»Eine Kette? Welche Kette?«

»Keine Ahnung, jedenfalls hast du sie so fest gehalten, dass deine ganze Hand blutig war. Aber beruhige dich. Der Kasten und die Kette liegen hinten im Kofferraum.«

*

Zum zweiten Mal innerhalb einer Woche konnten die toskanische Polizei und der Notarzt an einem Unfallort nicht mehr helfen. Die Gasexplosion hatte das Landhaus total zerstört. Diesmal würde die Identifizierung der Leichen allerdings deutlich länger dauern, da die fünf – außer der des Hausbesitzers, einem Anwalt namens Pancrazzi – bis zur Unkenntlichkeit verbrannt waren.

*

Robert schlief zwölf Stunden am Stück. Dann legte er sich in die Badewanne und dachte nach.

Mazzetti, Maria, Elena, Sciutto, Pancrazzi. Mindestens fünf Personen, zu denen du zu viel Vertrauen gehabt hast, haben ein Spiel mit dir gespielt, Roberto. Ein tödliches Spiel, wie sich jetzt herausgestellt hat. Wofür eigentlich? Für diese Maschine? Pancrazzi hatte es zwar behauptet, aber das ist kein Beweis, dass sie funktioniert. Und doch sind viele Menschen für sie getötet worden. Eigentlich ein Paradoxon: Man möchte seinen Todestag wissen und kommt dabei ums Leben. Schau dir diese seltsame Konstruktion genau an, Roberto. Vielleicht erfährst du dann, was dahintersteckt.

Er hatte das runde Alabaster-Kunstwerk aus dem schwarzen Kasten genomen, auf seinen Schreibtisch gestellt und eine Zeit grübelnd davorgesessen. Wie er nach seinem ersten kurzen Blick darauf vermutet hatte, waren die mittlere Scheibe sowie die beiden äußeren Kränze drehbar und mit vielen Zeichen versehen. Er hatte sie zuerst für einen ägyptischen Kalender gehalten, aber irgendetwas daran stimmte nicht. Wahrscheinlich hatten die Etrusker ihre eigenen Berechnungen mit einfließen lassen und einiges korrigiert. Es schien eine schier unlösbare Aufgabe zu sein, den Kalender so umzurechnen, dass man ein modernes Datum einstellen konnte. Die Ägypter unterteilten ihr Jahr in drei Jahreszeiten mit jeweils vier Monaten, wobei jeder Monat dreißig Tage hatte. Am Ende des Jahres wurden fünf Zusatztage angehängt, sodass die Jahreslänge wie in modernen Zeiten dreihundertfünfundsechzig Tage betrug. Eine Grundlage für dieses System war die Kontinuität der Flutzeiten des Nils. Die Etrusker hatten deswegen mit Sicherheit die eine oder andere Abweichung für Länder außerhalb Ägyptens integriert. Er musste diese Abweichungen nachvollziehen und berechnen. Das würde Zeit kosten, unmöglich war es aber an sich nicht. Auf jeden Fall konnte man dann mit den Kränzen, die sich erstaunlich leicht um die Scheibe drehen ließen, sein Geburtsdatum einstellen.

Eine andere Frage ging ihm nicht aus dem Kopf: Es konnte doch nicht sein, dass alle, die am selben Tag geboren wurden, auch am selben Tag sterben. Ein absoluter Unsinn!
Jeder Mensch ist ein Individuum, und das betrifft auch seinen Tod, Roberto.
Aber wie konnte das Individuelle in die Berechnungen aufgenommen werden?
Er nahm das Objekt vorsichtig zwischen beide Hände und bewegte es hin und her. Dann setzte er es wieder ab, fuhr mit dem Finger leicht über die mittlere Scheibe und begann, sie zu drehen. Als er sie fast einmal um sich selbst gedreht hatte, spürte er eine Vertiefung. Er drückte auf den Rand, und die gegenüberliegende Seite der Scheibe hob sich um zwei bis drei Millimeter. Dadurch konnte er sie mit dem Zeigefinger der anderen Hand leicht anheben und sie ganz herausnehmen. Vorsichtig legte er sie auf den Tisch. Darunter war eine glatte Fläche, in der Mitte ein winziger Stab, der als Achse für die Scheibe diente. Doch was war das? Hinter diesem Stab befand sich eine Vertiefung, die aussah wie der Fußabdruck eines kleinen Tieres.
Er nahm eine Lupe aus der Schreibtischschublade und hielt sie darüber. Die Vertiefung sah tatsächlich wie ein Tatzenabdruck aus. In den vorderen Teil der Vertiefung war ein winziges Loch hineingebohrt worden.
Moment mal, Roberto, das hast du schon einmal gesehen.

Das ist kein Tatzenabdruck, das sieht aus wie eine Blüte mit hängenden ...

Robert ließ die Lupe sinken und starrte ins Leere. Ein Bild von Elena tauchte vor seinem inneren Auge auf. Sie hatte ihn benutzt, ihn vorgeführt und verlacht. Dennoch sah er ihre Augen, ihr schönes Gesicht und ...

Dio mio! Der Anhänger! Das Blut der Isis. Elena hat es seit Jahren um den Hals getragen und nicht gewusst, womit sie da spazieren geht. Die winzige Spitze! Man kann sich leicht daran stechen, *hat sie gesagt. Roberto, du hast es! Man sticht sich in den Finger, drückt den Anhänger in die Vertiefung, sodass die blutige Spitze nun in das Innere der Konstruktion ragt, und irgendein System in dieser Maschine erkennt dich! Und dann würden sich die Zahlenkränze wahrscheinlich selbstständig auf das Todesdatum einstellen. Das wäre ja unglaublich.*

Aber wo war die Kette mit dem Anhänger? Seine Erinnerung begann zu verschwimmen. Er hatte ihr den Kasten entrissen. Sie hatte sich gewehrt, dabei hatte sich etwas in seine Hand gebohrt. Danach war nichts als ein großes schwarzes Loch.

Denk nach, Roberto, denk nach!

Er sprang auf, rannte zum Telefon und rief Carlo an.

»Ich weiß nicht, wo die Kette ist, amico mio, ich habe sie neben den schwarzen Kasten in deinen Kofferraum gelegt.

Wenn du sie nicht herausgenommen hast, muss sie dort noch liegen.«

Ohne ein weiteres Wort zu sagen, legte Robert auf.

Er eilte in den Hof. *Mein Gott, wo ist der Wagen?*

Für ein paar Sekunden stand er völlig hilflos da. Dann schlug er sich mit der flachen Hand gegen die Stirn.

Idiot, sagte er zu sich selbst. Catarinas Neffe Tonio hatte vor einer halben Stunde begonnen, ihn zu waschen. Auf diese Weise besserte er alle zwei Wochen sein Taschengeld auf.

Robert rannte um das Haus in den hinteren Hof, wo es dank der hohen Eichen schattiger war.

Tonio war gerade dabei, die Fenster mit einem Ledertuch zu bearbeiten. Neben dem Wagen lag ein Staubsauger, mit dem er die Innenräume gesäubert hatte. Robert riss die Heckklappe auf und suchte den frisch gereinigten Teppichboden mit den Augen ab.

»Tonio«, rief er laut, »hast du hier im Kofferraum eine Kette gefunden?«

Tonio kam um den Wagen herum und trocknete sich die Hände an seiner Hose ab.

»Eine Kette, Signore? Nein, ich bedaure.«

Robert schaute ihn hasserfüllt an, und Tonio ging unwillkürlich ein paar Schritte zurück.

Robert kam wieder zu sich, machte eine angedeutete Verbeugung als Ausdruck seines Bedauerns und ging zurück zum Haus. Plötzlich blieb er stehen, drehte sich um und brüllte so laut, dass sich der Wagenwäscher erneut erschreckte.

»Tonio, der Staubsauger!«

Er rannte zu ihm, öffnete das Gerät und riss den Papierbeutel heraus. Er zog so heftig, dass das Papier riss und er augenblicklich in einer riesigen Staubwolke verschwand. Hastig durchwühlte er den Inhalt des Staubsaugerbeutels, aber außer einer alten Schraube konnte er nichts Festes spüren. Hustend warf er die Überreste auf den Boden.

In diesem Augenblick kam Catarina auf ihrem Fahrrad von ihren Einkäufen zurück in den Hof gefahren. Fassungslos starrte sie Robert an.

»Signore, wie sehen Sie denn aus?«

Robert nickte abwesend und fasste sich an die staubbedeckte Stirn.

Eine Kleinigkeit, Roberto, nur eine Kleinigkeit hat dich daran gehindert, einem der größten Rätsel der Menschheit auf die Spur zu kommen.

Er war bereits ein paar Schritte zurück zum Haus gegangen, als Catarina hinter ihm her rief.

»Moment, Signore, schauen Sie. Das habe ich vorhin neben Ihrem Auto gefunden.«

Sie öffnete die Hand.

»Das gehört doch sicher einer Ihrer Damen!«

*

Die ersten zehn Minuten schwiegen sie. Beide schauten konzentriert auf die vorbeifliegende Landschaft, während der Motor des Rovers leise brummte. Carlo hatte Robert gebeten, ihn zu den Überresten von Pancrazzis Landhaus zu fahren, weil sein betagtes Auto seit drei Tagen dort immer noch stand.

Carlo räusperte sich. Wie immer, wenn er etwas Schwieriges besprechen wollte.

»Und du willst das Ding tatsächlich von den Klippen ins Meer werfen? Du könntest es doch auch zu Hause bei dir verbrennen!«

Robert nickte.

»Könnte ich, will ich aber nicht. Dort auf den Klippen hatte man meinen Tod beschlossen, und dort will ich dieses Instrument ins Meer werfen. Dieses Instrument, das so viel Unheil über die Menschen gebracht hat. Ich weiß, das klingt melodramatisch, aber mir gefällt es irgendwie.«

Carlo dachte eine Weile nach.

»Und du bist sicher, dass es nicht funktioniert?«

Robert nickte.

»Ganz sicher. Wir sind alle auf einen faulen Zauber hereingefallen. Das wäre weiter nicht schlimm, wenn nicht so viele dafür mit dem Leben hätten bezahlen müssen.«

Carlo starrte aus dem Fenster auf die Straße.

»Ich habe es gleich gewusst!«

Eine halbe Stunde später erreichten sie die Stelle, an dem das Haus von Pancrazzi gestanden hatte.

Kalter Brandgeruch lag in der Luft, und aus den verkohlten Balken stieg immer noch Rauch auf.

Robert blieb einen Augenblick stehen, während Carlo in ein paar Metern Entfernung verharrte. Er ahnte, was gerade im Kopf seines Freundes vor sich ging. Schließlich richtete er sich auf und ging weiter.

»Ich gehe jetzt zu den Klippen. Kommst du mit?«

Carlo nickte.

»Ja, bringen wir diese Geschichte endlich zu Ende.«

Das Heidekraut unter ihren Füßen wurde dünner, Karstgestein machte sich breit.

Carlo blieb stehen und hielt Robert am Ärmel fest.

»Roberto, geh nicht so weit nach vorn. Du weißt doch selbst am besten, wie schnell dir schwindelig wird. Du kannst sie auch von hier aus werfen.«

Robert nickte, ging aber doch noch ein paar Schritte weiter.

Der Wind blies ihm ins Gesicht, und er sog den Geruch des Meeres ein.

»Das sollten Sie nicht tun, Robert!«

Die Stimme ließ ihn wie angewurzelt stehen bleiben. Er kannte sie gut, und plötzlich wurde ihm klar, dass er unbewusst fast darauf gewartet hatte, sie zu hören.

Robert und Carlo drehten sich gleichzeitig um. In etwa zehn Metern Entfernung stand ein großer, schlanker Mann in einem grauen Anzug. Seine blonden Haare wehten im Wind.
Robert erstarrte.
»Georg von Sell, oder wie immer Sie heißen mögen! Was wollen Sie hier?«
Der Deutsche lächelte.
»Nachdem ich nun der letzte Interessent bin und Sie das Objekt aller Begierde offenbar loswerden wollen – geben Sie es mir.«
Robert starrte ihn für Sekunden an, dann schüttelte er den Kopf.
»Nein. Sie wird zerstört. Das ist beschlossen.«
Der Blonde wiegte seinen Kopf hin und her.
»Hmm. Das ist nun aber nicht sehr nett. Ich bin wohl immer noch nicht überzeugend genug.« Er griff in die Jackentasche und holte eine silberne Pistole hervor. Sein Lächeln verschwand.
»Also, bitte sehr! Das ist allerdings das letzte Mal, dass ich Sie bitten werde!«

Er kam näher. Robert hob die Hand.

»Bleiben Sie stehen. Wenn Sie mich erschießen, ist die Maschine wertlos.«

Der Blonde schüttelte den Kopf und lächelte wieder.

»Das glaube ich nicht. Bisher waren Sie der Wissensträger, jetzt sind Sie nur noch der Träger. Wir haben ganze Hundertschaften von begnadeten Systemanalytikern, die werden das schon herausbekommen. Außerdem will ich nicht Sie erschießen, sondern Ihren kleinen Freund. Sie sind doch ein moralischer Mensch, könnten Sie das mit ansehen?«

Carlo erstarrte. Robert versuchte, ein hartes und unbewegtes Gesicht zu machen.

»Erst erklären Sie mir, was das ›wir‹ bedeutet.«

Der Mann, der sich von Sell genannt hatte, grinste.

»Wir? Nun, wir sorgen dafür, dass die Menschen weltweit besser schlafen können, und wenn wir diese Maschine hätten, könnten *wir* noch besser schlafen.«

Robert stutzte.

»Das hört sich doch an, wie eine ... wie eine Versicherung?«

Sein Gegenüber machte ein gequältes Gesicht.

»Das klingt so ordinär. Wir sind das weltweit größte Unternehmen für Sicherheit und guten Schlaf. Stellen Sie sich vor, wie wir das vermehrte Wissen über unsere Kunden für uns nutzen könnten. Bessere Bemessungsgrundlagen und kein Risiko mehr. Ist das nicht fantastisch? Und jetzt geben Sie die Maschine her.«

Robert ging ein paar weitere Schritte zurück. Das Ende der Klippe war nur noch einen Meter entfernt.

»Wenn ich sie nicht herausgebe, erschießen Sie meinen Freund. In diesem Moment werfe ich den Kasten ins Meer. Wenn Sie auf mich schießen, lasse ich mich fallen. Sie müssen sich das Gerät also schon selbst holen.«

Der Blonde ging an Carlo vorbei, der mit offenem Mund zuschaute, da er nichts verstand, weil sich die beiden auf Deutsch unterhielten. Allein der Tonfall machte ihm Sorge. Schritt für Schritt näherte sich von Sell mit der Pistole und betrat schließlich die Klippe. Robert wich zurück.

»Roberto, pass auf, die Klippen sind glitschig!«

Mit den Füßen tastend und seinen Gegner nicht aus den Augen lassend, ging Robert Zentimeter um Zentimeter rückwärts auf die Klippe hinaus. Der Blonde stand ihm jetzt rund vier Meter entfernt gegenüber. Tief unter ihnen gähnte der Abgrund, sah er die Wellen gegen die aus dem Wasser ragenden Felsen schlagen.

Dem Deutschen stand der Schweiß auf der Stirn, und die Adern an seinen Schläfen traten hervor.

»Zum letzten Mal, Robert Darling, geben Sie mir das Ding!«

Jetzt war Robert an der äußersten Spitze angekommen. Seine Augen verharrten auf dem blonden Mann, der Schwierigkeiten hatte, die Balance zu halten. Er richtete sich auf und bekam einen spöttischen Zug um den Mund.

»Kein Risiko mehr, sagen Sie? Okay, ich hab's mir überlegt. Hier – fangen Sie!«

Er nahm den Kasten und warf ihn dem Blonden mit der Pistole zu. Allerdings etwas höher und etwas weiter, als dieser ihn hätte fangen können. Der ließ die Waffe fallen, streckte beide Arme aus und verlor das Gleichgewicht.

Mit einem Schrei stürzte der Mann, der sich Georg von Sell genannt hatte, mit dem schwarzen Kasten in die Tiefe. Robert stand unbewegt auf der Klippe.

*

Mit einem Ruck riss Carlo ihn am Gürtel zurück, sodass beide rückwärts zu Boden gingen.

»Roberto, bist du wahnsinnig? Noch vor wenigen Tagen wurde dir auf einer Leiter schwindelig, jetzt benimmst du dich wie ein Hochseilakrobat ohne Netz.«

Robert stand auf und schaute Carlo Sebaldo an, als wäre er ein Wesen aus einer anderen Welt.

Schweigend gingen sie auf den mit Heide bewachsenen Weg zurück. Schließlich fand Robert seine Worte wieder. Stück für Stück erklärte er Carlo die Zusammenhänge mit dem seltsamen Fremden, den er in Alexandria kennen gelernt hatte.

Carlo schüttelte den Kopf.

»Sei mir nicht böse, amico mio, aber ganz verstehe ich es immer noch nicht. Und dann noch deine waghalsige Kletterpartie! Du hast dich unnötig in Lebensgefahr gebracht. Ich hätte den Kerl doch von hinten niederschlagen können!«

Robert blieb stehen.

»Das glaube ich dir, mein Freund. Aber ich wusste, dass ich heute nicht sterben werde.«

Carlo ging noch zwei Schritte, dann blieb er abrupt stehen.

»Du wusstest es?«

Nur zwei weitere Schritte ging er weiter, dann starrte er Robert mit aufgerissenen Augen an.

»Madonna, du hast mich belogen. Du hast ...«

Er schluckte.

»Die Maschine! Du hast sie doch ausprobiert. Sie hat funktioniert. Roberto! Warum hast du mir nicht die Wahrheit gesagt?«

Robert ging weiter.

»Weil niemand seinen Todestag wissen sollte. Und ich wollte nicht, dass es dich belastet, weil ich jetzt meinen weiß.«

Schweigend gingen sie weiter. Dann räusperte sich Carlo.

»Und dich belastet es nicht?«

Wieder blieb Robert stehen und legte Carlo seine Hand auf die Schulter.

»Nein, mein Freund, ich bin mehr als zufrieden. Und mach dir keine Sorgen – wir werden noch viele Gläser Brunello miteinander trinken!«

Werden Sie Teil der Bastei Lübbe Familie

:: Lernen Sie Autoren, Verlagsmitarbeiter und andere Leser/innen kennen

:: Lesen, hören und rezensieren Sie Bücher und Hörbücher noch vor Erscheinen

:: Nehmen Sie an exklusiven Verlosungen teil und gewinnen Sie Buchpakete, signierte Exemplare oder ein Meet & Greet mit unseren Autoren

Willkommen in unserer Welt:

 www.luebbe.de

 www.facebook.com/BasteiLuebbe

 www.twitter.com/bastei_luebbe

 www.youtube.com/BasteiLuebbe